BASTEI
LÜBBE

Von Judith McNaught erschienen bei BASTEI-LÜBBE:

12437 Im Königreich der Träume
12462 Laß mich deine Liebe spüren

JUDITH McNAUGHT

STURM DER LEIDENSCHAFT

Aus den Englischen
von Hedda Pänke

BASTEI LÜBBE

BASTEI-LÜBBE-TASCHENBUCH
Band 12 509

Deutsche Erstveröffentlichung
Titel der amerikanischen Originalausgabe:
Whitney, my love

This edition published by arrangement with the original
publisher, Pocket Books, New York
Printed in Germany Mai 1996
Einbandgestaltung: K. K. K.
Titelzeichnung: Pino Daeni/Agentur Schlück
Satz: hanseatenSatz-bremen, Bremen
Druck und Bindung: Elsnerdruck, Berlin
ISBN 3-404-12509-6

In Erinnerung an Michael –
meinen Freund, meinen Mann, meine Liebe.

Kapitel eins

Die elegante Chaise schaukelte und holperte über die Räderfurchen der Landstraße. Lady Anne Gilbert lehnte den Kopf gegen die Schulter ihres Mannes und seufzte tief und ungeduldig auf. »Noch mindestens eine Stunde, bis wir da sind, aber schon jetzt halte ich es vor Spannung kaum aus. Ich frage mich, wie Whitney wohl sein wird, jetzt, da sie erwachsen ist.«

Sie schwieg, blickte abwesend aus dem Kutschenfenster auf die üppige englische Landschaft mit ihren rosafarbenen Fingerhüten und gelben Hahnenfußblüten hinaus und versuchte, sich die Nichte vorzustellen, die sie seit nahezu elf Jahren nicht gesehen hatte.

»Sie ist sicher so hübsch wie ihre Mutter war. Bestimmt hat sie das Lächeln ihrer Mutter, ihre Feinheit, ihre Sanftmut . . .«

Lord Edward Gilbert warf seiner Frau einen skeptischen Blick zu. »Sanftmut?« wiederholte er amüsiert. »Davon hat im Brief ihres Vaters aber nichts gestanden.«

Als Attaché am Britischen Konsulat in Paris war Lord Gilbert ein Meister in Andeutungen, Ausflüchten und diplomatischen Finten. In seinem Privatleben bevorzugte er jedoch die offene, unverblümte Rede. »Erlaube mir, deinem Gedächtnis auf die Sprünge zu helfen«, meinte er und suchte in seinen Taschen nach dem Schreiben von Whitneys Vater. Er setzte sich die Brille auf die Nase, ignorierte das leise Aufstöhnen seiner Frau und begann zu lesen:

»Whitneys Verhalten ist empörend, ihr Betragen erschrekkend. Sie ist ein unberechenbarer Wildfang, der alle in ihrer Umgebung zur Verzweiflung bringt und mir tiefste Peinlichkeit verursacht. Ich flehe Euch inständig an, sie mit nach Paris zu nehmen – in der Hoffnung, daß Euch mehr Erfolg bei der Erziehung dieses eigensinnigen Kindes beschieden ist, als ich jemals hatte.«

Edward schmunzelte. »Nennst du das wirklich sanftmütig?«

Seine Frau sah ihn gereizt an. »Martin Stone ist ein kalter, gefühlloser Mensch, der Sanftmut und Güte bei Whitney auch dann nicht anerkennen würde, wenn sie aus nichts anderem bestünde! Denk doch nur daran, wie er sie gleich nach der Beerdigung meiner Schwester angeschrien und auf ihr Zimmer geschickt hat.«

Edward legte ihr versöhnlich den Arm um die Schultern. »Ich empfinde für den Mann nicht mehr Zuneigung als du, aber du mußt zugeben, daß es einen schon aus der Fassung bringen kann, wenn man nach dem Tod seiner jungen Frau von der eigenen Tochter vor fünfzig Leuten lautstark beschuldigt wird, ihre Mama in eine Kiste eingesperrt zu haben, aus der sie nicht mehr heraus kann.«

»Aber Whitney war doch kaum fünf Jahre alt!« entgegnete Anne heftig.

»Zugegeben. Aber Martin war außer sich vor Trauer. Und abgesehen davon ist sie erst später auf ihr Zimmer geschickt worden, wenn ich mich recht erinnere . . . Als sie im Salon mit den Füßen aufstampfte und drohte, sich bei Gott über uns alle zu beschweren, wenn wir ihre Mama nicht sofort freiließen.«

Anne lächelte. »Sie war einfach bezaubernd in ihrem hilflosen Zorn, Edward. Einen Moment lang dachte ich, ihr würden vor Empörung die Sommersprossen von der Nase springen. Gib doch zu, daß du sie damals ebenso wundervoll gefunden hast.«

»Nun ja«, murrte Edward schmunzelnd. »Ich fand sie schon recht beeindruckend.«

Während die Chaise der Gilberts unaufhaltsam auf das Anwesen von Martin Stone zuschaukelte, warteten dort ein paar junge Leute ungeduldig auf dem Rasen und blickten immer wieder zu dem etwa hundert Meter entfernten Reitstall hinüber. Eine zierliche Blondine glättete ihre roséfarbenen Rökke, seufzte tief auf und ließ reizvolle Grübchen sehen. »Hast du eine Ahnung, was Whitney vorhaben könnte?« fragte sie den gutaussehenden blonden Mann neben ihr.

Paul Sevarin blickte mit einem Lächeln in Elizabeth Ashtons große blaue Augen, für das Whitney ihre beiden Füße hingegeben hätte. »Geduld, Elizabeth«, meinte er.

»Ich bin fest davon überzeugt, daß keiner von uns auch nur die leiseste Idee hat, was Whitney plant, Elizabeth«, mischte sich Margaret Merryton spitz ein. »Aber eines ist sicher: mit Sicherheit wird es etwas ebenso Törichtes oder Ungeheuerliches sein.«

»Margaret, wir sind immerhin Whitneys Gäste«, rügte Paul.

»Ich weiß nicht, warum du sie in Schutz nimmst, Paul«, meinte Margaret giftig. »Schließlich hat sie einen entsetzlichen Skandal damit verursacht, wie sie dir hinterherläuft.«

»Margaret!« rief Paul. »Ich sagte, es reicht.« Stirnrunzelnd sah Paul Sevarin auf seine glänzenden Stiefel. Whitney hatte sich in der Tat zum Narren gemacht, und im Umkreis von fünfzehn Meilen gab es kein anderes Gesprächsthema mehr.

Anfangs hatte es ihn durchaus erheitert, das Objekt der bewundernden Blicke und des verlangenden Lächelns einer Fünfzehnjährigen zu sein, doch mittlerweile setzte ihm Whitney mit der Entschlossenheit und der taktischen Raffinesse eines weiblichen Napoleon nach.

Ritt er beispielsweise über das Gelände seines Anwesens, konnte er sicher sein, ihr unterwegs zu begegnen. Es war fast so, als hätte sie irgendwo einen Ausguck, von dem aus sie jeden seiner Schritte verfolgte, und Paul fand ihre Vernarrtheit in ihn schon lange nicht mehr amüsant.

Vor drei Wochen hatte sie ihn bis zu einem örtlichen Gasthaus verfolgt. Während er gerade darüber nachdachte, ob er der verstohlenen Einladung der Wirtstochter folgen sollte, sich später mit ihr auf dem Heuboden zu treffen, hatten ihn plötzlich zwei vertraute grüne Augen durchs Fenster angestarrt. Er hatte seinen Bierkrug auf den Tisch geknallt, war hinausmarschiert, hatte Whitney gepackt, sie kurzerhand auf ihr Pferd gesetzt und darauf hingewiesen, daß ihr Vater nach ihr suchen würde, wenn sie bei Einbruch der Dunkelheit nicht zu Hause wäre.

Dann war er wieder hineingegangen und hatte einen neuen Krug Ale bestellt, aber als die Wirtstochter wie unabsichtlich mit ihren Brüsten seinen Arm streifte, sah Paul plötzlich vor seinem inneren Auge, daß ihn während des höchst reizvollen Liebesspiels mit dieser jungen Maid ein Paar grüne Augen durch ein anderes Fenster hindurch anstarrten. Er hatte genügend Münzen auf den Tisch geworfen, um die verletzte Eitelkeit der Wirtstochter zu besänftigen, und war gegangen – nur um Whitney Stone auf dem Heimweg erneut zu begegnen.

Er begann sich langsam zu fühlen wie ein Verfolgter, der auf Schritt und Tritt überwacht wurde, und seine Geduld wurde bis zum Zerreißen strapaziert. Und doch, dachte Paul gereizt, verteidige ich Whitney hier gegen Kritik, die sie mehr als verdient hat.

»Ich glaube, ich sollte nachschauen gehen, was Whitney eigentlich aufhält«, meinte ein Mädchen, das etliche Jahre jünger als die anderen war. Emily Williams eilte über den aprilgrünen Rasen zu den Ställen. Sie drückte die Tür auf und blickte den halbdunklen Gang entlang. »Wo ist Miss Whitney?« fragte sie den Stallburschen, der einen rotbraunen Wallach striegelte.

»Da drinnen, Miss.« Sogar in dem schummrigen Licht entging Emily die glühende Röte nicht, die sein Gesicht überzog, als er auf eine Tür neben dem Futterraum deutete.

Verdutzt klopfte Emily leicht an die Tür, trat ein und erstarrte angesichts des Anblicks, der sich ihr bot. Whitney Allison Stones lange Beine steckten in hautengen Breeches, die ihre schlanken Hüften betonten und in der zierlichen Taille von einem Stück Seil zusammengehalten wurden. Über den Reithosen trug sie ein dünnes Leibchen.

»Du hast doch wohl nicht die Absicht, dich so in der Öffentlichkeit zu zeigen?« ächzte Emily.

Whitney warf ihrer entsetzten Freundin einen amüsierten Blick über die Schulter zu. »Selbstverständlich nicht. Ich ziehe mir noch ein Hemd an.«

»A . . . aber warum?« stammelte Emily.

»Weil ich es nicht für besonders schicklich halte, nur mit einem Leibchen bekleidet hinauszugehen, Dummchen«, entgegnete Whitney munter, schnappte sich das saubere Hemd des Stallburschen vom Haken und zog es sich über den Kopf.

»Schicklich? Schicklich?« empörte sich Emily. »Es ist absolut unschicklich für dich, Breeches zu tragen. Das weißt du genau!«

»Stimmt. Aber mit Röcken kann ich kaum ohne Sattel reiten, ohne daß sie mir um die Ohren fliegen, oder?« argumentierte Whitney heiter, drehte ihre ungebärdigen langen Haare zu einem Knoten zusammen und steckte ihn im Nacken fest.

»Ohne Sattel? Es kann doch nicht dein Ernst sein, im Herrensitz reiten zu wollen – dein Vater enterbt dich, wenn du das noch einmal wagst.«

»Ich werde nicht im Herrensitz reiten«, beschied sie Whitney, »obwohl ich nie begreifen werde, warum Männer rittlings auf einem Pferd sitzen dürfen, während wir als das angeblich schwächere Geschlecht unsere Beine an einer Seite herunterhängen lassen und um unser Leben fürchten müssen.«

Aber Emily ließ sich nicht ablenken. »Was hast du vor?«

»Ich wußte ja noch gar nicht, wie inquisitorisch du sein kannst, Miss Williams«, neckte Whitney. »Aber um deine Frage zu beantworten: Ich werde im Stehen reiten. Das habe ich einmal auf einem Jahrmarkt gesehen und seither unermüdlich geübt. Wenn Paul sieht, wie gut ich bin, wird er . . .«

»Er wird denken, du hättest endgültig den Verstand verloren, Whitney! Er wird es für einen neuerlichen Versuch halten, unter allen Umständen seine Aufmerksamkeit zu erregen.« Als sie das entschlossene Kinn ihrer Freundin sah, änderte Emily ihre Taktik. »Whitney, bitte denk doch an deinen Vater. Was wird der sagen, wenn er davon erfährt?«

Whitney holte tief Atem und sah durch das Fenster auf die Gruppe junger Leute, die auf dem Rasen wartete. »Vater wird das sagen, was er meistens von sich gibt. Daß ich ihn enttäuscht habe, daß ich ihm und dem Andenken meiner Mutter Schande mache, und daß er froh ist, daß sie nicht erleben muß, was aus mir geworden ist. Und dann wird er mir einen halbstündigen Vortrag darüber halten, was für eine vollkommene junge Lady Elizabeth Ashton ist, und daß ich mir an ihr ein Beispiel nehmen sollte.«

»Nun, wenn du Paul wirklich beeindrucken willst, solltest du vielleicht . . .«

Whitney ballte die Hände zu Fäusten. »Ich habe mich ja bemüht, so wie Elizabeth zu sein. Ich habe diese widerlichen Rüschenkleider angezogen, in denen ich mir vorkomme wie ein wandelnder Berg. Ich habe geübt, stundenlang kein Wort zu sagen und mit den Wimpern zu klimpern, bis mir die Lider wehtaten.«

Emily biß sich auf die Lippe, um ein Lächeln über Whitneys Schilderung von Elizabeth Ashtons geziertem Gehabe zu verbergen, dann seufzte sie leicht auf. »Ich werde den anderen sagen, daß du gleich kommst.«

Mit empörtem Schnaufen und höhnischem Lächeln begrüßten die Zuschauer Whitney, als sie mit dem Pferd am Zügel auf sie zukam. »Sie wird herunterstürzen«, prophezeite eines der Mädchen, »wenn sie der Herr nicht zuvor tot umfallen läßt, weil sie diese unmöglichen Hosen trägt.«

Whitney widerstand tapfer der Versuchung, eine passende

Antwort zu geben, reckte hochmütig den Kopf und warf Paul einen verstohlenen Blick zu. Sein gutaussehendes Gesicht zeigte tiefe Mißbilligung, während sein Blick von ihren nackten Füßen über die prallen Breeches zu ihrem Gesicht hinauf wanderte. Innerlich zuckte sie unter seinen Blicken zwar zusammen, schwang sich dann aber resolut auf den Rücken des wartenden Wallachs.

Während das Pferd in den geprobten leichten Galopp fiel, arbeitete sich Whitney vorsichtig in eine stehende Position. Erst kniete sie sich auf den Pferderücken, dann streckte sie die Arme aus, um ihre Balance zu bewahren, bis sie schließlich stand. Runde um Runde drehte sie, und trotz ihrer ständigen Angst, hinunterzustürzen oder wie eine Närrin auszusehen, gelang es ihr doch, ebenso geschickt wie anmutig zu wirken.

Als sie ihre vierte Runde anfing, überflogen ihre Augen die schockierten und verächtlichen Mienen links von ihr und suchten nach dem einzigen Gesicht, das für sie zählte. Paul stand halb im Schatten der Bäume, an seinem Arm hing Elizabeth Ashton, aber als sie an ihm vorbeiritt, sah sie, wie ein leises, zögerndes Lächeln um seine Lippen flog. Wilder Triumph stieg in ihr auf. Als sie das nächste Mal an ihm vorbeikam, lächelte ihr Paul uneingeschränkt zu, und all die Mühen der vergangenen Wochen waren plötzlich belanglos.

Hinter einem Fenster im ersten Obergeschoß starrte Martin Stone auf den Rasen hinunter, auf dem seine Tochter ihre Kunststücke vollführte. Hinter ihm betrat der Butler den Salon und kündigte die Ankunft von Lord und Lady Gilbert an. Zu aufgebracht über seine Tochter, um auch nur ein Wort herausbringen zu können, begrüßte er seine Schwägerin und ihren Ehemann mit einem kurzen Nicken und zusammengebissenen Zähnen.

»Wie schön, Sie nach all diesen Jahren endlich wiederzusehen, Martin«, log Lady Anne liebenswürdig. Und als er beharrlich schwieg, fügte sie hinzu: »Wo ist Whitney? Wir sind sehr gespannt auf sie.«

Endlich fand Martin Stone seine Stimme wieder. »Sehen Sie sie nicht, Madam?« fauchte er. »Sie brauchen nur aus dem Fenster zu schauen.«

Überrascht trat Anne ans Fenster und blickte hinaus. Auf dem Rasen balancierte ein schlanker junger Mann vor einer Reihe junger Leute ganz hervorragend auf einem Pferderükken. »Was für ein behender junger Mann«, meinte sie lächelnd.

Ihre unschuldige Bemerkung schien Martin Stones zornige Starre in wilden Aktionismus zu verwandeln. Er machte auf dem Absatz kehrt und marschierte zur Tür. »Wenn Sie Ihre Nichte begrüßen wollen, kommen Sie mit mir. Ich kann Ihnen den beschämenden Anblick aber auch ersparen und sie hier in den Salon bringen lassen.«

Mit einem mißbilligenden Blick auf den Rücken ihres Schwagers legte Lady Anne die Hand auf den Arm ihres Mannes, und sie folgten Martin aus dem Raum.

Als sie sich den jungen Leuten näherten, hörte Anne Lachen und Gemurmel und wurde sich vage bewußt, daß da etwas Abfälliges und Boshaftes mitschwang, aber sie war zu beschäftigt, nach Whitney zu suchen, um über diesen flüchtigen Eindruck länger nachzudenken. Sie schied zwei Blondinen und eine Rothaarige aus, betrachtete nachdenklich eine zierliche blauäugige Braunhaarige, wandte sich dann aber hilflos an den jungen Mann neben ihr. »Verzeihen Sie, ich bin Lady Gilbert, Whitneys Tante. Könnten Sie mir vielleicht sagen, wo sie ist?«

Halb erheitert, halb mitleidig sah Paul Sevarin sie an. »Ihre Nichte befindet sich auf dem Pferd, Lady Gilbert«, entgegnete er.

»Auf dem . . .?« Lord Gilbert verschlug es die Sprache.

Whitney sah ihrem Vater entgegen, der nun mit schnellen Schritten auf sie zukam. »Mach bitte keine Szene, Vater«, sagte sie, als er in Hörweite war.

»Du forderst von mir, keine Szene zu machen?« fuhr er sie wütend an, griff nach den Zügeln des Pferdes und riß es so heftig herum, daß sie den Halt verlor. Whitney kam zwar mit den Füßen auf, verlor dann aber das Gleichgewicht und setzte sich mit einem halben Spagat auf den Rasen. Nachdem sie sich hochgerappelt hatte, packte sie ihr Vater grob am Arm und zerrte sie zu Lady und Lord Gilbert. »Dieses . . . dieses Geschöpf«, knurrte er und schob sie auf ihre Tante und ihren Onkel zu, »ist Ihre Nichte, muß ich zu meiner Schande gestehen!«

Whitney hörte hinter sich das unterdrückte Gekicher der Gruppe, die sich schnell zerstreute, und spürte, daß ihr Gesicht hochrot vor Scham wurde. »Wie geht es Ihnen, Tante Anne? Onkel Edward?« Nach einem schnellen Blick auf Pauls sich entfernende Gestalt griff Whitney ganz mechanisch nach ihrem Rock, erkannte, daß der nicht vorhanden war, und versank absurderweise in ihren Breeches in einem Knicks. Sie bemerkte die hochgezogenen Brauen ihrer Tante und schob trotzig das Kinn vor. »Sie können versichert sein, daß ich während der Woche Ihrer Anwesenheit danach streben werde, nicht wieder über die Stränge zu schlagen, Tante.«

»Für die Woche unserer Anwesenheit . . .«, meinte Lady Gilbert verblüfft, aber Whitney beobachtete gerade angespannt, wie Paul Elizabeth in seine Karriole half, und so entging ihr die Überraschung in der Stimme ihrer Tante.

»Auf Wiedersehen, Paul«, rief sie und winkte heftig. Er drehte sich um und hob den Arm zu einem Abschiedsgruß.

Lachen klang auf, als die Einspänner die Auffahrt hinunterrollten und ihre Insassen zu einem Picknick oder zu einer anderen Vergnügung brachten, zu denen Whitney nie eingeladen wurde, weil sie zu jung war.

Als sie Whitney ins Haus folgte, kämpfte Anne Gilbert mit einer Vielzahl widersprüchlicher Emotionen. Sie empfand Mitleid mit Whitney und Zorn auf Martin Stone, weil er das Mädchen vor den anderen gedemütigt hatte. Sie war irgendwie benommen vom Anblick ihrer Nichte, die auf einem Pferderücken in Breeches Kapriolen vollführt hatte, aber auch sehr erstaunt über die Entdeckung, daß Whitney, deren Mutter kaum mehr als durchschnittlich hübsch gewesen war, alle Anzeichen dafür zeigte, eine wahre Schönheit zu werden.

Noch war sie fast knabenhaft dünn, aber selbst nach der beschämenden Szene hielt Whitney die Schultern sehr gerade, ihr Gang war anmutig und eine Spur provokant. Die groben braunen Reithosen betonten die sanftgerundeten Hüften, die schmale Taille würde keines Mieders bedürfen, um noch zierlicher zu wirken, und die Augen unter langen, schwarzen Wimpern schienen von Meergrün zum Farbton von Jade zu wechseln. Und dann die Haare: Eine hinreißende Mähne von tiefem, reichem Mahagonibraun! Es mußte lediglich in Form gebracht und gebürstet werden, bis es glänzte. Anne juckte es buchstäblich in den Fingern, und innerlich überlegte sie bereits, welche Frisur Whitneys faszinierende Augen und die hohen Wangenknochen am günstigsten betonen würden. Es mußte aus der Stirn genommen und auf dem Kopf zu einer Krone zusammengefaßt werden, damit es ihr in sanften Locken über den Rücken fiel.

Sobald sie das Haus betraten, murmelte Whitney eine Entschuldigung und flüchtete in ihr Zimmer, wo sie sich verzweifelt in einen Sessel fallen ließ und trübsinnig über die Szene nachdachte, deren Zeuge Paul gerade geworden war. Und zweifellos waren ihre Tante und ihr Onkel ebenso entsetzt und abgestoßen von ihrem Benehmen wie ihr Vater. Mit vor Scham glühenden Wangen dachte sie darüber nach, daß die beiden sie bereits jetzt verachten mußten.

»Whitney?« flüsterte Emily und schloß behutsam die Tür hinter sich. »Ich bin hinten heraufgekommen. Ist dein Vater sehr erbost?«

»Giftig wie Schierling«, bestätigte Whitney und starrte düster auf ihre Reithosen. »Ich habe heute aber auch alles verpatzt, oder? Jedermann hat mich ausgelacht, und das ist Paul nicht entgangen. Jetzt, wo Elizabeth siebzehn ist, wird er bestimmt um sie anhalten, bevor er sich überhaupt bewußt machen kann, daß er eigentlich mich liebt.«

»Dich?« wiederholte Emily verdutzt. »Paul meidet dich doch wie die Pest, Whitney Stone, und das dürfte dir mehr als bekannt sein! Aber wer sollte ihm das nach den Streichen übelnehmen, die du ihm im letzten Jahr gespielt hast?«

»Aber so viele waren das doch gar nicht«, entgegnete Whitney, krümmte sich aber unwillkürlich auf ihrem Sessel zusammen.

»Nein? Wie nennst du es denn, daß du an Allerseelen vor seine Kutsche gesprungen bist und wie eine Banshee losgeheult hast, daß seine Pferde scheuten?«

Whitney errötete. »Er war gar nicht übermäßig wütend. Und der Kutsche ist auch nichts geschehen. Nur ein Deichselarm war gebrochen.«

»Und Pauls Bein«, ergänzte Emily.

»Aber das ist schnell geheilt«, beharrte Whitney, verdrängte die Katastrophen der Vergangenheit und wandte sich künftigen Chancen zu. Sie sprang auf und begann langsam im Raum auf und ab zu laufen. »Es muß doch eine Möglichkeit geben . . . Entführen kann ich ihn allerdings nicht . . . Ich . . .« Ein durchtriebenes Lächeln erhellte ihr Gesicht, als sie so schnell herumfuhr, daß Emily auf ihrem Sitz zusammenzuckte. »Eines ist eindeutig klar, Emily: Paul weiß noch nicht, daß er etwas für mich empfindet. Richtig?«

»Er empfindet durchaus etwas für dich – Abscheu«, berichtigte Emily sachlich.

»Daher wird er ohne zusätzlichen Anstoß wohl kaum um mich anhalten. Richtig?«

»Du kannst ihn doch nicht mit vorgehaltener Pistole dazu zwingen, dir einen Antrag zu machen. Abgesehen davon bist du noch nicht alt genug, um dich verloben zu können, selbst wenn . . .«

»Unter welchen Umständen«, unterbrach Whitney sie triumphierend, »sieht sich ein Gentleman genötigt, um eine Lady anzuhalten?«

»Ich kann mir keine vorstellen. Es sei denn, er hat sie kompromittiert, natürlich. Whitney, was du auch planst, es wird dir nichts helfen.«

Aufseufzend ließ sich Whitney wieder in ihren Sessel fallen und streckte die Beine aus. Sie dachte an ihren letzten Einfall und lachte leicht auf. »Wenn es mir doch nur gelungen wäre ... Das Rad an Pauls Kutsche zu lockern, meine ich. Wenn er mich dann gebeten hätte, mit ihm irgendwohin zu fahren, wäre es irgendwann abgefallen. Bis er zurückgelaufen wäre oder irgendwo Hilfe geholt hätte, wäre es bereits spätabends gewesen, und er hätte mir einen Antrag machen müssen.« Unempfänglich für Emilys entsetzte Miene fuhr Whitney fort: »Stell dir vor, welch wundervolle Variation eines uralten Themas das gewesen wäre: Junge Lady entführt Gentleman und ruiniert seinen Ruf, so daß sie sich gezwungen sieht, ihn zu heiraten, um die Dinge wieder ins rechte Lot zu bringen! Welch einen spannenden Roman man darüber schreiben könnte«, fügte sie begeistert über ihren Einfallsreichtum hinzu.

»Ich werde jetzt lieber gehen«, meinte Emily, ging zur Tür, drehte sich dort aber noch einmal um. »Deine Tante und dein Onkel haben alles mitangesehen. Wie willst du ihnen die Sache mit deinen Kunststückchen und den Reithosen erklären?«

Whitneys Miene verdüsterte sich. »Ich werde ihnen gar nichts erklären, denn das wäre sinnlos. Aber während ihres Aufenthalts hier werde ich das zurückhaltendste, tugendhafteste weibliche Wesen sein, das du je gesehen hast.« Auf Emilys skeptischen Blick hin setzte sie noch hinzu: »Ich habe die feste Absicht, mich, abgesehen von den Mahlzeiten, absolut unsichtbar zu machen. Es muß mir doch gelingen, mich wenigstens drei Stunden täglich wie Elizabeth zu benehmen.«

Und Whitney hielt ihr Versprechen. Nachdem ihr Onkel am

Abend während des Dinners die haarsträubendsten Geschichten von ihrem Aufenthalt in Beirut erzählt hatte, murmelte sie nur züchtig: »Wie ungeheuer aufschlußreich, Onkel Edward«, obwohl sie innerlich darauf brannte, ihn mit weiteren Fragen zu bestürmen. Und als ihre Tante ihre Schilderungen von Paris und seines lockeren gesellschaftlichen Lebens beendet hatte, meinte Whitney artig: »Wie bemerkenswert interessant, Tante.« Und in dem Augenblick, in dem die Tafel aufgehoben war, entschuldigte sie sich und verschwand.

Nach drei Tagen waren Whitneys Bemühungen um Anstand und Sitte so erfolgreich, daß sich Anne Gilbert zu fragen begann, ob sie sich den Zwischenfall bei ihrer Ankunft nur eingebildet hatte, oder ob das Mädchen irgendeine Abneigung gegen Edward und sie hatte.

Am Vormittag des vierten Tages beschloß Anne die Wahrheit herauszufinden. Whitney war weder im Haus noch im Garten, sie hatte sich auch kein Pferd aus den Ställen geholt. Anne wanderte auf das Gelände hinaus und überlegte, wo eine Fünfzehnjährige ihre Zeit verbringen würde. Von einer kleinen Anhöhe aus erspähte sie einen gelben Fleck. »Also da bist du«, murmelte sie, öffnete ihren Sonnenschirm und lief über den Rasen.

Whitney sah ihre Tante erst, als es für eine Flucht bereits zu spät war. Verzweifelt wünschte sie, sich ein besseres Versteck gesucht zu haben, und dachte über ein Thema nach, über das sie mit ihrer Tante reden konnte, ohne allzu einfältig zu erscheinen. Kleider? Sie hatte keine Ahnung von Mode und brachte auch keine Spur von Interesse dafür auf. Gleichgültig, was sie anzog, sie sah stets schrecklich aus. Wie konnten auch Kleider das Aussehen eines Mädchens verbessern, das Katzenaugen hatte, erdbraune Haare und Sommersprossen auf der Nase. Darüber hinaus war sie zu groß, zu dürr, und wenn der Herrgott die Absicht haben sollte, sie mit einem Busen auszustatten, dann ließ er sich damit beunruhigend viel Zeit.

Außer Atem von dem anstrengenden Marsch sank Anne

Gilbert neben Whitney auf die Decke. »Ich . . . ich dachte, ich müßte endlich einmal ein bißchen spazierengehen«, log sie. Als sie wieder etwas zu Atem gekommen war, bemerkte sie ein ledergebundenes Buch neben Whitney und beschloß, das zum Thema eines Gesprächs zu machen. »Ist das ein Liebesroman?«

»Nein, Tante«, erwiderte Whitney zurückhaltend und legte schnell eine Hand über den Titel.

»Ich habe gehört, daß sich die meisten jungen Damen für Liebesromane begeistern«, versuchte es Anne erneut.

»Ja, Tante«, erwiderte Whitney höflich.

»Ich habe einmal einen gelesen, aber er hat mir nicht besonders gefallen«, meinte Anne und dachte verzweifelt nach einem anderen Thema nach, um Whitney aus ihrer Reserve zu locken. »Ich mag keine Heldinnen, die einfach vollkommen sind oder bei jedem Anlaß in Ohnmacht fallen.«

Whitney war so erstaunt über die Feststellung offenbar nicht das einzige weibliche Wesen in England zu sein, das diese geistlosen Bücher nicht verschlang, daß sie ihren Vorsatz der absoluten Einsilbigkeit prompt vergaß. »Und wenn die Heldinnen nicht ohnmächtig werden«, meinte sie lachend, »liegen sie mit Hirschhornsalzfläschchen vor der Nase auf dem Kanapee und verzehren sich nach irgendeinem schwachköpfigen Gentleman, der ihnen noch keinen Antrag gemacht oder bereits um eine andere, sehr viel unwürdigere Frau angehalten hat. Ich könnte nie tatenlos herumliegen, wenn sich der Mann, den ich liebe, um eine andere bemüht.« Whitney warf ihrer Tante einen prüfenden Blick zu, doch die war keineswegs schockiert, sondern betrachtete sie mit einem unerklärlichen Lächeln um die Lippen. »Tante Anne, könnten Sie wirklich etwas für einen Mann empfinden, der vor Ihnen in die Knie sinkt und haucht: ›O Clarabel, deine Lippen sind wie die Petalen einer roten Rose und deine Augen wie zwei Sterne am Himmel‹?« Whitney schnaubte verächtlich und fügte hinzu. »Das würde mich zum Riechsalz greifen lassen!«

»Mich auch«, sagte Anne und lachte. »Aber was liest du dann, wenn keine gräßlichen Liebesromane?« Sie schob Whitneys Hand leicht zur Seite und las den Titel. »Die *Ilias*?« fragte sie ungläubig. »Nun erzähl mir nur noch, daß du Griechisch kannst . . .« Liebevoll lächelte sie ihre Nichte an.

Errötend nickte Whitney. Jetzt würde ihre Tante sie bestimmt für unweiblich gebildet halten. »Auch Latein, Italienisch, Französisch und ein wenig Deutsch«, gestand sie ein.

»Großer Gott«, hauchte Anne tief beeindruckt. »Wo hast du das alles denn gelernt?«

»Ungeachtet dessen, was Vater von mir hält, Tante Anne, bin ich vielleicht töricht, aber nicht dumm. Ich habe ihm so lange zugesetzt, bis er Lehrer einstellte, die mir Sprachen und Geschichte beibrachten.« Whitney schwieg und dachte daran, wie sie einst angenommen hatte, ihr Vater würde sie vielleicht lieben, wenn sie durch ihre Studien einem Sohn ähnlicher würde.

»Du scheinst dich über Kenntnisse zu schämen, auf die du eigentlich stolz sein solltest.«

Whitney sah zu ihrem Vaterhaus hinüber, das in sattes Grün eingebettet war. »Ich bin sicher, daß die meisten Menschen es für eine Zeitverschwendung betrachten, einem Mädchen derartige Dinge beizubringen. Aber ich habe nun einmal überhaupt keine weiblichen Tugenden. Ich kann nicht mit Nadel und Faden umgehen, und wenn ich singe, beginnen die Hunde im Reitstall zu heulen. Mister Twittsworthy, unser Musiklehrer im Ort, hat meinem Vater erklärt, er bekomme Krämpfe, wenn ich mich ans Pianoforte setze. Ich kann nichts von den Dingen, die ein Mädchen können sollte, und was noch schlimmer ist: Ich hasse es auch, mich damit zu befassen.«

Whitney war fest davon überzeugt, daß ihre Tante sie nun verabscheuen würde wie jedermann sonst. Aber es war besser, mit offenen Karten zu spielen und nicht wie die Katze um den heißen Brei herumzuschleichen. Sie sah Lady Anne mit großen grünen Augen an und fügte hinzu: »Ich bin sicher, daß

Papa Ihnen alles über mich erzählt hat. Ich bin eine furchtbare Enttäuschung für ihn. Er wünscht sich, daß ich zurückhaltend, tugendsam und weiblich sanft bin – so wie Elizabeth Ashton. Ich bemühe mich ja, so zu sein, aber ich schaffe es einfach nicht.«

Annes Herz schmolz für das reizende, willensstarke und verunsicherte Kind, das ihre Schwester geboren hatte. Sie strich mit der Hand über Whitneys Wange und meinte zärtlich: »Dein Vater wünschte sich eine Tochter wie eine Kamee: fein, edel und perfekt geformt. Statt dessen hat er eine Tochter wie ein Diamant – lebensprühend und funkelnd –, und nun weiß er nicht, was er damit anfangen soll. Anstatt den Wert und die Seltenheit dieses Juwels zu schätzen, anstatt es durch ein wenig Politur zum Strahlen zu bringen, beharrt er darauf, aus ihr eine gewöhnliche Gemme zu schneiden.«

Whitney betrachtete sich zwar mehr als ein Stück Kohle, aber um ihre Tante nicht zu enttäuschen, hielt sie den Mund. Nachdem Lady Anne gegangen war, griff Whitney wieder zu ihrem Buch, doch schon bald wurde ihre Aufmerksamkeit von den Seiten des Buches zu Träumen von Paul abgelenkt.

Als sie an diesem Abend zum Dinner hinunterging, war die Atmosphäre im Speisezimmer eigentümlich angespannt, und niemand schien ihr Kommen zu bemerken. »Wann wollen Sie ihr eigentlich sagen, daß wir sie mit nach Frankreich nehmen, Martin?« erkundigte sich ihr Onkel gereizt. »Oder haben Sie etwa die Absicht, damit bis zu unserem Abreisetag zu warten, um das Kind dann wie ein Gepäckstück einfach zu uns in die Kutsche zu schieben?«

Alles um sie herum begann sich zu drehen, und einen Augenblick lang glaubte Whitney, sich übergeben zu müssen. Sie schluckte tapfer den Kloß hinunter, der ihr in die Kehle gestiegen war, und fragte scheinbar ruhig und gelassen: »Fahre ich irgendwohin, Vater?«

Alle wandten sich ihr zu und starrten sie an. Das Gesicht ihres Vaters verzog sich ungeduldig und verärgert. »Nach

Frankreich«, entgegnete er knapp. »Um künftig bei deiner Tante und deinem Onkel zu leben, die versuchen werden, aus dir eine Lady zu machen.«

Whitney vermied es geflissentlich, irgend jemanden anzusehen – für den Fall, daß sie auf der Stelle zusammenbrechen würde –, und nahm ihren Platz am Tisch ein. »Hast du meine Tante und meinen Onkel auf das Risiko hingewiesen, das sie damit eingehen, mich bei sich aufzunehmen?« fragte sie und richtete ihre ganze Konzentration darauf, ihren Vater nicht merken zu lassen, was er ihr gerade angetan hatte. Kühl blickte sie in die verlegenen Gesichter ihres Onkels und ihrer Tante. »Es könnte sein, daß mein Vater zu erwähnen vergaß, daß Sie in große Verlegenheit kommen könnten. Er hätte Ihnen sagen sollen, daß ich hoffnungslos ungebärdig bin, über ausgesprochen widerwärtige Manieren verfüge und keine Ahnung davon habe, wie man eine höfliche Konversation führt.«

Ihre Tante betrachtete sie mit unverhülltem Mitleid, aber die Miene ihres Vaters versteinerte. »O Papa«, flüsterte sie gebrochen, »verabscheust du mich tatsächlich so sehr? Haßt du mich so unendlich, daß du mich aus deinen Augen haben willst?« Tränen traten ihr in die Augen. Sie stand auf. »Wenn Sie mich jetzt bitte entschuldigen würden . . . Ich habe heute abend keinen großen Appetit . . .«

»Wie konnten Sie das nur tun?« rief Anne empört, nachdem Whitney das Zimmer verlassen hatte. »Sie sind der herzloseste, gefühlloseste . . . Es wird uns eine Freude sein, dieses Kind Ihrem Einfluß zu entziehen. Daß sie Ihre Behandlung bisher überlebt hat, ist ein Beweis für ihre Charakterstärke. Ich bin sicher, ich hätte mich nicht so gut gehalten wie sie.«

»Sie messen ihren Worten eine zu große Bedeutung bei, Madame«, entgegnete Martin Stone kalt. »Ich versichere Ihnen, daß ihre scheinbare Verzweiflung nicht auf die Aussicht einer Trennung von mir zurückzuführen ist. Ich habe lediglich ihren Plänen ein frühzeitiges Ende gesetzt, sich wegen Paul Sevarin zur absoluten Närrin zu machen.«

Niedergeschlagen betrachtete Whitney die Rosenstöcke im Garten. Ihre Tante war im Salon und wurde dort zweifellos mit weiteren Begebenheiten aus der Vergangenheit ihrer Nichte ebenso ergötzt wie mit düsteren Prognosen für ihre Zukunft. Emily war mit ihren Eltern nach London gefahren und Paul ... Paul war nicht einmal gekommen, um sich von ihr zu verabschieden. Nicht, daß sie wirklich mit ihm gerechnet hätte. Vermutlich saß er mit seinen Freunden zusammen und hob ein Glas auf ihre Abreise.

Aber als hätten ihn ihre Überlegungen herbeibeschworen, hörte sie plötzlich seine tiefe männliche Stimme hinter sich. »Hallo, meine Schöne.«

Whitney fuhr herum. Er lehnte nur wenige Zentimeter hinter ihr lässig an einem Baum. »Wie ich hörte, wirst du uns verlassen«, meinte er ruhig.

Whitney nickte stumm und versuchte, sich jede Einzelheit seiner blonden Haare und seines gutaussehenden Gesichts für immer einzuprägen. »Wirst du mich vermissen?« entfuhr es ihr.

»Selbstverständlich werde ich das«, sagte er schmunzelnd. »Ohne dich wird es hier ziemlich langweilig werden, junge Dame.«

»Ja, das kann ich mir vorstellen«, flüsterte Whitney und senkte den Blick. »Wenn ich fort bin, wird niemand von Bäumen springen, um dir dein Picknick zu verpatzen, dafür sorgen, daß du dir das Bein brichst, oder ...«

»Niemand«, unterbrach Paul ihre Kette der Selbstbezichtigungen.

Whitney hob den Kopf und sah ihm in die Augen. »Wirst du auf mich warten?«

»Wenn du wiederkommst, werde ich noch immer hier sein – wenn du das meinst«, meinte er ausweichend.

»Aber so habe ich es nicht gemeint!« platzte Whitney verzweifelt heraus. »Ich meinte, ob du nicht vielleicht damit warten könntest, eine andere zu heiraten, bis ...« Unendlich verlegen verstummte sie. Warum, fragte sie sich, ließ sie sich von ihm nur immer auf diesen Weg locken? Warum konnte sie nie so kühl und kokett sein wie die anderen Mädchen?

»Du gehst jetzt fort, Whitney, und wirst mich bald genug vergessen haben«, erklärte Paul energisch. »Irgendwann wirst du dich fragen, warum du mich jemals gebeten hast, auf dich zu warten.«

»Das frage ich mich jetzt schon«, entgegnete sie kleinmütig.

Vor Ungeduld und Sympathie aufseufzend, griff ihr Paul sanft unter das Kinn und zwang sie, ihn anzusehen. »Ich werde hier sein«, meinte er und lächelte zögernd, »um zu sehen, wie erwachsen du geworden bist.«

Hingerissen blickte Whitney in sein gutgeschnittenes Gesicht und beging dann den letzten, unverzeihlichen Fehler. Sie reckte sich auf die Zehenspitzen, umschlang seinen Hals mit ihren Armen und küßte ihn heftig auf den Mundwinkel. Leise fluchend löste er ihre Arme und schob sie heftig von sich. Tränen der Scham stiegen in Whitneys Augen. »Es tut mir leid, Paul. Das . . . das hätte ich nie tun dürfen.«

»Nein«, zischte er gereizt, »das hättest du nicht.« Er griff in seine Tasche, zog eine kleine Schachtel hervor und drückte sie ihr ohne große Umstände in die Hand. »Ich habe dir ein Abschiedsgeschenk mitgebracht.«

Whitney verschlug es fast den Atem. »Tatsächlich?« Mit bebenden Fingern öffnete sie die Schachtel und starrte wie gebannt auf eine Kamee an einer schmalen Goldkette. »O Paul«, hauchte sie mit leuchtenden Augen, »es ist das herrlichste, wunderschönste . . . Ich werde es für immer und ewig tragen und schätzen.«

»Es ist ein Andenken«, betonte er. »Nichts weiter.«

Whitney hörte ihn kaum. »Hast du es selbst ausgesucht?«

Paul hob unentschlossen die Brauen. Heute vormittag war er beim Goldschmied im Ort gewesen, um ein geschmackvolles, kostspieliges Schmuckstück für Elizabeth auszusuchen.

Da Miss Stone bald nach Frankreich fahre, hatte der Goldschmied lachend bemerkt, müsse Paul doch in Feierstimmung sein. Und da das durchaus so war, hatte er aus dem Impuls heraus den Goldschmied gebeten, etwas Passendes für eine Fünfzehnjährige einzupacken. Bis zu dem Moment, in dem Whitney die kleine Schachtel öffnete, hatte er keine Ahnung gehabt, was sich darin befand. Aber weshalb sollte er Whitney das erzählen? Mit etwas Glück würde es ihrem Onkel und ihrer Tante gelingen, irgendeinen ahnungslosen Franzosen aufzutreiben, der sie heiraten würde. Spontan wollte er die Arme ausstrecken, um sie an sich zu ziehen und ihr dringend zu raten, aus ihren Chancen in Frankreich das Beste zu machen. Doch er besann sich rechtzeitig. »Ich habe es selbst ausgesucht«, meinte er. »Als Geschenk unter Freunden«, betonte er unmißverständlich.

»Aber ich will nicht nur deine Freundin sein«, entfuhr es Whitney, doch dann riß sie sich zusammen. »Deine Freundin zu sein, genügt mir – für den Moment«, seufzte sie auf.

»Wenn das so ist«, meinte er und begann zu schmunzeln, »ist wohl nichts dagegen einzuwenden, wenn sich zwei Freunde mit einem Kuß voneinander verabschieden.«

Fast schwindlig vor Glück kniff Whitney die Augen zu und spitzte die Lippen, aber sein Mund streifte nur kurz ihre Wange. Und als sie die Lider wieder aufschlug, war er bereits mehrere Schritte entfernt und verließ schnell den Garten.

»Paul Sevarin«, murmelte sie zutiefst entschlossen. »In Frankreich werde ich mich total verändern. Und wenn ich zurückkomme, wirst du mich heiraten.«

Kapitel zwei

Lord und Lady Gilberts Haus hinter den schmiedeeisernen Toren war beeindruckend ohne abweisend zu wirken. Hohe Bogenfenster machten die geräumigen Zimmer licht, und zarte Pastelltöne verliehen allen Räumen vom Salon bis zu den Schlafgemächern im oberen Geschoß eine heitere Eleganz. »Und das sind deine Räume, Liebes«, sagte Anne und öffnete die Tür zu einer in hellblauen Tönen gehaltenen Suite.

Wie gebannt blieb Whitney an der Schwelle stehen und ließ den Blick über die weiße mit cerise-, rosafarbenen und blauen Blüten bedruckten Satindecke auf dem Bett schweifen, über das Sofa, das in den gleichen Farben gehalten war. Kostbare Porzellanvasen waren mit Blumen in rosa Tönen gefüllt. Fast wehmütig wandte sie sich dann an ihre Tante. »Es wäre mir sehr viel angenehmer, Tante Anne, wenn Sie mir ein anderes Zimmer geben könnten, etwas nicht ganz so, nun ja, zerbrechliches. Zu Hause könnte Ihnen jedermann erzählen«, erläuterte sie auf den überraschten Blick von Lady Anne hin, »daß ich an etwas Fragilem nur vorbeizugehen brauche, und schon kracht es zu Boden.«

Anne drehte sich zu dem Diener um, der gerade mit Whitneys schwerer Truhe auf der Schulter im Korridor erschien. »Hier herein«, sagte sie und nickte bekräftigend.

»Sagen Sie dann aber nicht, Sie wären nicht gewarnt worden«, seufzte Whitney, setzte ihre Kopfbedeckung ab und sank begeistert auf das Sofa. In Paris, beschloß sie, werde ich eine himmlische Zeit verbringen.

Drei Tage später setzte pünktlich um halb zwölf am Vormittag die Parade der Besucher mit der Ankunft von Annes Schneiderin ein, die von drei Näherinnen begleitet wurde, die endlos über Schnitte und Stoffe diskutierten und Whitney von Kopf bis Fuß maßnahmen.

Eine halbe Stunde später marschierte Whitney mit einem

Buch auf dem Kopf vor den kritischen Augen einer molligen Dame auf und ab, der Tante Anne die beachtliche Aufgabe übertragen hatte, Whitney das zu lehren, was man »feine Lebensart« nannte.

»Ich bin eben gräßlich ungeschickt, Madame Froussard«, gestand Whitney errötend ein, als das Buch zum dritten Mal zu Boden polterte.

»Aber nein!« widersprach Madame Froussard und schüttelte vehement die sorgsam frisierten Silberlöckchen. »Mademoiselle Stone verfügt über natürliche Grazie und eine ausgezeichnete Haltung. Aber Mademoiselle sollte lernen, nicht loszustürmen, als nähme sie an einem Wettlauf teil.«

Von dem Tanzlehrer, der gleich nach Madame Froussards Abgang eintraf, wurde Whitney zu den eingebildeten Klängen eines Walzers über das Parkett gewirbelt. »Nicht ganz aussichtslos«, urteilte er. »Mit ein wenig Übung . . .«

Und die Französisch-Lehrerin, die ihren Auftritt zur Teestunde hatte, bemerkte beim Abschied: »Von dieser jungen Dame könnte sogar ich noch etwas lernen, Lady Gilbert.«

Einen Monat vor Whitneys offiziellem Debüt in der Gesellschaft zog Onkel Edward eines Abends drei Opernkarten aus der Tasche und bemerkte lässig, es würde ihn freuen, wenn Whitney – falls es ihre Zeit erlaube – seine Frau und ihn in die Botschafts-Loge begleiten würde.

Noch vor wenigen Monaten hätte Whitney vor Freude Purzelbäume geschlagen, aber jetzt strahlte sie ihren Onkel nur an und sagte wohlerzogen: »Das würde mir außerordentlich gut gefallen, Onkel Edward.«

Ähnlich ergeben ließ sie es über sich ergehen, daß Clarissa, die einst Susan Stones Zofe gewesen war, bevor sie die Vertraute und Zofe ihrer Tochter wurde, ihre Haare bürstete und auf dem Kopf zu einer lockigen Krone feststeckte, aus der feine Löckchen in den Nacken rieselten. Whitneys neue weiße

Robe mit eisblauen Samtbändern um die hohe Taille und gerüschtem Saum wurde sorgsam über ihren Kopf gestreift. Ein eisblaues Satin-Cape vervollständigte ihre Ausstattung. Mit leuchtenden Augen stand Whitney vor dem Spiegel. Dann versank sie in einem tiefen Hofknicks und murmelte mit ernster Stimme: »Ich habe die Ehre, Miss Whitney Stone anzukündigen, la Belle de Paris.«

Als die Ouvertüre einsetzte, vergaß Whitney die berauschende Eleganz ihrer Umgebung, all die erregenden neuen Eindrücke, und gab sich ganz dem Zauber der Musik hin. Als sich die schweren Vorhänge nach dem ersten Akt senkten, mußte sich Whitney leicht kneifen, um wieder in die Wirklichkeit zurückzufinden. Hinter ihr hatten Bekannte ihrer Tante und ihres Onkels die Loge betreten und begannen eine halblaute angeregte Unterhaltung.

»Whitney«, sagte Tante Anne und faßte leicht nach ihrer Schulter. »Dreh dich um, damit ich dich unseren lieben Freunden vorstellen kann.«

Folgsam stand Whitney auf, wandte sich den Neuankömmlingen zu, und wurde Madame und Monsieur DuVille vorgestellt. Ihre Begrüßung war offen und liebenswürdig, aber ihre Tochter Thérèse, ein sympathisches blondes Mädchen in Whitneys Alter, beäugte sie stumm und neugierig. Unter den durchdringenden Blicken des Mädchens verlor Whitney einiges von ihrer Zuversicht. Sie hatte noch nie gewußt, worüber sie sich mit Gleichaltrigen unterhalten sollte, und zum ersten Mal seit ihrer Abreise aus England fühlte sie sich unsicher und gehemmt. »Ge . . . gefällt Ihnen die Oper?« brachte sie schließlich über die Lippen.

»Nein«, entgegnete Thérèse lächelnd, »ich kann kein einziges Wort verstehen.«

»Whitney versteht es«, verkündete Lord Edward stolz. »Sie kann Italienisch, Griechisch, Latein sogar etwas Deutsch!«

Am liebsten wäre Whitney im Boden versunken, denn die Prahlerei ihres Onkels brandmarkte sie in den Augen der Du-

Villes mit Sicherheit als allzu gebildet und unweiblich. Sie zwang sich dazu, Thérèse in die verblüfften Augen zu blicken.

»Ich kann nur hoffen, daß Sie nicht auch noch das Pianoforte spielen und singen«, meinte die zierliche Blondine und zog ein Schmollmündchen.

»O nein«, versicherte Whitney hastig. »Keines von beidem.«

»Wunderbar«, verkündete Thérèse und sank strahlend auf den Stuhl neben Whitney. »Denn das sind die einzigen beiden Dinge, die ich ganz gut kann. Freuen Sie sich auf Ihr Debüt?« setzte sie hinzu und musterte Whitney bewundernd.

»Nicht besonders«, meinte Whitney wahrheitsgemäß.

»Ich schon. Obwohl es für mich eine reine Formalität ist. Meine Heirat wurde bereits vor drei Jahren arrangiert. Aber das ist hervorragend, denn nun kann ich mich ganz darauf konzentrieren, für Sie einen Ehemann zu finden. Ich kann Ihnen sagen, welche Messieurs noch ungebunden und welche lediglich gutaussehend sind – also weder über Geld noch Karriereaussichten verfügen. Und wenn Sie eine exzellente Partie machen, komme ich zu Ihrer Hochzeit und erzähle allen, daß ich dafür verantwortlich bin«, schloß sie mit einem unwiderstehlichen Lächeln.

Auch Whitney lächelte, wenn auch ein wenig verdutzt über Thérèses bedingungsloses Freundschaftsangebot. Dennoch schien das Lächeln überzeugend zu sein, denn Thérèse DuVille fuhr fort: »Meine Schwestern haben sich alle glänzend verheiratet. Nur ich bin noch ledig. Und mein Bruder Nicolas natürlich.«

Whitney kämpfte mit der Versuchung, sich scherzhaft danach zu erkundigen, ob Nicolas DuVille in die Kategorie »ungebunden« oder »lediglich gutaussehend« fiel, aber Thérèse lieferte diese Antwort auch ungefragt. »Nicki ist absolut ungeeignet. Nun, eigentlich ist er es, weil er sehr reich und schrecklich gutaussehend ist. Nicolas hat keine Lust zu heiraten. Und das ist sehr bedauerlich und der Kummer meiner Eltern, denn Nicki ist der Erstgeborene und der einzige männliche Erbe.«

Whitneys Neugierde war geweckt, dennoch gelang es ihr, mit der höflichen Bemerkung zu reagieren, sie hoffe doch sehr, daß Monsieur DuVille nicht an irgendeinem Leiden litte.

»Nein«, kicherte Thérèse höchst melodisch. »Es sei denn, man betrachtet exzessives Gelangweiltsein und schockierende Arroganz als Leiden. Aber irgendwie kann man das Nicki gar nicht verübeln – bei all den Mädchen, die ihm pausenlos nachstellen. Maman meint, wenn die Mädchen Anträge machen dürften, hätte Nicolas weit mehr Angebote als wir alle zusammengenommen!«

Whitneys Interesse erlosch wie eine Kerze im Windzug. »Das kann ich mir kaum vorstellen«, sagte sie auflachend. »Was ich von Ihnen über ihn höre, klingt für mich ziemlich abstoßend.«

»Charme«, erklärte Thérèse ernst. »Nicolas hat Charme.« Und nach einer nachdenklichen Pause fügte sie hinzu: »Es ist zu schade, daß Nicki so kompliziert ist, denn wenn er zu unserem Debüt erschiene und Sie mit seiner besonderen Aufmerksamkeit auszeichnen würde, wären Sie auf der Stelle ein Erfolg!« Sie seufzte tief auf. »Aber selbstverständlich könnte ihn nichts dazu bewegen, einen Debütantinnenball zu besuchen. Er hält Debütantinnen für extrem langweilig. Dennoch werde ich ihm von Ihnen berichten, vielleicht kann er Ihnen auf irgendeine Weise helfen.«

Nur die Höflichkeit hielt Whitney von der Versicherung ab, sie könne nur hoffen, Thérèses arrogantem Bruder nie zu begegnen.

Einen Tag vor Whitneys offizieller Einführung in die Gesellschaft erreichte sie ein Brief von Emily, der sie vor Erleichterung fast schwindlig werden ließ. Paul hatte Besitz auf den Bahama-Inseln erworben und wollte ein Jahr dort verbringen. Da sich Whitney kaum vorstellen konnte, daß er sich Hals über Kopf in eine sonnenbraune Kolonistin verliebte, hieß das, daß sie sich ein ganzes Jahr auf ihre Rückkehr vorbereiten konnte. Ein ganzes Jahr, ohne sich Sorgen darüber machen zu müssen, daß Paul eine andere heiratete.

Um ihre Erregung vor dem morgigen Ball zu besänftigen, setzte sich Whitney mit Emilys Briefen in den Salon und las sie alle noch einmal. Sie war so vertieft in ihre Lektüre, daß sie gar nicht bemerkte, daß sie jemand beobachtete.

Nicolas DuVille stand mit einem Brief seiner Schwester in der Hand auf der Schwelle, bei dem Thérèse darauf bestanden hatte, daß er ihn Miss Stone persönlich übergab. Es war nicht das erste Mal, daß seine Schwester versuchte, ihn für eine ihrer albernen Freundinnen zu interessieren, und aus Erfahrung wußte Nicki, daß die beste Methode, Miss Stones romantische Vorstellungen im Hinblick auf ihn in der Knospe zu ersticken, darin bestand, daß er sie so einschüchterte, bis sie erleichtert war, daß er wieder ging.

Sein kühler Blick musterte die Szene, die Miss Stone offenbar sehr kalkuliert geplant hatte. Sonnenlicht kam durchs Fenster und ließ ihre dunklen Haare schimmern. Eine lange Strähne wickelte sie geistesabwesend um den Finger, während sie so tat, als würde sie wie gebannt in ihrem Buch lesen. Ihr gelbes Morgengewand lag in kleidsamen Falten um ihren Körper, ihre Füße hatte sie unter sich angezogen. Ihr Profil strahlte heitere Gelassenheit aus, die langen schwarzen Wimpern lagen wie Fächer auf den Wangen, und ein leichtes Lächeln spielte um ihre vollen Lippen. Verärgert über diese Scharade trat Nicolas in den Salon. »Ein wirklich bezaubernder Anblick, Mademoiselle. Mein Kompliment«, schnarrte er spöttisch.

Whitney hob abrupt den Kopf, schloß das Etikette-Buch, in dem sie Emilys Briefe aufbewahrte, und legte es zur Seite, als sie aufstand. Unsicher blickte sie den Mann Ende Zwanzig an, der sie kühl musterte. Er sah unbestreitbar gut aus mit den schwarzen Haaren und den intensiven, goldgefleckten braunen Augen.

»Gefällt Ihnen, was Sie sehen, Mademoiselle?« erkundigte er sich unverfroren.

Erschreckt machte sich Whitney bewußt, daß sie ihn anstarrte, und riß sich schnell zusammen. Sie machte eine Kopfbewegung zu dem Brief in seiner Hand. »Sind Sie gekommen, um meiner Tante einen Besuch abzustatten?«

Zu ihrer grenzenlosen Verblüffung kam der Mann weiter auf sie zu und hielt ihr den Brief hin. »Ich bin Nicolas DuVille, und Ihr Butler hat mich bereits darüber informiert, daß Sie mich erwarten. Also können wir uns dieses Versteckspiel doch ersparen, oder?«

Wie erstarrt stand Whitney da, während der Mann seinen Blick ganz langsam und abschätzend über ihren Körper wandern ließ. Verharrte er tatsächlich anzüglich auf ihren Brüsten oder war das nur ihre Einbildung? Als er mit der Musterung ihrer Vorderansicht fertig war, schlenderte er auch noch um sie herum, als wäre sie ein Pferd, dessen Erwerb er in Erwägung zog. »Ersparen Sie sich die Mühe«, meinte er, als Whitney nervös das Couvert öffnete. »Darin steht, daß Thérèse ihr Armband hier vergessen hat, aber wir wissen doch beide, daß das nur ein Vorwand ist, damit wir uns kennenlernen.«

Whitney war zur gleichen Zeit verwirrt, verlegen, erheitert und gekränkt. Thérèse hatte zwar gesagt, ihr Bruder sei arrogant, aber so abscheulich hatte ihn sich Whitney nun doch nicht vorgestellt.

»Aber eigentlich«, sagte er, als er wieder vor ihr stand, »sind Sie ganz anders, als ich gedacht hätte.« Seine Stimme enthielt einen Hauch widerwilliger Wertschätzung.

»Nicolas!« Tante Annes Auftauchen enthob Whitney einer Antwort. »Wie schön, Sie zu sehen. Aber ich habe mit Ihrem Besuch gerechnet. Eines der Mädchen hat Thérèses Armband hinter einem Sofakissen gefunden. Die Schließe ist defekt. Ich werde es holen«, setzte sie hinzu und verließ schnell wieder den Raum.

Nicki sah Whitney verblüfft an. Ein leises Lächeln spielte

um ihre Lippen, sie schien seine Verlegenheit sichtlich zu genießen. Angesichts seiner früheren Grobheit hielt Nicolas zwar keine Entschuldigung, doch eine Art höflicher Konversation für dringend erforderlich. Er warf einen Blick auf das Etikette-Buch mit Emilys Briefen und fragte: »Lernen Sie die feine Lebensart, Mademoiselle?«

»Ja«, erwiderte Miss Stone, unterdrücktes Lachen tanzte in ihren Augen. »Soll ich Ihnen das Buch vielleicht einmal leihen?«

Ihr Seitenhieb brachte ihr ein umwerfendes Lächeln der Anerkennung ein. »Ich sehe ein, daß ein Tadel für mein Verhalten Ihnen gegenüber durchaus angebracht ist, Mademoiselle«, erklärte er würdevoll. »Würden Sie mir die Ehre geben, mir morgen einen Tanz zu schenken?«

Whitney zögerte. Sein hinreißendes Lächeln und seine offene Verwunderung verwirrten sie.

Nicolas hielt ihr Schweigen für Koketterie, zuckte mit den Schultern, und jede Wärme schwand aus seinem Lächeln, als er spöttisch anmerkte: »Ihrem Zögern entnehme ich, daß Sie alle Tänze bereits vergeben haben. Nun, dann vielleicht ein anderes Mal.«

Whitney erkannte, daß er sein Angebot zurücknehmen wollte und kam zu dem Schluß, daß dieser Mann tatsächlich so arrogant und überheblich war, wie sie ursprünglich angenommen hatte. »Keiner meiner Tänze ist vergeben«, verblüffte sie ihn mit unumwundener Offenheit. »Schließlich sind Sie der erste Gentleman, den ich in Paris kennenlerne.«

Ihre Betonung des Wortes »Gentleman« entging Nicolas keineswegs. Er warf den Kopf in den Nacken und lachte laut auf.

»Hier ist das Armband«, rief Lady Gilbert von der Tür her. »Und erinnern Sie Thérèse bitte an den defekten Verschluß, Nicolas.«

Nicki nahm das Schmuckstück entgegen und verabschiedete sich. Er bestieg seine Kutsche und ließ sich nach Hause fahren. Sie durchquerten einen Park, an dessen gewundenen Pfaden Frühlingsblumen in verschwenderischer Pracht blühten. Zwei hübsche junge Damen hoben grüßend die Hand, als er vorbeifuhr, aber Nicki hatte kaum einen Blick für sie. Seine Gedanken waren bei dem jungen Mädchen aus England, das er gerade kennengelernt hatte.

Er konnte beim besten Willen nicht begreifen, warum Whitney Stone und seine wirrköpfige Plaudertasche von Schwester so unzertrennliche Freundinnen geworden waren, denn sie hätten verschiedener nicht sein können. Thérèse war ein hübsches Ding, frisch und süß wie Limonade, aber ihr fehlte jede Tiefe, die einen Mann interessieren könnte.

Whitney Stone wiederum war ein wahrer Schatz der Kontraste. Sie funkelte wie voller, roter Burgunder und verhieß verborgene Qualitäten, die sich erst noch entwickeln würden. Für eine knapp Siebzehnjährige hatte sie seinen Spott mit bemerkenswerter Haltung quittiert. In ein paar Jahren, entschied Nicolas, würde sie faszinierend sein. Ein Lachen stieg in ihm auf, als er sich an ihre Bemerkung über das Etikette-Buch erinnerte.

Es wäre eine Schande, beschloß er, wenn ein so rares Juwel auf einem Debütantinnenball in der Nichtbeachtung unterging, nur weil sie in Frankreich eine Fremde war.

An einer Seite des riesigen Ballsaales hingen herrliche Gobelins, während die gegenüberliegende Seite mit Spiegeln versehen war, die das Licht der Tausenden von Kerzen in den Kronleuchtern widerspiegelten. Nervös überprüfte Whitney ihr Äußeres in einem der Spiegel. Ihr weißes Ballkleid aus schimmernder Seide war mit breiten Langetten versehen und mit blaßrosa Seidenrosen verziert. Die gleichen Rosen schmückten auch ihre schweren, dunklen Locken. Ich wirke wesentlich gelassener als ich mich fühle, dachte sie.

»Es wird ein wundervoller Abend, du wirst schon sehen«, flüsterte ihr Tante Anne zu.

Diese Zuversicht konnte Whitney ganz und gar nicht teilen. Sie durfte nicht darauf hoffen, mit den bezaubernden Blondinen, Rot- und Schwarzhaarigen mithalten zu können, die so gewandt mit lächelnden jungen Männern in schwarzen Rökken über farbigen Westen aus Seide oder Satin plauderten. Whitney sagte sich, daß sie sich keinen Pfifferling um einen albernen Ball scherte, aber sie wußte, daß das nicht stimmte. Dieser »alberne Ball« bedeutete ihr sehr viel.

Thérèse und ihre Mutter trafen erst kurz vor dem ersten Tanz ein. »Ich habe ganz großartige Neuigkeiten«, wisperte Thérèse Whitney atemlos zu. In ihrem weißen Spitzenkleid, mit den rosigen Wangen und den blonden Korkenzieherlokken wirkte sie wie ein appetitliches Praliné. »Meine Zofe ist eine Cousine von Nickis Kammerdiener, und er erzählte ihr, daß Nicki heute abend kommen wird. Und er bringt drei seiner Freunde mit. Er hatte mit ihnen beim Würfelspiel fünfhundert Francs gegen zwei Stunden ihrer Zeit gewettet, und sie haben verloren. Nun müssen sie kommen, um mit dir zu tanzen . . .« Sie brach ab, sah Whitney entschuldigend an und knickste vor dem jungen Mann, der gekommen war, um sie zum Tanz zu bitten.

Whitneys Wangen brannten noch immer über diese peinlichen Neuigkeiten, als die Musik aufklang und die Debütantinnen von ihren Partnern auf das Parkett geführt wurden. Aber nicht alle Debütantinnen . . . Whitney spürte, daß sich ihre Röte noch vertiefte, als sie hilflos auf Tante Anne blickte. Sie hatte zwar nicht damit gerechnet, pausenlos aufgefordert zu werden, aber auch nicht geahnt, daß sie sich so verlegen und ausgeschlossen fühlen würde, wie sie da neben Madame DuVille und Tante Anne zurückgelassen wurde. Die Empfindung war ihr schmerzlich vertraut. Es war, als wäre sie wieder in England, wo sie auch nur höchst selten zu gesellschaftlichen Zusammenkünften eingeladen wurde, und wenn sie ihnen folgte, wurde sie ausnahmslos herablassend behandelt oder ignoriert.

Thérèse tanzte auch den zweiten und dritten Tanz, Whitney wurde zu keinem aufgefordert. Kurz vor dem vierten hatte Whitney das Gefühl, die Peinlichkeit nicht ertragen zu können, wenn sie auch diesmal übergangen wurde. Sie wandte sich an Tante Anne und wollte sie gerade fragen, ob sie sich irgendwo erfrischen könnte, doch da entstand eine gewisse Unruhe am Eingang, und sie folgte neugierig den Blicken der Ballgäste.

Unter dem gewölbten Portikus des Eingangs standen Nicolas DuVille und drei andere junge Männer. Elegant gekleidet und in lässiger Haltung nahmen sie die Aufregung mit heiterer Ruhe zur Kenntnis, die ihr Auftritt auf dem Debütantinnenball erregte. Wie erstarrt beobachtete Whitney, daß Nicolas DuVilles Blick über die Menge erregt kichernder Debütantinnen und junger Messieurs wanderte. Als er sie endlich entdeckt hatte, neigte er leicht den Kopf, und die vier kamen auf sie zu.

Spontan wich Whitney an die Wand zurück und verspürte den kindischen Wunsch, sich hinter Tante Anne zu verstecken. Sie hatte keine Lust auf eine erneute Konfrontation mit Nicolas DuVille. Gestern war sie zu überrascht gewesen, um sich von ihn eingeschüchtert zu fühlen. Aber heute war das, was sie an Stolz und Selbstgefühl besaß, bereits erheblich ins Schwanken geraten, und darüber hinaus sah Nicolas in seinem schwarzen Abendanzug erschreckend weltstädtisch und elegant aus.

Sie sah zu, wie das Quartett sich seinen Weg durch die Menge bahnte, und selbst in ihrem Zustand starren Entsetzens entging Whitney der scharfe Kontrast zwischen Nicolas DuVille und seinen Freunden sowie den anderen Herren im Ballsaal nicht. Die vier waren nicht nur etliche Jahre älter als die meisten der anderen Tänzer, sie umgab auch eine Aura eleganten Raffinements, das sie grundlegend von ihnen unterschied.

Madame DuVille lachte höchst überrascht auf, als ihr Sohn

sie begrüßte. »Nicki, wenn der Teufel persönlich hier erschienen wäre, könnte ich nicht erstaunter sein!«

»Ich bitte dich, Maman«, entgegnete er trocken und verbeugte sich knapp. Dann wandte er sich abrupt Whitney zu und griff lächelnd nach ihrer kalten Hand. Während er sie an die Lippen hob, murmelte er mit einem unverschämten Lächeln: »Sehen Sie doch nicht so erstaunt aus, sich im Zentrum meiner Aufmerksamkeit zu finden, Mademoiselle. Tun Sie einfach so, als wäre es ganz natürlich.«

Whitney starrte ihn mit großen Augen an und wußte nicht, ob sie über seinen »Rat« beleidigt oder für ihn dankbar sein sollte.

Er hob ironisch eine Braue, als wisse er sehr genau, was sie dachte; dann drehte er sich um und stellte seine drei Begleiter vor.

Musik setzte ein, und ohne zu fragen legte Nicolas ihre Hand auf seinen Arm und geleitete sie zum Tanzparkett. Mühelos führte er sie durch die komplizierte Schrittfolge des beschwingten Walzers, während sich Whitney auf das konzentrierte, was sie von ihrem Tanzlehrer gelernt hatte.

»Mademoiselle«, klang Nickis tiefe Stimme an ihr Ohr, »wenn Sie mich ansehen würden, könnten Sie feststellen, daß ich Sie auf eine Art und Weise anblicke, die unsere erstaunten Zuschauer nicht anders als liebevoll und bewundernd bezeichnen können. Aber wenn Sie weiterhin darauf bestehen, sich die Falten meines Halstuches einzuprägen, werde ich bald nicht mehr fasziniert, sondern sehr gelangweilt wirken. Und wenn das geschieht, werden Sie heute abend kaum glanzvoll in die Gesellschaft eingeführt, sondern weiterhin ein Schattendasein fristen. Und nun sehen Sie mich an und lächeln Sie.«

»Ein Schattendasein!« entfuhr es Whitney. Aber dann hob sie den Blick, sah das humorvolle Lächeln in seinen Augen, und ihre Empörung schwand. »Ich komme mir so unangenehm auffällig vor«, gestand sie. »Jedermann in diesem Ballsaal scheint uns zu beobachten, und . . .«

»Sie beobachten nicht uns«, unterbrach er sie schmunzelnd. »Sie beobachten mich und versuchen herauszubekommen, ob Sie es sind, die mich in diese langweilige Versammlung tugendhafter Maiden gelockt hat.«

»Und Sie von Ihrem üblichen Schwelgen in Laster und Verworfenheit abhält?« scherzte Whitney, während ein leicht provokantes Lächeln ihre ausdrucksstarken Züge überflog.

»Genau«, lächelte Nicki.

»Würde in diesem Fall«, provozierte sie ihn weiter, »dieser Walzer nicht meinen Ruf ruinieren, bevor ich mir überhaupt einen erworben habe?«

»Nein, aber er könnte meinem schaden.« Auf ihren schokkierten Blick hin setzte er lässig hinzu: »Es gehört nicht zu meinen Gepflogenheiten, auf Debütantinnenbällen zu erscheinen, Mademoiselle. Und daß man mich mit einem impertinenten jungen Ding in Ihrem zarten Alter tanzen sieht, ist – bisher jedenfalls – beispiellos.«

Whitney wandte den Blick von Nicolas DuVilles gutgeschnittenem Gesicht ab und den jungen Männern in ihren farbfrohen Satinwesten zu. Sie alle starrten Nicki offen feindselig an, und das nicht ohne Grund. Nickis tadellos geschneiderter dezenter Anzug, seine elegante Weltläufigkeit ließ sie alle irgendwie aufgedonnert und bemüht erscheinen.

»Starren Sie immer noch?« erkundigte sich Nicki heiter.

Whitney biß sich auf die Lippe und versuchte das Lachen zu unterdrücken, das bereits in ihren Augen funkelte. »Ja, aber ich kann es ihnen wirklich nicht verübeln. Sie wirken wie ein Adler in einem Raum voller Kanarienvögel.«

Ein bewunderndes Lächeln überzog sein Gesicht. »Das bin ich wohl«, hauchte er leise. Dann fügte er hinzu: »Sie haben ein bezauberndes Lächeln, Chérie.«

Whitney war eher der Meinung, daß er derjenige war, der über ein hinreißendes Lächeln verfügte, doch da wurde das durch ein finsteres Stirnrunzeln ersetzt. »St . . . stimmt etwas nicht?« wollte sie wissen.

»Ja«, erwiderte er unverblümt. »Lassen Sie sich nie von einem Mann, mit dem Sie nicht wenigstens verlobt sind, ›Chérie‹ nennen.«

»Ich werde jeden mit Nichtachtung strafen, der das wagt«, versprach sie prompt.

»Schon sehr viel besser«, lobte er, um dann kühn hinzuzusetzen: ». . . Chérie.«

Als der Tanz endete, geleitete er sie zu ihrer Tante zurück und neigte ihr unverwandt den Kopf zu, als hinge er buchstäblich an ihren Lippen. Und dann verharrte er artig in der Gesellschaft von Lady Gilbert und Madame DuVille, während Whitney mit jedem seiner Freunde tanzte.

Whitney fühlte sich verwegen, leicht schwindlig und einfach wundervoll. Eine nicht unbeträchtliche Anzahl von jungen Herren hatte bereits darum gebeten, ihr vorgestellt zu werden. Sie wußte sehr wohl, daß das an der Aufmerksamkeit lag, die ihr Nicolas DuVille und seine Freunde zukommen ließen, aber sie war viel zu dankbar und erleichtert, um sich darüber große Gedanken zu machen.

Claude Delacroix, ein gutaussehender, blonder Mann, der mit Nicolas gekommen war, fand sehr schnell heraus, daß Whitney eine Vorliebe für Pferde hatte, und die beiden vertieften sich in eine heftige, aber sehr anregende Diskussion über die Vorteile der unterschiedlichen Rassen. Er schlug ihr sogar vor, an einem der nächsten Tage mit ihm auszufahren, und diese Einladung war mit Sicherheit nicht auf Nickis Initiative zurückzuführen. Whitney fühlte sich sehr geschmeichelt und lächelte ihn dankbar an, als er sie zu ihrer Tante zurückführte.

Nicki lächelte jedoch nicht, als er Whitney sofort um den nächsten Tanz bat. »Claude Delacroix«, informierte er sie, sobald er den Arm um sie legte, »kommt aus guter alter Familie. Er ist ein hervorragender Politiker, ein ausgezeichneter Spieler und ein guter Freund. Er ist jedoch kein passender Verehrer für Sie, noch sollten Sie ihn dafür halten. In Herzensdingen ist Claude ein Experte, aber er verliert sehr schnell das Interesse und dann . . .«

»Bricht er der Dame das Herz?« erkundigte sich Whitney mit gespieltem Entsetzen.

»Genau«, erwiderte Nicki ernst.

Whitney wußte, daß ihr Herz bereits Paul gehörte und daher in keiner Gefahr war. »Ich werde mein Herz sehr in acht nehmen«, sagte sie mit einem leisen Lächeln.

Nickis Augen hingen an ihren weichen, einladenden Lippen, dann blickte er ihr in die jadegrünen Augen. »Vielleicht«, flüsterte er mit einem Hauch von Selbstironie, deren Sinn Whitney entging, »sollte ich Claude raten, sein Herz in acht zu nehmen. Wenn Sie älter wären, Mademoiselle, würde ich es mit Sicherheit tun.«

Als Nicolas Whitney zu ihrer Tante zurückbegleitete, warteten mehr als ein Dutzend junger Männer begierig darauf, mit ihr tanzen zu dürfen. Mit leichtem Druck auf ihren Arm hielt sie Nicki zurück und deutete unauffällig auf den jungen Mann am Ende der Reihe. »André Rousseau«, sagte er, »würde einen ausgezeichneten Ehemann für Sie abgeben.«

Whitney sah ihn strafend an. »So etwas sollten Sie wirklich nicht sagen.«

»Ich weiß«, lachte er. »Darf ich hoffen, daß meine gestrige Unhöflichkeit vergeben und vergessen ist?«

Whitney nickte glücklich. »Ich würde sagen, daß ich heute so hervorragend ›vom Stapel gelaufen‹ bin wie eins der englischen Schiffe . . .«

Lachend hob Nicki ihre Finger an seine Lippen. *»Bon voyage, chérie«,* sagte er.

Und damit war er verschwunden.

Kapitel drei

Nervös befingerte Whitney den Brief von Emily, der ihr gerade überreicht worden war, und fragte sich, ob dieses Schreiben die befürchtete Nachricht enthielt, daß Paul geheiratet hatte. Da sie die Spannung kaum noch ertragen konnte, öffnete sie den Brief, obwohl ihr einige ihrer Freundinnen gerade eine Morgenvisite abstatteten. Doch die schienen von Thérèses Schilderungen über ihr neues Leben als frischgebackene Ehefrau so fasziniert, daß sie gar nicht auf Whitney achteten.

»Liebste Whitney«, schrieb Emily in ihrer sauberen, wie gestochenen Handschrift, »von nun an erwarte ich, daß Du mich als ›Lady Emily, Baroness Archibald, die glücklichste aller Frauen‹ anredest. Gleichfalls erwarte ich, daß Du Dich vor mir verneigst, sobald wir uns wiedersehen, damit ich glauben kann, daß ich nicht nur träume.« Die nächsten beiden Seiten waren mit Lobpreisungen ihres Ehemannes gefüllt sowie mit ausführlichen Schilderungen der Hochzeit. »Was Du über Frankreich geschrieben hast«, fuhr Emily fort, »trifft auch für England zu. Ganz gleichgültig, wie grotesk ein Gentleman auch sein mag – sobald er über einen Titel verfügt, wird er als großartige Partie angesehen, doch wenn Du ihn kennenlernst, wirst Du mit mir übereinstimmen, daß mein Mann auch ohne jeden Titel wundervoll wäre.«

Whitney lächelte. Sie wußte, daß Emily ihren Baron nie geheiratet hätte, wenn sie ihn nicht liebte. »Aber genug von mir«, hieß es weiter in dem Brief. »Ich habe Dir etwas zu berichten, was ich in meinem letzten Brief zu erwähnen vergaß. Sechs Mädchen aus unserem Ort, darunter ich, haben an einer Party in London teilgenommen, auf der uns unsere Gastgeberin einem Gentleman vorstellte, der die Herzen der Ladies im Sturm eroberte. Und das ist kaum verwunderlich, denn er sah blendend aus und stammte aus einer guten französischen Familie. Es war Monsieur Nicolas DuVille, Whitney! Ich war mir ganz sicher, daß es sich um denselben handelt, den Du in

Deinen Briefen erwähnt hast, und fragte ihn, ob er Dich kennt. Als er das bestätigte, scharten sich Margaret Merryton und die anderen Mädchen um ihn und äußerten ihr ›tiefempfundenes Mitgefühl‹.

Du hättest Dich vor Lachen geschüttelt, denn nachdem Monsieur DuVille sie mit eiskalten, versteinernden Blicken bedacht hatte, berichtete er von Deinen Verehrern und Eroberungen in Paris. Er deutete sogar an, daß er selbst von Dir nicht unbeeindruckt geblieben ist, was die Mädchen absolut verrückt vor Eifersucht machte. Stimmt das, was er erzählt hat? Und warum hast Du mir noch nicht geschrieben, daß Dir ›Paris zu Füßen liegt‹?«

Wieder lächelte Whitney. Obwohl Nicki erwähnt hatte, Emily in London begegnet zu sein, hatte er doch kein Wort darüber verlauten lassen, daß er dort auch mit Margaret Merryton, ihrer Erzfeindin aus Kindertagen, und den anderen Mädchen zusammengetroffen war. Ihre Genugtuung über sein Eintreten für sie nahm jedoch beträchtlich ab, als sie über die Möglichkeit nachdachte, er könnte unter Umständen tatsächlich versuchen, für sie mehr als ein guter Freund zu sein. Fast drei Jahre lang war er nun für sie ein gutaussehender Schemen, der ohne Vorwarnung an ihrer Seite auftauchte, um sie zum Tanz zu bitten oder seine Scherze über ihre vielen Verehrer zu machen. Dann verschwand er stets wieder mit einer Schönen, die besitzergreifend seinen Arm gepackt hielt.

Doch seit einigen Monaten war eine Veränderung eingetreten. Sie waren sich im Theater begegnet, und Nicki hatte sie unerwartet in die Oper eingeladen. Und seither begleitete er sie buchstäblich überallhin: auf Bälle, zu Abendgesellschaften, in die Oper und ins Theater. Von allen Männern, die sie kannte, war Nicolas DuVille derjenige, in dessen Gesellschaft sie sich am wohlsten fühlte, aber sie konnte den Gedanken nicht ertragen, daß er vielleicht ernste Absichten hatte.

Sie konzentrierte sich wieder auf Emilys Brief. Ganz am

Schluß gab es Neuigkeiten über Paul. »Elizabeth verbringt die Saison in London, und jedermann hier erwartet, daß ihr Paul nach ihrer Rückkehr einen Antrag macht, da ihre Eltern der Ansicht sind, es sei höchste Zeit für eine Heirat.«

In ihrer Verzweiflung wäre Whitney am liebsten in Tränen ausgebrochen. Nach Jahren der Planung, nach ausführlichen Studien und unendlichen Mühen wäre sie jetzt endlich soweit, Pauls Liebe zu erringen, aber ihr Vater beharrte weiterhin darauf, daß sie in Frankreich blieb und reagierte nicht auf ihre wiederholten Bitten, sie nach Hause kommen zu lassen.

Sobald sich ihre Freundinnen von ihr verabschiedet hatten, ging Whitney in ihr Zimmer, um ihm zu schreiben. Diesmal würde sie ihrem Vater einen Brief schicken, den er einfach nicht ignorieren konnte. Sie wollte – mußte – nach Hause, und das bald. Nach gründlicher Überlegung appellierte sie an seine frühere Enttäuschung über sie, indem sie ihm schrieb, wie sehr sie sich danach sehnte, nach Hause zu kommen und ihm zu beweisen, daß er jetzt stolz auf sie sein könnte. Sie beendete ihren Brief mit der Feststellung, wie sehr sie ihn vermißte. Danach antwortete sie Emily auf ihren Brief.

Als sie die Briefe hinunterbrachte, um sie fortschicken zu lassen, teilte ihr ein Diener mit, daß Monsieur DuVille gerade gekommen sei und sie unverzüglich zu sehen wünsche. Verblüfft über diese imperative Formulierung ging Whitney in das Arbeitszimmer ihres Onkels. »*Bon jour,* Nicki. Heute ist ein herrlicher Tag, nicht wahr?«

Er wandte sich ihr zu. »Finden Sie?« gab er knapp zurück, und seine verspannten Schultern, das vorgeschobene Kinn ließen keinen Zweifel an seiner Stimmung aufkommen.

»Durchaus. Es ist doch sehr sonnig und warm . . .«

»Was haben Sie sich eigentlich dabei gedacht, sich an einem öffentlichen Pferderennen zu beteiligen?« zischte er und überhörte ihre unverbindlichen Höflichkeiten.

»Aber das war doch kein öffentliches Rennen«, widersprach Whitney, überrascht von seiner Heftigkeit.

»Nein? Können Sie mir dann erklären, warum heute in der Zeitung darüber berichtet wird?«

»Das weiß ich nicht«, seufzte Whitney. »Ich könnte mir vorstellen, daß es sich gerüchtweise verbreitet hat. Sie wissen doch, wie so etwas geht. Immerhin«, fügte sie hinzu und reckte stolz den Kopf, »habe ich gewonnen. Es ist mir tatsächlich gelungen, Baron von Ault zu schlagen.«

»Ich gestatte Ihnen nicht, so etwas oder ähnliches je wieder zu tun!« Er bemerkte ihre Verärgerung über seine Anmaßung und holte tief Luft. »Ich muß mich für meinen Ton entschuldigen, Chérie. Sehe ich Sie heute abend auf dem Maskenball bei den Armands, oder gestatten Sie mir vielleicht doch noch, Sie dazu abzuholen?«

Whitney nahm seine Entschuldigung lächelnd an, schüttelte dann aber entschieden den Kopf. »Ich halte es für besser, mit meiner Tante und meinem Onkel zu den Armands zu fahren und Sie erst dort zu treffen. Die anderen Damen beklagen sich bereits bitter darüber, daß ich neuerdings so viel von Ihrer Zeit beanspruche, Nicki.«

Nicki verfluchte sich, Hals über Kopf in Whitneys Bann geraten zu sein, was er fast drei Jahre lang sorgsam vermieden hatte. Doch dann, vor vier Monaten, nach einem höchst unerfreulichen Abend mit einer Dame, die ihn zunächst interessiert hatte, aber inzwischen durch ihre anhängliche Art zutiefst reizte, war Nicki Whitney im Theater begegnet und hatte sie spontan in die Oper eingeladen.

Und als dieser Abend zu Ende ging, zappelte er hilflos in ihren Netzen. Sie war eine Mischung aus Schönheit und Humor, aus hoher Intelligenz und gesundem Menschenverstand. Aber spröde und ausweichend wie die Hölle!

Jetzt sah er sie nachdenklich an. Ihre sinnlichen Lippen zeigten ein herzliches Lächeln, wie es vielleicht einem geliebten Bruder zukam, aber keinem künftigen Ehemann – und es ließ ihn zur Tat schreiten.

Bevor Whitney wußte, wie ihr geschah, umspannte er fest

ihre Arme, zog sie heftig an sich und senkte seine Lippen auf ihren Mund. »Nicki, nein! Ich . . .« Aber seine Lippen erstickten ihren Protest, bewegten sich sinnlich und behutsam verlockend über ihren Mund. In der Vergangenheit hatten nur sehr unbeholfene, übereifrige Verehrer sie zu küssen versucht. Doch Nickis erregender Kuß rief in ihr Reaktionen wach, die sie erschreckten. Sie verhielt sich absolut reglos und inaktiv, doch sobald er seine Umarmung lockerte, trat sie schnell einen Schritt zurück. »Vermutlich«, sagte sie mit erzwungener Ruhe, »sollte ich Sie dafür ins Gesicht schlagen.«

Sie wirkte so kühl und unbeeindruckt, daß Nicki, den das Gefühl ihrer weichen Lippen unter seinem Mund und der Druck ihrer Brüste gegen seinen Körper in Erregung versetzt hatte, in namenlose Wut geriet. »Mir ins Gesicht schlagen?« wiederholte er sarkastisch. »Warum sollten Sie das tun? Ich kann mir kaum vorstellen, daß ich der erste – oder auch nur der hundertste – Mann war, der Ihnen einen Kuß gestohlen hat.«

»Tatsächlich?« Seine Beleidigung traf sie so tief, daß sie unbeherrscht reagierte. »Nun, ich hatte offensichtlich gerade die Ehre, Ihre erste gewesen zu sein!« Die Worte waren ihr noch nicht über die Lippen, als Whitney an seiner Miene kalten Zorns erkannte, daß sie einen ernsten taktischen Fehler gemacht hatte, seine Männlichkeit in Frage zu stellen. »Nikki . . .«, warnte sie ihn unterdrückt und entzog sich behende seiner Reichweite. Nicki setzte ihr nach. Sie suchte und fand Zuflucht hinter dem Schreibtisch ihres Onkels. Sobald Nicki einen Versuch machte, nach ihr zu greifen, entschwand sie auf die andere Seite des Schreibtischs. So standen sie sich gegenüber und warteten darauf, daß sich der andere bewegte. Plötzlich machte sich Whitney die Absurdität der Szene bewußt, und sie begann zu lachen. »Nicki, haben Sie eigentlich eine Vorstellung davon, was Sie tun werden, wenn Sie mich fangen?«

Davon hatte Nicki eine sehr ausgeprägte Vorstellung, aber

auch Sinn für die Situationskomik. »Kommen Sie da hinter dem Schreibtisch hervor«, sagte er auflachend. »Ich gebe Ihnen mein Ehrenwort, daß ich mich wie ein Ehrenmann benehme.«

Whitney vergewisserte sich erst durch einen prüfenden Blick in sein Gesicht, daß er es ernst meinte, dann trat sie hinter dem Schreibtisch hervor. Sie hängte sich bei ihm ein und geleitete ihn zur Tür. »Wir sehen uns heute abend beim Maskenball«, versprach sie.

»Für Sie, Whitney, würde ich alles tun«, erklärte André Rousseau emphatisch und musterte sie hingerissen. Sie trug ein leichtes, weißes Seidengewand in griechischem Stil, Veilchen und Ranunkelblüten in den Haaren: Persephone, die Göttin des Frühlings. »Für Sie wäre mir keine Aufgabe zu schwer. Für Sie würde ich den Kanal auf einem Floß überqueren, mir das Herz aus dem Leib reißen . . .«

»Vielleicht sogar den Versuch unternehmen, mir ein Glas Punsch zu holen?« scherzte Whitney.

Würdevoll versicherte André, daß er selbst das tun würde.

Nicki, der kein Kostüm trug, da er bereits von einer anderen Gesellschaft kam, betrachtete den jüngeren Mann mit einer Mischung aus Mitgefühl, Erheiterung und Widerwillen. »Chérie«, sagte er zu Whitney, nahm ihren Arm und ging mit ihr auf die hohen Glastüren zu, die auf die Terrasse hinausführten. »Entweder Sie heiraten André, oder Sie dürfen ihm keine weiteren Hoffnungen machen. Wenn Sie das nicht tun, wird er noch etwas wirklich Gefährliches für Sie wagen – beispielsweise die Straße überqueren.«

»Vielleicht sollte ich ihn tatsächlich heiraten«, erwiderte Whitney versteckt lächelnd. »Schließlich haben Sie selbst gesagt, er würde einen ausgezeichneten Ehemann für mich abgeben, auf jenem Debütantinnenball, als Sie erstmals mit mir getanzt haben.«

Nicki schwieg, bis sie auf der Terrasse standen. »Es wäre

ein Fehler von Ihnen, ihn zu heiraten, denn André Rousseaus Familie und meine sind seit langem befreundet. Und es würde diese Freundschaft empfindlich beeinträchtigen, wenn ich ihren einzigen Sohn im Duell töte, nur um Sie zur Witwe zu machen.«

Betroffen von der Drohung in diesen Worten hob Whitney den Kopf und stellte fest, daß Nicki sie anlächelte. »Das ist sehr häßlich von Ihnen, Nicki. Ich habe André ebenso gern wie Sie. Wir sind alle Freunde.«

»Freunde?« wiederholte er. »Wir beide sind doch wohl mehr als das, würde ich meinen.«

»Nun, dann eben gute Freunde«, fügte Whitney unbehaglich hinzu.

»In welchem Alter sollte eine Engländerin eigentlich heiraten?« erkundigte er sich dann recht zusammenhanglos.

»Nicht später als mit fünfunddreißig«, witzelte Whitney.

»Ich meine es ernst«, beschwerte er sich.

»Also gut«, lächelte Whitney in dem Bemühen, die Situation zwischen ihnen möglichst unbeschwert zu halten. »Nicht älter als fünfundzwanzig.«

»Dann ist es Zeit, daß Sie ans Heiraten denken.«

»Ich würde sehr viel lieber an den nächsten Tanz denken.«

Nicki wirkte, als wollte er eine Auseinandersetzung anzetteln, beherrschte sich dann aber und bot ihr den Arm. »Also tanzen wir«, meinte er gütlich.

Doch selbst diese Absicht sollte vereitelt werden. »Bedauerlicherweise hat Miss Stone diesen Walzer mir versprochen«, meldete sich eine tiefe Stimme aus dem Dunkel hinter ihnen.

Überrascht drehte sich Whitney um und sah, daß eine Gestalt in schwarzem Umhang aus der Dunkelheit trat. Selbst ohne das Satanskostüm hätte sie dieses spöttische Lächeln wiedererkannt. Es war identisch mit dem des Mannes, der sie kurz nach ihrer Ankunft auf dem Maskenball unschicklich lange gemustert hatte. »Sie haben mir diesen Tanz versprochen«, beharrte er, als sie zögerte.

Whitney hatte zwar keine Ahnung, wer dieser Mann sein konnte, aber es lag ihr viel daran, weitere Gespräche mit Nikki über das Heiraten zu vermeiden. »Ich kann mich nicht erinnern, Ihnen heute abend einen Tanz versprochen zu haben«, entgegnete sie ausweichend.

»Sie haben es bereits vor Monaten getan«, versicherte Satan, umfaßte ihren Ellbogen und steuerte sie unerbittlich auf das Tanzparkett zu.

Ein Lächeln über die Unverfrorenheit des Fremden unterdrückend, warf Whitney einen entschuldigenden Blick über die Schulter hinweg auf Nicki, fühlte dann aber bei jedem ihrer Schritte seine mißbilligenden Blicke in ihrem Rücken.

Doch Nicki war vergessen, als sie sich in den Armen eines Mannes wiederfand, der sich so elegant und gewandt zu den Walzerklängen bewegte, als hätte er zu dieser Melodie schon tausendmal und mehr getanzt. »Habe ich Ihnen wirklich diesen Tanz versprochen?« fragte sie schließlich, als sie die Spannung kaum noch ertragen konnte.

»Nein«, entgegnete er.

Seine unverblümte Antwort brachte sie zum Lachen. »Wer sind Sie?« erkundigte sie sich verschwörerisch.

Ein träges Lächeln überzog seine gebräunten Züge. »Ein Freund?« schlug er mit tiefer, wohlklingender Stimme vor.

Diese Stimme kannte Whitney nicht. »Nein. Sie sind vielleicht ein Bekannter, aber kein Freund.«

»Das werde ich ändern müssen«, erklärte er mit der Zuversicht eines Mannes, der absolut von sich überzeugt war.

Whitney empfand ein fast perverses Bedürfnis, diese arrogante Selbstsicherheit ein wenig zu erschüttern. »Ich fürchte, das ist unmöglich. Ich habe bereits mehr Freunde, als ich gebrauchen kann, und alle haben Sie mir Treue bis zum Tod geschworen.«

»Wenn das so ist«, entgegnete er mit einem leisen Lächeln in den grauen Augen, »könnte doch einer von ihnen vielleicht einen Unfall erleiden – mit leichter Nachhilfe von mir.«

Auch Whitney konnte ein Lächeln nicht unterdrücken. Seine Worte enthielten keinerlei Drohung, er spielte lediglich verbal Schach mit ihr, und es war reizvoll, seine Züge zu kontern. »Es wäre außerordentlich unfreundlich von Ihnen, den Tod eines meiner Freunde zu beschleunigen. Meine Freunde sind eine verrufene Bande, und ihr letzendlicher Bestimmungsort hat wahrscheinlich kein angenehmes Klima.«

»Ein heißes?« scherzte er.

»Das befürchte ich«, seufzte Whitney bedauernd auf.

Er lachte, tief und ansteckend, und seine Augen hatten plötzlich einen kühnen, spekulativen Glanz, den Whitney höchst beunruhigend fand. Draußen auf der Terrasse hatte er ein fehlerloses Französisch gesprochen, aber jetzt, auf dem Tanzparkett, war sein Englisch ähnlich makellos und ohne jeden Akzent. Der Teil seines Gesichtes, der nicht von seiner Halbmaske verborgen war, zeigte einen sonnengebräunten Teint, den er so früh im Jahr bestimmt nicht in Paris erworben hatte. Und auch nicht in England.

In ihren Gedanken ließ Whitney die Männer Revue passieren, die ihr in den vergangenen zwei Jahren vorgestellt worden waren, doch einer nach dem anderen von ihnen schied aus, weil er entweder nicht groß genug war oder seine Augen eine andere Farbe aufwiesen und nicht dieses ungewöhnliche Grau. Dennoch schien er sie gut genug zu kennen, um sie zu identifizieren, obwohl auch sie eine Halbmaske trug. Als die Walzerklänge erstarben, war sie der Lösung ihres Problems nicht näher als am Anfang.

Whitney trat einen Schritt zurück und drehte sich halb zu Nicki um, der in der Nähe des Tanzparketts stand, aber ihr Partner legte seine Hand fest auf ihren Arm und geleitete sie in die entgegengesetzte Richtung und auf die Türen zu, die in den Garten führten.

Als sie ins Freie gelangten, löste Whitney die Bänder ihrer Maske und atmete die frische, blütengeschwängerte Frühlingsluft tief ein. Sie kamen zu einem weißgestrichenen schmiedeeisernen Tisch mit zierlichen Stühlen außerhalb der Sichtweite des Hauses und anderer Gäste, und ihr Begleiter rückte einen der Stühle zurecht. »Danke nein, ich würde lieber stehen«, wehrte Whitney ab.

»Nun, Persephone, wie können wir Freunde werden, wenn keiner Ihrer Bekannten mir den Gefallen tut, vor Ablauf seiner Frist das Zeitliche zu segnen?«

Erfreut nahm Whitney zur Kenntnis, daß er offenbar wußte, wen sie darstellte. Bisher hatten alle anderen sie für Aphrodite gehalten. »Woher wissen Sie, wer ich bin?«

Doch offenbar mißverstand er sie, denn er zuckte nur mit den Schultern und meinte: »DuVille trägt keine Maske, und da alle Welt Sie beide für unzertrennlich hält, wußte ich bei seinem Anblick auch, wer Sie sind.«

Die Neuigkeit, daß die Pariser Klatschbasen aus Nicki und ihr offenbar ein Paar machten, irritierte Whitney so, daß sie unwillkürlich die Stirn runzelte.

»Aber da Sie diese Erklärung offensichtlich nicht zu befriedigen scheint«, fuhr er trocken fort, »hätte ich vielleicht aufrichtiger sein und betonen sollen, daß Sie über gewisse – Attribute verfügen, an denen ich Sie vor DuVilles Ankunft und trotz Ihrer Maske mit Leichtigkeit erkannte.«

Wanderte sein Blick tatsächlich über ihren Körper oder bildete sie sich das nur ein? »Wer sind Sie?« wollte sie wissen.

»Ein Freund.«

»Mit Sicherheit nicht! Ich kann mich nicht erinnern, daß einer meiner Freunde so groß wie Sie wäre, diese Augen und so unverfrorene Manieren hätte – besonders für einen Engländer.« Sie hielt inne und sah ihn unsicher an. »Sie sind doch Engländer?«

Er blickte ihr in die forschenden grünen Augen und schmunzelte. »Wie nachlässig von mir«, spöttelte er leise. »Ich hätte vielleicht borniert näseln sollen, dann hätten Sie sofort gewußt, daß ich es bin.«

Sein Humor war so ansteckend, daß Whitney unwillkürlich

lächeln mußte. »Also gut, nachdem Sie gestanden haben, Engländer zu sein, können Sie mir auch Ihren Namen nennen.«

»Was hätten Sie denn gern?« wich er aus. »Frauen haben doch stets eine Vorliebe für Adelstitel. Würde es Ihnen gefallen, wenn ich Ihnen sage, ich sei ein Herzog?«

Whitney lachte hell auf. »Sie könnten ein Straßenräuber sein oder sogar ein Pirat. Aber ein Herzog sind Sie ebensowenig wie ich.«

»Darf ich fragen, was Sie so sicher macht, daß ich keiner bin?« Seine Erheiterung war leichtem Erstaunen gewichen.

Whitney dachte an den einzigen Herzog, den sie je zu Gesicht bekommen hatte, und musterte ihn von Kopf bis Fuß. »Zunächst einmal würden Sie ein Lorgnon tragen, wenn Sie ein Herzog wären.«

»Aber wie kann ich das – unter der Maske?«

»Ein Herzog braucht das Lorgnon nicht zum Sehen. Es ist lediglich eine Marotte. Er hebt es an die Augen, um die Damen im Raum zu mustern. Aber es gibt noch andere Gründe, weshalb Sie kein Herzog sein können«, fuhr sie fort. »Sie benutzen keinen Spazierstock, Sie schnaufen und hüsteln nicht. Und wenn ich ganz offen sein soll, bezweifle ich doch sehr, daß Sie sich mit Gichtanfällen brüsten können.«

»Gicht!« prustete er los.

Whitney nickte. »Ohne den Stock, die Gicht, das Schnaufen und Hüsteln werden Sie wohl kaum jemanden davon überzeugen können, daß Sie ein Herzog sind. Könnten Sie sich nicht einen anderen Titel überlegen? Vielleicht gelingt es Ihnen, als Earl durchzugehen – wenn Sie ein wenig lispeln und nach jedem Wort eine Braue hochziehen.«

Wieder lachte er laut auf, doch dann schüttelte er den Kopf und betrachtete sie mit einem nachdenklichen, fast zärtlichen Gesichtsausdruck. »Miss Stone«, erkundigte er sich amüsiert, »hat Ihnen denn niemand beigebracht, daß man vor Adelstiteln Hochachtung haben sollte und sich nicht über sie lustig machen darf?«

»Man hat es versucht.«

»Und?«

»Und ohne Erfolg, wie Sie sehen können.«

Er sah ihr lange Zeit in das leuchtende Gesicht, dann blickte er ihr in die faszinierenden grünen Augen. »Aber der entscheidende Beweis dafür, daß ich kein Herzog bin, ist das Fehlen eines Lorgnons?«

Whitney spielte mit den Bändern ihrer Maske und nickte dann lächelnd. »Sie müßten es jederzeit bei sich haben.«

»Sogar auf der Jagd?«

Sie hob leicht die Schultern. »Als Herzog wären Sie viel zu korpulent, um reiten zu können.«

Mit einer trügerisch verspielten Geste fing er ihre Handgelenke ein und zog sie eng an sich. »Auch für das Bett?« fragte er leise.

Whitney, die von seiner unerwarteten Berührung wie paralysiert gewesen war, riß sich abrupt los und starrte ihn eisig an, während ihr tausend mögliche Reaktionen durch den Kopf schossen.

Doch gerade als sie den Mund öffnete, um ihm die passende Antwort zu geben, fragte er besänftigend: »Darf ich Ihnen ein Glas Champagner holen?«

»Sie dürfen auf direktem Weg zur Hölle . . .« Eingeschüchtert von seiner hohen Gestalt verschluckte Whitney den Rest und bemühte sich um Gleichgültigkeit. »Gern«, flüsterte sie erstickt.

Er blieb noch einen Moment lang stehen und sah ihr in die zornigen Augen, dann drehte er sich um und ging zum Haus, um ihr den Champagner zu holen.

Sobald er die hohen Türen durchschritten hatte, entrang sich Whitney ein Seufzer unendlicher Erleichterung. Sie wirbelte herum, eilte quer über den Rasen und betrat den Ballsaal von der anderen Seite.

Von diesem Zeitpunkt an machte ihr der Ball keine Freude mehr. Sie war nervös und angespannt, rechnete jede Minute damit, seine hohe dunkle Gestalt vor sich auftauchen zu sehen. Doch er hielt sich bewußt von ihr fern und unterhielt sich angeregt mit einer Gruppe von Gästen.

Während sie darauf wartete, daß sich ihre Tante und ihr Onkel von den Gastgebern verabschiedeten, beobachtete Whitney verstohlen, wie sich der Fremde mit einer blonden Frau unterhielt. Er neigte den Kopf und lachte über etwas, was sie gesagt hatte. Und sie erinnerte sich daran, wie er im Garten mit ihr gelacht hatte. Gereizt fragte sie sich, wer die blonde Frau war. Seine Geliebte wahrscheinlich, denn dieser Mann verschwendete mit Sicherheit keine Sekunde mit einer Frau, die nicht bereit war, diese Rolle zu spielen – und sei es auch nur für eine Nacht!

»Was ist denn, Liebes?« erkundigte sich Tante Anne, die inzwischen neben ihr aufgetaucht war, flüsternd.

Whitney zuckte nervös zusammen und deutete dann unauffällig dorthin, wo »Satan« gerade ein elegantes Cape um die Schultern der blonden Frau legte. »Wissen Sie, wer das ist, Tante Anne?«

Ihre Tante musterte das Paar einen Moment lang, wollte schon den Kopf schütteln, doch da nahm die Blonde ihre Halbmaske ab. »Das ist Marie Saint-Allermain, die berühmte Sängerin«, flüsterte Anne aufgeregt. »Ich bin ganz sicher.« Whitney bemerkte, daß ein merkwürdiger Ausdruck auf dem Gesicht von Lady Gilbert erschien, fast ehrfürchtig. »Und wenn sie die Saint-Allermain ist, dann muß er . . . Mein Gott, er ist es!«

Anne sah ihre Nichte scharf an, aber Whitney beobachtete gerade, wie »Satan« seine Hand fast zärtlich auf den Rücken der blonden Frau legte und sie aus dem Haus geleitete. Sie dachte daran, daß diese Hände sie im Garten berührt hatten, und errötete vor empörter Scham.

»Warum fragst du?« erkundigte sich Tante Anne.

Whitney hätte sich lieber die Zunge abgebissen, als einzugestehen, daß sie töricht genug gewesen war, mit einem Mann in den Garten zu gehen, von dem sie nun sicher war, ihm nie zuvor begegnet zu sein. »Ich . . . ich dachte, es wäre jemand, den ich kenne«, stammelte sie. »Aber ich habe mich geirrt«, fügte sie hinzu und nahm erleichtert zur Kenntnis, daß ihre Tante offenbar nicht die Absicht hatte, das Thema weiter zu verfolgen.

Anne Gilbert war nur zu froh, das Thema fallenlassen zu können. Sie plante und träumte schon zu lange für ihre Nichte, als daß sie mitansehen wollte, wie Whitney nur eine weitere Eroberung des Herzogs von Claymore wurde. Seit fast einem Jahr war Marie Saint-Allermain nun schon seine Geliebte, und Gerüchte besagten, daß er sie nach Spanien begleitet hatte, wo sie zwei Monate zuvor vor dem Königspaar aufgetreten war.

Seit Jahren brachten Gerüchte diesen Mann mit jeder schönen Frau von akzeptabler Herkunft in Verbindung, aber eine Heirat gehörte nicht zu den Dingen, die er zu bieten gewillt war. Dieser gutaussehende Adlige hatte so viele Herzen gebrochen und Hoffnungen auf eine Heirat zerstört, daß jeder vernünftigen Frau mit einer jungen weiblichen Verwandten wahre Schauder des Entsetzens über den Rücken liefen. Er war der letzte Mann auf dem Kontinent, an dem Whitney auch nur das geringste Interesse zeigen durfte.

Der letzte Mann auf der ganzen Welt!

Kapitel vier

Genau vier Wochen nach dem Maskenball bei den Armands verließ Matthew Bennett sein Büro und bestieg eine weinrote Kutsche mit dem goldenen herzoglichen Wappen auf dem Wagenschlag. Er legte seine Aktenmappe mit den Berichten über Miss Whitney Allison Stone neben sich auf den Sitz und streckte die langen Beine aus.

Seit nahezu einem Jahrhundert oblag es den Rechtsanwälten Bennett, sich um die rechtlichen Angelegenheiten der Familie Westmoreland zu kümmern. Und seit Clayton Westmoreland beschlossen hatte, den überwiegenden Teil seiner Zeit in England zu verbringen, erfreute sich Matthew Bennetts Vater in der Londoner Niederlassung der Sozietät einer persönlichen Bekanntschaft mit dem Herzog. Matthew hatte mit dem augenblicklichen Duke of Claymore bisher nur schriftlich verkehrt, daher war er sehr gespannt auf die Begegnung und darum bemüht, einen guten Eindruck zu machen.

Die Kutsche fuhr durch hügeliges Gelände, rollte an Wiesen vorbei, die mit wilden Blumen nahezu überschüttet wirkten, bis endlich das Landhaus des Herzogs in Sicht kam. Matthew Bennett kam aus dem Staunen nicht mehr heraus. Auf einer üppiggrünen Anhöhe gelegen, war das zweigeschossige Anwesen zu allen Seiten von Terrassen umgeben, die einen umfassenden Blick auf die Landschaft gewährten.

Vor dem Portal kam die Kutsche zum Stehen. Matthew Bennett nahm seine Aktenmappe und schritt langsam die geschwungene Freitreppe hinauf. Er zeigte dem livrierten Butler seine Karte und wurde in eine geräumige Bibliothek geführt.

Alleingelassen betrachtete Bennett beeindruckt die kostbaren Kunstgegenstände auf den glänzenden Rosenholztischen. Über dem Marmorkamin hing ein prachtvolles Rembrandtgemälde, eine weitere Wand war mit Skizzen und Zeichnungen des niederländischen Meisters geschmückt. Zwischen den Fenstern stand ein massiver, kunstvoll geschnitzter Eichenholzschreibtisch, den Bennett Junior auf das ausgehende 16. Jahrhundert datierte. Er lief über den samtweichen Perserteppich und ließ sich behutsam auf einem der hochlehnigen Lederstühle nieder, die dem Schreibtisch gegenüber standen.

Die Türen der Bibliothek öffnete sich, Matthew Bennett sprang schnell wieder auf die Füße und sah sich seinem Auftraggeber gegenüber. Clayton Westmoreland war Anfang Dreißig, dunkelhaarig, ungewöhnlich groß und ausgesprochen gutaussehend. Eine Aura beherrschter aber kraftvoller Energie ging von ihm aus und entsprach so gar nicht dem Bild, das sich Bennett Junior für gewöhnlich von Angehörigen des Hochadels mit ihrem Hang zu Müßiggang und Ausschweifungen machte.

Graue Augen blickten ihn so durchdringend an, daß Matthew Bennett unwillkürlich schluckte. Der Herzog nahm hinter dem Schreibtisch Platz und bedeutete Bennett, sich wieder zu setzen. »Wollen wir beginnen, Mister Bennett?« erkundigte er sich mit gelassener Autorität.

»Sehr wohl«, erwiderte Bennett Junior und räusperte sich. »Ihrem Wunsch entsprechend, Euer Gnaden, haben wir Nachforschungen über die Familie der jungen Dame angestellt. Miss Stone ist die Tochter von Susan Stone, die starb, als Miss Stone fünf Jahre alt war, sowie von Martin Albert Stone, der noch am Leben ist. Miss Stone wurde am dreizehnten Juni des Jahres achtzehnhundert geboren, und der Sitz der Familie befindet sich in Morsham, rund sieben Stunden Kutschfahrt von London entfernt.

Der Besitz der Stones ist klein aber ertragreich, und Martin Stone führt das Leben eines durchschnittlichen Landedelmannes. Vor etwa vier Jahren hat sich seine finanzielle Situation jedoch drastisch verändert. Euer Gnaden werden sich vielleicht erinnern, daß Teile von England seinerzeit unter langanhaltenden Regenfällen zu leiden hatten. Da Stone keine Viehzucht betreibt, mit der er den Verlust der Ernte hätte ausgleichen können, traf es ihn besonders hart.

Unseren Erkenntnissen zufolge hat sich Stone in seiner Bedrängnis zu einigen recht riskanten Investitionen hinreißen lassen, die allesamt fehlschlugen. Vor zwei Jahren nahm er Hypotheken auf, um dieses Kapital in ein Schiffsunternehmen in den Kolonien zu stecken. Unglückseligerweise scheiterte er auch damit. Zur Zeit ist er dramatisch verschuldet – nicht nur bei den Banken und Geldverleihern in London, sondern auch bei den örtlichen Geschäftsleuten. Haus und Land verfallen zusehends, und er hat kaum noch genügend Geld, um das Personal bezahlen zu können, so daß er einige Bedienstete entlassen mußte.«

Bennett Junior zog einige Dokumente aus seiner Mappe und reichte sie dem Herzog. »Das ist eine Liste seiner Gläubiger, obwohl wir nicht sicher sein können, in der Kürze der Zeit alle erfaßt zu haben.«

Clayton Westmoreeland lehnte sich in seinem Sessel zurück und überflog die Schriftstücke mit ausdrucksloser Miene. »Wieviel?« fragte er, als er zu Ende gelesen hatte.

»Alles in allem etwa hunderttausend Pfund, würde ich sagen.«

Die schwindelerregende Summe schien absolut keinen Eindruck auf den Herzog zu machen, der Matthew Bennett die Dokumente zurückreichte und spontan das Thema wechselte. »Und was haben Sie über das Mädchen herausfinden können?«

»Auch wenn es heikel war, Dinge persönlicher Natur in Erfahrung bringen zu wollen, ohne Mißtrauen zu erregen, wissen wir doch, daß Miss Stone als Kind recht – unberechenbar gewesen sein soll. Offenbar ist sie sehr belesen und ungewöhnlich gebildet. Sie spricht fließend Französisch und wohl auch Griechisch – jedenfalls so gut, daß sie bei offiziellen Anlässen als Übersetzerin für ihren Onkel fungiert, wenn griechische Diplomaten anwesend sind. Sie liest Italienisch, Latein und Deutsch. Vielleicht spricht sie diese Sprachen auch, aber da sind wir nicht ganz sicher.«

Matthew zögerte und fuhr erst nach einem auffordernden Blick des Herzogs unbehaglich fort: »Viele der Leute, mit denen wir gesprochen haben, erwähnten ernsthafte Unstimmigkeiten zwischen der jungen Dame und ihrem Vater. Etliche von ihnen wiesen Stone die Schuld an diesem Zerwürfnis zu, jedoch die meisten bezeichneten Martin Stone als bedauernswerten Mann, der mit einem rebellischen, eigensinnigen Kind fertigwerden mußte. Im Alter von vierzehn Jahren faßte Miss

Stone eine überaus heftige Zuneigung zu einem Gentleman namens Paul Sevarin. Dieser Sevarin ist zehn Jahre älter als sie und war offenkundig über ihre kindliche Vernarrtheit in ihn nicht mehr angetan als ihr Vater. Aus diesem Grund schickte Stone seine Tochter mit fast sechzehn Jahren nach Paris, wo sie bei ihrer Tante und ihrem Onkel lebt. Dort wurde sie mit siebzehn Jahren in die Gesellschaft eingeführt. Unsere Informationen besagen, daß sie sich seither einer ungeheuren Beliebtheit erfreut. Aber selbstverständlich würde sich das dramatisch ändern, sobald die wirtschaftliche Lage ihres Vaters bekannt wird«, spekulierte Bennett Junior, warf dem Herzog dann aber schnell einen entschuldigenden Blick zu und konzentrierte sich wieder auf die Fakten.

»Miss Stone war nahe daran, etliche Heiratsanträge zu erhalten, nahm ihren Verehrern jedoch jedesmal alle Hoffnungen, sobald deren Absichten ersichtlich wurden. Die Herren, die dennoch bei ihrem Onkel Lord Edward Gilbert um ihre Hand anhielten, wurden ausnahmslos von ihm abgewiesen – vermutlich auf Betreiben von Martin Stone. Zum gegenwärtigen Zeitpunkt ist man in der Pariser Gesellschaft der einhelligen Meinung, daß Nicolas DuVille ihr bald einen Antrag machen wird. Und das wäre ein Antrag, mit dem Lord Gilbert wahrscheinlich einverstanden wäre. Die DuVilles gehören zu den führenden Familien Frankreichs, und Nicolas ist ihr einziger Sohn und Erbe.«

Matthew schloß seine Aktenmappe. »Das war alles, was wir in Ihrem Auftrag in Erfahrung bringen konnten, Euer Gnaden.«

Clayton Westmoreland nickte, stand auf und trat ans Fenster. »Es müssen einige Dokumente vorbereitet werden«, sagte er über die Schulter hinweg zu dem atemlos lauschenden Bennett Junior. »Und dann wäre eine beträchtliche Summe Geldes zu überweisen, wenn Stone mein Angebot akzeptiert.«

»Falls Stone akzeptiert«, wandte Matthew Bennett automatisch ein.

Der Herzog blickte sich um und zog amüsiert eine Braue hoch. »Er wird es akzeptieren.«

Trotz seiner momentanen Nervosität war Matthew Bennett ein angesehener, erfahrener Anwalt, der es sich zur Gewohnheit gemacht hatte, im Hinblick auf die rechtlichen Wünsche eines Klienten keinerlei Emotionen zu zeigen. Doch als Seine Gnaden ihm dann die Bedingungen zu diktieren begann, unter denen Martin Stone eine schwindelerregende Geldsumme angeboten wurde, hob Bennett Junior den Kopf und starrte den Herzog verblüfft an.

Einen Monat später begab sich Wilson, der würdige Butler der Gilberts, in Lord Gilberts Arbeitszimmer und überreichte ihm die Post. Fünf Minuten später wurde die Tür wieder aufgerissen, und Lord Gilbert schrie den verdutzten Butler an: »Sagen Sie Lady Gilbert, daß ich sie unverzüglich sprechen möchte. Trödeln Sie nicht, Mann. Unverzüglich, habe ich gesagt«, rief er dem Butler zu, der bereits mit fliegenden Rockschößen durch die Halle flitzte.

»Was gibt es denn, Edward?« erkundigte sich Anne atemlos, als sie kurze Zeit später vor ihm stand.

»Das hier!« entgegnete er und streckte ihr einen Brief von Martin Stone entgegen. Anne blickte vom schneeweißen Gesicht ihres Mannes zur Unterschrift auf dem Blatt in ihrer Hand. »Will er, daß Whitney nach Hause kommt?« fragte sie mit leicht gequälter Stimme.

»Er erklärt, mich für alle meine Auslagen in den vergangenen vier Jahren entschädigen zu wollen, sobald er von mir eine Aufstellung der Kosten erhält«, antwortete Edward zornig. »Und er schickt mir mit diesem Brief ein halbes Vermögen für Kleider und andere Dinge, damit sie ›standesgemäß‹ heimkehren kann. Wofür hält sich dieser Hund eigentlich? In der ganzen Zeit hat er nicht einen Penny geschickt, dieser Lump! Von mir wird er jedenfalls keine Rechnung erhalten, ich sorge für ihre Ausstattung. Sein Geld kann er sich . . .«

»Whitney fährt nach Hause«, flüsterte Anne verzweifelt und ließ sich in einen Sessel fallen. »Ich . . . ich hatte mir schon eingeredet, daß er sie irgendwie vergessen hat.« Doch dann leuchtete ihr Gesicht wieder auf. »Ich habe eine Idee! Ich werde Martin sofort schreiben und eine mögliche Heirat mit Nicolas DuVille andeuten. Damit gewinnen wir Zeit.«

»Lies den Brief. Darin schreibt er ebenso unhöflich wie unverblümt, daß sie genau in einem Monat nach England aufzubrechen hat – ohne Ausflüchte und Verzögerungen.«

Anne nahm den Brief, den ihr Mann ihr hinhielt. »Er schreibt, sie solle die verbleibende Zeit nutzen, sich von ihren Freunden zu verabschieden und ihre Modistinnen und Hutmacherinnen aufzusuchen«, murmelte sie überrascht. »Er muß sich in den letzten Jahren verändert haben. Früher hätte er doch nie auch nur einen Gedanken an Whitneys Kleidung verschwendet. Edward«, fuhr sie hoffnungsvoll fort, »hältst du es vielleicht für vorstellbar, daß dieser junge Mann, für den Whitney früher so geschwärmt hat, bei Stone um ihre Hand angehalten haben könnte?«

»Mit Sicherheit nicht«, knurrte Edward. »Sonst hätte er sich dessen in seinem verdammten Brief gerühmt, um uns deutlich darauf hinzuweisen, daß er Erfolg hatte, wo wir seiner Ansicht nach versagt haben.« Er wandte seiner Frau den Rücken zu. »Du solltest hinaufgehen und es ihr sagen, ich werde in wenigen Minuten nachkommen.«

Benommen versuchte Whitney die Neuigkeit in sich aufzunehmen, auf die sie schon so lange wartete. »Ich . . . ich freue mich, nach Hause zurückzukehren, Tante Anne«, brachte sie schließlich über die Lippen. »Es ist nur so, daß . . .« Sie verstummte.

Freute sie sich wirklich, nach England zurückzufahren? Nein, das Gegenteil war der Fall! Sie fürchtete sich davor, die Chance zu vertun, die ihr da gegeben wurde. Es war eine Sache, sich in Paris von unzähligen Männern den Hof machen zu lassen, aber eine ganz andere, nach Hause zurückzukehren und Paul dazu zu bringen, sie mit den Augen ihrer französischen Verehrer zu sehen. Und dann mußte sie sich dort auch noch gegen ihren Vater, Margaret Merryton und alle jene behaupten, die sie stets mehr als verächtlich behandelt hatten. Hier in Paris gab es Tante Anne und Onkel Edward, die sie liebten, die mit ihr lachten, und die ihr das Leben so angenehm wie möglich machten.

Ihre Tante blickte aus dem Fenster, aber Whitney entging nicht, daß ihr eine Träne über die Wange rollte. Sie biß sich auf die Lippe. Wenn Tante Anne Vorbehalte gegen ihre Rückkehr nach England hatte, dann war es mit Sicherheit dafür noch zu früh. Sie war noch nicht bereit, nicht ›fertig‹, sich dem zu stellen, was sie jenseits des Kanals erwartete. Sie sah in den Spiegel, um sich dort Zuversicht zu holen. In Paris betonten die jungen Messieurs immer wieder, wie schön sie sei. Würde Paul das auch denken? Der Spiegel gab ihr die Antwort, vor der sie sich gefürchtet hatte: Sie fand sich zu unscheinbar, zu linkisch, zu groß – selbst ihre Hände schienen nicht recht zu wissen, was sie tun sollten . . . Und da, auf ihrer Nase, konnte sie tatsächlich Andeutungen der Sommersprossen entdecken, die sie so verabscheute! Was soll's, dachte Whitney gereizt und empfand Zorn auf sich selbst. Gegen Sommersprossen kann man etwas unternehmen, Hände können diszipliniert werden, und sie würde gar nicht erst damit anfangen, sich ihre Mängel und Nachteile so zu Herzen zu nehmen, wie sie das früher immer wieder getan hatte.

Langsam ließ die Übelkeit in ihrem Magen nach, statt dessen keimte Hoffnung in ihr auf. Ich fahre nach Hause, dachte sie, und ein leises Lächeln trat auf ihre Lippen. Ich fahre nach Hause zu Paul – und ich werde allen zeigen und beweisen, wie sehr ich mich verändert habe. Ich fahre tatsächlich heim!

Aber die Rückkehr nach England bedeutete auch, ihre geliebte Tante und ihren Onkel verlassen zu müssen.

Sie wandte sich vom Spiegel ab und sah, daß die Schultern

ihrer Tante hilflos zuckten. »Ich komme mir vor, als würde mir etwas Lebenswichtiges entrissen«, flüsterte Anne mit halberstickter Stimme.

»Ich habe Sie sehr lieb, Tante Anne«, hauchte Whitney verzweifelt, während ihr die Tränen in die Augen traten. »Ich habe Sie sehr, sehr lieb.« Tante Anne breitete die Arme aus, und Whitney flüchtete sich hinein, um sich beruhigen und trösten zu lassen.

Vor Whitneys Tür blieb Lord Gilbert einen Moment lang stehen, straffte die Schultern und zwang ein Lächeln auf seine Züge. Die Hände auf dem Rücken verschränkt, kam er in den Raum geschlendert. »Na, laßt ihr es euch gutgehen, Ladies?« erkundigte er sich mit aufgesetzter Munterkeit und blickte von einer weinenden Frau zur anderen.

Zwei tränenüberströmte Gesichter starrten ihn ungläubig an. »Ob wir es uns gutgehen lassen?« wiederholte Anne fassungslos. Sie sah Whitney an, Whitney sah sie an. Plötzlich begannen sie zu lächeln, zu kichern und schließlich lauthals zu lachen.

»Nun ja, äh . . . das freut mich«, murmelte Edward, verstört über das unverständliche Benehmen der beiden. Dann räusperte er sich. »Du wirst uns fehlen, Kind. Du hast uns in den vergangenen Jahren nur Freude gemacht . . .«

Whitneys Heiterkeit schwand, neue Tränen brannten in ihren Augen. »Oh, Onkel Edward«, flüsterte sie verzweifelt, »niemals werde ich einen Mann so lieben wie Sie.«

Zu seinem höchsten Mißbehagen stellte Lord Gilbert fest, daß auch seine Augen peinlich feucht wurden. »Nun ja«, knurrte er schließlich, »immerhin ist England nicht das Ende der Welt, oder?«

»Es liegt aber auch nicht gerade um die nächste Straßenecke«, entgegnete Whitney und trocknete sich die Tränen.

»Du hast dort drüben Freunde«, erinnerte sie Edward. »Und dann ist da natürlich auch dieser junge Mann, den du so bewundert hast . . . Dieser blonde Bursche, der nicht den Verstand besaß, das Juwel vor seinen eigenen Augen zu erkennen. Wie hieß er doch gleich?«

»Paul«, erwiderte Whitney leise.

»Dieser Mann ist ein Dummkopf, er hätte sich dich schon längst sichern sollen«, erklärte Onkel Edward. »Ich gehe davon aus, daß er es jetzt tut.«

»Ich hoffe es«, murmelte Whitney.

»Das habe ich mir doch gedacht«, meinte er und warf seiner Frau einen fast triumphierenden Blick zu. »Ich habe mich häufig gefragt, ob du deine vielen Verehrer nicht nur deshalb abgewiesen hast, weil du immer nach England zurückkehren wolltest, um ihn zur Vernunft zu bringen. Das hast du jetzt doch vor, oder irre ich mich?«

»Ich habe die Absicht«, gestand Whitney ein und stellte fest, daß ihr Onkel plötzlich wie ein kleiner Junge aussah.

»In diesem Fall«, fuhr er fort, »rechne ich fest damit, daß du vor dem ersten Schneefall verlobt sein wirst.«

»Das wäre wundervoll.« Whitney lächelte.

Lord Gilbert schob die Hände in die Hosentaschen und schien nachzudenken. »Ich könnte mir vorstellen, daß ein junges Mädchen in einer solchen Situation vielleicht den Rat einer erfahrenen Frau brauchen könnte. Vielleicht ist es gar nicht so einfach, einen solchen Zögerling wie diesen ... äh ...?«

»Paul«, half Whitney atemlos aus.

»Richtig, Paul. Also, ich könnte mir vorstellen, daß du deine Tante vielleicht gern bei dir haben würdest.« Er blickte Whitney über den Rand seiner Brille hinweg an. »Würde dir das gefallen?«

»Aber ja!« rief sie lachend. »Ja, ja, ja!«

Edward zog sie in die Arme und sah über Whitneys Schultern hinweg auf seine strahlende Frau. Ihr dankbares Lächeln entschädigte ihn für das Opfer, das er gebracht hatte. »Ich habe unsere Reise nach Spanien verschoben«, sagte er. »Erst nach eurer Abfahrt werde ich mich dort um die Belange unseres Königs kümmern. Und dann komme ich irgendwann nach England, um dir zu deiner Verlobung mit deinem Zögerling zu gratulieren und deine Tante wieder mit nach Paris zu nehmen.«

Am Vorabend der Abreise nach England gaben Nicolas DuVilles Eltern ein rauschendes Fest zu Whitneys Ehren. Den ganzen Abend lang fürchtete sich Whitney vor dem Abschied von Nicki, doch als der Moment gekommen war, gestaltete er ihn vergleichsweise unproblematisch.

Sie befanden sich allein in einem der kleinen Salons, und Nicki lehnte gedankenverloren mit einem Glas in der Hand am Kamin. »Ich werde Sie vermissen, Nicki«, sagte Whitney leise, als sie das Schweigen nicht länger ertragen konnte.

Mit einer Spur von Erheiterung blickte er auf. »Werden Sie das, Chérie?« fragte er, und bevor sie antworten konnte, fügte er hinzu: »Ich werde Sie nicht allzu lange vermissen.«

Whitneys Lippen zuckten vor unterdrücktem Lachen. »Wie absolut unritterlich von Ihnen!«

»Ritterlichkeit ist es etwas für grüne Jungs und alte Männer«, belehrte er sie scherzhaft. »Aber ich werde Sie aus einem einzigen Grund nicht vermissen: Weil ich die Absicht habe, in einigen Monaten nach England zu reisen.«

Whitney schüttelte verzweifelt den Kopf. »Nicki, da gibt es einen anderen. Zu Hause, meine ich. Zumindest gehe ich davon aus. Er heißt Paul, und . . .« Hilflos brach sie ab.

»War er je in Frankreich, um Sie zu besuchen?« erkundigte er sich vieldeutig.

»Nein, auf einen solchen Gedanken würde er nie kommen. Damals war ich ganz anders als heute – recht kindisch, meine ich. Und er hat mich als ungebärdiges, aufmüpfiges Mädchen in Erinnerung, das . . . Warum lächeln Sie eigentlich so merkwürdig?«

»Weil ich ausgesprochen entzückt bin«, erwiderte Nicolas lachend. »Entzückt über die Neuigkeit, daß mein Rivale, über den ich mir seit Monaten den Kopf zerbreche, irgendein englischer Tor ist, der Sie seit Jahren nicht mehr gesehen hat und nicht erkannte, zu welcher Frau Sie werden würden! Fahren Sie nach Hause, Chérie«, sagte er schmunzelnd, stellte sein Glas ab und zog sie leicht an sich. »Sie werden sehr schnell feststellen, daß in Herzensdingen die Erinnerung vieles verklärt. Dann, wenn ich in wenigen Monaten zu Ihnen komme, werden Sie bereit sein, sich das anzuhören, was ich zu sagen habe.«

Kapitel fünf

In der Abenddämmerung eines prachtvollen Septembertages blickte Whitney durch das Kutschenfenster auf eine vertraute Umgebung. Sie war nur noch wenige Kilometer von zu Hause entfernt.

Onkel Edward hatte darauf beharrt, daß sie standesgemäß reisten, und das bedeutete, daß ihrer Kutsche zwei weitere mit ihren Truhen und anderem Gepäck folgten sowie eine vierte, in der Tante Annes Zofe und Whitneys Zofe Clarissa saßen. Drei Reiter ritten den Kutschen voraus und drei weitere bildeten die Nachhut, so daß sich eine beträchtliche Karawane durch die sanfte englische Landschaft bewegte, und Whitney wünschte, daß Paul ihre Heimkehr sehen könnte.

Schaukelnd bog die Kutsche auf den Weg ein, der zu ihrem Haus führte, und mit bebenden Fingern streifte sich Whitney die lilafarbenen Handschuhe über.

»Nervös?« fragte Anne lächelnd.

»Ja. Wie sehe ich aus?«

Lady Anne musterte sie anerkennend von den dichten Mahagonihaaren, die von einer Filigran-Spange zusammengehalten wurden, über ihr leuchtendes Gesicht bis zu dem modischen fliederfarbenen Reisekostüm. »Perfekt«, erklärte sie.

Auch Lady Anne zog sich die Handschuhe an und fühlte sich fast so nervös wie Whitney, während sie die Möglichkeit erwog, daß Martin Stone gar nicht erfreut darüber sein könnte, daß sie Whitney nach Hause begleitete. Edward hatte es für besser gehalten, ihrem Schwager davon nichts zu schreiben, so daß ihm keine andere Wahl blieb, als sie willkommen zu heißen.

Die Kutschen hielten vor der breiten Freitreppe des Hauses. Der Kutscher sprang vom Bock, öffnete den Schlag und zog die kleine Treppe aus. Whitney raffte die Röcke, lächelte Anne an und begann auszusteigen.

Aus der Kutsche heraus beobachtete Anne, wie Martin Stone der hinreißenden, eleganten jungen Frau entgegenging, die ihn strahlend anlächelte. »Kind«, sagte er steif zu der Tochter, die er vier Jahre lang nicht gesehen hatte, »du bist ja noch größer geworden.«

»Entweder das«, erwiderte Whitney ernsthaft, »oder du bist geschrumpft.«

Lady Annes unterdrücktes Lachen gab ihre Anwesenheit in der Kutsche preis, und sehr zögernd stieg sie aus. Sie hatte zwar nicht erwartet, daß er sie mit offenen Armen empfing – Martin Stone war noch nie besonders herzlich oder gar überschwenglich gewesen. Allerdings hatte sie auch nicht damit gerechnet, daß er sie sekundenlang anstarrte, während seine Miene von Verblüffung zu offensichtlicher Verärgerung wechselte. »Wie liebenswürdig, daß Sie Whitney nach Hause begleitet haben«, brachte er schließlich über die Lippen. »Wann werden Sie uns wieder verlassen?«

»Tante Anne wird ein bis zwei Monate bleiben, bis ich mich hier wieder eingewöhnt habe«, mischte sich Whitney hastig ein. »Ist das nicht sehr lieb von ihr?«

»Ja wirklich«, erwiderte er und wirkte ausgesprochen gereizt. »Warum ruht ihr euch nicht vor dem Abendessen ein wenig aus oder beaufsichtigt das Auspacken eures Gepäcks? Ich habe noch einen Brief zu schreiben. Wir sehen uns dann später«, fügte er hinzu und drehte sich um, um ins Haus zu gehen.

Whitney fühlte sich hin und her gerissen zwischen tiefer Verlegenheit darüber, wie ihr Vater ihre Tante behandelte, und einer wehmütigen Freude, wieder zu Hause zu sein. Während sie die Treppe hinaufschritten, wanderte ihr Blick über die vertraute Eichenholztäfelung des alten Hauses, über die Stiche englischer Landschaften und die Portraits ihrer Vorfahren. Ihr Lieblingsgemälde, eine Jagdszene im Morgennebel, hing an seinem Ehrenplatz auf der Galerie zwischen zwei Kerzenleuchtern. Alles war wie früher und doch irgendwie anders. Es schien dreimal so viele Diener zu geben wie zuvor, das ganze Haus schimmerte vor Sauberkeit und sorgfältiger Pflege. Die Kerzenhalter in der Halle glänzten, und der Teppich unter ihren Füßen war neu.

Auf der Schwelle zu ihrem Zimmer blieb Whitney plötzlich wie angewurzelt stehen. Der Raum war in ihrer Abwesenheit völlig renoviert und neu eingerichtet worden. Vergnügt betrachtete sie ihr Bett mit dem Baldachin und der Bettdecke aus elfenbeinfarbenem Satin und goldener Stikkerei. Vor den Fenstern hingen dazu passende Vorhänge. »Sieht das nicht einfach wundervoll aus, Clarissa?« rief sie begeistert und drehte sich zu ihrer Zofe um. Aber die grauhaarige Frau war damit beschäftigt, die Diener zu beaufsichtigen, die Whitneys Truhen ins Zimmer schafften. Da Whitney viel zu aufgeregt war, um sich hinlegen zu können, half sie Clarissa und einem neuen Zimmermädchen beim Auspacken.

Ihr Vater wartete im Speisezimmer bereits auf sie, und Whitney nahm vage wahr, daß die Stühle neu gepolstert worden waren – mit roséfarbenem Samt, der zu den neuen Portieren paßte. Zwei Diener in tadelloser Livree standen neben dem Buffet und ein weiterer schob gerade einen mit Speisen beladenen Servierwagen aus der Küche herein.

»Es scheinen sehr viel mehr Diener als früher im Haus zu

sein«, merkte Whitney an, während ihr Vater höflich einen Stuhl für Tante Anne zurechtrückte.

»Sie sind nötig«, erwiderte er schroff. »Es wirkte bereits alles leicht heruntergekommen.«

Es war vier Jahre her, seit jemand in diesem harschen Ton mit ihr gesprochen hatte, und Whitney sah ihn erstaunt an. Erst jetzt, im hellen Schein der Kerzen des Kronleuchters, bemerkte sie, daß seine Haare inzwischen grau geworden waren und er tiefe Falten um die Augen und den Mund hatte. Er sieht aus, als wäre er in vier Jahren um Jahrzehnte gealtert, dachte sie bekümmert.

»Was starrst du mich so an?« wollte er wissen.

So ist er stets mit mir umgegangen, erinnerte sich Whitney traurig, aber da sie keine Lust hatte, die alte Atmosphäre der Feindseligkeit zwischen ihnen wieder aufkommen zu lassen, erwiderte sie sanft: »Mir ist aufgefallen, daß dein Haar grau geworden ist.«

»Ist das so überraschend?« gab er zurück, aber nicht mehr ganz so schroff wie zuvor.

Fast vorsichtig lächelte Whitney ihn an – und konnte sich nicht erinnern, ihn jemals angelächelt zu haben. »Eigentlich schon«, meinte sie mit blitzenden Augen. »Denn wenn ich es nicht geschafft habe, dir graue Haare wachsen zu lassen, dann frage ich mich doch, wie vier Jahre ohne mich das bewirkt haben können.«

Ihr Vater wirkte perplex über ihre spaßige Bemerkung, verkniff sich aber jeden Kommentar. »Vermutlich weißt du, daß deine Freundin Emily geheiratet hat?« Whitney nickte, und er setzte hinzu: »Sie hat drei Saisons durchtanzt, und ihr Vater erzählte mir, er hätte fast jede Hoffnung aufgegeben, sie angemessen zu verheiraten. Und jetzt ist die Partie das Gespräch der ganzen Umgebung!« Sein Blick tadelte Lady Anne unübersehbar dafür, in dieser Hinsicht bei Whitney bedauerlicherweise versagt zu haben.

Lady Anne versteifte sich unwillkürlich, und Whitney

mischte sich schnell mit einer scherzhaften Bemerkung ein. »Aber du hast doch hoffentlich noch nicht alle Hoffnung aufgegeben, mich zu verheiraten, oder?«

»Doch«, entgegnete er unverblümt.

Ihr Stolz verlangte, daß sie ihm von den Dutzend Anträgen um ihre Hand erzählte, die Onkel Edward erhalten hatte, aber die Vernunft warnte sie vor der Reaktion ihres Vaters, wenn er erfuhr, daß Lord Gilbert diese Anträge abgelehnt hatte, ohne ihn zu konsultieren. Warum war ihr Vater nur so kalt und unnahbar? Konnte sie je darauf hoffen, die Kluft zwischen ihnen zu überbrücken? Sie setzte ihre Tasse ab, lächelte ihn verschwörerisch an und meinte leichthin: »Wenn es deine Peinlichkeit vermindert, auch nach vier Saisons noch eine unverheiratete Tochter zu haben, könnten dir Tante Anne und ich im Vertrauen berichten, daß ich die Anträge von zwei Baronen, einem Earl und einem Prinzen abgelehnt habe.«

»Stimmt das, Madame?« knurrte er Tante Anne an. »Warum wurde ich über diese Anträge nicht in Kenntnis gesetzt?«

»Natürlich stimmt es nicht«, entgegnete Whitney schnell und bemühte sich, auch weiterhin zu lächeln. »Ich bin lediglich einem richtigen Herzog und einem Hochstapler begegnet – und habe sie gleichermaßen verabscheut. Ich habe zwar einen russischen Prinzen kennengelernt, aber der war bereits einer Prinzessin versprochen, und ich bezweifle, daß diese auf ihn verzichtet hätte, nur damit ich Emily übertreffen kann.«

Einen Moment sah er sie stumm an und sagte dann abrupt: »Morgen gebe ich zu deiner Rückkehr eine kleine Gesellschaft.«

Whitney spürte, daß ihr ganz warm wurde, auch wenn er gleich darauf hinzusetzte: »Genauer gesagt ist es keine kleine Gesellschaft, es ist eine verdammt große Affäre, zu der jeder Hinz und Kunz aus der ganzen Umgebung erscheint – mit Kapelle und Tanz und diesem ganzen Unsinn.«

»Das hört sich ja ganz . . . wundervoll an«, erwiderte Whitney und verbarg ihre Vorfreude hinter niedergeschlagenen Augen.

»Sogar Emily kommt mit ihrem Mann aus London. Jeder kommt.«

Seine Stimmungsschwankungen waren so unberechenbar, daß Whitney den Versuch aufgab, sich mit ihm unterhalten zu wollen. Erst als das Dessert fast gegessen war, brach er sein Schweigen – mit so unnatürlich lauter Stimme, daß Whitney förmlich zusammenfuhr. »Wir haben einen neuen Nachbarn«, dröhnte er, räusperte sich schnell und fuhr mit normaler Lautstärke fort: »Auch er wird kommen, und ich möchte, daß du ihn kennenlernst. Gutaussehender Bursche, Junggeselle. Kennt sich hervorragend mit Pferden aus, habe ihn neulich reiten gesehen.«

Der Wink mit dem Zaunpfahl war überdeutlich, Whitney brach in helles Gelächter aus. »O Papa«, rief sie und schüttelte die langen Haare, »du brauchst für mich nicht den Kuppler zu spielen – noch bin ich keine alte Jungfer!« Seinem Gesichtsausdruck war zu entnehmen, daß er ihren Humor ganz und gar nicht teilte, daher bemühte sich Whitney um eine Brave-Tochter-Miene, als sie sich nach dem Namen des neuen Nachbarn erkundigte.

»Clayton Westmore . . . Clayton Westland.«

Lady Annes Löffel entfiel ihren Fingern und schepperte erst auf den Teller, dann auf den Tisch. Mit zusammengekniffenen Augen starrte sie Martin Stone an, der ihren Blick unerschüttert erwiderte, während sein Gesicht langsam eine verdächtige Röte annahm.

Whitney beschloß, ihrer Tante zur Hilfe zu kommen. Sie legte ihren eigenen Löffel beiseite und stand auf. »Ich glaube, Tante Anne und ich würden uns jetzt gern zurückziehen, Vater. Es war eine anstrengende Reise.«

Doch zu ihrer Überraschung schüttelte Tante Anne den Kopf. »Ich würde gern noch ein paar Worte mit deinem Vater sprechen, Liebes. Geh nur schon voraus.«

»Ja«, echote Martin Stone fort, »geh ruhig schon zu Bett. Deine Tante und ich werden noch ein wenig miteinander plaudern.«

Nachdem Whitney den Raum verlassen hatte, entließ Martin Stone mit einer knappen Handbewegung die Diener und blickte Lady Gilbert mit einer Mischung aus Verärgerung und Vorsicht an. »Sie haben überaus seltsam auf den Namen meines neuen Nachbarn reagiert, Madame.«

Lady Anne neigte den Kopf und ließ ihn nicht aus den Augen. »Ob meine Reaktion ›seltsam‹ war oder nicht, hängt davon ab, ob dieser Mann Clayton Westland – oder nicht vielmehr Clayton Westmoreland ist. Ich sollte Sie vielleicht warnen: Ob es tatsächlich Clayton Westmoreland ist, weiß ich, sobald ich ihn sehe, auch wenn wir einander nie offiziell vorgestellt worden sind.«

»Es ist Westmoreland, wenn Sie es unbedingt wissen müssen«, knurrte Martin Stone. »Und es gibt einen sehr plausiblen Grund für seine Anwesenheit hier in der Gegend: Er will sich von einem alten Leiden erholen, das ihn von Zeit zu Zeit plagt.«

Diese Erklärung war so absurd, daß ihn Anne mit offenem Mund anstarrte. »Sie belieben zu scherzen!«

»Sehe ich aus, als würde ich scherzen?« zischte er sie wütend an.

»Glauben Sie denn dieses Ammenmärchen tatsächlich?« erkundigte sich Anne fassungslos. »Es gibt zahllose Orte, an die sich der Herzog von Claymore begeben kann, wenn er Erholung braucht. Als letztes würde mir da Morsham einfallen – vor allem jetzt, wo es Winter wird.«

»Sei es wie es sei. Ich kann nur wiederholen, was er mir gesagt hat. Seine Gnaden hat das dringende Bedürfnis, dem Druck seiner Lebensführung zu entfliehen. Zu diesem Zweck ist er hier. Und da nur ich – und jetzt Sie – wissen, wer er ist, vertraue ich fest darauf, daß keiner von uns seine Identität preisgibt.«

An diesem Abend fand Lady Anne lange keinen Schlaf, denn Clayton Westmorelands Anwesenheit in der Grafschaft beunruhigte sie so, daß sie stundenlang wach lag. Aber auch Whitney konnte nicht schlafen. Sie träumte von der Gesellschaft am kommenden Abend, zu der auch Paul kommen und feststellen würde, daß sie zu einer eleganten jungen Frau herangewachsen war.

Unterdessen saßen die Objekte ihrer beider Überlegungen in Clayton Westmorelands neuerworbenem Haus beim Kartenspiel und einem Glas Brandy zusammen. Paul streckte die langen Beine in Richtung Kamin aus und nippte an seinem Glas. »Haben Sie vor, morgen abend an dem Ball bei den Stones teilzunehmen?« erkundigte er sich.

Claytons Gesichtsausdruck war wachsam. »Ja«, meinte er.

»Möchte ihn selbst um nichts missen«, sagte Paul und schmunzelte. »Wenn sich Whitney nicht völlig verändert hat, verspricht es, ein unterhaltsamer Abend zu werden.«

»Whitney ist ein recht ungewöhnlicher Name«, bemerkte Clayton mit der genau richtigen Portion Neugierde, um seinen Gast zu weiteren Äußerungen zu veranlassen.

»Der Name liegt in der Familie. Soweit ich weiß, hat sich ihr Vater einen Jungen gewünscht, und es dann einfach bei der einmal getroffenen Wahl belassen. Und irgendwie ist sein Wunsch ja auch fast in Erfüllung gegangen. Sie konnte schwimmen wie ein Fisch, klettern wie ein Affe und besser mit Pferden umgehen als jedes andere weibliche Wesen. An einem Tag tauchte sie in Männerhosen auf, am nächsten setzte sie sich auf ein Floß und verkündete, nach Amerika segeln zu wollen.«

»Und was geschah?«

»Sie kam bis ans andere Ufer des Teichs.« Paul lachte. »Aber der Wahrheit die Ehre: Die Kleine hat – hatte – ein Paar Augen, die man so schnell nicht vergaß, das grünste Grün, das man sich vorstellen kann.« Lächelnd und in Erinnerungen verloren blickte Paul in die Flammen. »Als sie vor vier Jahren nach Frankreich ging, bat sie mich, auf sie zu warten. Der erste Antrag, den ich je erhalten habe.«

Über undeutbaren grauen Augen hoben sich dunkle Brauen. »Und haben Sie akzeptiert?«

»Schwerlich!« lachte Paul und nahm einen kräftigen Schluck Brandy. »Sie war kaum fünfzehn, aber wild entschlossen, mit Elizabeth Ashton zu konkurrieren. Als Elizabeth Mumps bekam, erklärte Whitney prompt, sehr viel ärger erkrankt zu sein. Großer Gott! Sie war schon eine Range, hat niemals auch nur eine Anstandsregel beachtet!« Paul schwieg und dachte an den Tag ihrer Abreise nach Frankreich, als er ihr die Kette mit dem kleinen Anhänger geschenkt hatte. Aber ich will nicht nur deine Freundin sein, hatte sie verzweifelt betont. Das Lächeln schwand aus seinem Gesicht. »Ihres Vaters wegen hoffe ich«, fügte er mit Verve hinzu, »daß sie sich geändert hat.«

Clayton betrachtete seinen Gast amüsiert, sagte aber kein einziges Wort.

Nachdem Paul gegangen war, lehnte sich Clayton in seinem Sessel zurück und ließ nachdenklich sein Brandyglas kreisen. Sein Versteckspiel war zumindest riskant, und je mehr Leute mit ihm in Kontakt kamen, desto größer wurde die Möglichkeit, daß er erkannt wurde.

Erst gestern hatte er mit Entsetzen erfahren, daß Emily Archibald, von der er schon so viel gehört hatte, mit einem entfernten Verwandten von ihm verheiratet war. Doch dann war das Problem in einem fünfminütigen Gespräch mit Michael Archibald unter vier Augen bereinigt worden. Der Baron hatte zwar seiner Erklärung, der Ruhe zu bedürfen, keine Sekunde lang geglaubt, aber Michael war viel zu sehr Gentleman, um neugierige Fragen zu stellen, und viel zu ehrenhaft, Claytons Geheimnis nicht zu wahren.

Lady Anne Gilberts Ankunft zusammen mit Whitney war eine weitere unvorhergesehene Komplikation, aber Clayton verließ sich auf Martin Stones Zusicherung, ihr die Erklärung, er sei ausschließlich aus Gründen der Erholung hier, so plausibel wie möglich zu machen.

Clayton tat diese beiden Zwischenfälle als belanglos ab und stand auf. Falls seine Identität enthüllt würde, brächte ihn das zwar um das Vergnügen, Whitney als einfacher Landedelmann zu umwerben, aber die juristische Abmachung war bereits unterzeichnet, das Geld von Stone akzeptiert – was sollte dem Erreichen seiner Ziele da noch im Wege stehen?

Am nächsten Nachmittag saß Whitney mit Tante Anne im Salon, als Sewell, der alte Butler der Familie, den Raum betrat. »Lady Amelia Eubank wünscht Ihnen ihre Aufwartung zu machen, Miss Whitney«, verkündete er feierlich.

Whitney erblaßte. »Mir? Großer Gott, warum denn?«

»Führen Sie Lady Eubank in den Rosensalon, Sewell«, sagte Anne Gilbert und betrachtete Whitney erstaunt, die ganz so aussah, als wolle sie sich im nächsten Mauseloch verkriechen. »Warum um alles in der Welt bist du so verängstigt, Liebes?«

»Sie kennen sie nicht richtig, Tante Anne. Als ich noch klein war, schrie sie mich immer an, ich solle endlich aufhören, an meinen Nägeln zu knabbern.«

»Nun, zumindest hast du sie doch insofern interessiert, daß sie dein Verhalten korrigieren wollte, und das ist mehr, als ich von vielen anderen hier behaupten kann.«

»Aber wir befanden uns in der Kirche«, begehrte Whitney verzweifelt auf.

Annes Lächeln verriet Mitgefühl aber auch Festigkeit. »Ich gebe zu, sie ist ein wenig schwerhörig und sehr direkt. Aber vor vier Jahren, als alle eure Nachbarn zu mir kamen, um über dich Klage zu führen, war Lady Eubank die einzige Person, die etwas Freundliches über dich gesagt hat. Sie meinte, du hättest Mumm in den Knochen. Und sie verfügt über beträchtlichen Einfluß hier in der Gegend.«

»Aber nur, weil alle gräßliche Angst vor ihr haben«, seufzte Whitney.

Als Lady Gilbert und Whitney den Rosensalon betraten, inspizierte Lady Eubank gerade einen Porzellanfasan. Sie verzog angewidert das Gesicht und stellte die Figur wieder auf den Kaminsims zurück. »Diese Scheußlichkeit muß dem Geschmack Ihres Vaters entsprechen. Ihre Mutter hätte so etwas nicht in ihrem Haus geduldet.«

Whitney öffnete den Mund, um etwas zu erwidern, brachte aber kein Wort heraus. Lady Eubank suchte in ihrem Ridikül nach einem Einglas, klemmte es sich vors Auge und musterte Whitney ungeniert von Kopf bis Fuß. »Nun, junge Dame, was haben Sie mir zu sagen?«, wollte sie wissen.

Whitney kämpfte mit dem kindischen Verlangen, hilflos die Hände zu ringen, erwiderte aber ausgesucht höflich: »Ich bin sehr erfreut, Sie nach so vielen Jahren wiederzusehen.«

»Unsinn!« rief Lady Eubank. »Kauen Sie noch immer an Ihren Nägeln?«

Um ein Haar hätte Whitney die Augen verdreht. »Nein, das habe ich mir abgewöhnt.«

»Ausgezeichnet. Sie haben eine hübsche Figur, ein nettes Gesicht. Doch nun zum Anlaß meiner Visite. Sind Sie noch immer hinter Sevarin her?«

»Bin ich . . . was?«

»Junge Lady, von uns beiden bin ich es, die angeblich halbtaub sein soll! Also was ist? Sind Sie noch immer darauf erpicht, Sevarin zu dem Ihrigen zu machen?«

Mindestens ein Dutzend möglicher Reaktionen schossen Whitney durch den Kopf und wurden verworfen. Sie blickte flehend auf ihre Tante, doch die sah sie nur hilflos lächelnd an. Schließlich verschränkte sie die Hände hinter dem Rücken und blickte ihrer Peinigerin direkt in die Augen. »Ja, wenn es mir möglich ist . . .«

»Ha! Habe ich mir doch gedacht!« verkündete Lady Eubank zufrieden und kniff dann die Augen zusammen. »Sie halten nichts von Zimperlichkeit und holdem Erröten, was? Aber wenn das so wäre, könnten Sie gleich wieder nach

Frankreich zurückfahren. Miss Elizabeth bemüht sich nun schon seit Jahren, ist aber auch noch nicht weitergekommen. Also nehmen Sie meinen Rat an und heizen Sie dem jungen Mann kräftig ein, machen Sie ihn eifersüchtig. Das ist es, was er braucht. Ist viel zu selbstsicher im Hinblick auf die Ladies, dieser Bursche, ist es immer gewesen.« Sie wandte sich an Lady Anne. »Seit fünfzehn Jahren muß ich mir nun schon die ermüdenden Lamenti meiner Nachbarn anhören, die Ihrer Nichte eine schreckliche Zukunft voraussagen, Madam, aber ich war stets davon überzeugt, daß sie sich schon durchsetzen wird. Und nun«, fuhr sie mit einem Verschwörerlächeln fort, »kann ich mich tiefbefriedigt zurücklehnen und lachend zusehen, wie sie sich Sevarin unter ihren Augen schnappt.« Sie hob wieder ihr Einglas, unterzog Whitney einer letzten Musterung und nickte abrupt. »Enttäuschen Sie mich nicht, junge Lady.«

Verdutzt starrte Whitney die Tür an, durch die Lady Eubank gerade entschwunden war. »Ich habe den Verdacht, sie ist nicht mehr ganz bei Verstand«, sagte sie leise.

»Und ich habe den Verdacht, sie ist schlau wie ein Fuchs«, entgegnete Tante Anne mit leichtem Lächeln. »Und ich glaube, es wäre gut, wenn du dich an ihre Ratschläge hältst.«

»Du siehst einfach atemberaubend aus, Liebes!« strahlte Lady Anne.

»Gefällt es Ihnen wirklich? Das Kleid, meine ich.« Vor Aufregung klang Whitneys Stimme ganz rauh. Sie warf einen letzten Blick in den Spiegel. Ihre smaragdgrüne Samtrobe betonte die faszinierende Farbe ihrer Augen, in ihren dunklen Haaren schimmerten Perlen mit dem natürlichen Mahagoniglanz der langen, dichten Strähnen um die Wette.

»Ob es mir gefällt?« wiederholte Anne lachend. »Darling, es betont, was du bist: geistreich, ein bißchen gewagt, elegant und etwas ganz Besonderes.« Sie streckte die Hand aus, in der ein wundervoller Smaragdanhänger lag. »Dein Vater hat mich heute früh nach der Farbe deiner Robe gefragt, und eben hat er mir das hier gegeben. Es hat deiner Mutter gehört«, fügte Anne hinzu, als Whitney sprachlos auf das Schmuckstück starrte.

Der Smaragd war knapp vier Quadratzentimeter groß und von Brillantsplittern umgeben. Und er hatte nicht ihrer Mutter gehört. Stunden hatte sie vor dem Schmuckkasten ihrer Mutter zugebracht und jedes einzelne Stück in die Hand genommen, aber sie war viel zu nervös, um darüber eine Diskussion zu beginnen. Reglos blieb sie stehen, während Anne ihr die Kette um den Hals legte.

»Hervorragend!« rief Anne Gilbert und trat bewundernd einen Schritt zurück. Dann ergriff sie die Hand ihrer Nichte. »Komm, Darling, es ist Zeit für dein zweites Debüt.« Whitney wünschte sich von ganzem Herzen, Nicolas DuVille wäre da, um ihr auch diesmal zu helfen.

Ungeduldig lief ihr Vater am Fuß der Treppe auf und ab, um sie in den Ballsaal zu führen. Als er sah, wie sie die Treppe herab auf ihn zugeschritten kam, blieb er wie angewurzelt stehen und blickte sie so bewundernd an, daß Whitney wieder etwas zuversichtlicher wurde.

Im Eingang zum Saal blieb er stehen, nickte den Musikern kurz zu, und die Musik brach ab. Whitney spürte, wie die Gespräche verstummten, wie sich alle Blicke ihr zuwandten. Sie holte tief Luft, richtete den Blick einen Zentimeter über die Köpfe der Menge, ließ sich von Ihrem Vater in die Mitte des Ballsaales führen und glaubte, Nickis Stimme zu hören: »Kopf hoch, Chérie. Sie sind nichts anderes als Provinzler.«

Plötzlich teilte sich die schweigende Menge, und ein junger rothaariger Mann kam auf sie zugestürzt: Peter Redfern, der sie als Kind erbarmungslos aufgezogen hatte, aber auch einer ihrer wenigen Freunde gewesen war. Inzwischen war seine Stirn sehr viel höher geworden, aber sein Verhalten war jungenhaft wie immer. »Lieber Himmel«, rief er, als er vor ihr stand, »du bist es wirklich, kleine Range! Wo sind denn deine Sommersprossen geblieben?«

Whitney unterdrückte ihr entsetztes Auflachen über diese ungewöhnliche Begrüßung und legte ihre Hand in seine ausgestreckte Rechte. »Und wo«, strahlte sie ihn an, »sind deine Haare geblieben, Peter?«

Peter lachte schallend auf, der Bann des Schweigens war gebrochen, und alle scharten sich wißbegierig um sie. Whitney widerstand tapfer dem Verlangen, nach Paul Ausschau zu halten, und beantwortete immer wieder die gleichen Fragen. Ja, Paris hatte ihr gefallen. Ja, Onkel Gilbert gehe es gut. Ja, mit Freude würde sie zu diesem Nachmittagstee, zu jener Abendgesellschaft kommen . . .

Plötzlich hörte sie ein wohlbekanntes, maliziöses Lachen. »Wie ich hörte, hat sie sich in Paris zum Spektakel gemacht und wurde von der guten Gesellschaft dort nur zu gern übersehen«, sagte Margaret Merryton gerade zu ein paar jungen Frauen ihrer Bekanntschaft.

Peter hörte es auch und lächelte Whitney vieldeutig an. »Es ist Zeit, Miss Merryton zu begrüßen. Du kannst ihr nicht für immer aus dem Weg gehen. Abgesehen davon steht sie mit jemandem zusammen, den du noch nicht kennengelernt hast.«

Fast widerwillig drehte sich Whitney zu ihrer Feindin aus Kindertagen um.

Da stand Margaret Merryton, und ihre Hand ruhte besitzergreifend auf dem weinroten Ärmel eines Fremden – eines Fremden, der Whitney eigentümlich bekannt vorkam.

»Wir alle waren sehr enttäuscht, daß es dir nicht gelungen ist, in Frankreich einen Ehemann zu finden, Whitney«, erklärte Margaret mit falscher Freundlichkeit.

Whitney blickte sie kühl und verächtlich an. »Jedesmal, wenn du den Mund öffnest, glaube ich, das Rasseln einer Klapperschlange zu hören«, entgegnete sie und raffte die Röcke, um auf die Suche nach Emily zu gehen, aber Peter hielt sie am Ellbogen zurück. »Gestatte mir, daß ich dir Mister Westland vorstelle, Whitney. Er hat das Hodges-Anwesen gemietet und ist gerade aus Frankreich zurückgekehrt.«

Es traf Whitney wie ein Schlag. Also er war es – Satan. Obwohl er heute keine Halbmaske trug, waren diese Augen unverkennbar. Sie starrte ihn fassungslos an. Wie kam er hierher? Warum hatte er sich ausgerechnet hier in dieser gottverlassenen Gegend eingemietet?

»Vielleicht finden Sie Ihre Sprache wieder, wenn Sie mir gestatten, Sie aufs Tanzparkett zu entführen«, spöttelte er mit wohlbekanntem Tonfall. Doch mehr hörte sie nicht, denn hinter ihr sagte eine sehr tiefe, sehr vertraute Stimme: »Verzeihen Sie, aber mir wurde gesagt, daß Miss Whitney Stone heute abend hier ist, aber ich kann sie nirgendwo entdecken.« Seine Hand berührte ihren Ellbogen, und Whitneys Herz lief Amok, als sie sich langsam von Paul umdrehen ließ.

Sie hob den Kopf und blickte in unvorstellbar blaue Augen. Fast unbewußt streckte sie beide Hände aus und ließ sie von Pauls warmen Fingern mit festem Druck umfassen. In den vergangenen vier Jahren hatte sie dieses Wiedersehen unzählige Male geübt, sich die geistreichsten Bemerkungen ausgedacht, doch nun brachte sie nur zwei dürftige Worte über die Lippen: »Hallo, Paul.«

Ganz langsam überzog ein bewunderndes Lächeln sein Gesicht. »Tanz mit mir«, sagte er.

Innerlich erbebend ließ sie sich von ihm in die Arme nehmen, spürte, wie sein Arm ihre Taille umfaßte, sie näher zog. Sie wußte, daß sie jetzt die elegante, formvollendete junge Frau sein sollte, die sie in Paris gewesen war, aber ihre Gefühle und Gedanken überschlugen sich, als wäre sie wieder fünfzehn Jahre alt. Ich liebe dich, wollte sie sagen. Ich habe dich immer geliebt. Willst du mich jetzt auch? Habe ich mich genügend geändert, daß du mich willst?

»Hast du mich vermißt?« fragte Paul.

Der selbstgewisse Ton in seiner Stimme entging ihr nicht. Ganz instinktiv warf sie ihm einen provokativen Seitenblick zu. »Ich habe dich schrecklich vermißt!« erklärte sie so betont, daß es wie eine Übertreibung klang.

»Wie schrecklich?«

»Ich war völlig verzweifelt«, scherzte Whitney, die sehr wohl wußte, daß Emily ihm von ihrer Popularität in Paris berichtet hatte. »Aus Sehnsucht nach dir habe ich mich fast verzehrt.«

»Lügnerin«, sagte er auflachend, und seine Hand um ihre Taille verstärkte besitzergreifend ihren Druck. »Da habe ich heute vormittag aber ganz andere Dinge gehört. Hast du nicht einem französischen Adeligen gesagt, du könntest unter Umständen geneigt sein, seinen Antrag anzunehmen, wenn du von seinem Titel ebenso beeindruckt wärst wie von seinem Dünkel?«

»Das habe ich gesagt«, lächelte Whitney.

»Darf ich fragen, wie sein Antrag lautete?« erkundigte sich Paul.

»Nein, das darfst du nicht.«

»Muß ich ihn fordern?«

Whitney kam sich vor, als schwebe sie auf Wolken. Paul flirtete mit ihr. Er flirtete tatsächlich mit ihr!

»Wie geht es Elizabeth?« Kaum waren die Worte über ihre Lippen, verfluchte sie sich auch schon in Englisch und Französisch. Und als sie das zufriedene Lächeln sah, das über Pauls Miene glitt, hätte sie am liebsten vor Zorn auf sich selbst mit dem Fuß aufgestampft.

»Ich werde sie suchen und zu dir bringen, damit du dich selbst überzeugen kannst«, schlug Paul vor, während sich der Tanz dem Ende näherte.

Whitney ärgerte sich noch immer über ihre ungeschickte Bemerkung und merkte verspätet, daß Paul sie direkt auf eine Gruppe zuführte, in deren Mitte Clayton Westland stand. Bis zu diesem Moment war es ihr völlig entfallen, daß sie ihn Pauls wegen stehengelassen hatte.

»Ich glaube, ich habe Ihnen Miss Stone entführt, als Sie sie gerade um einen Tanz bitten wollten, Clayton«, sagte Paul.

Angesichts ihrer vorherigen Unhöflichkeit sah Whitney keine Möglichkeit, ihrem unangenehmen neuen Nachbarn jetzt einen Tanz zu verweigern, und so wartete sie auf seine Aufforderung. Doch er ließ sie vor aller Augen stehen, bis sie vor peinlicher Verlegenheit errötete. Erst dann bot er ihr den Arm und meinte gelangweilt: »Miss Stone?«

»Vielen Dank«, entgegnete Whitney kühl, »aber mir ist im Augenblick nicht nach Tanzen, Mister Westland.« Damit drehte sie auf dem Absatz um und schlenderte quer durch den Raum zu Tante Anne hinüber. Sie hatte sich kaum fünf Minuten mit Lady Gilbert und einigen Bekannten unterhalten, als ihr Vater neben ihr erschien. »Ich möchte dir jemanden vorstellen«, sagte er knapp aber entschlossen.

Trotz seines mürrischen Tons spürte Whitney, daß er heute abend sehr stolz auf sie war, und so ließ sie sich widerspruchslos von ihm fortführen – bis sie bemerkte, was er vorhatte. Direkt vor ihr war Clayton Westland in eine angeregte Unterhaltung mit Emily und ihrem Mann vertieft. An seinem Arm hing noch immer Margaret Merryton.

»Bitte nicht, Vater«, flüsterte sie hastig und verhielt den Schritt. »Er ist mir nicht besonders sympathisch.«

»Zier dich nicht so!« zischte er gereizt und zog sie weiter. »Hier ist sie«, erklärte er Westland mit jovialem Lachen. Dann wandte er sich an Whitney, als wäre sie noch immer neun Jahre alt. »Mach einen Knicks und begrüße unseren Freund und Nachbarn Mister Clayton Westland.«

»Wir kennen uns bereits«, erwiderte Clayton trocken.

»So ist es«, murmelte Whitney. Errötend ließ sie Claytons spöttischen Blick über sich ergehen und schwor sich, ihn glatt zu ermorden, falls er es wagte, sie vor ihrem Vater in Verlegenheit zu bringen. Zum ersten Mal in ihrem Leben sah ihr Vater in ihr ein akzeptables Geschöpf und war sogar stolz auf sie . . .

»Wie schön«, meinte ihr Vater und blickte hoffnungsvoll von Whitney zu Clayton. »Wie wäre es dann mit einem Tanz? Dafür ist die Musik schließlich da . . .«

Aber an Claytons arroganter Miene erkannte Whitney sofort, daß er sie auch dann nicht zum Tanz bitten würde, wenn ihm jemand eine Pistole an die Stirn hielt. Sie sah erst ihn an, dann zum Tanzparkett hinüber.

Er hob ironisch die Brauen und einen entsetzlichen Augenblick lang befürchtete Whitney, er würde ihre unmißverständliche Aufforderung ignorieren, doch dann zuckte er mit den Schultern, schlenderte auf das Tanzparkett zu und überließ es ihr, ob sie ihm nun folgte oder nicht.

Whitney folgte ihm, verfluchte jeden einzelnen Schritt, zu dem er sie zwang, und bohrte ihre Blicke wie tödliche Degen in seinen Rücken, aber erst, als er sich zu ihr umdrehte, sah sie, daß er lachte, sie rundheraus auslachte.

Sie ging auf ihn zu, dann an ihm vorbei, um ihn mitten unter den Tanzenden stehen zu lassen.

Seine Hand schoß vor und fing ihren Ellbogen ein. »Wagen Sie es ja nicht«, zischte er ihr zu und drehte sie dann lächelnd zu sich herum.

»Wie ungemein gnädig von Ihnen, mich zum Tanz zu bitten«, bemerkte Whitney ironisch, als sie sich widerwillig von ihm umfangen ließ.

»War das denn nicht Ihr Wunsch?« erkundigte er sich gespielt unschuldig, und bevor sie antworten konnte, fügte er hinzu: »Hätte ich gewußt, daß Sie gern die Aufforderung aussprechen, hätte ich mir meine ersten beiden Versuche sparen können.«

»Von allen unhöflichen, eingebildeten . . .« Whitney sah den ängstlichen Blick ihres Vaters, lächelte ihn strahlend an. Doch in dem Moment, als er sich wieder abwandte, blitzte sie ihren Tanzpartner wütend an und fuhr fort: ». . . unglaublichen, unaussprechlichen . . .« Clayton Westlands Schultern begannen vor Lachen zu zucken, und Whitney erstickte fast an ihrem Zorn.

»Nur weiter so«, forderte er sie breit lachend heraus. »Seit ich ein kleiner Junge war, bin ich nicht mehr so abgekanzelt worden. Wie sagten Sie doch gleich? ›Unglaublich, unaussprechlich‹ . . .?«

»Empörend unverschämt«, fauchte Whitney wütend, ». . . und so gar nicht gentlemanlike!«

»Nun, das bringt mich in eine recht heikle Lage«, spöttelte er. »Weil Sie mir keine andere Wahl gelassen haben, als mich zu verteidigen. Schließlich ist ihr Verhalten mir gegenüber heute abend alles andere als ladylike.«

»Lächeln Sie bitte. Mein Vater beobachtet uns«, flüsterte Whitney und zwang ihre Lippen zu einem Lächeln.

Clayton gehorchte sofort. Seine weißen Zähne blitzten strahlend, aber sein Blick senkte sich verlangend auf ihre Lippen.

Und das entging Whitney keineswegs. »Mister Westland«, erklärte sie spitz, »ich denke, unsere kurze unerfreuliche Begegnung hat lange genug gedauert.«

Sie wollte sich von ihm zurückziehen, aber er hielt sie eisern fest. »Ich werde nicht zulassen, daß einer von uns ungebührliches Aufsehen erregt, Kleine«, warnte er sie. Whitney blieb keine andere Wahl, als sich zu fügen und die unpassend intime Anrede zähneknirschend hinzunehmen. »Ein herrlicher Abend, finden Sie nicht auch«, meinte er lässig und setzte flüsternd hinzu: »Ihr Vater beobachtet uns schon wieder.«

Wie er versprochen hatte, kam Paul mit Elizabeth auf Whitney zu, als sie mit Clayton das Tanzparkett verließ. Elizabeth Ashton sieht aus wie eine wunderschöne, zerbrechliche Porzellanpuppe, dachte Whitney mißmutig. Sie trug eine Robe aus eisblauem Satin, die ihren zarten Teint und die schimmernden goldenen Locken vorteilhaft betonte, und ihre Stimme klang aufrichtig bewundernd, als sie sagte: »Ich kann kaum glauben, daß du das bist, Whitney.«

Da Clayton Westland Elizabeth aufforderte, hoffte Whitney, daß Paul wieder mit ihr tanzen würde. Aber statt dessen blickte er sie stirnrunzelnd an und erkundigte sich mürrisch: »Ist es eigentlich in Paris üblich, daß ein Mann und eine Frau, die einander gerade erst kennengelernt haben, einander in die Augen blicken, während sie tanzen?«

Verblüfft sah ihn Whitney an. »Ich habe Mister Westland doch nicht in die Augen geblickt. Ich dachte nur, ich würde ihn von irgendwoher kennen, doch das war eine Täuschung. Ist dir denn so etwas noch nie passiert?«

»Doch, heute Abend«, entgegnete Paul knapp. »Ich dachte, ich würde dich kennen, aber jetzt bin ich sicher, dich überhaupt nicht zu kennen.« Er machte auf dem Absatz kehrt und schlenderte davon. Früher wäre Whitney ihm nachgelaufen, um ihm zu versichern, daß sie sich ausschließlich für ihn interessierte, daß ihr Clayton Westland völlig gleichgültig war. Doch inzwischen war sie sehr viel klüger, und so lächelte sie nur leise in sich hinein und wandte sich in die entgegengesetzte Richtung.

Am nächsten Tag erwachte Whitney erst gegen Mittag. Sie warf die Decke zurück und sprang schnell aus dem Bett – felsenfest davon überzeugt, daß Paul ihr einen Besuch abstatten würde.

Doch Paul kam nicht, dafür aber etliche andere ihrer Nachbarn, und so verbrachte sie ihren Nachmittag damit, so bezaubernd und unbeschwert wie möglich zu wirken, während ihre Stimmung von Stunde zu Stunde sank.

Als sie zu Bett ging, redete sie sich ein, daß Paul am nächsten Tag erscheinen würde. Doch auch das blieb ein Wunschtraum.

Erst am dritten Tag nach dem Ball sah ihn Whitney, und das rein zufällig. Sie kam gerade mit Emily aus dem Ort zurückgeritten, als Emily fast beiläufig fragte: »Wußtest du eigentlich, daß Mister Westland am Tag nach eurer Gesellschaft dringend nach London reisen mußte?«

»Mein Vater erwähnte etwas davon«, entgegnete Whitney abwesend, da alle ihre Gedanken bei Paul waren. »Aber ich denke, er wird morgen bereits zurückerwartet, Warum?«

»Weil Margarets Mutter meiner erzählt hat, daß Margaret die Stunden bis zu seiner Rückkehr zählt. Offenbar hat sie ihr Interesse völlig auf ihn fixiert und . . .« Emily brach ab, kniff die Augen zusammen und spähte die Straße entlang. »Wenn mich nicht alles täuscht«, meinte sie und warf Whitney einen neckenden Blick zu, »nähert sich uns da gerade das Ziel deiner Begehrlichkeit.«

Ihr blieb kaum Zeit, den Rock ihres Reitkleides zu glätten, da war Paul auch schon auf ihrer Höhe. Er zügelte den Rappen seines Einspänners, grüßte Whitney höflich, widmete dann aber seine Aufmerksamkeit ausschließlich Emily und überschüttete sie mit Galanterien und Komplimenten, bis sie ihn lachend darauf hinwies, daß sie inzwischen verheiratet war.

Khan, Whitneys Pferd, hatte eine spontane Abneigung gegen Pauls Rappen gefaßt, so daß sich Whitney alle Mühe geben mußte, ihr Roß zu beruhigen. »Gehst du morgen zu Lady Eubanks Gesellschaft?« hörte sie Paul fragen. Als längere Zeit keine Antwort erfolgte, blickte sie auf und bemerkte, daß Paul sie erwartungsvoll ansah.

»Gehst du morgen zu Lady Eubanks Gesellschaft?« wiederholte er.

Whitney nickte und merkte, daß ihr Herz schneller schlug.

»Gut, dann sehen wir uns dort.« Ohne ein weiteres Wort gab er seinem Pferd die Zügel, und der Einspänner schoß die Straße hinunter. Emily sah dem Gefährt nach. »Das war wohl die merkwürdigste Begegnung, die ich je hatte«, stellte sie fest. Ganz langsam überzog ein pfiffiges Lächeln ihr Gesicht. »Paul Sevarin hat sich gerade die größte Mühe gegeben, dich völlig zu ignorieren, Whitney. Kommt dir das nicht auch seltsam vor?«

»Ganz und gar nicht«, entgegnete Whitney seufzend. »Falls du dich noch erinnern kannst, hat mich Paul stets und ständig ignoriert.«

»Ja, ich weiß«, lachte Emily auf. »Aber damals hat er dich

nicht unablässig verstohlen gemustert. Während des gesamten Gesprächs hat er dich nicht aus den Augen gelassen . . .«

Kapitel sechs

»Tante Anne«, fragte Whitney, als sie in der Kutsche saßen, die sie zu Lady Eubank brachte, »glauben Sie, daß Paul Elizabeth aufrichtig liebt?«

»Wenn er es täte, hätte er ihr schon längst einen Heiratsantrag gemacht«, erklärte Anne Gilbert gelassen. »Und deine Freundin Emily hat absolut recht. Auch auf dem Ball am Tag nach deiner Ankunft hat er dich nicht aus den Augen gelassen, wenn er sich unbeobachtet glaubte.«

»Und warum läßt er sich dann so lange Zeit, irgend etwas zu unternehmen?«

»Bedenke doch die heikle Lage, in der er sich befindet, Liebes. Jedermann weiß, daß er noch vor vier Jahren deine Zuneigung kaum ertragen konnte. Da ist es nicht einfach, seine Einstellung ins Gegenteil zu verkehren und dir offen den Hof zu machen.« Whitneys düstere Miene brachte sie zum Lächeln. »Wenn du die Dinge beschleunigen willst, solltest du dich an Lady Eubanks Rat halten und ihn eifersüchtig machen.«

Drei Stunden später sah sich Whitney von buchstäblich allen anwesenden ungebundenen Männern umschwärmt, nur von dem nicht, nach dessen Zuneigung sie sich sehnte.

Am anderen Ende des Ballsaals neigte Clayton seinen Kopf lächelnd Margaret Merryton zu. Nachdem er in dringenden geschäftlichen Fragen einige Tage in London verbracht hatte, war er gerade rechtzeitig zurückgekehrt, um an Amelia Eubanks Gesellschaft teilnehmen zu können. Der alte Drache hatte ihn am Eingang begrüßt und betont, wie sehr sie es zu schätzen wüßte, wenn er sich an diesem Abend besonders um

Miss Stone kümmern würde, um auf diese Weise Paul Sevarin Mores zu lehren. Und so war Claytons Stimmung nicht gerade die allerbeste.

Der Lady rüde den Rücken zuwendend, die gerade mit ihr sprach, hob Amelia Eubank ihr Einglas und überflog ihre Gästeschar, bis ihr Blick auf den Duke of Claymore fiel, der inmitten einer Gruppe junger Damen stand, die ihn ausnahmslos anhimmelten. Claymore, so stellte sie fest, reagierte auf sie mit amüsierter Duldsamkeit, aber seine Aufmerksamkeit galt dem einzigen weiblichen Wesen in dem riesigen Raum, das gegen seine Anziehungskraft absolut immun schien: Whitney Stone.

Amelia Eubank ließ ihr Einglas wieder sinken. Über ihren verstorbenen Ehemann konnte sie sich einer entfernten Verwandtschaft mit dem Herzog rühmen, und als Claymore sie vor etlichen Wochen aufgesucht und seine Absicht erklärt hatte, in der Nähe ein Anwesen zu mieten, »um sich endlich ein wenig zu erholen«, hatte sie ihn sofort ihrer Diskretion versichert.

Jetzt jedoch kam ihr eine faszinierende Idee, und ihre Augen nahmen einen ausgesprochen spekulativen Glanz an, als sie sah, wie der Herzog Miss Stone beobachtete. Sie dachte noch einen Moment darüber nach, wie absolut verwerflich und unmoralisch ihr Plan war, dann aber lehnte sie sich mit einem Lächeln zurück und forderte ihren Diener auf, Miss Stone sofort zu ihr zu bitten, um dann Mister Westland zu fragen, ob er ihnen nicht Gesellschaft leisten wolle.

Whitney tanzte gerade mit Emilys Ehemann, als sich ein Diener vor ihr verneigte und ausrichtete, Lady Eubank wünsche sie unverzüglich zu sprechen. Nachdem sie sich bei Lord Archibald entschuldigt hatte, machte sich Whitney mit dumpfen Vorahnungen auf den Weg zu der alten Lady – Vorahnungen, die zu akuten Befürchtungen wurden, als die Lady sie aus ihrem Sessel heraus anfunkelte und verärgert bemerkte: »Ich sagte Ihnen doch, daß Paul Sevarin Konkurrenz nötig hat, aber der Mann Ihrer besten Freundin ist keine Konkurrenz. Ich möchte, daß Sie sich Mister Westland zuwenden. Klimpern Sie mit den Wimpern, greifen Sie zu den Taktiken, mit denen ihr jungen Dinger einen Mann anzieht.«

»Aber . . . aber das kann ich nicht. Wirklich, Lady Eubank, ich würde es bevorzugen . . .«

»Junge Frau«, fuhr ihr die Lady in die Parade, »ich gebe diesen Ball aus einem einzigen Grund: um Ihnen zu helfen, sich Sevarin zu sichern. Da Sie offenbar nicht recht wissen, wie man so etwas anfängt, bleibt mir keine andere Wahl, als einzugreifen. Clayton Westland ist heute abend der einzige Mann, den Sevarin als Rivalen anerkennen wird, und ich habe bereits meinen Diener zu ihm geschickt.« Whitney erblaßte. »Und wenn er gleich kommt, können Sie zwei Dinge tun. Sie können ihn so ansehen wie gerade mich – in diesem Fall wird er Ihnen vermutlich beunruhigt vorschlagen, Sie zu einem Arzt zu bringen. Sie können ihn aber auch anlächeln, so daß er Ihnen anbietet, mit Ihnen einen kleinen Spaziergang auf die Terrasse zu unternehmen.«

»Ich möchte aber gar nicht auf die Terrasse hinaus«, erwiderte Whitney erregt.

»Sie werden schon mögen«, erklärte die alte Dame ungerührt, »wenn Sie sich kurz umblicken und sehen, wie anmutig sich Elizabeth Ashton gerade von Sevarin in diese Richtung führen läßt.«

Whitney drehte sich um und sah, daß Lady Eubank recht hatte. Und nicht nur das, denn sie sagte bereits zu einem vage lächelnden Clayton: »Miss Stone hat gerade angedeutet, wie erhitzt sie vom Tanzen ist und wie schön es wäre, einen kurzen Spaziergang in den Garten zu unternehmen.«

Clayton Westland warf einen kurzen Blick in Richtung Terrassentür, und innerhalb einer Sekunde wechselte seine Miene von leichter Erheiterung zu offener Ironie. »Das kann ich mir gut vorstellen.«

Er griff nicht allzu sanft nach ihrem Ellbogen und meinte:

»Wollen wir gehen, Miss Stone?« Whitney ließ sich von ihm durch die plaudernde Gästeschar und am großen Buffet vorbei führen, war aber so gedankenverloren, daß sie erst verspätet bemerkte, daß er sie auf eine Terrrassentür zusteuerte, die keineswegs die war, durch die Elizabeth und Paul entschwunden waren.

»Wohin gehen wir denn?« fragte sie und wollte schon den Rückzug antreten.

»Wie Sie sehen können, begeben wir uns auf die Terrasse«, erwiderte er kühl. Er verstärkte den Druck auf ihren Arm, öffnete mit der anderen Hand die Tür und schob sie ins Freie. Dort ließ er sie abrupt los, lehnte sich gegen die Steinbalustrade und musterte sie wortlos.

Whitney fühlte sich elend, weil Lady Eubanks Plan fehlgeschlagen war, aber noch elender, daß sie sich überhaupt daran beteiligt hatte. Dennoch war sie entschlossen, das Beste aus der Situation zu machen. »Können wir nicht auf die andere Seite des Hauses hinübergehen?«

»Wir könnten, aber wir werden nicht«, fauchte Clayton. Ihm war klar, daß sie versuchte, ihn als Lockvogel zu benutzen, und seine Verärgerung nahm von Sekunde zu Sekunde zu. Im Mondlicht sah sie aus wie eine wilde Verführerin. Ein leichter Wind bauschte ihr mitternachtsblaues Chiffongewand, enthüllte mehr von ihrer Figur, als ihr vermutlich bewußt war. Und sie gehörte ihm, verdammt nochmal! Er hatte sogar die Robe bezahlt, die sie trug.

Nach einigen Augenblicken kam ihm eine Idee. Er lehnte sich beiläufig über die Balustrade zurück und spähte um die Hausecke, ob Sevarin und Elizabeth Ashton in Hörweite standen. Dann wandte er seine ganze Aufmerksamkeit wieder der jungen Frau zu, die inzwischen nervös die Falten ihrer Robe befingerte. »Nun, Miss Stone?« näselte er laut genug, um auf der anderen Terrasse gehört zu werden.

Whitney zuckte zusammen. »Nun was?« fragte sie zurück und trat in der Hoffnung einen Schritt vor, einen Blick um die

Ecke werfen und sehen zu können, was Paul und Elizabeth machten. Doch sofort vereitelte Clayton ihre Absicht, indem er auf sie zutrat und ihr keinen anderen Anblick ließ als seinen kräftigen Brustkorb und die breiten Schultern. »Nun was?« wiederholte Whitney und zog sich automatisch wieder von ihm zurück – so weit, daß sie fast gegen die Hauswand stieß.

»Jetzt, da ich Sie hier herausgeführt habe«, begann Clayton in lockerem Unterhaltungston, »was erwarten Sie als nächstes von mir?«

»Als nächstes?« wiederholte Whitney mißtrauisch.

»Ja, als nächstes. Ich möchte ganz sicher sein, meine Rolle in dem kleinen Spiel, das wir hier spielen, auch richtig verstanden zu haben. Vermutlich sollte ich jetzt versuchen, Sie zu küssen – um Sevarin eifersüchtig zu machen, oder?«

»Ihnen würde ich nicht einmal gestatten, mich zu berühren, wenn ich am Ertrinken wäre«, zischte Whitney, zu erbost, um die Demütigung empfinden zu können.

Ihren Ausbruch ignorierend fuhr er nachdenklich fort: »Ich habe zwar nichts dagegen, meine Rolle zu spielen, frage mich aber, ob ich auch Spaß daran haben werde. Muß ich eine Anfängerin küssen oder sind Sie bereits oft genug geküßt worden, um zu wissen, wie man so etwas macht? Wie oft hat man Sie eigentlich geküßt, Miss Stone?«

»Ich fürchte, Sie leiden unter der beständigen Angst, möglicherweise für einen Gentleman gehalten zu werden«, entfuhr es ihr. Seine Hände schlossen sich um ihre Arme und zogen sie unerbittlich an seine Brust. »Nehmen Sie Ihre Hände von mir!« fauchte sie ebenso empört wie hilflos.

»Sind Sie so oft geküßt worden, daß Sie den Überblick verloren haben? Oder waren diese Küsse zu bedeutungslos, um sich an sie zu erinnern?«

Whitney war fest davon überzeugt, jeden Moment explodieren zu müssen. »Jedenfalls bin ich oft genug geküßt worden, um von Ihnen keinen Nachhilfeunterricht nötig zu haben, falls das Ihre Absicht sein sollte.«

Leise auflachend umschlangen seine Arme ihren erstarrten Körper. »Also sind Sie gar nicht so oft geküßt worden, was, Kleine?«

Whitney starrte verzweifelt auf seine Brust und wagte es nicht, den Kopf zu heben. Hilfeschreie kamen nicht in Frage. Ihr Ruf wäre rettungslos zerstört, sobald jemand sie in einer derart kompromittierenden Situation erblickte. Und irgendwie wollte sie nicht glauben, daß das hier die Wirklichkeit war, daß ihr das geschah. Hin und her gerissen zwischen dem Verlangen in Tränen auszubrechen oder ihn zu schlagen, sagte sie so ruhig wie möglich: »Wenn Sie meinen, mich genügend gedemütigt zu haben, dann lassen Sie mich bitte los.«

»Nicht bevor ich nicht festgestellt habe, wie lehrreich Ihre ›Erfahrungen‹ waren«, flüsterte er.

Whitney riß den Kopf hoch und wollte zu einer Beschimpfung ansetzen, aber er nahm ihr mit seinem Mund die Worte von den Lippen. Schockiert erstarrte sie unter dem Kontakt und zwang sich dann dazu, den Druck seiner Lippen zu erdulden. Sie hatte zwar wenig Erfahrung im Küssen, kannte sich aber sehr wohl in der Vermeidung derartiger Zärtlichkeiten aus. Sie wußte, daß eine Frau durch den Verzicht auf positive Reaktion oder wildes Wehren einen übereifrigen Mann sehr schnell zu gestammelten Entschuldigungen veranlassen konnte.

Aber als sich Clayton schließlich zurückzog, wirkte er weder bekümmert noch verlegen. Statt dessen musterte er sie mit einem aufreizenden Lächeln. »Entweder hatten Sie schlechte Lehrer oder Sie benötigen dringend weitere Unterrichtsstunden.«

Der Griff seiner Arme lockerte sich, und Whitney schoß herum. »Wenigstens hatte ich meinen Unterricht nicht in einem Bordell«, warf sie über die Schulter zurück.

Es geschah so schnell, daß ihr zur Reaktion gar keine Zeit blieb. Wie eine Klammer schlossen sich seine Finger um ihr Handgelenk, rissen sie herum und in seine Arme. »Ich glaube«, murmelte er drohend, »daß Ihr Problem ausschließlich eine Frage unerfahrener Lehrer ist.«

Sein Mund senkte sich auf ihren und zwang ihre Lippen brutal auseinander. Verzweifelt aber erfolglos wand sich Whitney in seiner eisernen Umarmung, während ihr Tränen hilfloser Wut über die Wangen liefen. Je heftiger sie sich wehrte, desto erbarmungsloser behandelte er sie, bis sie sich schließlich geschlagen gab und zitternd in seiner Umarmung verharrte. In dem Moment, in dem sie ihren Kampf aufgab, hob er den Kopf und umfaßte ihr Gesicht mit den Händen. Er blickte ihr in die zornigen, tränenerfüllten Augen und sagte leise: »Das war Ihre erste Lektion, Kleine. Versuchen Sie nie wieder, Spielchen mit mir zu spielen. Ich kenne sie alle, also können Sie gar nicht gewinnen. Und nun folgt die zweite Lektion«, murmelte er und senkte wieder den Kopf.

Whitney öffnete den Mund, aber seine Lippen ließen ihren Schrei zu einem hilflosen Wimmern ersterben. Seine Hand legte sich überraschend sanft um ihren Nacken, ihre Finger streichelten und liebkosten, während die andere ihre Taille umschlang und sie eng an sich zog.

Er berührte ihre Lippen mit seiner Zunge, verlockte sie dazu, sich zu öffnen, und als sie es taten, glitt seine Zunge mit zärtlicher Leidenschaft in ihren Mund und ließ Whitneys ganzen Körper erschauern. Fast unbewußt schlang sie ihre Arme um seinen Hals, als müsse sie sich an ihm festhalten. Sein Arm legte sich fester um sie, seine Zunge erkundete, ertastete und kostete ihren Mund, bis sie ein hilfloses Bündel widerstrebender Gefühle war. Seine Hand wanderte um ihre Taille, glitt zu ihrer Brust und umfaßte sie.

Die Empörung über diese intime Zärtlichkeit löschte jedes andere Gefühl in ihr aus. Mit einer Kraft, von der sie gar nicht wußte, daß sie sie besaß, riß sich Whitney los. »Wie können Sie es wagen!« zischte sie, hob die Hand und schlug ihm ins Gesicht.

Mit ungläubiger Verblüffung sah Whitney, wie ein langsames, befriedigtes Lächeln sein Gesicht überzog. Nahezu atemlos vor Wut fauchte sie: »Wenn Sie mich noch einmal berühren, bringe ich Sie um!«

Ihre Drohung schien ihn nur noch mehr zu erheitern. »Das wird kaum nötig sein, Mylady. Ich habe bereits die Antwort, die ich wollte.«

»Antwort«, ächzte Whitney außer sich vor Zorn. »Wäre ich ein Mann, würde ich Ihnen eine Antwort mit der Pistole geben!«

»Wären Sie ein Mann, bestünde dazu kein Anlaß.«

Bebend vor hilflosem Zorn suchte Whitney nach Worten, die beleidigend genug waren, seine kühle Überlegenheit zu erschüttern. Ihr fiel nichts ein.

»Trocknen Sie Ihre Tränen, Kleine, dann bringe ich Sie zu Ihren Freunden zurück«, erklärte er, zog ein Taschentuch aus der Tasche und hielt es ihr hin. Whitney glaubte, vor Wut und Haß zerspringen zu müssen. Sie entriß ihm das Taschentuch, schleuderte es zu Boden und schoß auf dem Absatz herum – in der festen Absicht, allein in den Ballsaal zurückzukehren.

»Entschuldigung«, sagte Paul mit knappem Kopfnicken und geleitete Elizabeth an ihnen vorbei auf die Tür des Ballsaals zu.

»Wie lange war Paul schon da?« fragte Whitney entsetzt und funkelte Clayton mit geballten Fäusten an. »Sie widerlicher, abscheulicher . . . Sie haben das alles absichtlich getan, nicht wahr? Nur für ihn! Damit er es mitbekommt. Sie wollten, daß er es mitbekommt!«

»Ich tat es absichtlich – nur für mich«, korrigierte Clayton unbeeindruckt, legte seine Hand unter ihren Ellbogen und führte sie auf die Terrassentüren zu.

Sobald sie den hellerleuchteten Raum betraten befreite sich Whitney aus seinem Griff und zischte wütend: »Ihr Kostüm in Paris war gut gewählt. Sie sind Satan!«

»Das würde mein Vater aber gar nicht gern hören.«

»Ihr Vater?« spottete Whitney und trat einen Schritt von

ihm zurück. »Wenn Sie annehmen, Ihre Mutter würde auch nur seinen Namen kennen, unterliegen Sie einem Irrtum!«

Es dauerte einen Moment, bis Clayton begriff, daß sie ihn gerade eben einen Bastard genannt hatte. Dann lachte er hell auf. Er lachte noch immer, als er ihr in einem Schritt Abstand folgte und den anmutigen Schwung ihrer Hüften bewunderte.

Nahezu blind vor Zorn stürmte Whitney auf eine Gruppe Damen zu, unter denen sich auch Lady Anne befand. Sie gesellte sich zu ihnen, bekam aber kein einziges Wort von ihrer Unterhaltung mit. Wie sie Clayton Westland verabscheute! Wieder fragte sie sich, ob es wirklich Zufall war, daß sie ihn nach ihrer ersten Begegnung in Paris ausgerechnet hier wiedergetroffen hatte. Doch diese Überlegung wurde schnell von dem brennenden Verlangen verdrängt, es ihm heimzuzahlen, sie vor Paul praktisch zu einer Dirne gemacht zu haben . . .

Rund eine Stunde später hörte sie Pauls Stimme sehr tief und sehr leise neben sich. »Komm, tanz mit mir«, sagte er und bemächtigte sich bereits ihres Arms. Sie fürchtete sich so vor seiner Verachtung, daß sie während des Tanzes kaum wagte, ihm in die Augen zu sehen. »Muß Sie ein Mann auf die Terrasse hinausführen, um Ihre Aufmerksamkeit zu gewinnen, Miss Stone?« neckte er.

Endlich hob Whitney den Kopf und stellte mit unendlicher Erleichterung fest, daß in seinem Blick keinerlei Verachtung lag. Die Szene mit Clayton Westland schien ihn verärgert zu haben, aber mehr auch nicht.

»Legst du vielleicht Wert auf einen kleinen Spaziergang in der frischen Nachtluft?« spöttelte er weiter.

»Mach dich bitte nicht über mich lustig«, seufzte sie auf. »Es war ein langer Abend, und ich bin ziemlich erschöpft.«

»Das überrascht mich nicht«, entgegnete er ironisch, aber als Whitney verlegen errötete, fügte er schnell lächelnd hinzu: »Meinst du, daß du dich morgen vormittag rechtzeitig von deiner ›Erschöpfung‹ erholt hast, um an einem kleinen Ausflug zu deinen Ehren teilnehmen zu können? Mit, sagen wir, vielleicht zehn Leuten?«

Lady Eubank und Tante Anne hatten recht gehabt, erkannte Whitney erfreut. »Bestimmt«, versicherte sie glücklich und strahlte ihn an.

Nachdem der Tanz geendet hatte, führte Paul sie in eine etwas ruhigere Ecke des Ballsaales. Er nahm zwei Gläser Champagner vom Tablett eines vorbeikommenden Dieners und reichte eins davon Whitney. Dann lehnte er sich gegen eine Säule und lächelte sie an. »Soll ich Westland auch einladen?«

Nein! hätte Whitney am liebsten geschrien. Aber ein Blick auf seine selbstsichere Miene riet ihr zu einem taktisch klügeren Verhalten. Sie hob die Schultern und brachte sogar ein Lächeln zustande. »Lade ihn ein, wenn du willst.«

»Du hättest also nichts dagegen?«

Whitney lächelte ihn unschuldig an. »Warum sollte ich? Immerhin sieht er ... nun ja, sehr gut aus ...« Sie senkte schnell den Kopf, um ihren Widerwillen zu verbergen. »Sehr charmant und ...«

»Miss Stone«, unterbrach Paul und betrachtete sie amüsiert. »Sie versuchen doch nicht etwa, mich eifersüchtig zu machen, oder?«

»Würde mir das denn gelingen?« erkundigte sich Whitney mit kokettem Lächeln.

Er gab keine Antwort, aber Whitney war sich fast sicher, daß er eifersüchtig war. Aber wie auch immer: Auf jeden Fall endete der Ball so, wie sie es sich so oft erträumt hatte. Paul wich kaum noch von ihrer Seite, und als er sie verließ, kehrte er nicht zu Elizabeth zurück.

Paul sah ihr bewundernd entgegen, als sie in einem sonnengelben Reitkleid die Treppe herunterkam. »Wie bringst du es nur fertig, so früh am Morgen so wundervoll auszusehen?«

fragte er und ergriff ihre Hände, als sie neben ihm auf dem schimmernden Parkettboden stand.

Tapfer widerstand Whitney der Versuchung, sich in seine Arme zu werfen. »Guten Morgen«, sagte sie statt dessen leise. »Reiten wir oder nehmen wir die Kutsche?«

»Ich fürchte, du wirst den Hinweg ohne mich bewältigen müssen. Ich brauche die Kutsche, um all jene weiblichen Wesen zu befördern, die in der beständigen Angst leben, vom Pferd zu fallen.« Er machte eine leichte Kopfbewegung in Richtung eines dunklen Schattens neben der Haustür. »Clayton wird dich zu unserem Treffpunkt begleiten.«

Whitney schluckte schwer an ihrer Enttäuschung. Sie vermochte kaum zu glauben, was ihr Paul da zumutete. Da er sie eingeladen hatte, da dieser Ausflug zu ihren Ehren stattfand, bestand seine vorrangige Verpflichtung darin, sie zu begleiten. Abgesehen davon hatte nur ein einziges Mädchen weit und breit Angst vor Pferden: Elizabeth Ashton. Sie bekam den dumpfen Verdacht, daß Paul ihr deutlich machen wollte, wie wenig Lust er hatte, den eifersüchtigen Verehrer zu spielen. Gestern abend hatte er gemerkt, daß sie ihn eifersüchtig machen wollte, und heute bewies er ihr, daß das nicht funktionierte.

Mit ungeheurer Anstrengung zwang sich Whitney zu einem lächelnden Schulterzucken. »Dann verpaßt du einen herrlichen Ritt. Es ist ein viel zu schöner Tag, um ihn in einer Kutsche zu verbringen.«

»Clayton wird dich zu unserem Treffpunkt bringen«, wiederholte Paul und musterte sie prüfend. »Ich nehme an, ihr kennt euch inzwischen gut genug, um einander mit Vornamen anzusprechen«, fügte er trocken hinzu.

Whitney biß die Zähne zusammen und warf einen kühlen Blick zu der hochgewachsenen Gestalt an der Tür hinüber.

»Ich bin davon überzeugt, daß dein Vater nichts dagegen einzuwenden hat, wenn Clayton eins eurer Pferde nimmt«, erklärte Paul und wandte sich zum Gehen.

Auf der vierten Stufe der Freitreppe hielt er noch einmal inne. »Achten Sie gut auf mein Mädchen«, rief er Clayton zu. Whitney fühlte sich sowohl leicht versöhnt wie auch verwirrt über die Tatsache, daß er sie erst der Obhut eines anderen Mannes überließ, sie aber dann »mein Mädchen« nannte.

»Guten Morgen«, unterbrach die tiefe Stimme, die sie so gründlich verabscheute, ihre Überlegungen. Gereizt wandte Whitney ihre Aufmerksamkeit Clayton zu, der noch immer neben der Tür stand. Sie unterdrückte mindestens drei schnippische Bemerkungen auf seinen Gruß und ließ ihren Blick verächtlich über sein schneeweißes Hemd, die grauen Breeches und die glänzenden schwarzen Stiefel schweifen. »Können Sie reiten?« erkundigte sie sich eisig.

»Guten Morgen«, wiederholte er betont.

Whitney kniff die Lippen zusammen, trat in den Sonnenschein hinaus und überließ es ihm, ihr zu folgen oder nicht.

Während sie den Pfad zu den Ställen entlang lief, hielt er sich einen Schritt hinter ihr, aber auf der Hälfte der Strecke holte er sie ein und vertrat ihr den Weg. »Behandeln Sie eigentlich jeden Gentleman so feindselig, der Ihnen einen Kuß stiehlt, oder nur mich?«

Whitney bedachte ihn mit einem vernichtenden Blick. »Zunächst einmal sind Sie kein Gentleman, Mister Westland, und zweitens schätze ich Sie nicht besonders. Und nun gehen Sie mir bitte aus dem Weg.«

Er blieb wo er war und betrachtete sie schweigend. »Würden Sie mich bitte freundlicherweise vorbeilassen?« wiederholte sie.

»Wenn Sie lange genug den Mund hielten, würde ich mich gern für mein Verhalten gestern abend entschuldigen«, erklärte er gelassen. »Ich kann mich nicht erinnern, wann ich mich das letzte Mal für etwas entschuldigt habe, daher bin ich ein wenig aus der Übung.«

Was für ein arroganter Kerl er doch war, wenn er meinte, sich ihr gegenüber Freiheiten herausnehmen zu können, um sich dann lauwarm dafür zu entschuldigen! »Von Ihnen nehme ich keine Entschuldigung entgegen – ob Sie nun aus der Übung sind oder nicht. Und jetzt gehen Sie mir endlich aus dem Weg!«

Sein Gesichtsausdruck verdüsterte sich, und Whitney konnte fast spüren, wie sehr er sich beherrschte. Sie blickte zu den Ställen hinüber, ob dort jemand war, den sie notfalls zur Hilfe rufen konnte. Sie sah Thomas, der einen höchst gereizten Dangerous Crossing am Zügel hielt.

Unversehens nahm ihr Rachedurst die Gestalt eines schwarzen Hengstes an.

Hinterhältig lächelte sie den erbosten Mann vor ihr an. »Mein Verhalten war auch nicht ganz einwandfrei«, verkündete sie und bemühte sich verzweifelt um eine zerknirschte Miene, obwohl ihr nach schallendem Gelächter zumute war. »Wenn Sie sich also entschuldigen möchten, bin ich nur zu bereit, das zu akzeptieren.« Er sah sie so mißtrauisch an, daß sie sofort hinzufügte: »Oder haben Sie Ihre Meinung geändert?«

»Ich habe meine Meinung nicht geändert«, erwiderte er ruhig. »Es tut mir aufrichtig leid, wenn ich Sie gestern abend verängstigt habe«, meinte er und hob mit einem Finger ihr Kinn leicht an. »Es lag nicht in meiner Absicht, Sie zu verletzen, und ich würde mich freuen, wenn wir Freunde werden könnten.«

Whitney widerstand dem Drang, seine Hand fortzuschlagen, und gab sich den Anschein, sein Friedensangebot zu überlegen. »Wenn wir Freunde werden wollen, sollten wir gemeinsame Interessen haben. Ich reite beispielsweise ausnehmend gern. Glauben Sie, mit mir mithalten zu können?«

»Ich hoffe es«, erwiderte er gelassen und trat endlich einen Schritt zur Seite.

Flink setzte Whitney ihren Weg fort. »Ich werde ein Pferd für Sie aussuchen«, rief sie über ihre Schulter hinweg. Entweder mußte Clayton Westland diesen Hengst reiten oder zugeben, Angst vor dem ungebärdigen Tier zu haben. In beiden Fällen würde seine maßlose Selbstüberschätzung einen herben Dämpfer erhalten – und den hatte er mehr als verdient.

Fast atemlos vom schnellen Laufen kam sie bei Thomas an. Sie blickte sich schnell um und sah, daß Clayton Westland kaum sechs Schritte hinter ihr war. »Satteln Sie Dangerous Crossing, Thomas«, zischte sie flüsternd. »Mister Westland besteht darauf, ihn zu reiten.«

»Was?« Entsetzt starrte Thomas Westland entgegen. »Sind Sie sicher?«

»Unbedingt«, erwiderte Whitney überzeugt und lachte in sich hinein, als Thomas in den Stall ging. Ungemein zufrieden mit sich verschränkte Whitney die Hände hinter dem Rücken und ging Clayton entgegen. »Ich habe dafür gesorgt, daß Sie unser bestes Pferd bekommen«, sagte sie.

Clayton betrachtete sie stirnrunzelnd, doch dann wurde seine Aufmerksamkeit durch merkwürdige Geräusche aus dem Stall abgelenkt. Sie hörten zwei Flüche, einen Schmerzensschrei, und dann stürmte Dangerous Crossing aus der Stalltür, schleuderte einen Stallburschen gegen den Zaun der Koppel und keilte wild aus.

»Ist er nicht wundervoll?« jubelte Whitney auf und warf einen hämischen Blick auf ihr beabsichtigtes Opfer. Doch in diesem Augenblick änderte der Hengst abrupt die Richtung und kam auf die Stelle des Koppelzauns zugerast, an der sie standen. Kurz davor schwang er herum, und Whitney machte gerade rechtzeitig einen wilden Satz zur Seite, bevor sein Hinterhuf gegen eine Zaunlatte knallte. »Er . . . er ist sehr temperamentvoll«, erklärte sie mit leichtem Beben in der Stimme.

»Das sehe ich«, entgegnete Clayton und wandte seinen gleichmütigen Blick von dem Tier ab und Whitney zu.

»Wenn er Ihnen zu temperamentvoll ist, brauchen Sie es nur zu sagen«, bot Whitney großzügig an. »Wir werden mit Sicherheit ein passenderes Tier für Sie finden . . ., beispielsweise Sugar Plum.« Damit nickte sie zu der alten Mähre hinüber, die friedlich auf der Koppel graste. Clayton folgte ihrem Blick, und sein Gesicht verzog sich widerwillig. Sofort erkannte Whitney, daß ihre Rache noch sehr viel süßer würde, wenn Clayton auf dem alten Klepper vor der Ausflugsgesellschaft auftauchte. »Thomas«, rief sie, »Mister Westland hat sich nun doch für Sugar Plum entschieden, also . . .«

»Ich nehme den Hengst«, fauchte Clayton Thomas an und bedachte Whitney dann mit einem eiskalten Blick.

»Warum sagen Sie mir nicht einfach, wo sich die Gesellschaft trifft«, schlug sie mit zuckersüßer Stimme vor, »dann könnte ich schon vorausreiten.«

»Das werde ich ebensowenig tun, wie Ihnen die Genugtuung zu geben, mich unter den Hufen dieses Hengstes zu sehen.« Mit einer Kopfbewegung deutete er auf Khan, der gerade aus dem Stall geführt wurde. »Steigen Sie auf Ihr Pferd und halten Sie sich in sicherer Entfernung von mir. Ich werde genügend zu tun haben, als mich auch noch um Sie kümmern zu können.«

Seine überhebliche Zuversicht, den Hengst tatsächlich reiten zu können, löschte in Whitney jedes Schuldgefühl aus. Sie bestieg Khan, ritt mit ihm ein Stück am Koppelzaun entlang, nahm seine Zügel zwischen die Zähne und faßte ihre Haare mit einem Schal zusammen.

Reitburschen, Stallknechte und drei Gärtner eilten an den Koppelzaun und rangelten um die besten Plätze. Thomas und zwei Reitknechte hielten den Hengst fest, während Clayton mit der Hand über den Rücken des Pferdes strich und beruhigend auf ihn einsprach. Die Erinnerung daran, daß diese Hand ihre Brust umfaßt hatte, ließ Whitney vor Zorn erröten.

Clayton setzte einen Fuß in den Steigbügel und schwang sich unendlich behutsam auf den Pferderücken, um das nervöse Tier nicht durch abrupte Bewegungen weiter zu beunruhigen. Doch trotz seiner Vorsicht begann Dangerous Crossing zu schnauben und keilte nach den Männern aus, die ihn hielten. Der letzte Benutzer des Sattels war kleiner gewesen als Clayton, und während die Steigbügelriemen verlängert wurden, kam es Whitney einen Moment lang so vor, als würde Dangerous Crossing mit seiner unwillkommenen Last kurzen Prozeß machen.

Whitney amüsierte sich königlich über die besorgniserregende Nervosität des Hengstes und rechnete jeden Moment damit, daß Clayton aufgab und absaß. Doch statt dessen nahm er die Zügel fest in die Hand, die Stallburschen ließen los und sprangen schnell zur Seite.

Claytons ganze Konzentration war auf das unruhige Tier gerichtet. »Ganz ruhig«, sagte er leise und ließ die Zügel eine Spur lockerer. Dangerous Crossing riß den Kopf hoch, tänzelte ein paar Schritte zur Seite und versuchte gleichzeitig, auszukeilen und sich aufzubäumen. »Ruhig, alter Junge, ganz ruhig . . .« Die leise Stimme schien den Hengst tatsächlich zu besänftigen, die lockere Zügelhaltung hielt ihn fest, aber nicht brutal unter Kontrolle.

Mit vor Verblüffung weitaufgerissenen Augen sah Whitney, daß sich der Hengst zu einer kurzen Runde auf dem Gelände zwischen den Ställen bewegen ließ. Seine Ohren waren nach vorn gestellt, und er sah ganz so aus, als würde es ihm gefallen, den hochgewachsenen Mann auf seinem Rücken zu tragen – bis Clayton mit der Peitsche leicht seine Flanke berührte und nach einem Galopp verlangte. Sofort riß Dangerous Crossing wieder den Kopf hoch und keilte aus.

»Es ist die Peitsche, Sir«, rief Thomas. »Lassen Sie sie einfach fallen. Die Peitsche ist alles, was ihn im Moment beunruhigt.«

Einen Augenblick lang hatte Whitney ihren Groll gegen den Mann völlig vergessen. Sie war eine viel zu gute Reiterin, um von dem Geschick unbeeindruckt zu bleiben, das Clayton Westland gerade bewiesen hatte. Claytons reiterliche Fähigkeiten erfüllten sie mit Bewunderung, und die verhehlte sie auch nicht, als er nun mit dem Hengst auf sie zu geritten kam.

Ihre Lippen verzogen sich zu einem Lächeln, um ihm die Anerkennung zu zollen, die er verdient hatte. Aber er warf ihr die Peitsche entgegen und knurrte: »Tut mir leid, Sie enttäuscht zu haben. Suchen Sie sich beim nächsten Mal einen anderen für Ihre kindischen Spielchen.«

»Sie Unhold!« zischte Whitney und hob den Arm mit der Peitsche. Sie durchschnitt die Luft, verfehlte Claytons Schulter und traf voll die Flanke des Hengstes. Wild wiehernd bäumte sich Dangerous Crossing auf, raste auf den Koppelzaun zu, als wollte er ihn durchbrechen, besann sich im letzten Moment anders und schoß in der anderen Richtung davon.

»Großer Gott!« flüsterte Whitney, sah entsetzt, wie das Pferd mit seinem Reiter durchging, und wandte tiefbeschämt den Kopf ab. Ihre Schuldgefühle über ihr kindisches Verhalten wurden von Thomas noch vertieft, der mit hochrotem Gesicht auf sie zugestürmt kam. »Haben Sie das in Frankreich gelernt? Einen Fremden absichtlich in Gefahr zu bringen?« schrie er sie zornig an. »Niemand wird je wieder diesen Hengst besteigen, Sie kleine Närrin!« Er machte auf dem Absatz kehrt und rannte in den Stall, um sich ein Pferd zu holen, mit dem er Clayton folgen konnte.

Nur mit Mühe zwang sich Whitney dazu, Thomas nicht zu folgen, und ihm zu erklären, daß sie den Reiter treffen wollte und nicht das Pferd. Niemals das Pferd! Sie blickte in die Richtung, in die Dangerous Crossing durchgegangen war, doch der war nur noch ein schwarzer Punkt in der Landschaft, und niemand konnte sagen, ob es seinen Reiter noch trug oder nicht.

Whitney brachte Khan zum Stall zurück, holte ihn aber wenig später wieder heraus. Clayton Westland hatte bewiesen, was für ein guter Reiter er war. Vielleicht gelang es ihm, nicht abgeworfen zu werden. Sie hoffte es inständig, verspürte aber kein Verlangen danach, ihm bei seiner unversehrten Rückkehr unter die Augen zu treten. Schon die Vorstellung seines Zorns ließ sie am ganzen Körper erbeben. Unhörbar nannte sie sich einen Feigling, wandte Khan um und ritt mit ihm zum Anwesen der Familie Sevarin, um sich dort nach dem Ziel des Ausflugs zu erkundigen.

Khan warf den Kopf und zerrte unternehmungslustig an den Zügeln, aber Whitney hatte keine Eile und hielt ihn in einem gemächlichen Paßgang. Niemals zuvor war sie sich so abscheulich vorgekommen. Warum, fragte sie sich verzweifelt, habe ich mein Leben ausgerechnet in dem Moment ruiniert, als ich nach England zurückkam? Wie konnte ich nur in die Unsitten meiner Kindheit zurückfallen? Wie soll ich den angerichteten Schaden nur wiedergutmachen? Was wäre, wenn sich das Pferd verletzte und getötet werden mußte? Doch auch wenn es mit dem Schrecken davonkam, würde ihr Vater ihr Verhalten nie verzeihen können.

Ihr Vater! Zum erstenmal in ihrem Leben hatte sie so etwas wie Anerkennung und Stolz in seinen Augen gesehen, aber damit war es nun wieder vorbei. Er würde sie wegen der Mißhandlung des Pferdes zutiefst verachten, und wenn sie zu erklären versuchte, eigentlich den Reiter gemeint zu haben, noch sehr viel zorniger werden . . .

Wildes Hufgetrappel hinter ihr unterbrach ihre unerfreulichen Überlegungen, und als Whitney über die Schulter blickte, sah sie Clayton auf dem Rücken eines schweißüberströmten Dangerous Crossing auf sich zu galoppieren.

Instinktiv hob Whitney die Peitsche, um Khan zu schneller Flucht anzutreiben, ließ ihren Arm dann aber wieder sinken. Nein, sie würde sich dem Mann stellen und ihre Schuld eingestehen – Leugnen hätte ohnehin keinen Sinn!

Als Clayton neben ihr war, erkannte Whitney in seinem Gesicht eine so namenlose Wut, daß sie unwillkürlich erschauerte. Mit schnellem Griff packte Clayton Khans Zügel und brachte beide Pferde abrupt zum Stehen.

»Sie können meinen Zügel loslassen«, sagte Whitney leise. »Ich werde nicht flüchten.«

»Halten Sie den Mund!« Da er Khans Zügel weiter in der

Hand behielt, blieb Whitney keine andere Wahl, als stumm neben ihm dahinzureiten. Das Schweigen belastete sie so, daß sie krampfhaft darüber nachdachte, wie sie es brechen konnte. Aber das einzige, was ihr einfiel, waren anerkennende Bemerkungen über die hervorragende Art, in der er mit Dangerous Crossing fertig geworden war. Und die waren in Anbetracht der momentanen Situation kaum angemessen.

An den Überresten einer alten Steinmauer neben einem Bach brachte Clayton die Pferde zum Stehen und stieg ab. Er band den Hengst mit schnellen, behenden Bewegungen fest, kam dann zu Whitney, riß ihr Khans linken Zügel aus der Hand und befestigt ihn an der anderen Seite der Steinmauer, dem Hengst gegenüber. Dann drehte er sich um. »Steigen Sie ab!« knurrte er Whitney an und lief dann auf einen mächtigen Ahorn zu.

Whitney spürte, daß sich ihre Magengrube zusammenkrampfte. »Ich würde lieber hier bleiben«, rief sie ihm unsicher nach.

Als hätte er sie nicht gehört, streifte er sich die Reithandschuhe von den Fingern, warf sie ins Gras und riß sich die Jacke von den Schultern. Er lehnte sich gegen den Stamm und zog ein Bein an. Als er den Mund öffnete, klang seine Stimme wie ein Peitschenhieb. »Ich habe Sie aufgefordert, von diesem Pferd da herunterzukommen.«

Höchst widerstrebend glitt Whitney von Khans Rücken und blieb dann neben ihrem Pferd stehen. Sie machte sich bewußt, daß er um Beherrschung rang, und hoffte inständig, daß es ihm auch gelang. Seine Augen musterten sie kühl von Kopf bis Fuß und blieben an ihrer rechten Hand hängen. Als sie seinem Blick folgte, sah Whitney, daß sie noch immer die Peitsche hielt. Schnell ließ sie sie fallen.

»Ich glaube, es gibt etliche Dinge, die Ihnen ebensoviel Spaß machen wie das Reiten«, meinte er mit beißender Ironie.

»Ich hasse Sie«, brach es verzweifelt aus ihr heraus.

»Ich weiß, daß Sie das tun«, sagte er gelassen, und Whitney

entging nicht, daß sein Gesichtsausdruck weder Triumph noch Befriedigung zeigte. Sie wandte den Blick ab.

»Sehen Sie mich an«, forderte er sanft.

»Nein!« rief sie hilflos. »Denn wenn ich das tue, kratze ich Ihnen die Augen aus!«

»Sie sind auf mich nicht annähernd so wütend wie auf sich selbst.«

»Wieviel ist Ihnen eine Wette darüber wert?« fauchte Whitney, spürte aber, wie ihre Wut verrauchte, als sie auf Dangerous Crossing blickte, dessen pechschwarzes Fell riesige Schweißflecke zeigte. Es war ein Wunder, daß sich das Tier nicht verletzt hatte, daß der Reiter erfahren genug war, um sich im Sattel zu halten, sowie klug genug, es auslaufen zu lassen, bevor er es zum Stall zurückbrachte.

Und er hatte recht: Das, was sie getan hatte, erfüllte sie mit bitterem Zorn auf sich selbst, auch wenn ihre Scham mehr dem Pferd als dem Reiter galt. Sie erkannte gleichfalls, daß er auf eine Entschuldigung von ihr wartete, und da sie sich nichts mehr wünschte, als seiner Nähe zu entkommen, sagte sie tonlos: »Auf keinen Fall wollte ich das Pferd schlagen. Ich wollte Sie treffen. Aber wie auch immer: Es war ein unverantwortliches, gefährliches Verhalten, das eigentlich Strafe verdient hätte.«

»Vielen Dank für Ihre Entschuldigung«, entgegnete er fast liebevoll.

Verdutzt sah Whitney ihn an und glaubte, ihren Ohren nicht trauen zu dürfen. Doch auch sein Gesicht zeigte nichts als freundliches Verständnis, seine grauen Augen lächelten sie an.

Plötzlich kam es ihr so vor, als seien sie die besten, engsten Freunde, als verbinde sie nun irgendein geheimnisvolles Band. Diese erstaunliche Empfindung hielt an, nahm sogar noch zu. »Es tut mir entsetzlich leid«, stammelte sie.

»Genug«, unterbrach er sie leise. »Es ist bereits vergessen.«

Als er den Kopf senkte, wußte Whitney, daß er sie gleich küssen würde. Doch anstatt sich abzuwenden, hob sie ihm fast unbewußt das Gesicht entgegen, suchte nach Bestätigung für sein Verzeihen. Und schon senkte sich sein Mund auf ihre Lippen, um sie sehr sanft, sehr zärtlich zu liebkosen.

»Wo zum Teufel habt ihr denn nur gesteckt?« rief Paul ihnen entgegen, als sie wenig später am vereinbarten Treffpunkt anlangten, absaßen und dem herbeieilenden Reitburschen die Pferde übergaben.

»Es gab ein paar Schwierigkeiten mit dem Hengst«, entgegnete Clayton gelassen.

Paul blickte skeptisch von dem friedfertigen schwarzen Hengst in Whitneys errötendes Gesicht. »Ich habe mir Sorgen um dich gemacht.«

»In der Tat? Nun, das war unnötig«, murmelte Whitney und bemühte sich, nicht so schuldig auszusehen wie sie sich fühlte.

Er führte sie zu einer hellblauen Decke, auf der Emily und Michael Archibald Platz genommen hatten, um sich dann neben sie zu setzen – gegenüber von Elizabeth und Peter.

Clayton nahm von einem Diener ein Glas Wein entgegen und schlenderte zu einer anderen Decke, auf der Margaret Merryton in der Gesellschaft eines jungen Paares saß. Margarets Augen leuchteten auf, als er sich neben sie setzte. Wenn sie ihre Augen nicht ständig maliziös zusammenkneifen würde, dachte Whitney, wäre Margaret eigentlich ein sehr hübsches Mädchen. Doch als sie sich nun Whitney zuwandte, war es mit dem Strahlen auch schon wieder vorbei. »Wenn ihr um die Wette geritten wäret, hättest du mit Sicherheit verloren«, mutmaßte sie boshaft.

»Wir sind und sie hat«, bestätigte Clayton prompt lachend.

»Auf dem Hengst hätte ich auch gesiegt.«

»Wenn Sie diesen Hengst geritten hätten, junge Lady, hätten wir ihre Angehörigen an Ihr Krankenbett rufen müssen«, widersprach Clayton grinsend.

»Mister Westland«, verkündete Whitney würdevoll, »ich werde mit dem Hengst weit besser fertig als Sie.«

»Wenn Sie davon so überzeugt sind, können wir Ihre Fähigkeiten jederzeit auf die Probe stellen. Sie bestimmen Zeit und Strecke, ich reite dann eins meiner Pferde.«

Verführt vom spöttischen Glanz in seinen Augen nahm Whitney den Fehdehandschuh auf. »Über eine ebene Strekke«, überlegte sie laut. »Keine Sprünge. Der Hengst kann noch nicht springen.«

»Heute ist er ziemlich sicher über ein paar Zäune hinweggesetzt, wenn mich mein Gedächtnis nicht täuscht«, meinte Clayton trocken. »Aber ich richte mich ganz nach Ihnen. Sie bestimmen die Strecke.«

»Traust du dir da nicht ein wenig zuviel zu?« erkundigte sich Paul und runzelte besorgt die Stirn.

Whitney warf Clayton einen mürrischen Blick zu und sagte mit mehr Überzeugung als sie verspürte: »Keineswegs. Ich siege mit Leichtigkeit.«

»Hast du vor, dich in Breeches rittlings aufs Pferd zu setzen oder bevorzugst du, barfüßig auf seinem Rücken zu balancieren?« höhnte Margaret.

Wie auf Befehl begannen alle auf einmal zu reden, um Margarets Stimme zu übertönen, aber Whitney fing doch einige Fetzen von dem auf, was sie zu Clayton und dem anderen Paar sagte: ». . . ihrem Vater Schande bereitet . . . Der ganze Ort war außer sich . . .«

Die Diener begannen die Körbe mit kaltem Hühnchen, Schinken, Käse, Äpfel und Birnen auszupacken. Resolut nahm sich Whitney vor, Margarets giftige Bemerkungen ganz einfach zu vergessen und aus diesem Ausflug das Beste zu machen. »Als Mädchen haben Whitney und ich ein Abkommen geschlossen«, erzählte Emily gerade lachend ihrem Mann. »Diejenige, die als erste heiratete, sollte der anderen eine Buße von fünfundzwanzig Pfund zahlen.«

»Das stimmt!« lächelte Whitney. »Ich hatte es ganz vergessen.«

»Da ich es war, der sie dazu überredet hat, mich zu heiraten«, sagte Michael Archibald augenzwinkernd zu Whitney, »wäre es nur gerecht, wenn ich diese Buße zahle.«

»Das wäre tatsächlich nicht mehr als gerecht.« Whitney lachte auf. »Und ich hoffe, es war nicht das letzte Mal, daß sich Emily Ihrem Einfluß beugt, Mylord.«

»Ich auch!« seufzte Baron Archibald gespielt verzweifelt auf.

In diesem Augenblick neigte sich Paul zu ihr. »Wirst du dich auch meinem Einfluß beugen?« fragte er leise.

Das kam einer Erklärung seiner Absichten so nahe, daß sich Whitney unwillkürlich fragte, ob sie ihn richtig verstanden hatte. »Das kommt darauf an«, flüsterte sie zurück und konnte den Blick nicht von seinen faszinierend blauen Augen wenden. Ein plötzlicher Windstoß trieb ihr die Haare in die Stirn, und unbewußt griff sich Whitney an den Hinterkopf, wo eigentlich der gelbe Schal ihre Haare zusammenhalten sollte.

»Suchen Sie vielleicht das hier?« erkundigte sich Clayton lässig, zog ihren Schal aus der Tasche und hielt ihn ihr hin.

Paul kniff die Lippen zusammen, und Whitney entriß Clayton schnell den Schal. Jetzt würde sich jedermann fragen, wie ihr Tuch in seine Tasche gekommen war und wie man sich eigentlich ihre verspätete Ankunft erklären konnte ... Eine fast perverse Lust, ihm körperlichen Schaden zuzufügen, stieg in Whitney auf. Liebend gern hätte sie ihm ein Schwert in den Leib gerammt, mit einer Pistole den Kopf hinweggefetzt oder ihn kaltlächelnd am nächsten Baum aufgeknüpft.

Nachdem alle anderen aufgebrochen waren, forderte Paul einen Stallburschen auf, Khan zu übernehmen, und brachte Whitney in seiner glänzenden Kutsche nach Hause.

»Paul, bist du zornig auf mich?« erkundigte sich Whitney vorsichtig, als sein nachdenkliches Schweigen zu lange anhielt.

»Ja, und der Grund dürfte dir bekannt sein.«

Er war Whitney bekannt, und sie fühlte sich zwischen

Schuld und Glück hin und her gerissen. Vielleicht war Clayton Westland tatsächlich der Anstoß, den Paul brauchte, um sich ihr endlich zu erklären. Pauls Eifersucht war unübersehbar.

Als die Kutsche vor der Freitreppe ihres Hauses angekommen war, legte Paul einen Arm auf die Lehne ihres Sitzes. »Ich kann mich nicht erinnern, dir gesagt zu haben, wie wunderschön du heute aussiehst«, sagte er.

»Oh, vielen Dank«, erwiderte Whitney beglückt.

Unvermittelt begann er zu lächeln. »Morgen um elf werde ich dich abholen, wenn ich darf. Dann reden wir darüber.«

»Darüber, wie wunderschön ich heute aussehe?« neckte Whitney.

»Nein, über den Grund meiner Verärgerung.«

Sie seufzte. »Ich würde aber lieber über das andere Thema sprechen.«

»Das glaube ich gern«, sagte Paul schmunzelnd und stieg aus, um ihr aus der Kutsche zu helfen.

Punkt elf Uhr am nächsten Vormittag stand Paul in der Halle. Whitney blieb unwillkürlich auf der Schwelle des Salons stehen und konnte kaum glauben, daß er tatsächlich da war, um sie abzuholen – genau wie sie es sich immer erträumt hatte. Und als er jetzt eine Bemerkung von Tante Anne mit einem Lachen quittierte, sah er geradezu unfaßlich gut aus.

»Dein junger Mann gefällt mir«, wisperte ihr Anne beim Abschied zu.

»Noch ist er nicht ›mein junger Mann‹«, flüsterte Whitney zurück, lächelte aber ausgesprochen optimistisch.

Der Himmel war strahlend blau, und ein leichter Wind zauste an Pauls blonden Haaren, als sie in seinem gutgefederten Einspänner lachend und plaudernd durch die Landschaft rollten und dann und wann anhielten, um eine besonders schöne Aussicht zu bewundern.

Das Mittagessen nahmen sie bei Pauls Mutter ein, und obwohl Whitney auf diesen Vorschlag zunächst fast ängstlich reagiert hatte, wurde es ein sehr angenehmes Zusammensein.

Danach schlenderten sie über die weiten Rasenflächen des Gartens, und Whitney setzte sich auf eine Schaukel, die von einem mächtigen Eichenast hing.

»Warum habt ihr euch gestern so verspätet?« fragte er übergangslos.

Whitney öffnete den Mund, zuckte dann mit den Schultern und versuchte so sorglos wie möglich zu wirken. »Wir nahmen den Hengst, aber mit dem hat es dann ein paar Probleme gegeben.«

»Das vermag ich kaum zu glauben, Whitney. Ich bin bereits mit Westland geritten. Was Pferde anbelangt, ist er kein Anfänger. Und gestern kam er mir ausgesprochen sanft und friedfertig vor.«

»Wer?« scherzte Whitney. »Der Hengst oder Mister Westland?«

»Ich meinte eigentlich den Hengst, aber da du ihn gerade erwähnst, würde ich auch gern etwas über Mister Westlands Verhalten erfahren.«

»Großer Gott, Paul«, flehte sie fast. »Du weißt sehr gut, wie unberechenbar Pferde sind. Es gibt Zeiten, in denen sie selbst dem erfahrensten Reiter Schwierigkeiten bereiten.«

»Dann kannst du mir sicherlich erklären, warum du so bereitwillig einem Wettrennen mit Westland zugestimmt hast – wenn das Tier so unberechenbar ist . . .«

»Ich bitte dich! Er hat mich derart herausgefordert, daß ich gar nicht anders konnte.« Durch gesenkte Wimpern warf sie einen verstohlenen Blick auf Pauls Gesicht. Es war ausgesprochen skeptisch . . . »Paul, ich kann diesen Mann nicht ausstehen«, setzte sie schnell hinzu. »Und . . . und ich finde es gar nicht nett von dir, mir seinetwegen so zuzusetzen. Das ist ebenso unangebracht wie unschicklich.«

Überraschenderweise begann er zu lächeln. »Nie hätte ich mir träumen lassen, daß ausgerechnet du einmal von Schicklichkeit sprichst.« Ohne Vorwarnung zog er sie von der Schaukel und in seine Arme. »Gott, bist du schön!« hauchte er.

Whitney hielt den Atem an und dachte nur immer wieder: Gleich wird er mich küssen! Sie war so nervös, daß sie spürte, wie in ihr ein ebenso absurdes wie unpassendes Lachen hochstieg, als er den Kopf langsam senkte. Aber bei der ersten Berührung seiner warmen, sanften Lippen schwand jede Lust zu lachen.

Sie bemühte sich, die Hände ganz ruhig zu halten, aber sie wanderten wie von selbst hinauf zu seiner Brust. Sie zwang sich zur Zurückhaltung – aus Furcht, Paul etwas von der Tiefe ihrer Gefühle zu ihm zu verraten und damit irgendwie vor den Kopf zu stoßen.

Aber Paul ließ nicht zu, daß sie unbeteiligt blieb. Er verstärkte den Druck seiner Arme, zog sie ganz eng an seine Brust und küßte sie höchst erfahren: spielerisch und zärtlich, dann wieder leidenschaftlich und hungrig. Als er sie schließlich wieder losließ, zitterten Whitney die Knie. Mit Betroffenheit machte sie sich klar, daß sie gerade von jemandem geküßt worden war, der sich darin mehr als gut auskannte und zweifellos über ein beträchtliches Maß an Übung verfügte. Kein Wunder, daß die Mädchen aus der Umgebung für ihn schwärmten, von ihm träumten.

Er beobachtete sie höchst zufrieden und selbstsicher. »Das machst du sehr gut«, meinte sie und hoffte, kompetent genug zu klingen, um ein solches Urteil abgeben zu können.

»Danke«, erwiderte Paul und wirkte leicht irritiert. »Beruht deine Erkenntnis auf deinen ausgiebigen Erfahrungen in Frankreich?«

Lächelnd setzte sich Whitney wieder auf die Schaukel und erwiderte kein Wort. Sie stieß sich mit dem Fuß ab und setzte die Schaukel in heftige Bewegung. Beim zweiten Schwung umfingen Pauls kräftige Arme ihre Taille und zogen sie an sich. »Was bist du nur für ein unmögliches kleines Biest«, murmelte er. »Wenn ich nicht sehr aufpasse, verdrehst du mir noch mehr den Kopf als diesen affektierten Laffen in Paris.«

»Sie waren keine«, protestierte Whitney schwach, als sich seine Lippen auf ihren Mund senkten, »affektierten Laffen.«

»Wie gut«, flüsterte er heiser, »weil ich mich nur ungern in einer solchen Gesellschaft wiederfinden würde.«

Whitneys Herz tat einen gewaltigen Sprung. »Das heißt?« hauchte sie an seinen Lippen.

»Das heißt«, sagte Paul und zog sie eng an sich, »daß du mir längst den Kopf verdreht hast.«

Als Whitney zwei Stunden später im Zustand höchster Glückseligkeit das Haus betrat, informierte Sewell sie, daß sich ihr Vater, Lady Anne Gilbert und Mr. Clayton Westland im Arbeitszimmer ihres Vaters befänden. Sie blickte sich verstohlen in der Halle um, ob sie jemand sah. Nichts, absolut nichts würde ihr Glücksgefühl zerstören, und eine Begegnung mit Clayton Westland wäre ungefähr das einzige, was dazu in der Lage wäre. Mit einem erleichterten Seufzer schloß Whitney die Tür ihres Zimmers hinter sich, ließ sich auf ihr Bett fallen und dachte über die Ereignisse dieses Tages nach.

Tränen trübten Lady Annes Blick, als sie sich zu einem knappen Knicks vor dem Herzog von Claymore durchrang. Er drehte sich um und verließ mit langen, entschlossenen Schritten Martin Stones Arbeitszimmer, aber sie stand noch immer da und starrte ihm in hilfloser Verzweiflung nach.

Hinter ihr scharrten Stuhlbeine über den Boden, als ihr Schwager aufstand und um seinen Schreibtisch herumkam. »Ich hätte Ihnen noch nichts davon gesagt, aber Seine Gnaden hielten es für angebracht, Sie in die Arrangements einzuweihen. Ich hoffe, ich brauche Sie nicht besonders darauf hinzuweisen, daß Sie Ihr Wort gegeben haben, über das Gesagte strengstes Stillschweigen zu bewahren?«

Anne sah ihn an. Tränen brannten in ihrer Kehle. Sie hob

die Hand zu einer hilflosen, beschwörenden Geste, ließ sie dann aber wieder fallen.

Offensichtlich ermutigt durch ihr Schweigen, wurde Martin Stones Tonfall ein wenig zugänglicher. »Ich will zugeben, daß ich nicht besonders erfreut darüber war, daß Sie Whitney nach England begleitet haben. Aber da Sie nun einmal hier sind, könnten Sie eine große Hilfe sein. Ich möchte, daß Sie sich Whitney gegenüber positiv über den Herzog äußern. Sie respektiert Ihre Meinung, und je eher sie eine Zuneigung zu ihm entwickelt, desto besser für uns alle.«

Endlich fand Anne ihre Sprache wieder. »Eine Zuneigung zu ihm entwickelt?« wiederholte sie fassungslos. »Whitney verabscheut die Luft, die er atmet!«

»Unsinn! Sie kennt ihn doch kaum.«

»Sie kennt ihn gut genug, um ihn zu verachten. Das hat sie mir selbst gesagt.«

»Dann verlasse ich mich auf Sie, daß Sie diese Einstellung ändern.«

»Sind Sie denn völlig blind, Martin? Whitney liebt Paul Sevarin.«

»Paul Sevarin kann kaum sein eigenes Anwesen zusammenhalten«, schnaubte Stone verächtlich. »Alles, was er ihr bieten kann, ist ein Leben als Arbeitstier.«

»Dennoch ist das eine Entscheidung, die Whitney selbst treffen sollte.«

»Papperlapapp! Diese Entscheidung hatte ich zu treffen, und ich habe sie getroffen.«

Anne öffnete den Mund, aber Stone kam ihr rüde zuvor. »Lassen Sie mich Ihnen etwas erklären, Madam. Ich habe einen von Claymores Anwälten ausgearbeiteten Vertrag unterzeichnet und die Summe von einhunderttausend Pfund angenommen. Davon habe ich bereits mehr als die Hälfte ausgegeben und meine Gläubiger bezahlt. Mehr als die Hälfte«, wiederholte er betont. »Falls Whitney sich weigern sollte, die Bedingungen dieser Abmachung einzuhalten, kann ich dem Mann das Geld nicht zurückgeben. Und dann könnte und würde mich Claymore wegen Diebstahls, Betruges und Gott mag wissen, was sonst noch, verklagen. Und wenn auch das seinen Eindruck auf Sie verfehlt, lassen Sie es mich anders ausdrücken: Wie glücklich könnte Whitney in einer Ehe mit Sevarin Ihrer Meinung nach werden, wenn sich im Umkreis von hundert Meilen jeder das Maul über ihren Vater zerreißt, der hinter Gefängnisgittern sitzt?«

Nachdem er seine Meinung mehr als deutlich gemacht hatte, begab er sich zur Tür. »Also rechne ich mit Ihrer Hilfe – um Whitneys willen, nicht meinetwegen!«

Kapitel sieben

Whitney warf einen letzten kritischen Blick in den Spiegel. Die schlaflose Nacht hatte zwar leichte Schatten unter ihren Augen hinterlassen, aber darüber hinaus wirkte sie in ihrem grünen Wollkleid und der Samtschleife, die ihre mahagonifarbenen Haare im Nacken zusammenhielten, frisch, jung und mädchenhaft. Ich sehe ganz anders aus, als ich mich fühle, dachte sie kläglich, als sie ihr Zimmer verließ, um einen Mann mit einer kleinen Lüge dazu zu bringen, sich ihr endlich zu erklären.

Auf der Schwelle des Salons zögerte sie. Paul sah so umwerfend gut aus, daß sie sich ernsthaft versucht fühlte, ihm einen Antrag zu machen, anstatt ihn mit taktischer Raffinesse dazu zu bringen, sie um ihre Hand zu bitten. Statt dessen ging sie lächelnd auf ihn zu und sagte: »Was für ein wunderschöner Nachmittag. Wollen wir nicht ein bißchen im Garten spazieren gehen?«

Sobald sie die Abgeschiedenheit der hohen Taxushecken erreicht hatten, zwischen denen die letzten Rosen blühten, nahm Paul sie in die Arme und küßte sie. »Ich muß mich für all die Zeit entschädigen, in der ich dich vernachlässigt habe«, scherzte er.

Eine bessere Ouvertüre war nicht vorstellbar. Lächelnd trat sie einen Schritt zurück und meinte: »Dann wirst du dich aber beeilen müssen, denn du hast viele Jahre nachzuholen, aber dafür bleiben dir wenige Wochen.«

»Was meinst du mit ›wenigen Wochen‹?«

»Bevor ich mit meiner Tante und meinem Onkel nach Frankreich zurückfahre«, erwiderte Whitney und nahm beglückt zur Kenntnis, daß sich seine Miene verdüsterte.

»Bevor du nach Frankreich zurückfährst? Ich nahm an, du würdest jetzt zu Hause bleiben.«

»In Paris habe ich auch ein Zuhause, Paul. Wenn man es recht bedenkt, bin ich in Frankreich eigentlich sogar heimischer als hier.« Er wirkte so niedergeschmettert, daß Whitney Gewissensbisse verspürte. Aber um sie von einer Rückkehr nach Frankreich abzuhalten, brauchte er ihr nur einen Antrag zu machen. Das wußte er ebensogut wie sie.

»Aber dein Vater lebt hier«, wandte er ein. »Ich lebe hier. Bedeutet dir das denn gar nichts?«

»Selbstverständlich bedeutet mir das etwas«, sagte Whitney leise und wandte schnell den Blick ab, damit er nicht bemerkte, wie viel es ihr bedeutete. Warum sagt er nicht einfach: Heirate mich, fragte sie sich.

»Du kannst nicht fortfahren«, erklärte er mit halberstickter Stimme. »Ich glaube, ich liebe dich.«

Zunächst setzte Whitneys Herz einen Schlag aus, dann begann es wie wild zu pochen. Am liebsten hätte sie sich in seine Arme geworfen, doch das war noch zu früh. Dafür hatte seine Erklärung zu unentschlossen geklungen, zu unverbindlich. Sie lief zwei Schritte den Pfad entlang und lächelte ihn über die Schulter hinweg kokett an. »Ich hoffe, du wirst mir schreiben – wenn du dir sicher bist, meine ich.«

»Was bist du doch durchtrieben!« Paul lachte, griff nach ihrem Arm und zog sie zurück. »Also was ist, Miss Stone, lieben Sie mich oder lieben Sie mich nicht?«

Nur mit Mühe unterdrückte Whitney einen Schwur unendlicher, unverbrüchlicher Liebe. »Ich glaube, ich liebe dich«, erwiderte sie augenzwinkernd.

Aber anstatt das Thema zu vertiefen, wie sie gehofft hatte, ließ Paul ihren Arm los, und seine Miene wurde ausdruckslos, fast verschlossen. »Ich habe heute noch einige Dinge zu erledigen«, erklärte er kühl.

Er will gehen, erkannte sie verzweifelt und hatte das beschämende Gefühl, daß er ihre Absicht durchschaut hatte und sich von ihr zu nichts zwingen lassen wollte.

Sie begaben sich vor das Haus, wo seine neue Kutsche in der Auffahrt wartete. Paul hielt genau so lange inne, um ihr leicht die Fingerspitzen zu küssen, dann wandte er sich zum Gehen. Doch er drehte sich noch einmal um. »Wieviel Konkurrenten habe ich eigentlich, außer Westland?« wollte er wissen.

Whitneys Gefühle überschlugen sich. »Wie viele hättest du denn gern?« fragte sie zurück.

Er machte schmale Augen und öffnete den Mund, als wolle er etwas sagen, schien sich dann aber wieder anders zu besinnen, machte auf dem Absatz kehrt und ging weiter auf seine Kutsche zu.

Whitneys Lächeln schwand. Sie hatte ihn dazu gezwungen, seine Absichten zu erklären, und nun kannte sie sie. Ihm war es lediglich um einen belanglosen, spielerischen Flirt mit ihr gegangen – um mehr nicht. Er hatte sie vor ihrer Abfahrt nach Frankreich nicht gewollt, und er wollte sie auch jetzt nicht.

Neben der Kutsche blieb Paul stehen, streckte die Hand aus, um dem Stallburschen die Zügel abzunehmen, hielt aber wieder inne. Reglos und mit dem Rücken zu ihr stand er da, und während sie ihn beobachtete, begann Whitney unhörbar aber fieberhaft Bittgebete zu flüstern.

Langsam, ganz langsam drehte sich Paul zu ihr um und begann wieder auf sie zuzukommen. Als er drei Schritte von ihr entfernt war, zitterten ihre Knie so heftig, daß sie glaubte, jeden Moment umsinken zu müssen.

»Miss Stone«, sagte er mit einem Lachen in der Stimme, »gerade ist mir bewußt geworden, daß ich im Hinblick auf Sie zwei Möglichkeiten habe. Ich kann entweder jeden Kontakt mit Ihnen künftig meiden, um meine Qualen zu beenden, oder ich kann Sie heiraten, um sie zu verlängern.«

Als sie in seine blauen Augen blickte, wußte Whitney, daß er seine Wahl getroffen hatte. Sie wollte lächeln, war aber so erleichtert, daß sie fast in Tränen ausbrach. »Du hast wohl erkannt, daß du es dir nie verzeihen könntest, dich feige davongestohlen zu haben, oder?«

Lachend breitete Paul die Arme aus. Zur selben Zeit lachend und weinend sank Whitney an seine Brust. Sie hörte das rhythmische, zuverlässige Schlagen seines Herzens und fühlte sich unsagbar glücklich, unendlich sicher. Paul liebte sie, er wollte sie heiraten. Und das war der Beweis, der unumstößliche Beweis, daß sie sich in Frankreich tatsächlich geändert hatte. Jetzt würden die Nachbarn nicht mehr darüber tuscheln, daß sie sich wegen Paul Sevarin zur Närrin gemacht hatte. Jetzt würden sie sagen, Paul hätte sie schon immer geliebt und nur darauf gewartet, daß sie erwachsen wurde . . .

»Laß uns zu deinem Vater gehen«, sagte Paul.

Whitney hob den Kopf und war so gedankenverloren, daß sie ihn verständnislos anstarrte. »Warum?«

»Weil ich die notwendigen Formalitäten gern hinter mich brächte, und bei deiner Tante kann ich kaum um deine Hand anhalten. Obwohl«, fügte er fast kläglich hinzu, »ich das bei weitem vorziehen würde.«

»Sewell, wo ist mein Vater?« fragte Whitney, sobald sie das Haus betreten hatten.

»Auf dem Weg nach London«, erwiderte der Butler. »Er ist vor einer halben Stunde abgereist.«

»Nach London?« entfuhr es Whitney entsetzt. »Aber er wollte doch erst morgen aufbrechen. Warum ist er denn schon heute gefahren? Kommt er nun auch früher zurück?«

Sewell, der stets alles wußte, erklärte nun, absolut keine Ahnung zu haben. Betroffen sah ihm Whitney nach, wie er über den Korridor entschwand, und hatte das Gefühl, über ihrem Glück sei die Sonne untergegangen.

Paul wirkte wie ein Mann, der sich zu einer unerfreulichen Konfrontation durchgerungen hatte und nun nicht wußte, ob er froh oder verärgert darüber sein sollte, daß diese aufgeschoben war. »Wann kommt er wieder?«

»Erst in fünf Tagen«, erwiderte Whitney entmutigt. »Gerade rechtzeitig zu der Feier, die wir für seinen Geburtstag geplant haben.« Sie seufzte tief auf. »Die Einladungskarten an die Verwandten, die weiter entfernt wohnen, sind bereits verschickt. Falls er nicht früher zurückkommt, wirst du am Tag seiner Rückkehr kaum mit ihm sprechen können. Aber wie ist es am Sonntag, nach der Kirche?« fügte sie schon wieder etwas hoffnungsvoller hinzu.

Nachdenklich schüttelte Paul den Kopf. »Ich würde zu gern zwei Ainsleys kaufen – zwei hervorragende, rassereine Tiere, sie werden dir gefallen. Und wenn ich rechtzeitig zur Auktion in Hampton Park sein will, muß ich am Sonnabend aufbrechen, an dem Tag, an dem dein Vater zurückkehrt.«

Whitney versuchte, nicht so enttäuscht zu klingen, wie sie sich fühlte. »Wie lange wirst du fort sein?«

»Höchstens zwei Wochen, vermutlich nur neun oder zehn Tage.«

»Das ist ja eine Ewigkeit!«

Paul zog sie in die Arme. »Um dir die Aufrichtigkeit meiner Absichten zu beweisen, werde ich mich den ganzen Sonnabend über zur Verfügung halten – für den Fall, daß dein Vater früher als geplant zurückkommt und ich mit ihm sprechen kann. Und«, setzte er schmunzelnd auf ihren verzweifelten Blick hin hinzu, »ich werde meine Abfahrt sogar insoweit hinauszögern, daß ich ein paar Stunden auf seiner Geburtstagsfeier verbringen kann. Natürlich in der Annahme, daß ich auch eingeladen werde.«

Whitney nickte lächelnd.

»Falls sich auf der Feier keine Gelegenheit ergibt, mit ihm zu sprechen, wovon ich eigentlich ausgehe, kannst du ihm ja sagen, daß ich sofort nach meiner Rückkehr hochoffiziell um deine Hand anhalten werde. Nun«, lächelte er jungenhaft, »klingt das nach einem Mann, der sich den Ehefesseln entziehen möchte?«

Nachdem Paul gegangen war, entschied sich Whitney bewußt dagegen, Tante Anne etwas zu erzählen. Sie wollte ihr Glück zunächst einmal für sich behalten und empfand eine geradezu abergläubische Furcht davor, jemanden von ihrer Verlobung mit Paul zu erzählen, bevor der bei ihrem Vater um ihre Hand angehalten hatte. Abgesehen davon rechnete sie fest damit, daß ihr Vater am Sonnabend so rechtzeitig zurückkehrte, daß sie außer seinem Geburtstag auch ihre Verlobung an diesem Tag feiern konnten.

Claytons Butler blieb an der Tür stehen und räusperte sich. »Mister Stone möchte Sie sprechen, Euer Ehren«, sagte er, als Clayton aufblickte. »Ich habe ihn selbstverständlich darauf hingewiesen, daß Sie in wenigen Minuten zu speisen wünschen, aber der Mann erklärt, sein Besuch sei immens wichtig.«

»Also gut, führen Sie ihn herein«, seufzte Clayton gereizt. Whitney gegenüber brachte er alle Geduld der Welt auf, ihrem Vater gegenüber absolut keine. Er konnte den Mann nur mit Mühe ertragen.

»Ich mußte Sie vor meiner Abreise nach London unbedingt sprechen«, rief Martin Stone, als er in den Raum gehastet kam und Clayton gegenüber vor dem Schreibtisch Platz nahm. »Es sind da einige Schwierigkeiten aufgetaucht, die zu echten Problemen werden können, wenn Sie – wir – nicht etwas unternehmen.«

Clayton entließ den Butler mit einem Kopfnicken und wartete, bis der die Tür hinter sich geschlossen hatte. Dann musterte er seinen unwillkommenen Besucher gelassen. »Was sagten Sie gerade, Mister Stone?«

»Ich sagte, daß es Schwierigkeiten gibt. Komplikationen. Es geht um Sevarin. Er war bei Whitney, als ich aufbrach.«

»Und ich sagte Ihnen, daß ich mir um Sevarin keine Sorgen mache«, entgegnete Clayton ungeduldig.

»Dann kann ich Ihnen nur raten, damit zu beginnen.« Stone schaffte es, gleichzeitig gepeinigt und wütend auszusehen. »Als Whitney fünfzehn Jahre alt war, setzte sie es sich in den Kopf, Sevarin dieser Elizabeth Ashton auszuspannen. Und obwohl inzwischen fünf Jahre vergangen sind – fünf Jahre! – ist sie noch immer fest dazu entschlossen. Und sie hat ihr Ziel fast erreicht. Wenn Sie mich fragen, denkt der arme Teufel ernsthaft daran, sie zu heiraten. Er ist nur noch um Haaresbreite von einem Antrag entfernt. Gott mag wissen warum. Vermutlich treibt sie ihn ebenso zur Verzweiflung, wie sie mich zur Verzweiflung treibt.«

»Als der ›arme Teufel‹, der bereits um sie angehalten hat, kann ich Sevarins Geschmack nur alle Hochachtung zollen«, erwiderte Clayton ironisch. »Ich habe Ihnen jedoch mehrfach versichert, daß ich mit Whitney fertig werde und . . .«

Martin sah aus, als würde er jeden Moment explodieren. »Sie glauben vielleicht, mir ihr fertig werden zu können, aber Sie kennen sie nicht so gut wie ich. Sie ist ein eigenwilliges, starrsinniges Geschöpf. Wenn sie sich etwas in den Kopf gesetzt hat – wie den Spleen, Sevarin unbedingt heiraten zu wollen –, verfolgt sie dieses Ziel rücksichtslos.«

Stone zog ein Taschentuch hervor und wischte sich den Schweiß von der Stirn. »Sobald sie Sevarin dazu gebracht hat, ihr einen Antrag zu machen, könnte sie unter Umständen glauben, ihr Ziel erreicht zu haben und das Interesse an ihm verlieren. Aber wenn sie es sich vorgenommen hat, ihn tatsächlich zu heiraten, werden Sie dieses ungebärdige Wesen wahrscheinlich zum Altar schleppen müssen, während sie sich mit Zähnen und Klauen dagegen wehrt. Verstehen Sie, was ich damit sagen will?«

Ein Paar graue Augen sahen ihn leidenschaftslos an. »Voll und ganz.«

»Gut, gut. Dann muß Sevarin davon abgehalten werden, Whitney gegenüber von Heirat zu sprechen. Und das wird erreicht, indem Sie ihr unverzüglich mitteilen, daß Sie seit Juli mit ihr verlobt sind. Sagen Sie es auch Sevarin. Sagen Sie es jedermann. Geben Sie ohne weitere Zeitverzögerung Ihre Verlobung mit Whitney bekannt.«

»Nein.«

»Nein?« wiederholte Stone verwirrt. »Und was wollen Sie dann gegen Sevarin unternehmen?«

»Was schlagen Sie denn vor?«

»Das habe ich Ihnen doch bereits gesagt!« fuhr Stone auf. »Bringen Sie Whitney dazu, sich die Hirngespinste im Hinblick auf Sevarin aus dem Kopf zu schlagen. Befehlen Sie ihr, sich unverzüglich auf die Hochzeit mit Ihnen vorzubereiten!«

Nur mühsam bewahrte Clayton seine ernste Miene. »Haben Sie Ihrer Tochter schon einmal etwas ›befohlen‹, was diese nicht tun wollte, Mister Stone?«

»Selbstverständlich habe ich das. Ich bin ihr Vater.«

Eine Spur von Erheiterung machte sich in Claytons Mundwinkeln breit. »Und hat Whitney sich Ihrer Autorität dann willig gebeugt?«

Resigniert lehnte sich Stone auf seinem Stuhl zurück. »Als ich das letzte Mal meiner Tochter etwas befohlen habe, war sie vierzehn Jahre alt«, räumte er ein. »Ich forderte sie auf, sich ein Beispiel an Elizabeth Ashton zu nehmen, und daraufhin hat sich mich mit ihrem dauernden Knicksen fast um den Verstand gebracht. Sie knickste, wenn sie einen Raum betrat oder verließ. Sie knickste vor dem Butler, sie knickste vor den Pferden . . .«

»Whitney wird sich meinen Wünschen entsprechend verhalten«, unterbrach ihn Clayton in einem Ton, der jede weitere Diskussion unterband. »Doch bis ich den Zeitpunkt für gekommen halte, ihr von unserer Verlobung zu erzählen, wird niemand ein Wort darüber zu ihr sagen. *Ich* rede mit ihr, ist das klar, Mister Stone?«

Stone nickte und erhob sich schweigend. Es war klar, daß sein Besuch beendet war, aber zu nichts geführt hatte.

Es dämmerte bereits, als Sewell an Whitneys Zimmertür klopfte und ihr mitteilte, daß ihr Vater endlich wieder da war.

»Vielen Dank, Sewell«, rief Whitney. Die Geburtstagsfeier ihres Vaters wäre eine geradezu perfekte Gelegenheit gewesen, ihre Verlobung mit Paul bekanntzugeben. Fast alle ihrer Nachbarn würden kommen, auch die Ashtons und die Merrytons – und sie hätte zu gern deren Reaktion auf die Neuigkeit erlebt, daß sie Paul heiraten würde.

Aber noch hatte sie nicht alle Hoffnung aufgegeben. Immerhin gab es noch eine winzige Chance, daß Paul auf der Feier Gelegenheit fand, mit ihrem Vater zu sprechen. Dann könnten sie ihre Verlobung heute abend doch noch verkünden.

Eine knappe Stunde später trat ihre Zofe Clarissa nach getanem Werk einen Schritt zurück, während sich Whitney gehorsam um sich selbst drehte, um sich inspizieren zu lassen.

Whitneys elegante Robe aus elfenbeinfarbenem Satin schimmerte im Kerzenlicht. Das tiefausgeschnittene Oberteil betonte ihre Brüste und ließ die sanften Kurven ihres Busen erahnen. Die Ärmel waren mit topasfarbenem Satin abgesetzt, und ein ähnliches topasfarbenes Band betonte den Saum ihres Kleides. Vorn fiel der Stoff in fast geraden Bahnen bis zu ihren Knöcheln, während sich der Rock hinten zu einer kleinen Schleppe verbreiterte. Topase und Diamanten funkelten an Hals und Ohrläppchen, auch in ihre sorgsam frisierten Haare waren Edelsteine eingearbeitet.

»Sie sehen aus wie eine Prinzessin«, sagte Clarissa und lächelte stolz.

Whitney hörte, daß sich unten bereits die Gäste zu versammeln begannen. Diese Geburtstagsfeier war ihr Einfall gewesen. Auf ihre Bitte hin hatte sein Kammerdiener ihren Vater lediglich darüber informiert, daß »ein paar Gäste« zum Abendessen geladen waren und daß er sich gegen sieben Uhr in der Halle einfinden möge. Whitney warf einen schnellen Blick auf die Uhr: halb sieben. Bei der Vorstellung, wie überrascht ihr Vater sein würde, daß Verwandte aus Bath, Brighton, London und Hampshire zu seinem Geburtstag gekommen waren, hob sich Whitneys Stimmung beträchtlich. In der Absicht, Sewell darum zu bitten, die Gäste zu mehr Ruhe zu ermahnen, schlüpfte Whitney aus dem Zimmer – und sah sich ihrem Vater gegenüber, der von der Galerie verblüfft in die Halle hinunterspähte. Soviel zu meiner geplanten Überraschung, dachte Whitney leicht enttäuscht und stellte sich neben ihn.

Unten strömten inzwischen die Gäste aus der näheren Umgebung herein, tauschten mit gedämpften Stimmen Begrüßungen aus und wurden von Sewell in den Salon geleitet, der immer wieder betonte: »Ich muß Sie bitten, doch ein wenig leiser zu sein, Ladies und Gentlemen.«

Der erstaunte Blick ihres Vaters wanderte von der Halle zum Korridor im Obergeschoß, wo auswärtige Gäste die Türen ihrer Räume öffneten, aber schnell wieder zuschlugen, als sie die Hauptperson der Feier auf der Galerie stehen sahen. Whitney reckte sich auf die Zehen und hauchte ihrem Vater einen Kuß auf die Wange. »Sie sind gekommen, um deinen Geburtstag zu feiern, Papa.«

»Vermute ich richtig, daß das als Überraschung gedacht ist und ich den Tumult in meinem Haus gar nicht bemerken darf?« Trotz seines mürrischen Tonfalls erkannte Whitney, wie gerührt er war.

»Richtig vermutet«, lächelte Whitney.

»Ich werde mich bemühen, Kind«, sagte er und tätschelte unbeholfen ihren Arm. Irgendwo zerbrach Glas klirrend auf dem Boden. »Ach du meine Güte«, flötete eine Frauenstimme.

»Letitia Pinkerton«, stellte ihr Vater fest. »Das ist ihre beliebteste – und einzige – Mißfallensäußerung.« Er sah Whitney an und sagte mit eigenartig belegter Stimme: »Ich konnte deine liebe Mutter zu Ohnmachtsanfällen veranlassen, wenn ich drohte, Letitia das hübsche Wort ›gottverdammt‹ beizubringen.« Damit ließ er sie stehen und strebte seinem Schlafzimmer zu.

Eine halbe Stunde später machte sich Martin Stone mit Lady Anne an einem und Whitney am anderen Arm auf den Weg zum Salon. Auf Whitneys Zeichen riß Sewell vor ihnen die Türen weit auf, und sofort erschollen die begeisterten und übermütigen Glückwünsche der Gäste.

Anne wollte gerade ihre Pflichten als Gastgeberin übernehmen, als ein Diener auf sie zukam. »Verzeihen Sie, Mylady, aber dieser Brief wurde gerade gebracht, und Sewell instruierte mich, ihn Ihnen sofort persönlich zu übergeben.«

Anne nahm das Schreiben entgegen, erkannte die Handschrift ihres Mannes und brach mit einem Seufzer der Erleichterung hastig das Siegel auf.

Whitney sah sich nach Paul um, und als sie ihn nirgendwo entdecken konnte, lief sie durch die Räume, um sich zu vergewissern, daß auch alles so hergerichtet war, wie Tante Anne und sie es geplant hatten.

Plötzlich hörte sie hinter sich Pauls tiefe Stimme und drehte sich erfreut zu ihm um.

»Du hast mir schon den ganzen Tag lang entsetzlich gefehlt«, sagte er. Sein Blick wanderte bewundernd über ihre elegante Robe und blieb dann an ihrem leuchtenden Gesicht hängen. »Wer hätte gedacht«, sagte er leise und zog sie an sich, um sie zärtlich zu küssen, »daß aus dir einmal eine so atemberaubende Schönheit werden würde?«

In Edwards Brief vertieft betrat Lady Anne das Speisezimmer. Als sie aus dem Augenwinkel Whitneys cremefarbene Robe bemerkte, sprudelte sie sofort los. »Endlich habe ich eine Nachricht von deinem pflichtvergessenen Onkel, Liebes.

Er hat sich ein paar Tage ausgespannt, und . . .« Sie blickte auf, sah gerade noch, wie Whitney und Paul auseinanderfuhren, und hielt schockiert inne.

»Ich wollte es dir schon seit Tagen sagen«, sagte Whitney errötend, »und nun kann ich einfach nicht mehr warten. Paul und ich werden heiraten, sobald er Papas Erlaubnis eingeholt hat. Er will versuchen, noch heute mit ihm zu sprechen, damit wir . . . Tante Anne?« fragte Whitney verblüfft, denn Lady Anne machte auf dem Absatz kehrt und marschierte davon, als hätte sie kein Wort von dem gehört, was Whitney gerade gesagt hatte. »Wohin willst du denn?«

»Ich gehe dort an den Tisch, um mir ein großes Glas Burgunder einzugießen«, verkündete ihre Tante.

Überrascht sah Whitney, wie Lady Anne eine Karaffe mit Rotwein ergriff und einen Kristallkelch bis zum Rand vollschenkte.

»Und wenn ich dieses Glas geleert habe«, fuhr ihre Tante fort und raffte mit der freien Hand ihre mauvefarbenen Seidenröcke, »werde ich mir noch eins eingießen.« Damit schwebte sie in königlicher Haltung aus dem Raum. »Oh, guten Abend, Mister Sevarin«, meinte sie im Vorbeigehen zu Paul, »wie schön, Sie wiederzusehen.«

»Wenn sie so weitermacht, wird sie morgen früh einen fürchterlichen Kopf haben«, bemerkte Paul trocken.

»Kopf?« fragte Whitney verwirrt.

»Ja. Oder Kopfschmerzen, besser gesagt. Und wenn ich mich nicht sehr täusche, mein Mädchen, schwebst auch du in dieser Gefahr, wenn auch aus anderen Gründen. Ich vermute, daß deine Tante bei der Unterhaltung eurer Gäste heute keine große Hilfe sein wird.«

Paul hat mit seiner Prophezeiung absolut recht behalten, dachte Whitney eine Stunde später, als sie an der Tür stand, um einige verspätet eintreffende Gäste zu begrüßen. Einer der letzten war Clayton Westland.

Er sah nahezu atemberaubend gut aus in seinem perfekt geschneiderten Abendanzug, der seine breiten Schultern und langen Beine betonte und einen faszinierenden Kontrast zu seinem rüschenbesetzten schneeweißen Hemd bildete.

Ganz im Sinne der unverbindlichen Freundschaft, die sich während ihrer entspannten Schachpartie vor zwei Tagen entwickelt hatte, streckte ihm Whitney lächelnd beide Hände entgegen. »Ich hatte schon geglaubt, Sie würden gar nicht mehr kommen«, sagte sie.

»Das klingt ja ganz danach, als hätten Sie mit verlangender Sehnsucht nach mir Ausschau gehalten«, entgegnete er schmunzelnd.

»Wenn es so wäre, würde ich es nie zugeben«, Whitney lachte. Als sie ihn so ansah, konnte sie kaum verstehen, daß sie ihn für einen unverbesserlichen Schwerenöter hielt, der nur darauf aus war, sie zu verführen, doch dann machte sie sich bewußt, daß er noch immer ihre Hände zwischen seinen Fingern hielt und ihr so nahe war, daß seine Hemdbrust fast ihr Mieder berührte. Verlegen trat sie einen Schritt zurück.

Seine Augen spöttelten über ihren wachsamen Rückzug, aber er enthielt sich jedes verbalen Kommentars. »Wenn ich es zwei verlorenen Schachpartien zu verdanken habe, endlich Gnade vor Ihnen zu finden, lasse ich Sie auch künftig immer gewinnen«, zog er sie auf.

»Sie haben mich keineswegs gewinnen lassen«, beschwerte sie sich empört. Sie sah einen Diener, rief ihn zu sich heran und bat ihn, Mr. Westland einen Whisky zu bringen. Als sie sich dann wieder Clayton zuwandte, entging ihr seine Überraschung darüber nicht, daß sie sich an sein Lieblingsgetränk erinnert hatte.

»Irgendwie scheinen wir pari zu stehen. Ich habe zwar unser Wettreiten zum Treffpunkt des Ausflugs gewonnen, Sie jedoch die Mehrzahl unserer Schachspiele. Wie wollen wir da je herausfinden, wer von uns beiden der bessere Mann ist.«

»Sie sind wirklich unmöglich«, tadelte Whitney lächelnd. »Nur weil ich davon überzeugt bin, daß eine Frau ebenso gebildet sein sollte wie ein Mann, heißt das doch noch lange nicht, daß ich ein Mann sein möchte.«

»Das möchte ich auch hoffen.« Er ließ seinen Blick bedeutungsvoll über ihre Figur gleiten. Seine offensichtliche Bewunderung ließ Whitneys Herz in einer verwirrenden Mischung aus angenehmer Erregung und tiefer Beunruhigung klopfen. »Ich bezweifle jedoch, daß es irgendeine Fähigkeit gibt, in denen wir gleichberechtigt gegeneinander antreten könnten. Als Junge waren meine Aktivitäten natürlich recht wild und ungezügelt, während ihre zurückhaltend und damenhaft waren.«

Whitney lächelte ihn übermütig an. »Und wie gut sind Sie mit der Steinschleuder?«

Seine Hand, die gerade nach dem Glas greifen wollte, das ihm der Diener reichte, erstarrte mitten in der Bewegung. »Sie können mit einer Steinschleuder umgehen?« fragte er so ungläubig, daß Whitney in helles Lachen ausbrach.

»Ich würde das natürlich nicht jedem erzählen«, sagte sie vertraulich, »aber ich konnte auf fünfundsiebzig Schritt Entfernung die Blütenblätter von einem Gänseblümchen schießen.« Sie sah sich kurz um und bemerkte, daß sich Paul in einiger Entfernung ihrem Vater näherte. Doch von der anderen Seite traten bereits zwei Verwandte auf ihn zu. Whitney seufzte innerlich enttäuscht auf.

Clayton war sich bewußt, daß er sie davon abhielt, sich um die anderen Gäste zu kümmern, aber sie sah so umwerfend schön aus, daß er absolut keine Lust hatte, von ihrer Seite zu weichen. Darüber hinaus flirtete sie praktisch mit ihm. »Ich bin tief beeindruckt«, murmelte er.

Doch Whitney beachtete die verräterische Heiserkeit seiner Stimme kaum. Sie sah, wie die Gäste dem Buffet im Speisezimmer zustrebten, um sich ihre Teller zu füllen. Plötzlich brachte Elizabeth Ashtons Vater Unruhe in ihre Reihen. »Sagten Sie, der Herzog von Claymore sei verschwunden?« erkundigte er sich lautstark bei einem Verwandten aus London.

»Meinen Sie tatsächlich Westmoreland?« Er klang so verblüfft, als wolle er seinen Ohren nicht trauen.

»Ja. Ich nahm an, das sei inzwischen allgemein bekannt«, erwiderte der Verwandte. »Es stand gestern in der Zeitung, und ganz London kennt kein anderes Thema.«

Innerhalb weniger Sekunden war es auch auf der Geburtstagsfeier ihres Vaters nicht anders. Jedermann äußerte die wildesten Vermutungen.

»Zu dieser Jahreszeit hält sich Claymore meiner Ansicht nach in Frankreich auf«, rief jemand.

»Oh? Meinen Sie wirklich?« erkundigte sich Tante Anne höchst interessiert und mit hochroten Wangen, die Whitney dem Rotwein zuschrieb. Doch während Lady Anne an den Mutmaßungen über das Verschwinden des Herzogs merkwürdigen Gefallen zu finden schien, wirkte ihr Vater ungewöhnlich nervös. Sie selbst fand das Thema so langweilig, daß sie unwillkürlich ein Gähnen unterdrückte.

»Müde, Kleine?« fragte Clayton leise neben ihr.

»Ein wenig«, gab sie zu, während Clayton ihre Hand auf seinen Arm legte und mit seinen Fingern bedeckte, als wollte er ihr etwas von seiner Energie übertragen. Es schickte sich nicht, daß er sie »Kleine« nannte. Es schickte sich auch nicht, daß er so vertraut ihre Hand umfaßte. Aber sie war so dankbar für seinen Beistand, daß sie sich darüber keine Gedanken machte.

»Wie ich hörte, soll sich seine Geliebte im vergangenen Monat in Paris das Leben genommen haben«, verkündete Margaret Merryton ihren erschreckten Zuhörern. »Offenbar hat ihr Claymore den Laufpaß gegeben. Sie sagte ihre Gastspiele ab, zog sich in die Abgeschiedenheit zurück und . . .«

». . . gibt gerade ein Vermögen aus, um das Landhaus renovieren zu lassen, das sie vor kurzem erworben hat«, unterbrach Amelia Eubank eisig. »Sollen wir etwa glauben, sie sei ein Geist, Sie Spatzenhirn?«

Lady Eubanks scharfe Zunge ließ Margaret zusammenzukken. Tief errötend drehte sie sich um und sah Clayton hilfeflehend an. »Mister Westland, Sie waren doch kürzlich in Paris und London. Sie haben doch bestimmt von dem Selbstmord gehört?«

»Nein«, entgegnete Clayton knapp. »Mir ist nichts Derartiges zu Ohren gekommen.«

Margarets Vater strich sich nachdenklich über den Spitzbart. »Mademoiselle Saint-Allermain hat also ein Landhaus gekauft?« Anzüglich lachend wandte er sich an zwei ältere Gentlemen. »Das hört sich für mich ganz so an, als hätte Claymore sie ausgezahlt – mit einem kleinen Extrabonus für gutes Verhalten!«

Whitney spürte, daß sich Claytons Armmuskeln verspannten. Sie hob den Kopf und sah, daß er Mr. Merryton und die anderen mit so ausgeprägtem Widerwillen betrachtete, daß sie erschauerte. Unerwartet wandte er sich ihr zu, und ein leichtes Lächeln überzog sein Gesicht.

Innerlich konnte Clayton jedoch kaum lachen. Er war verärgert über seinen Sekretär, der offenbar all diesen Gerüchten Nahrung gegeben hatte, weil ihm keine plausible Ausrede für seine Abwesenheit eingefallen war. Und nun stellte seine Umgebung zu allem Überfluß auch noch Spekulationen über seine neue Geliebte an.

»Ich setze fünf Pfund auf die Countess Dorothea«, erklärte Mr. Ashton. »Hält jemand dagegen?«

»Selbstverständlich«, meldete sich Mr. Merryton. »Die Countess ist doch ein alter Hut! In den vergangenen fünf Jahren hat sie sich die Beine nach dem Herzog ausgerissen, ist ihm sogar nach Paris gefolgt, während der alte Earl auf dem Totenbett lag. Und was ist geschehen? Claymore hat ihr vor halb Paris die kalte Schulter gezeigt. Seine Wahl wird auf Lady Vanessa Standfield fallen, und er wird sie sogar heiraten. Seit ihrem Debüt wartet sie geduldig auf ihn. Ich wette fünf Pfund, daß sich der Herzog Lady Standfield zuwendet und die junge Frau auch heiratet. Hat noch jemand Interesse an einer sportlichen Wette?«

Dieses Gesprächsthema war in der Anwesenheit von Ladies absolut unpassend, und mit großer Erleichterung stellte Whitney fest, daß sich ihre Tante offenbar endlich zum Eingreifen entschloß. »Mister Merryton«, sagte sie und machte eine kurze Pause, bis sie die Aufmerksamkeit aller hatte. »Sind Sie an einer Erhöhung auf zehn Pfund interessiert?«

Schockiertes Schweigen quittierte dieses undamenhafte Verhalten, bis Claytons unterdrücktes Auflachen den Bann brach und Lady Annes Vorschlag als originellen Scherz erscheinen ließ. »Und wie ist es mit Ihnen, Mister Westland?« wandte sich Lady Gilbert geradezu strahlend an Clayton. »Möchten auch Sie darauf wetten, daß Lady Standfield die künftige Duchess of Claymore wird?«

Claytons Lippen verzogen sich zu einem amüsierten Lächeln. »Mit Sicherheit nicht. Aus höchst zuverlässigen Quellen weiß ich, daß Clayton Westmoreland sich entschlossen hat, eine bezaubernde Brünette zu heiraten, die er in Paris kennengelernt hat.«

Whitney sah, wie Lady Eubank Clayton verstohlen einen durchdringenden Blick zuwarf, dachte dann aber nicht weiter darüber nach, weil gleich darauf jemand bemerkte: »Zwischen Ihren Namen gibt es eine bemerkenswerte Ähnlichkeit, Mister Westland. Sind Sie vielleicht irgendwie mit dem Herzog verwandt?«

»Wir stehen uns näher als Brüder«, erwiderte Clayton prompt und lachte so breit, daß jedermann das für einen guten Witz hielt. Danach wandte sich die Unterhaltung den Besitztümern des Herzogs zu, seinen Ländereien, Pferden und berühmten Reitställen, um dann unvermeidlich wieder zu seinen Eroberungen zurückzukehren.

Clayton betrachtete seine künftige Frau und sah, daß sie ein Gähnen unterdrückte. »Sind Sie an der künftigen Herzogin von Claymore denn überhaupt nicht interessiert, Mylady?« erkundigte er sich scherzend.

Whitney merkte, daß er sie beim Gähnen ertappt hatte, und

errötete leicht. Sie begann langsam und so unbewußt provokant zu lächeln, daß es Clayton wie Feuer durch den Körper schoß. »Selbstverständlich bin ich an ihr interessiert«, flüsterte sie ernsthaft. »Ich habe das tiefste Mitgefühl für jemanden, der diesen abscheulichen, amoralischen Verführer heiratet!« Damit drehte sie sich um und schritt in den Ballsaal, um die Musiker zu bitten, zum Tanz aufzuspielen.

Whitney sah auf die Uhr. Die Zeiger bewegten sich bereits auf Mitternacht zu. Bisher hatte Paul keine Gelegenheit gehabt, mit ihrem Vater zu sprechen. Während ihres einzigen Tanzes am heutigen Abend hatten sie verabredet, sich kurz vor Pauls Aufbruch ungestört voneinander zu verabschieden. Und so entschuldigte sie sich jetzt bei ihren Gesprächspartnern, als Paul den Saal verließ.

Clayton lehnte an einer Marmorsäule, hob ein Glas an die Lippen und beobachtete, wie sich Whitney verstohlen umblickte, um Sevarin dann zu folgen. Einer der Gäste sprach sie an, aber gleich darauf kehrte Sevarin zurück, ergriff ihren Arm und zog sie mit sich.

Diese Geste ließ in Clayton Zorn aufwallen. Warum blieb er hier wie ein verdammter Trottel stehen und ließ die hirnlosen Avancen dieser Margaret Merryton über sich ergehen, während seine Verlobte am Arm eines anderen Mannes verschwand, fragte er sich. Er dachte daran, welche Befriedigung es ihm bringen würden, mit wenigen Schritten den Raum zu durchqueren, um diesen Sevarin davon in Kenntnis zu setzen, daß es ihm gar nicht gefiel, wenn ein anderer seine Hände an seine Verlobte legte. Und dann würde er Whitney – mit wenigen Sätzen! – darüber informieren, daß sie sich mit seinen »abscheulichen, amoralischen Verführungskünsten« auf Dauer abzufinden und darauf vorzubereiten habe, ihn in wenigen Wochen zu heiraten . . .

Er begann ernsthaft darüber nachzudenken, als Lady Eubank auf ihn zustolzierte. »Margaret«, knurrte sie herzlos,

»hören Sie auf, Mister Westland zu becircen, und gehen Sie sich die Nase pudern.«

Ohne Spur von Mitleid nahm sie zur Kenntnis, wie das junge Mädchen blutrot wurde, sich wortlos umdrehte und verschwand. »Widerliche Kröte«, bemerkte Lady Eubank zu Clayton. »Dieses Mädchen besteht nur aus Mißgunst und Bosheit. Die Eltern kratzen jeden Penny zusammen, um sie nach London schicken und in die Gesellschaft einführen zu können. Doch im Grunde können sie es sich ebensowenig leisten wie sie dorthin gehört. Das weiß sie auch, und das macht sie so niederträchtig und neidisch.«

Sie stellte fest, daß er ihr überhaupt nicht zuhörte, und reckte den Kopf, um zu sehen, was seine Aufmerksamkeit gefesselt hielt. Gerade kehrte Whitney Stone in den Ballsaal zurück . . . »Nun, Clayton«, meinte sie mit feinem Lächeln, »wenn die ›bezaubernde Brünette‹, die ist, für die ich sie halte, haben Sie sich zu lange Zeit gelassen. Ihre Verlobung mit Paul Sevarin soll bekanntgegeben werden, sobald er von einer kurzen Reise zurückkehrt.«

»Entschuldigen Sie mich«, sagte Clayton gefährlich sanft. Er stellte sein Glas ab und ließ Amelia Eubank einfach stehen.

Whitney spürte Claytons leichte Berührung am Ellbogen, drehte sich um und lächelte ihn dankbar an. Den ganzen Abend hatte er sich geradezu rührend um sie gekümmert und war stets zur Stelle gewesen, wenn sie irgendeine Hilfe brauchte. »Sie müssen doch erschöpft sein«, flüsterte er ihr jetzt zu. »Können Sie nicht unauffällig verschwinden, um endlich zur Ruhe zu kommen?«

»Ja, ich denke, das werde ich tun«, seufzte Whitney. Nahezu alle Gäste waren bereits gegangen oder hatten sich in ihre Räume zurückgezogen, und Tante Anne schien ebenso willens wie in der Lage, als Gastgeberin zu fungieren. »Vielen Dank für Ihre Hilfe heute abend«, sagte sie. »Ich weiß das sehr zu schätzen.«

Clayton sah ihr nach, wie sie den Ballsaal verließ, dann trat er auf Martin Stone zu. »Ich möchte ein Wort mit Ihnen und Lady Gilbert sprechen, sobald Ihre Gäste gegangen sind«, sagte er knapp.

Selbst das Erklimmen der Stufen war eine Anstrengung für Whitneys müde Beine. Sobald sie ihr Zimmer erreicht hatte, zog sie sich mit müden Bewegungen ihre Robe aus. Als sie sich vorbeugte, fiel ihr ein Schmuckstück aus dem Mieder.

Unendlich zärtlich hob Whitney den Opalring vom Teppich auf und betrachtete ihn versonnen. Pauls Ring. Er hatte ihn ihr heute beim Abschied gegeben. »Um dich daran zu erinnern, daß du mir gehörst«, hatte er geflüstert und ihr den Ring in die Hand gedrückt.

Ihren Verlobungsring . . . Sie steckte ihn sich an den Finger und streckte die Hand aus, um ihn besser bewundern zu können. »Whitney Allison Sevarin . . .«, murmelte sie leise vor sich hin. Irgend etwas regte sich in ihrem Gedächtnis, und wieder sagte sie den Namen halblaut, um sich zu erinnern . . .

Glücklich auflachend schlüpfte sie in einen Seidenmorgenrock, schlang sich den Gürtel um die Taille und lief zum Bücherschrank. Sie holte die ledergebundene Bibel heraus, blätterte mit fliegenden Fingern darin, fand aber nichts. Schließlich hob sie das Buch und schüttelte es. Ein mehrfach gefalteter Zettel fiel heraus. Whitney strich ihn glatt und begann zu lesen:

»Ich, Whitney Allison Stone, im Alter von fünfzehn Jahren und im Vollbesitz meiner geistigen Kräfte und all meiner Tugenden (unabhängig davon, was Papa sagt) schwöre und gelobe hiermit, daß ich Paul Sevarin irgendwie dazu bringen werde, mich zu heiraten. Ich werde auch Margaret Merryton dazu bringen, all die Scheußlichkeiten zurückzunehmen, die sie über mich verbreitet hat. Mit dem heutigen Tag geschworen und unterzeichnet von der künftigen Mistress Paul Sevarin.«

Unter die Unterschrift hatte sie »Whitney Allison Sevarin«

geschrieben und das – offenbar getrieben von ihrer kindlichen Sehnsucht – mindestens ein Dutzend Male.

Als sie diesen Zettel nach so vielen Jahren las und sich nur zu gut an die Verzweiflung erinnerte, mit der sie ihn geschrieben hatte, wurde ihr Glück über Pauls Ring so groß, daß sie glaubte, es nicht mehr ertragen zu können. Sie konnte jetzt nicht einfach zu Bett gehen und schlafen! Sie mußte sich jemandem anvertrauen, der ihr Glück mit ihr teilte . . .

Sie zögerte noch ein wenig und beschloß dann, ihrem Vater sofort mitzuteilen, daß Paul um ihre Hand anhalten würde. Er würde sich daran erinnern, wie sie Paul vor vielen Jahren nachgestellt hatte, und mit Genugtuung zur Kenntnis nehmen, daß sich die Nachbarn über ihre Possen nicht mehr lustig machen konnten. Jetzt war es Paul, der um sie warb, der sie heiraten wollte.

Whitney warf einen prüfenden Blick in den Spiegel, schloß den Gürtel ihres roten Dressinggowns fester, warf die langen Haare über die Schulter zurück und verließ ihr Zimmer.

Nach der ausgelassenen Fröhlichkeit vor wenigen Stunden wirkte die Stille des Hauses seltsam melancholisch, doch dieses Gefühl schüttelte Whitney schnell ab, als sie an die Tür des Schlafzimmers ihres Vaters klopfte.

»Ihr Vater befindet sich mit Lady Anne in seinem Arbeitszimmer, Miss Stone«, informierte sie ein Diener, der gerade den Korridor entlang kam.

»Vielen Dank. Gute Nacht.«

Whitney eilte die Treppe hinunter, klopfte an die Tür des Arbeitszimmers und stürmte auf seine Aufforderung hin hinein. Ihr Vater saß hinter seinem Schreibtisch, links vom Kamin Tante Anne. Daß in dem hohen Lehnsessel ihrer Tante gegenüber noch jemand saß, konnte Whitney in dem dämmerigen Licht des Kaminfeuers nicht sehen.

»Ja, Tochter? Was gibt es?« erkundigte sich Martin Stone und goß sich ein neues Glas Brandy ein.

Whitney holte tief Atem. »Ich habe euch etwas Wundervolles zu erzählen, Papa und Tante Anne, daher freue ich mich, daß ihr hier zusammen seid. So könnt ihr es beide zugleich hören.«

Sie trat an den Schreibtisch, sah einen Moment lang zärtlich in seine leicht glasigen Augen, beugte sich dann vor und küßte ihn auf die Stirn. »Ich habe dich sehr lieb, Papa«, sagte sie leise. »Und es tut mir sehr leid, daß ich dir früher so viel Kummer gemacht habe.«

»Vielen Dank«, murmelte er errötend.

»Und«, fuhr Whitney fort und drehte sich zu Lady Gilbert um. »Sie habe ich auch sehr lieb, Tante Anne, aber das haben Sie immer gewußt.«

Sie holte noch einmal tief Luft, und dann schienen sich ihre Worte förmlich zu überstürzen. »Aber ich liebe auch Paul Sevarin. Und Paul liebt mich auch und möchte mich heiraten! Sobald er zurück ist, wird er dich um meine Hand bitten, Papa. Ich weiß, wie ... Was ist denn, Tante Anne?«

Verwirrt sah Whitney ihre Tante an, die sich halb aus ihrem Sessel erhoben hatte und so erschreckt auf den Sessel ihr gegenüber starrte, daß sich Whitney vorbeugte und ebenfalls in diese Richtung blickte. Als sie dort Clayton Westland sitzen sah, unterdrückte sie einen entsetzten Aufschrei. »Ich ... ich muß mich entschuldigen! Es tut mir leid, daß ich hier so hereingeplatzt bin. Wie Sie wahrscheinlich schon vermutet haben, Mister Westland, hatte ich keine Ahnung, daß Sie hier sind. Aber da Sie nun einmal da sind«, fuhr Whitney fort, fest entschlossen, ihre gute Nachricht auch anzubringen, »rechne ich fest mit Ihrer Diskretion. Bitte erzählen Sie niemandem von meiner bevorstehenden Verlobung. Sie müssen wissen ...« Hinter ihr scharrten Stuhlbeine über den Boden, und die Wut in der Stimme ihres Vaters ließ sie zusammenzucken und herumfahren.

»Wie kannst du es wagen!« schrie er. »Was hat das eigentlich alles zu bedeuten?«

»Was das zu bedeuten hat?« wiederholte Whitney in höchster Verwirrung. Am ganzen Leibe zitternd stand ihr Vater hinter dem Schreibtisch und stützte die Hände flach auf die Platte, als müsse er sich beruhigen. »Paul Sevarin hat mich gebeten, ihn zu heiraten – das hat es zu bedeuten.« Und angesichts seines Zornes, an den sie sich so gut aus der Zeit erinnerte, als sie ein Kind gewesen war, fügte Whitney trotzig hinzu: »Und ich werde ihn heiraten!«

So langsam und deutlich, als wäre sie begriffsstutzig, erklärte ihr Vater: »Paul Sevarin ist ein Habenichts! Hast du mich verstanden? Sein Land ist mit Hypotheken belastet, und seine Gläubiger sind ihm auf den Fersen!«

Trotz ihres Schocks gelang es Whitney, ihre Stimme gelassen klingen zu lassen. »Ich weiß zwar nichts über Pauls finanzielle Situation, aber ich kann nicht erkennen, warum das von irgendeiner Bedeutung sein sollte. Ich habe Geld von meiner Großmutter, außerdem ist da meine Aussteuer. Und was ich besitze, werde ich Paul zur Verfügung stellen.«

»Du besitzt gar nichts!« zischte ihr Vater. »Ich war in noch größerer Bedrängnis als Sevarin. Die Schuldeneintreiber haben mir im Nacken gesessen. Ich habe sie mit deinem Erbteil und der Aussteuer bezahlt.«

Hilflos sah Whitney ihre Tante an und erhoffte sich Beistand von ihr. »Dann werden Paul und ich eben ohne den Luxus leben müssen, den Großmutters Erbe und meine Aussteuer bieten könnten.«

Aber Tante Anne saß einfach nur da und umklammerte die Armlehnen ihres Sessels.

»Aber Papa, du hättest mir sagen müssen, in welchen Schwierigkeiten du steckst«, wandte sich Whitney wieder an ihren Vater. »Schließlich habe ich ein Vermögen für Kleider und Juwelen ausgegeben. Wenn ich doch nur gewußt hätte . . .«

Unvermittelt hielt sie inne. Irgend etwas stimmte da nicht, stimmte ganz und gar nicht. »Die Ställe sind voller neuer Pferde. Wir haben mehr Diener als wir brauchen. Du hast mein Zimmer völlig neu einrichten lassen – warum leben wir in so aufwendigem Stil, wenn du es dir eigentlich gar nicht leisten kannst?«

Das Gesicht ihres Vaters nahm eine beängstigend hochrote Färbung an. Er öffnete den Mund, schloß ihn dann aber wortlos wieder.

»Aber ich habe doch sicher das Recht auf eine Erklärung, oder?« erkundigte sich Whitney so ruhig wie möglich. »Gerade hast du mir gesagt, ich könne Paul nicht heiraten, weil er arm ist, und daß meine Erbschaft und meine Aussteuer dahin sind. Warum leben wir dann in diesem Luxus, wenn das alles stimmt?«

»Meine Situation hat sich verbessert«, knurrte er.

»Wann?«

»Im Juli.«

Jetzt war es mit Whitneys Gelassenheit vorbei. »Deine Situation hat sich also bereits im Juli gebessert, aber dennoch hast du es nicht für nötig befunden, meine Erbschaft und meine Aussteuer zu ersetzen?«

Seine Faust donnerte auf die Schreibtischplatte. »Ich werde diese Farce nicht länger dulden!« schrie er, daß der ganze Raum widerhallte. »Du bist mit Clayton Westmoreland verlobt. Die Vereinbarung ist längst und unwiderruflich getroffen!«

In ihrer Erregung entging Whitney der winzige Namensunterschied. »Aber wie . . . warum . . . wann hast du das getan?«

»Im Juli!« zischte er. »Und es ist endgültig, hast du verstanden?!«

Whitney starrte ihn ungläubig entsetzt an. »Willst du mir etwa sagen, du hättest mit diesem Mann eine Vereinbarung getroffen, ohne mich jemals zu fragen? Ohne meine Gefühle in Betracht zu ziehen?«

»Verdammt noch mal!« preßte ihr Vater zwischen zusammengebissenen Zähnen hervor. »Er hat mir diese Vereinbarung aufgenötigt!«

»Du mußt im Juli sehr glücklich gewesen sein«, flüsterte Whitney mit kaum verständlicher Stimme. »Endlich war es dir gelungen, mich für immer loszuwerden, und dieser ›Gentleman‹ hat sogar noch für mich bezahlt. Und ... o Gott!« schrie sie auf, als ihr blitzartig alles klar wurde, jedes einzelne, erbärmliche, entwürdigende Detail.

Haltsuchend stützte sie sich auf den Schreibtisch und schloß die Augen. Als sie sie wieder öffnete, konnte sie ihren Vater durch ihren Tränenschleier kaum erkennen. »Er hat für alles bezahlt, nicht wahr? Für die Pferde, die Diener, die neuen Möbel, die Reparaturen am Haus ... sogar meine Kleider«, fügte sie tonlos hinzu.

»Ja, verdammt noch mal! Ich hatte alles verloren. Ich hatte bereits alles verkauft, was ich besaß.«

Kalte, namenlose Wut stieg in Whitney auf. »Und als nichts anderes mehr da war, hast du deine Tochter verkauft! Du hast mich an einen absolut Fremden verkauft!« Whitney hielt inne und holte tief und zitternd Atem. »Bist du auch ganz sicher, einen guten Preis für mich erzielt zu haben, Vater? Ich hoffe, du hast das erste Angebot nicht sofort angenommen. Bestimmt hast du ein wenig geschachert ...«

»Wie kannst du es wagen!« schrie er und schlug sie so heftig ins Gesicht, daß sie beinahe das Gleichgewicht verlor. Wieder hob er die Hand, aber Claytons schneidende Stimme ließ ihn innehalten. »Wenn Sie sie noch einmal anrühren, Stone, sorge ich dafür, daß Sie das Ihr Leben lang bereuen!«

Das Gesicht ihres Vaters erstarrte, ergeben sank er in seinen Sessel zurück. Bebend vor Wut fuhr Whitney zu ihrem »Retter« herum. »Sie miese, niederträchtige Schlange! Was für ein Mann sind Sie eigentlich, daß Sie sich eine Frau kaufen müssen? Eine Frau, die Sie noch nicht einmal gesehen haben? Wieviel habe ich Sie denn gekostet?«

»Sie werden verstehen, daß ich darauf nicht antworte.«

Whitneys Gedanken überschlugen sich, suchten verzweifelt nach einem Ansatzpunkt, seinen Panzer unerschütterlicher Gelassenheit zu durchbrechen. »Viel können Sie nicht bezahlt haben«, höhnte sie. »Das Haus, in dem Sie leben, ist recht bescheiden. Haben Sie etwa Ihr gesamtes kümmerliches Vermögen für mich hingegeben? Hat mein Vater unerbittlich verhandelt, oder . . .«

»Das reicht«, unterbrach Clayton ruhig und stand auf.

»Er kann dir alles bieten . . . einfach alles«, rief ihr Vater heiser hinter ihr. »Er ist ein Herzog, Whitney. Bei ihm wirst du alles haben, was . . .«

»Ein Herzog!« spottete Whitney verächtlich. »Wie ist es Ihnen denn gelungen, ihn davon zu überzeugen, Sie erbärmlicher . . .« Die Stimme versagte ihr den Dienst, und Clayton griff ihr liebevoll unter das Kinn und zwang sie, ihn anzusehen.

»Ich bin ein Herzog, Kleine. Das habe ich Ihnen schon vor Monaten gesagt, damals, in Paris . . .«

»Sie . . . Sie widerlicher menschlicher Abschaum! Sie würde ich nicht heiraten, selbst wenn Sie der König von England wären!« fauchte sie wütend und entzog sich seinem Griff. »Nie bin ich Ihnen in Frankreich begegnet . . .« Sie brach ab. Satan! schoß es ihr durch den Kopf. In den letzten Wochen und über ihrem Glück mit Paul hatte sie das ganz vergessen! Also gut, dachte sie fast resigniert, ich bin ihm bei dem Maskenball begegnet, aber deshalb ist er doch noch lange nicht der Duke of Claymore!

»Tante Anne . . .«, flüsterte sie hilflos und brach erneut ab.

»Erinnere dich, Liebling«, meinte Anne Gilbert leise. »Wir wollten den Maskenball gerade verlassen, da hast du dich nach einem anderen Gast erkundigt. Damals habe ich dir den Namen nicht genannt. Aber es war der Herzog von Claymore . . .«

»Allerdings ohne Lorgnon . . .«, fügte Clayton hinzu.

Die Heiterkeit, die Whitney seiner Bemerkung zu entnehmen glaubte, war mehr als sie ertragen konnte. Sie ballte die Hände zu Fäusten, bis die Knöchel schneeweiß hervorstanden. »Dafür werde ich Sie bis zu meinem Todestag hassen!« flüsterte sie erstickt.

»Ich halte es für besser, wenn Sie jetzt zu Bett gehen«, meinte er unbeeindruckt von ihrer Drohung. »Morgen nachmittag komme ich wieder. Es sind viele Dinge zu erklären, und ich werde sie erklären – wenn Sie in einer besseren Verfassung sind.«

Whitney ließ sich keine Sekunde lang von seiner geheuchelten Fürsorge täuschen. Sobald er geendet hatte, machte sie auf dem Absatz kehrt und lief zur Tür.

Als sie zum Knauf griff, fügte er autoritär hinzu. »Ich erwarte, daß Sie morgen nachmittag hier sind, wenn ich komme!«

Kapitel acht

Zögernd öffnete Whitney die Augen und blinzelte verwirrt in die helle Sonne, die durch die Vorhänge fiel. Ihr Kopf schmerzte, sie fühlte sich eigenartig deprimiert. Stirnrunzelnd suchte sie nach Gründen für ihre tiefe Niedergeschlagenheit, die sie sich nicht erklären konnte, und plötzlich drangen die Ereignisse im Arbeitszimmer ihres Vaters in ihr schläfriges Bewußtsein.

In panischer Angst schloß Whitney ihre Augen wieder und versuchte verzweifelt, die perfide Kampagne zu verdrängen, die da in Szene gesetzt worden war, aber es gelang ihr nicht.

Sie setzte sich halb auf und stopfte sich das Kopfkissen in den Nacken. Jetzt mußte sie anhand der Ereignisse zunächst einmal gründlich nachdenken, um dann ihre weiteren Schritte zu planen. Der Mann, der das Anwesen der Hodges' gemietet hatte, war also Clayton Westmoreland, der »verschwundene« Herzog von Claymore. Und das, dachte sie mißmutig, erklärte schließlich auch seine teure Kleidung und die Hochnäsigkeit seiner Diener.

Er war auch der Mann, dem sie auf dem Maskenball der Armands begegnet war, derselbe arrogante, lüsterne ... Nur mit Mühe beherrschte Whitney ihren Widerwillen und wandte sich wieder den Tatsachen zu. Danach mußte Clayton direkt zu ihrem Vater gegangen sein, um ihm Geld dafür zu bieten, daß sie seine Frau wurde. Es sei alles abgemacht und unwiderruflich, hatte ihr Vater gestern nacht betont, und das bedeutete zweifellos, daß ein vorläufiger Ehevertrag bereits unterschrieben war.

»Unglaublich!« flüsterte Whitney halblaut vor sich hin. Mehr als das. Es war absolut lächerlich, total absurd! Doch ganz gleich, wie sie es fand: Sie war unwissentlich, gegen ihren Willen und obszönerweise mit dem Duke of Claymore verlobt – einem berüchtigten Lebemann, einem lasterhaften Verführer!

Er war genauso abscheulich wie ihr Vater! Ihr Vater ... Die Erinnerung an den herzlosen Verrat ihres Vaters war mehr, als Whitney ertragen konnte. Sie zog die Knie an und umschlang sie mit den Armen, als könne sie sich auf diese Weise schützen. »O Papa«, flüsterte sie hilflos, »wie konntest du mir das nur antun?« Brennende Tränen stiegen in ihre Augen, sie konnte kaum noch atmen, aber sie beherrschte sich, brach nicht zusammen.

Sie mußte stark sein. Sie sah sich zwei Gegnern gegenüber – sogar dreien, wenn auch Tante Anne an diesem schändlichen Komplott beteiligt war. Die Vorstellung, daß selbst ihre geliebte Tante sie verraten haben könnte, ließ sie die Beherrschung fast verlieren. Krampfhaft schluckend starrte sie zum Fenster hinüber. Sie mochte sich jetzt vielleicht einer Übermacht gegenüber sehen, aber wenn Paul erst wieder da war, hätte sie einen starken Verbündeten.

In der Zwischenzeit mußte sie sich eben auf ihren Mut und ihre Entschlossenheit verlassen. Von beidem besaß sie nicht gerade wenig, und dazu einen unbeugsamen Willen, von dem Clayton Westmoreland bisher kaum etwas gemerkt hatte! Ja, sagte sie sich, bis Pauls Rückkehr werde ich sehr gut allein zurechtkommen.

Fast lustvoll begann Whitney darüber nachzudenken, wie sie die widerwärtigen Pläne des Herzogs durchkreuzen konnte. Ihm mußte drastisch vor Augen geführt werden, daß sie nicht die richtige Frau für ihn war, wenn er den Rest seines Lebens in Frieden und Freude verbringen wollte! Und wenn sie es schlau genug anstellte, konnte sie ihn möglicherweise schon so bald zu einem Rückzug bewegen, so daß diese schändliche »Verlobung« bei Pauls Rückkehr nichts anderes als eine unerfreuliche Erinnerung war.

Es klopfte leicht an der Tür, und gleich darauf trat Tante Anne ein. Freundin oder Feindin, fragte sich Whitney und ließ sie nicht aus den Augen. »Wann haben Sie davon erfahren, Tante Anne?« fragte sie bemüht emotionslos.

Lady Anne setzte sich zu ihr aufs Bett und lächelte sie mitfühlend an. »An dem Tag, an dem ich meine Reise nach London absagte und unter vier unterschiedlichen Adressen an deinen Onkel schrieb.«

»Oh«, hauchte Whitney. Tante Anne hatte also versucht, Onkel Edward aufzuspüren, damit er ihr zur Hilfe kam. Sie hatte sie nicht verraten. Die Erleichterung war so groß, daß Whitneys Schultern zu zucken begannen. Tante Anne nahm sie in die Arme, und endlich gab sich Whitney ihren Tränen hin.

»Alles wird wieder gut«, murmelte Lady Gilbert und strich ihr die Haare aus der Stirn.

Als der erste Tränenansturm nachgelassen hatte, fühlte sich Whitney schon sehr viel besser. Sie trocknete sich die Augen und lächelte Anne kläglich an. »Ist das nicht ein ganz abscheuliches Komplott, Tante Anne?« Und als Lady Gilbert zustimmte, fügte sie hinzu: »Ich werde Paul heiraten. Das wollte ich schon immer! Aber selbst wenn das nicht so wäre, würde ich nie die Frau dieses . . . dieses degenerierten Wüstlings werden!« Irrte sie sich, oder hatte Tante Anne kurz die Stirn gerunzelt? »Du bist doch auf Pauls Seite, Tante Anne, oder?« erkundigte sie sich besorgt.

»Ich bin auf deiner Seite, mein Liebling. Ausschließlich auf deiner Seite. Ich möchte das, was für dich das Beste ist.« Tante Anne stand auf und ging zur Tür. »Ich werde Clarissa zu dir schicken. Es ist fast zwölf Uhr, und Seine Gnaden hat mitteilen lassen, daß er um ein Uhr erscheinen wird.«

»Seine Gnaden!« wiederholte Whitney gereizt. Bei allen anderen Adligen wurde von »Seiner Lordschaft« gesprochen, und man redete sie mit »Mylord« an – aber er natürlich nicht! Er war ein Herzog, etwas »Besseres« . . .

»Soll ich dein neues Wollkleid bügeln lassen?« fragte Tante Anne.

Düster sah Whitney zum Fenster hinüber. Da ihr nichts an der Bewunderung des Herzogs lag, hatte sie absolut kein Interesse daran, so attraktiv wie möglich auszusehen. Ganz im Gegenteil! Sie würde etwas Unscheinbares, Schlichtes anziehen – vor allem etwas, das er nicht bezahlt hatte. »Nein, nicht das Wollkleid. Ich lasse mir etwas anderes einfallen.«

Als Clarissa eintrat, wußte sie, was sie tragen würde. Und ihre Idee erfüllte sie mit grimmiger Befriedigung. »Clarissa, erinnerst du dich an den schwarzen Kittel, den Haversham trug, wenn sie die Treppen schrubbte? Meinst du, du könntest ihn finden?«

Clarissas freundliches Gesicht verzog sich besorgt. »Lady Gilbert hat mir erzählt, was letzte Nacht geschehen ist, Kind«, sagte sie. »Aber falls Sie die Absicht haben sollten, diesen Mann vor den Kopf zu stoßen, begehen Sie unter Umständen einen furchtbaren Fehler.«

Das Mitleid, das Whitney im Gesicht ihrer Zofe sah, rührte sie fast schon wieder zu Tränen. »O Clarissa, bitte streite nicht mit mir«, flehte sie. »Sag einfach, daß du mir helfen wirst. Wenn ich nur häßlich genug aussehe und es geschickt anstelle, bringe ich ihn vielleicht dazu, seine Absichten aufzugeben.«

»Ich habe Ihnen seit jeher beigestanden«, erklärte Clarissa liebevoll. »Davon zeugen schon meine weißen Haare. Und ich lasse Sie auch jetzt nicht im Stich.«

»Vielen Dank, Clarissa«, hauchte sie. »Jetzt weiß ich, daß ich zwei Freunde habe, die mir beistehen. Und mit Paul sind es drei.«

Eine gute Stunde später warf Whitney einen befriedigten Blick in den Spiegel, während Clarissa ihre schweren Haare zu einem Knoten zusammendrehte und mit einem schmalen schwarzen Band sicherte. Die schlichte Frisur betonte Whitneys klassisch geschnittene Züge und ihre hohen Wangenknochen. In ihrem blassen Gesicht wirkten die grünen Augen mit den dichten schwarzen Wimpern geradezu riesig und verstärkten den Eindruck einer fragilen, fast ätherischen Schönheit. Whitney war jedoch überzeugt davon, absolut scheußlich auszusehen. »So ist es hervorragend!« rief sie. »Und du brauchst dich nicht zu beeilen. Seine Gnaden kann ruhig ein wenig auf mich warten. Das gehört mit zu meinem Plan. Ich habe fest vor, ihm ein paar sehr unangenehme Lektionen über mich zu erteilen, und eine der ersten besteht darin, daß ich mich nicht von seinem illustren Titel beeindrucken lasse und springe, wenn er ruft . . .«

Um halb zwei ging Whitney in den kleinen Salon hinunter, in den der Butler »Mr. Westland« auf ihre Bitte hin geführt hatte. Sie griff zum Türknauf, reckte das Kinn, atmete noch einmal tief durch und trat ein.

»Sie wollten mich sprechen?« fragte sie mit flacher, ausdrucksloser Stimme.

In den letzten zwanzig Minuten hatte Clayton mit seiner zunehmenden Verärgerung zu kämpfen gehabt, hier warten zu müssen wie ein Bettler auf ein Almosen. Immer wieder hatte er sich gesagt, daß Whitney gestern nacht so tief verletzt und gedemütigt worden war, daß sie heute jede Gelegenheit zur Rebellion nutzen würde.

Aber als er sich nun umdrehte, konnte er sich beim besten

Willen nicht mehr beherrschen. In ihrem formlosen, abgetragenen schwarzen Kleid sah sie aus wie ein Dienstmädchen. Eine weiße Schürze war um ihre schmale Taille geschlungen, ein Häubchen verdeckte ihre herrlichen Haare. »Sie haben mir Ihren Standpunkt deutlich gemacht, Whitney«, sagte er knapp. »Und nun will ich Ihnen meinen deutlich machen. Nie wieder möchte ich Sie so gekleidet sehen!«

Sein Ton erregte Whitney maßlos. »In diesem Haus sind wir ausnahmslos Ihre Diener. Und ich bin die geringste Dienerin von allen, denn ich bin nichts anderes als eine Leibeigene, die Sie gekauft haben.«

»Sprechen Sie nicht so mit mir«, warnte er. »Ich bin nicht Ihr Vater!«

»Selbstverständlich sind Sie das nicht«, höhnte sie. »Sie sind mein Besitzer!«

Mit drei langen Schritten war er bei ihr, packte sie bei den Unterarmen und kämpfte gegen den übermächtigen Wunsch an, sie zu schütteln, bis sie zur Vernunft kam. Er spürte, wie sich ihr ganzer Körper unter seinem Griff verspannte.

Sie hob den Kopf, und sein Zorn erstab. Ihre herrlichen grünen Augen blitzten ihn zwar zornig an, aber er sah auch die unterdrückten Tränen über den Schmerz, den er verursacht hatte. Unter ihren Augen standen tiefe Schatten, und ihr sonst so leuchtender Teint hatte jede Farbe verloren. Er blickte in ihr schönes, rebellisches Gesicht und fragte: »Ist Ihnen die Vorstellung, mich zu heiraten, denn so widerwärtig, Kleine?«

Seine überraschende Freundlichkeit verblüffte Whitney derart, daß sie nicht wußte, wie sie darauf reagieren sollte.

Draußen in der Halle klangen die Stimmen und das Lachen der Hausgäste auf, die sich zum Lunch ins Speisezimmer begaben. »Ich möchte, daß Sie mit mir in den Garten gehen«, sagte Clayton.

Er bittet mich nicht, er fordert, stellte Whitney erbittert fest. Sie verließen das Haus und liefen über den Rasen auf einen kleinen Teich zu. Unter einer alten Buche am Rand des Teiches blieb Clayton stehen. »Hoffentlich sind wir zumindest hier ungestört«, meinte er.

Er streifte sich die Jacke von den Schultern und breitete sie im Gras aus. »Ich denke, es spricht sich leichter, wenn wir uns setzen«, erklärte er und deutete auf seine Jacke.

»Ich ziehe es vor zu stehen«, erwiderte Whitney hoheitsvoll.

»Setzen Sie sich!«

Empört über seinen anmaßenden Ton setzte sich Whitney – aber nicht auf seine Jacke. Statt dessen ließ sie sich ins Gras fallen, zog die Beine an und starrte blicklos auf den Teich.

»Sie haben ganz recht«, bemerkte Clayton trocken. »Der Schaden an Ihrem Kleid ist weit weniger bedenklich als an einer meiner Lieblingsjacken.« Er nahm die Jacke wieder auf, legte sie ihr um die verspannten Schultern und setzte sich neben sie.

»Mir ist nicht kalt«, informierte ihn Whitney und versuchte die Jacke abzuschütteln.

»Ausgezeichnet. Dann können wir ja auch dieses unsinnige Häubchen entfernen, das Sie da tragen.« Er streckte die Hand aus und zog ihr die Haube vom Kopf. Die Wut über seine herrische Art ließ sie blutrot werden. »Sie unhöflicher, anmaßender . . .« Das unübersehbare Lachen in seinen grauen Augen verschlug ihr die Sprache. Frustriert kniff sie die Lippen zusammen.

»Nur weiter«, ermutigte sie Clayton. »Ich glaube, Sie waren gerade bei ›anmaßender‹ . . .«

In Whitneys Hand zuckte es übermächtig, mitten in dieses unerträgliche Grinsen zu schlagen. »Ich wünschte, ich fände die richtigen Worte, um Ihnen zu sagen, wie unendlich ich Sie verachte. Sie und alles, was Sie repräsentieren.«

»Ich bin überzeugt davon, daß Sie nichts unversucht lassen, diese Worte zu finden«, entgegnete er munter.

»Wissen Sie eigentlich«, begann Whitney und starrte wie gebannt auf den Teich, »daß ich Sie von dem Moment an hasse, an dem ich Sie auf dem Maskenball gesehen habe? Und seither ist dieses Gefühl von Mal zu Mal intensiver geworden.«

Clayton zog ein Knie an, legte eine Hand darauf und sah sie lange schweigend an. »Das stimmt mich sehr traurig«, sagte er schließlich fast sanft. »Weil ich Sie schon damals für das schönste und bezauberndste Geschöpf hielt, das Gott je erschaffen hat.«

Die Zärtlichkeit in seiner Stimme überraschte Whitney so, daß sie den Kopf herumriß und in seinem Gesicht nach Anzeichen von Sarkasmus suchte.

Er streckte die Hand aus und fuhr mit dem Zeigefinger leicht wie ein Hauch über ihre Wange. »Und es hat Augenblikke gegeben, in denen Sie nichts von dem Haß spüren ließen, den Sie angeblich für mich empfinden. Ich hatte sogar den Eindruck, daß Sie sich in meinen Armen recht wohl fühlten.«

»Niemals habe ich Ihre Aufmerksamkeiten angenehm gefunden! Ich fand Sie stets . . .« Verzweifelt suchte Whitney nach dem richtigen Wort, doch ihre Suche wurde durch die Tatsache erschwert, daß sie beide wußten, wie verräterisch sie auf seine Zärtlichkeiten reagiert hatte. »Ich fand sie immer – höchst beunruhigend!«

»Auch für mich waren sie sehr ›beunruhigend‹«, flüsterte er und fuhr mit der Fingerspitze so leicht vom Kinn zu ihrem Ohrläppchen, daß sie erbebte.

»Obwohl ich Ihnen gesagt habe, Sie sollten es nicht tun, haben Sie es getan«, fauchte sie. »Und sogar jetzt, in dieser Minute warten Sie doch nur auf eine Gelegenheit, sich . . . auf mich zu stürzen!«

»Stimmt«, räumte er ein und lachte kehlig. »Ich fühle mich zu Ihnen hingezogen wie die Motte zum Licht. Und ihnen geht es ebenso.«

Whitney dachte, sie müßte explodieren. »Sie unverschämter Ba . . .«

Sein Zeigefinger legte sich auf ihre Lippen, brachte sie zum

Schweigen. »Es bekümmert mich zwar sehr, Sie eines Ihrer Schimpfworte zu berauben, aber an meiner Legitimität besteht keinerlei Zweifel.«

Ihr ganzes Leben lag in Scherben, und er machte sich über sie lustig! Whitney wischte seine Hand fort, stand auf und meinte ausdruckslos: »Ich bin müde und hoffe, Sie haben nichts dagegen, wenn ich ins Haus gehe. Ihre Art von Humor kann ich nicht teilen. Mein eigener Vater hat mich an einen arroganten, hartherzigen, selbstsüchtigen Unhold verkauft, der kein Verständnis für meine Empfindungen aufbringt . . .«

Behende sprang Clayton auf, umfaßte ihre Handgelenke mit eisernem Griff und zwang sie, ihn anzusehen. »Gestatten Sie mir, daß ich meine Verbrechen Ihnen gegenüber näher definiere, Whitney«, sagte er kühl. »Ich bin so hartherzig, daß ich Ihren Vater vor dem Schuldturm bewahrte, indem ich alle seine Schulden bezahlte. Ich bin so selbstsüchtig, daß ich in aller Seelenruhe zusah, wie Sie mit Sevarin flirteten. Und ich bin so arrogant, daß ich Sie bei diesem verdammten Ausflug neben ihm sitzen und über mich spotten ließ, während der Geschmack Ihrer Lippen noch warm auf meinem Mund lag. Und warum habe ich das alles getan? Weil ich Ihnen auf meine grausame und abscheuliche Art den Schutz meines Namens, eine unangreifbare Position an der Spitze der Gesellschaft und ein behagliches Leben mit allem Luxus bieten möchte, den mein Einfluß Ihnen garantiert. Glauben Sie wirklich, daß ich dafür Ihren Haß und Ihre Feindseligkeit verdient habe?«

Whitneys Schultern senkten sich. Sie schluckte hart und wandte den Blick ab. Sie fühlte sich verwirrt und elend, nicht mehr ganz im Recht, aber auch keineswegs im Unrecht. »Ich . . . ich weiß nicht recht, was Sie verdienen.«

»Dann werde ich es Ihnen sagen«, meinte er ruhig. »Ich verdiene nichts – aber ich erwarte, daß Sie Ihren Zorn über die Ausfälle Ihres Vaters gestern abend nicht an mir auslassen. Das ist alles, was ich im Augenblick von Ihnen verlange.«

Zu Whitneys Entsetzen traten ihr Tränen in die Augen.

Schnell wischte sie sie mit den Fingerspitzen fort und lehnte sein Taschentuch kopfschüttelnd ab. »Das liegt nur daran, daß ich recht müde bin. Ich habe nicht besonders gut geschlafen.«

»Ich auch nicht«, meinte er und geleitete sie zum Haus zurück. Als Sewell die Tür öffnete, hörten sie von drinnen das Lachen und Scherzen der Hausgäste. »Ich möchte morgen gern mit Ihnen ausreiten. Aber wenn Sie es vermeiden wollen, daß Ihre Gäste uns zu ihrem Hauptgesprächsthema machen, sollten Sie sich mit mir an den Ställen treffen. Um zehn Uhr.«

Auf ihrem Zimmer legte Whitney die weiße Schürze ab und zog den schwarzen, unscheinbaren Kittel aus. Es war noch nicht einmal drei Uhr, aber sie fühlte sich schwach und erschöpft. Sie wußte, daß sie eigentlich zu ihren Gästen hinuntergehen sollte, aber als sie an das falsche Lächeln dachte, das sie dann aufsetzen, an die muntere Unterhaltung, an der sie sich beteiligen müßte, zog sich in ihr alles zusammen. Abgesehen davon war sie fast sicher, einen hysterischen Anfall zu bekommen, sobald einer von ihnen den Herzog von Claymore auch nur erwähnte.

Und so schlüpfte sie in das einladend aufgeschlagene Bett, seufzte tief auf und schloß die Augen.

Clayton lehnte am Zaun und scherzte mit Thomas, als Whitney am nächsten Morgen die Ställe erreichte. Ihr Begrüßungslächeln für Thomas erstarb ihr auf den Lippen, als sie den entspannten Mann neben ihm erblickte.

Er seufzte resigniert auf, als sie seinen Gruß nicht erwiderte, und zeigte mit einer Kopfbewegung auf Khan, der gerade aus dem Stall geführt wurde. »Ihr Pferd steht bereit.«

Seite an Seite galoppierten sie durch die hügelige Landschaft. Der schnelle Ritt und die frische Herbstluft belebten Whitney, so daß sie sich bald sehr viel besser fühlte als jemals in den vergangenen zwei Tagen.

Am Rande eines Wäldchens und in der Nähe eines kleinen Baches hielt Clayton an. Er saß ab und kam dann auf Khan zu, um Whitney herunterzuhelfen. »Der Ritt hat Ihnen gut getan«, stellte er mit einem Blick in ihr angenehm gerötetes Gesicht fest.

Whitney wußte, daß er das Eis brechen wollte und um eine relativ normale Unterhaltung bemüht war. Sich dem zu verweigern, wäre ihr albern vorgekommen, auch wenn sie nicht recht wußte, worüber sie eigentlich mit ihm sprechen sollte. »Ich fühle mich auch besser«, sagte sie schließlich. »Ich reite unendlich gern.«

»Und ich sehe Ihnen unendlich gern dabei zu«, meinte er, als sie auf das Ufer des Baches zuschlenderten. »Sie sind zweifellos die beste Reiterin, die ich je zu Gesicht bekommen habe.«

»Vielen Dank«, erwiderte Whitney, aber ihr Blick richtete sich auf den alten Ahorn auf einer kleinen Anhöhe neben dem Bach, der seine mächtigen, knorrigen Äste genau über die Stelle breitete, an der sie am Tag des Ausflugs in seinen Armen gelegen hatte. Und exakt dort breitete Clayton gerade seine Jacke im Gras aus. »Ich würde lieber stehen bleiben, wenn Sie nichts dagegen haben«, meinte sie hastig.

Schulterzuckend richtete sich Clayton wieder auf, lief zwei Schritte weiter, setzte einen Fuß auf einen Findling am Bach und betrachtete sie schweigend.

Zum erstenmal machte sich Whitney wirklich klar, daß dieser Mann ihr »künftiger Ehemann« war! Doch nur auf Zeit, sagte sie sich schnell. Nur, bis Paul wieder da ist, und ich die Pläne in die Wirklichkeit umsetzen kann, die ich mir ausgedacht habe.

Claytons Blick blieb unverwandt auf sie gerichtet, und Whitney begann sich unbehaglich zu fühlen. Um das belastende Schweigen zu brechen, nickte sie zu seinem Hengst hinüber. »Warum sind Sie denn nicht mit diesem Pferd gegen mich angetreten? Es ist doch sehr viel schneller als der Fuchs, für den Sie sich entschieden hatten.«

Ihr Themenwechsel schien ihn zu amüsieren, und er blickte zu den Pferden hinüber. »Wie ich bei unserem Ausflug feststellte, ermüdet Ihr Rappe sehr schnell, und ich wollte Ihnen eine faire Gewinnchance einräumen. Daher habe ich mich für den Fuchs entschieden. Hätte ich diesen Hengst da genommen, wäre ich Ihnen auf und davon geritten. Und hätte ich mich für ein allzu unterlegenes Tier entschieden, hätte Ihnen der Sieg keinen Spaß gemacht.«

Trotz ihres Widerwillens gegen diesen Mann verzogen sich Whitneys Lippen zu einem Lachen. »O doch,« rief sie. »Ich hätte liebend gern gegen Sie gewonnen, selbst wenn Sie auf einem lahmen Ziegenbock gesessen hätten!«

Schmunzelnd schüttelte er den Kopf. »Wissen Sie eigentlich, daß es Ihnen in den drei Jahren, in denen ich Sie nun kenne, immer wieder gelingt, mich zu überraschen?«

Mißtrauisch kniff Whitney die Augen zusammen. »Drei Jahre? Aber das ist doch unmöglich. Vor drei Jahren war doch gerade erst mein Debüt.«

»Sie suchten mit Ihrer Tante eine Hutmacherin auf, als ich Sie zum ersten Mal sah. Die Besitzerin des Geschäfts wollte Ihnen einen geradezu lächerlichen Hut mit Weintrauben und anderen Beeren mit der Bemerkung aufschwatzen, wenn Sie den bei einem Parkspaziergang trügen, würden Ihnen die Messieurs zu Füßen sinken.«

»Daran kann ich mich gar nicht erinnern«, entgegnete Whitney verunsichert. »Habe ich den Hut gekauft?«

»Nein. Sie entgegneten, falls die Messieurs Ihnen dann tatsächlich zu Füßen sänken, dann nur, um sich vor den unzähligen Bienen in Sicherheit zu bringen, die diese Obstschale umschwärmen würden.«

»Das klingt tatsächlich nach mir«, räumte Whitney ein und spielte verlegen mit ihren Reithandschuhen. Sie vermochte kaum zu glauben, daß es tatsächlich Zärtlichkeit war, die sie seiner Stimme zu entnehmen glaubte. »Und da, aus diesem Anlaß, haben Sie sich entschlossen, mich . . . äh, besser kennenzulernen?«

»Bestimmt nicht«, neckte er sie. »Ich war höchst zufrieden,

daß die Hutmacherin und nicht ich Ihren verächtlichen grünen Augen ausgesetzt war.«

»Und was haben Sie im Salon einer Hutmacherin gemacht?« Kaum war die Frage heraus, hätte sich Whitney am liebsten die Zunge abgebissen. Was hätte er wohl tun sollen, als auf seine Geliebte zu warten?

»Ihrem Gesichtsausdruck entnehme ich, daß Sie die Antwort bereits wissen«, meinte er gelassen.

»Sind wir uns danach noch begegnet? Ich meine, vor dem Maskenball?« fragte Whitney und unterdrückte ihre absurde Verärgerung darüber, daß er die Hutmacherin mit einer anderen Frau aufgesucht hatte.

»Ich traf Sie häufiger in diesem Frühjahr, meistens bei Kutschfahrten durch den Park. Und dann sah ich Sie ein Jahr später auf dem Ball bei den DuPres. Da waren Sie schon recht erwachsen.«

»Waren Sie allein?« Die Frage sprudelte ihr gegen ihren Willen heraus, und Whitney ballte die Fäuste.

»Nein«, gestand er offen ein. »Sie jedoch auch nicht. Sie wurden von Verehrern umschwärmt. Eine ziemlich einfältige Bande, wenn ich mich recht erinnere.« Er lachte über Whitneys empörten Blick. »Es besteht keinerlei Anlaß, mich so böse anzufunkeln, Mylady. Diese Ansicht haben Sie selbst vertreten. Einige Zeit später hörte ich, wie Sie einem von ihnen, der sich hingerissen über den Duft Ihrer Handschuhe äußerte, erklärten, wenn ihn der Geruch nach Seife so aus der Fassung bringe, müsse er entweder von Sinnen oder sehr schmutzig sein.«

»Nie wäre mir eine so beleidigende Bemerkung über die Lippen . . .«, protestierte Whitney, hielt dann aber inne, als versuche sie sich zu erinnern. »Hatte er einen absurd gezierten Gang?«

»Da ich an Ihrem Gesicht weit mehr interessiert war als an seinen Füßen, kann ich das nicht sagen«, entgegnete er trokken. »Warum?«

»Weil mir inzwischen eingefallen ist, daß ich das tatsächlich gesagt habe«, sagte sie langsam. »Und ich weiß, daß ich ihm nachsah und darüber nachdachte, wie unangenehm er mir doch war. Dann drehte ich mich um und entdeckte einen großen dunkelhaarigen Mann an der Tür, der lächelte, als hätte ihn die Szene ungemein amüsiert. Das waren Sie!« fauchte Whitney. »Sie haben mich dort von der Tür aus ausspioniert!«

»Nicht ausspioniert«, berichtigte er. »Ich stand lediglich bereit, dem armen vernarrten Teufel für den Fall zur Hilfe zu eilen, daß ihm Ihre scharfe Zunge Wunden schlägt.«

»Ihre Besorgnis war völlig überflüssig, denn er hatte meine Bemerkung mehr als verdient. Ich kann mich zwar nicht an seinen Namen erinnern, weiß aber noch sehr gut, daß er am Abend zuvor den Versuch unternahm, mich zu küssen, und daß er seine Hände partout nicht bei sich behalten konnte.«

»Wie bedauerlich«, schnarrte Clayton kühl, »daß Sie sich nicht an seinen Namen erinnern können.«

Durch niedergeschlagene Wimpern warf Whitney einen verstohlenen Blick auf sein Gesicht und bemerkte mit tiefer Befriedigung, daß er jetzt derjenige war, der Eifersucht empfand. Wenn sie den Anschein erweckte, ein wenig flatterhaft zu sein, könnte sie ihn unter Umständen dazu bringen, sich seinen Heiratswunsch noch einmal zu überlegen. »Ich denke, ich sollte Ihnen sagen, daß er keineswegs der einzige Monsieur war, der in dem Bemühen, meine Aufmerksamkeit zu erringen, ein wenig – nun ja, übereifrig wurde. Ich hatte Dutzende von Verehrern in Paris. Ich kann mich einfach nicht an ihrer aller Namen erinnern.«

»Dann gestatten Sie mir, Ihrem Gedächtnis ein wenig nachzuhelfen«, bot Clayton seelenruhig an und ratterte dann die Namen jedes einzelnen Mannes herunter, der ihr je einen Antrag gemacht hatte. »DuVille habe ich ausgelassen«, setzte er hinzu, »weil er den geeigneten Zeitpunkt noch abwartet. Aber ich denke, ich sollte Sevarin erwähnen, da er versucht, um Ihre Hand anzuhalten. Es will mir scheinen«, fuhr er in heiterem Gesprächston fort, »daß Sie für eine vernünftige junge Frau extrem töricht bei der Wahl der Männer waren, denen Sie gestatteten, Ihnen den Hof zu machen.«

Um jede Diskussion über Paul abzuwenden, konzentrierte sich Whitney auf Claytons Bemerkung über Nicki. »Falls Sie Nicolas DuVille meinen, so möchte ich darauf hinweisen, daß er einer der ältesten und höchstangesehenen Familien Frankreichs angehört.«

»Ich meine Sevarin, und das wissen Sie sehr wohl«, erwiderte er in dem kühl autoritären Ton, den Whitney ganz besonders verabscheute. »Von allen Männern, die ich erwähnte, ist Sevarin der am wenigsten passende für Sie. Und doch wäre er Ihre Wahl, wenn es nach Ihnen ginge. Sevarin entspricht weder Ihrer Intelligenz noch Ihrem Temperament. Noch«, fügte er bedeutungsvoll hinzu, »ist er Manns genug, aus Ihnen eine Frau zu machen.«

»Was meinen Sie eigentlich mit dieser Bemerkung?« erkundigte sich Whitney spitz.

»Ich glaube, Sie wissen ganz genau, was ich meine«, erwiderte er und beobachtete ausgesprochen genüßlich, wie leichte Röte ihre Wangen überzog.

Whitney wußte nur, daß sie dieses Thema auf keinen Fall weiterverfolgen wollte und wandte sich schnell einem weniger verfänglichen zu. »Und warum haben Sie nicht den schicklichen Weg eingeschlagen und sich an meinen Onkel gewandt, wenn Sie in Frankreich von mir so ›beeindruckt‹ waren?«

»Damit er mich mit irgendwelchem Unsinn abspeisen konnte, daß Sie noch viel zu jung zum Heiraten wären und Ihr Vater sich noch nicht von Ihnen trennen wolle?« entgegnete er ironisch amüsiert. »Schwerlich!«

»Ach«, fauchte Whitney verächtlich. »Sie fühlten sich aufgrund Ihrer gesellschaftlichen Stellung doch nur zu erhaben, um sich mir vorstellen zu lassen und . . .«

»Wir wurden einander vorgestellt«, unterbrach Clayton.

»Am selben Abend und von Madame DuPre. Sie haben kaum auf meinen Namen gehört. Sie bedachten mich mit einem knappen Nicken und einem Schulterzucken, bevor Sie sich wieder der dringlicheren Aufgabe zuwandten, so viele Bewunderer um sich zu versammeln, wie rund um Ihre Röcke Platz hatten.«

Wie sehr muß ihn meine kühle Reaktion vor den Kopf gestoßen haben, dachte Whitney mit geheimem Vergnügen. »Haben Sie mich um einen Tanz gebeten?« erkundigte sich sich zuckersüß.

»Nein«, entgegnete er trocken. »Meine Tanzkarte war bereits voll.«

Unter anderen Umständen hätte Whitney über den Scherz lachen können, sie wußte nur zu gut, daß er als Hinweis darauf gedacht war, daß auch er sich beim anderen Geschlecht großer Beliebtheit erfreute. Als müsse sie daran besonders erinnert werden! Sie warf ihm einen verächtlichen Blick zu. »Wenn auch Männer Tanzkarten hätten, wäre Ihre mit Sicherheit stets überfüllt! Aber da fällt mir etwas ein. Was macht ein Mann eigentlich mit seiner Geliebten, wenn er auch einmal mit einer anderen Frau tanzen möchte?«

»Ich kann mich nicht erinnern, daß das ein unüberwindliches Hindernis gewesen wäre, als wir auf dem Maskenball der Armands miteinander tanzten.«

Die Handschuhe, die Whitney in der Hand gehalten hatte, fielen ins Gras. »Wie können Sie es wagen, so etwas . . .«

»Auch nur zu erwähnen?« unterbrach er sie glatt. »Heißt es denn nicht ›Auge um Auge, Zahn um Zahn‹?«

»Ich glaube meinen Ohren nicht trauen zu dürfen!« zischte Whitney wütend. »Der personifizierte Teufel zitiert die Heilige Schrift!«

»Touché!« Er grinste.

Seine Heiterkeit erboste Whitney nur noch mehr. »Sie mögen Ihr skandalöses Verhalten vielleicht mit einem Lachen abtun, aber mir ist das leider nicht möglich! Sie haben mir bei den Armands anzügliche Angebote gemacht, mich bei Lady Eubank beleidigt und genau hier vor einiger Zeit buchstäblich überfallen.« Whitney bückte sich und hob ihre Handschuhe auf. »Gott mag wissen, was Sie als nächstes vorhaben!«

Der verräterische Glanz in seinen Augen riet Whitney zu einem weisen und schnellen Rückzug. Sie begann auf die Pferde zuzulaufen, aber er fing ihr Handgelenk ein und zog sie zu sich herum. »Mit Ausnahme des Balls bei den Armands habe ich Sie stets so behandelt, wie Sie es verdienen. Und so wird es zwischen uns auch immer bleiben. Ich werde es nicht zulassen, daß Sie mir gegenüber Ihren Kopf durchsetzen. Denn wenn ich das täte, hätten Sie vor mir schon bald ebensowenig Respekt wie Sie vor Sevarin haben würden, wenn Sie ihn heiraten dürften.«

Seine Anmaßung, genau wissen zu wollen, was sie empfand, verschlug ihr ebenso die Sprache wie die Endgültigkeit, mit der er ihren Wunsch, Paul zu heiraten, als bedauernswerte Laune abtat. Und um alles noch schlimmer zu machen, nahm er sie nun auch noch in die Arme. »Macht es Ihnen denn gar nichts aus, daß ich Sie nicht liebe?« erkundigte sie sich.

»Natürlich lieben Sie mich nicht«, neckte Clayton. »Sie hassen mich. Das haben Sie mir mehr als einmal gesagt. Übrigens auch hier, genau an dieser Stelle . . .«

»Hören Sie auf, mich an diesen Tag zu erinnern. Ich will ihn so schnell wie möglich vergessen.«

Er zog sie noch enger an sich und betrachtete sie mit verhaltener Zärtlichkeit. »Ich würde Ihnen alles geben, was in meiner Macht steht, Kleine. Aber nie werde ich Sie vergessen lassen, wie Sie an diesem Tag waren. Niemals. Bitten Sie mich um alles andere – und es gehört Ihnen.«

»Alles andere?« höhnte sie und stemmte verzweifelt die Hände gegen seine Brust. »Also gut. Ich möchte Sie nicht heiraten. Entlassen Sie mich aus dem widerwärtigen Handel, den Sie mit meinem Vater abgeschlossen haben?«

»Nein. Ich fürchte, das kann ich nicht.«

»Dann beleidigen Sie meine Intelligenz nicht damit, daß Sie so tun, als würden Sie meine Wünsche respektieren«, entfuhr es Whitney verbittert. »Ich will mit Ihnen nicht verlobt sein, und doch wollen Sie mich nicht freigeben. Ich will Sie nicht heiraten, aber Sie sind fest entschlossen, mich vor den Altar zu zerren. Ich . . .«

Er ließ sie so abrupt los, daß Whitney um ein Haar das Gleichgewicht verloren hätte. »Hätte ich die Absicht gehabt, Sie ›vor den Altar zu zerren‹«, erklärte er kurz und bündig, »hätte man Sie aus Frankreich nach Hause zitiert, damit Ihnen Ihr Hochzeitskleid angepaßt wird. Es ist und bleibt jedoch eine schlichte Tatsache, daß ich mir keine kalte, abweisende Frau in meinem Bett wünsche.«

Whitney war so überglücklich und erleichtert, daß sie ihm seine anzügliche Bemerkung auf sein Bett auf der Stelle verzieh. »Herr im Himmel, warum haben Sie das denn nicht schon früher gesagt? Wenn das Ihre Überzeugung ist, brauchen Sie sich doch nicht mehr mit mir herumzuplagen.«

»Das heißt?«

»Das heißt, daß ich die denkbar kälteste und abweisendste Ehefrau wäre!«

Eine dunkle Augenbraue schoß in die Höhe. »Drohen Sie mir?«

Hastig schüttelte Whitney den Kopf. »Selbstverständlich nicht«, widersprach sie lächelnd. »Ich will Ihnen nur deutlich machen, daß sich an meinen Gefühlen Ihnen gegenüber nichts ändern wird.«

»Sind Sie sich da ganz sicher?«

»Absolut«, strahlte Whitney.

»Wenn das so ist, macht es doch kaum Sinn, die Hochzeit noch weiter hinauszuzögern, oder?«

»Was?« ächzte Whitney. »Aber Sie sagten doch gerade eben noch, Sie würden mich nicht heiraten, wenn ich kalt und abweisend bin.«

»Ich sagte, daß ich mir keine kalte Frau im Bett wünsche«,

stellte er gelassen klar. »Ich sagte nicht, daß ich sie nicht heiraten würde, wenn es nun einmal nicht anders geht.« Damit wandte er sich ab und ging auf die Pferde zu. In Whitneys Kopf überschlugen sich die schlimmsten Befürchtungen. Er hatte doch nicht etwa vor, unverzüglich zum Haus zurückzukehren und den Hochzeitstermin festzusetzen? Vermutlich hatte er bereits für eine Sondergenehmigung gesorgt! Sie zermarterte sich das Hirn nach einer Lösung, sich zu retten. Wenn sie floh, würde er sie einholen. Wenn sie ihm drohte, würde er sie ignorieren. Wenn sie sich weigerte, würde er sie zwingen.

In ihrer Not ergriff sie die einzige Möglichkeit, die ihr offenstand – so demütigend es auch war, ihn anzuflehen. Sie streckte die Hand nach ihm aus. »Sie sagten doch, Sie würden mir alles geben, was in Ihrer Macht steht. Ich möchte Sie um einen Gefallen bitten ...«

»Innerhalb meiner Möglichkeiten«, schränkte er kühl ein. »Und innerhalb logischer Vernunft.«

»Würden Sie mir etwas Zeit lassen? Ich brauche Zeit, um das schreckliche Gefühl zu überwinden, zwischen meinem Vater und Ihnen wie eine Schachfigur hin und her geschoben zu werden. Ich brauche Zeit, um mich an die Vorstellung einer Ehe mit Ihnen zu gewöhnen.«

»Ich werde Ihnen Zeit geben«, stimmte er ruhig zu. »Vorausgesetzt, Sie verhalten sich diskret.«

»Das werde ich«, log Whitney ohne mit der Wimper zu zucken. »Oh, und da wäre noch etwas. Ich hätte gern, daß Ihre Identität und unsere Verlobung noch eine Zeitlang ein Geheimnis zwischen uns beiden bleibt.«

Seine Miene wurde wachsam. »Warum?«

Weil Sie außer sich geraten werden, wenn ich in der nächsten Woche mit Paul auf und davon gehe, erwiderte sie unhörbar. Und wenn die ganze Umgebung von unserer Verlobung weiß, gebe ich Sie dem allgemeinen Gespött preis, und dann mag Gott wissen, zu welcher Rache ...

»Weil«, sagte sie laut, »ich mich noch mehr unter Druck gesetzt fühlen würde, wenn alle Welt davon weiß.«

»Also gut, wir behalten es noch eine Weile für uns«, sagte er und hob sie mühelos auf ihr Pferd. »Falls ich jedoch je Grund zu der Annahme haben sollte, daß Sie die Zeit, um die Sie mich gebeten haben, zu anderen Zwecken als dazu nutzen, sich an den Gedanken einer Ehe mit mir zu gewöhnen, werden Ihnen die Konsequenzen nicht besonders gefallen.«

Als Clarissa Whitney am nächsten Morgen wecken wollte, saß diese bereits an ihrem Schreibtisch. Nach längerem Überlegen griff sie zur Feder und erklärte Clayton in höflichen Formulierungen, sie hätte sich bedauerlicherweise den Knöchel verstaucht, müsse heute leider das Bett hüten, freue sich aber darauf, ihn morgen zu sehen – falls sich ihr Leiden bessere. Sie unterzeichnete mit »Whitney« und lehnte sich dann tiefbefriedigt zurück.

Die Idee mit dem Knöchel war ein hervorragender Einfall, denn eine derartige Verletzung war nicht nur schmerzhaft, sondern dauerte auch unvorhersehbar lange. Morgen würde sie ihm ein weiteres bedauerndes Schreiben schicken . . . Und mit ein wenig Glück konnte sie es so vermeiden, ihn vor Pauls Rückkehr wiederzusehen!

»Was würden Sie zum Besuch des Herzogs gern anziehen?« fragte Clarissa.

Ein strahlendes Lächeln überzog Whitneys Gesicht. »Ich werde ihn heute gar nicht sehen, Clarissa. Morgen auch nicht und übermorgen ebensowenig. Hör dir das an.« Und damit las sie ihrer Zofe schnell ihren Brief vor.

»Nun, was hältst du davon?« erkundigte sie sich und griff zu Siegellack und Petschaft.

»Was ich davon halte?« fragte Clarissa beunruhigt zurück. »Ich glaube, er merkt sofort, was Sie vorhaben. Und er wird uns die Hölle heiß machen. Sie sollten Lady Anne fragen, bevor Sie diesen Brief abschicken.«

»Ich kann nicht darauf warten, daß meine Tante aufsteht«, erläuterte Whitney geduldig. »Und du mußt auch gleich los. Du mußt ihm dieses Schreiben bringen.«

Clarissa erblaßte. »Ich? Und warum muß ich das tun?«

»Weil ich wissen muß, wie er darauf reagiert. Und auf jemand anderen kann ich mich nicht verlassen. Nur auf dich«, schmeichelte sie.

»Ich bekomme Herzanfälle, wenn ich nur daran denke, wie er reagieren könnte«, beschwerte sich Clarissa, nahm ihr aber den Brief ab. »Was ist, wenn er mich nach der Verletzung fragt?«

»Denk dir einfach etwas aus«, meinte Whitney übermütig. »Aber merke dir, was du ihm sagst, damit wir einander nicht widersprechen.«

Als Clarissa gegangen war, kam sich Whitney vor, als wäre ihr eine unendliche Last von der Seele genommen. Vor sich hin summend suchte sie sich ein Kleid aus.

Eine halbe Stunde später war Clarissa wieder da. »Was hat er gesagt?« fragte sie neugierig. »Was für ein Gesicht hat er gemacht? Du mußt mir alles ganz genau erzählen.«

»Nun, Seine Gnaden saß gerade beim Frühstück«, erwiderte Clarissa und befingerte nervös den gestärkten Kragen ihres Kleides. »Aber der Butler hat mich sofort zu ihm geführt, als ich ihm sagte, wer ich bin. Ich habe ihm den Brief gegeben, und er hat ihn gelesen.«

»Er war doch nicht verärgert, oder?« erkundigte sich Whitney, als Clarissa schwieg.

»Davon konnte ich nichts bemerken, aber ich denke nicht, daß er besonders erfreut war.«

»Großer Gott, Clarissa! Was hat er gesagt?«

»Er dankte mir, daß ich ihm den Brief überbracht habe, nickte einem seiner hochnäsigen Diener zu und ließ mich wieder hinausführen.«

Whitney war sich nicht ganz sicher, ob sie über diese Reaktion erleichtert oder beunruhigt sein sollte. Und im Laufe des

Tages stellte sie fest, daß der Zeitaufschub, den sie sich ertrotzt hatte, nicht ganz so erfreulich war, wie sie es sich vorgestellt hatte.

Am Nachmittag zuckte sie jedesmal zusammen, wenn sie Schritte in der Halle hörte. Es sähe diesem Mann ähnlich, sich Zutritt zu ihrem Schlafzimmer verschaffen zu wollen, obwohl das ein eklatanter Verstoß gegen alle Anstandsregeln wäre!

Das Abendessen wurde ihr auf einem Tablett gebracht. Whitney aß es in trostloser Einsamkeit. Zum ersten Mal an diesem Tag flogen ihre Gedanken zu Paul. Armer Paul, dachte sie zerknirscht. Sie war so konzentriert darauf gewesen, Clayton Westmoreland auszumanövrieren, daß sie keine einzige Sekunde an den Mann gedacht hatte, den sie liebte.

Kapitel neun

»Findest du wirklich, daß das klug ist, Liebes?« erkundigte sich Anne Gilbert mit gerunzelter Stirn, als sie am nächsten Morgen Whitneys zweiten Brief las. »Ich weiß nicht, wozu er imstande sein könnte, wenn du ihn unnötig reizt.«

»Es gibt nichts, was er tun könnte, Tante Anne«, versicherte Whitney, versiegelte das Schreiben und reichte es Clarissa. »Du hast doch bereits an Onkel Edward geschrieben und ihn gebeten, sobald wie möglich herzukommen. Und wenn er da ist, wird er mir bestimmt helfen, aus dieser fatalen Situation herauszukommen. Doch bis es soweit ist, werde ich diese Scharade solange wie möglich weiterführen. Wenn ich es nicht mehr kann, lasse ich mir etwas anderes einfallen. Vielleicht kann ich Seiner Gnaden so lästig werden, daß er mich in Ruhe läßt«, meinte Whitney und lachte.

Bei ihrer Rückkehr berichtete Clarissa, der Herzog hätte

das Schreiben überflogen und sie dann ganz eigentümlich angesehen.

»Kannst du dich nicht ein wenig deutlicher ausdrücken, Clarissa?« rief Whitney ungeduldig. »Was meinst du mit ›eigentümlich‹?«

»Nun, er hat gelesen«, erinnerte sich Clarissa. »Und dann sah er ganz so aus, als wolle er lächeln. Aber er hat nicht direkt gelächelt, sondern einen anderen seiner bornierten Diener gebeten, mich zur Tür zu begleiten.«

Verblüfft über diese erstaunliche Reaktion biß sich Whitney auf die Lippe, tat die ganze Sache dann aber mit einem Schulterzucken ab. »Wir sollten aufhören, uns über jeden seiner Atemzüge Gedanken zu machen. Schließlich«, fügte sie an und warf sich lachend auf ein Sofa, »was soll er schon groß machen – selbst wenn er davon überzeugt ist, daß ich lüge?«

Die Antwort auf diese Frage erschien kurz nach dem Lunch in einer schwarzen, von vier Pferden gezogenen Reise-Chaise. Ihr entstieg ein dunkelgekleideter, stämmiger Gentleman und begab sich zügig auf die Haustür zu. In einer Hand trug er eine schwarze Ledertasche und in der anderen eine Karte, die er Sewell überreichte. »Ich bin Doktor Whitticomb«, sagte er zu dem Butler. »Man hat mich aus London geholt und gebeten, nach Lady Gilbert zu fragen.«

Als Anne zu ihm in den Salon trat, lächelte ihr Dr. Whitticomb höflich in die erstaunten Augen und erklärte: »Seine Gnaden, der Herzog von Claymore, schickt mich, um Miss Stones Knöchel zu untersuchen.«

Lady Gilbert wurde so weiß, daß Dr. Whitticomb schon befürchtete, sie könnte leidend sein, aber nachdem sie ihn um einige Minuten Geduld gebeten hatte, verließ sie den Raum, raffte ihre Röcke und eilte die Treppen mit einer Behendigkeit hinauf, die man einer Frau in ihren Jahren kaum zugetraut hätte.

»Er hat was getan?« schrie Whitney entsetzt auf und sprang

so schnell auf, daß der Band *Stolz und Vorurteil*, in dem sie gerade gelesen hatte, quer über die Bodendielen rutschte. »Dieser niederträchtige, gemeine . . .«

»Schimpfworte müssen warten, bis wir das alles hier überlebt haben«, japste Tante Anne, nestelte mit fliegenden Fingern an Whitneys Kleid und zog es ihr ohne viel Umstände über den Kopf. Clarissa riß die Bettdecke zurück und nahm einen Morgenrock vom Haken.

»Hättest du ihm nicht sagen können, daß ich schlafe? Oder ihn unter irgendeinem anderen Vorwand nach London zurückschicken können?« beschwerte sich Whitney, als sie ins Bett sprang und die Decke bis ans Kinn zog.

»Dieser Doktor Whitticomb«, verkündete Lady Anne und rang nach Atem, »ist kein Dummkopf, das kannst du mir glauben. Er wurde geschickt, um deinen Knöchel zu untersuchen, und genau das wird er tun.« Sie warf einen kritischen Blick auf Whitney und sagte dann: »Clarissa, besorgen Sie zwei zusätzliche Kissen und legen Sie sie unter Whitneys Fuß. Dann holen Sie das Hirschhornsalz aus meinem Zimmer und stellen Sie es auf den Nachttisch. Das macht bestimmt einen guten Eindruck.« Sie marschierte zur Tür. »Ich halte diesen Doktor auf, so gut ich kann, aber mehr als ein paar Minuten kann ich nicht garantieren.«

Mit glasigen Augen stand Clarissa wie angewurzelt da und griff fahrig nach einer Stuhllehne. »Clarissa!« rief Lady Anne scharf, »wagen Sie es nicht, an eine Ohnmacht auch nur zu denken!«

Als Dr. Whitticomb das Zimmer der Patientin betrat, musterten ihn zwei jadegrüne Augen mißmutig, wanderten über seinen dunklen Rock und blieben angsterfüllt an seiner schwarzen Tasche hängen.

In seinem üblichen Bemühen, seinen Patienten die Furcht vor seiner Instrumententasche zu nehmen, stellte Dr. Whitticomb sie außer Sichtweite neben das Bett und erklärte in beruhigendem Ton: »Seine Gnaden, der Herzog von Claymore, ist tiefbesorgt um Ihr Wohlergehen.«

Auf Whitneys hohen Wangenknochen erschienen hochrote Flecke. »Er ist ein Muster an Fürsorge und Freundlichkeit«, murmelte sie mit halberstickter Stimme.

»So ist es«, stimmte Dr. Whitticomb so abwesend zu, daß ihm die Ironie in ihrer Stimme völlig entging. »Wenn ich richtig informiert bin, haben Sie sich bei einem Sturz auf der Treppe eine böse Verletzung zugezogen. Na, dann wollen wir uns Ihren Knöchel doch einmal ansehen«, fuhr er aufgeräumt fort und griff nach der Bettdecke.

»Lassen Sie das!« fauchte sie, zog die Decke hoch über das Kinn und funkelte ihn abweisend an.

Einen Augenblick starrte er sie verblüfft an, dann glaubte er zu begreifen, was sie so erregte. Er zog sich einen Stuhl neben das Bett und setzte sich. »Meine verehrte junge Lady«, begann er freundlich, »wir leben nicht mehr im Mittelalter, in denen sich ein weibliches Wesen der fachlichen Untersuchung eines kompetenten Arztes allein aus dem Grund verweigerte, daß sie eine Frau und er ein Mann war. Ich empfinde große Hochachtung vor Ihrem Schamgefühl – eine Eigenschaft, die man heutzutage bedauerlicherweise viel zu selten bei jungen Ladies antrifft –, aber jetzt ist wirklich nicht der richtige Zeitpunkt dafür, wie Ihnen mit Sicherheit auch Ihre Tante sagen würde. Also . . .« Wieder streckte er die Hand aus und zog an der Dekke, aber die wurde von seiner Patientin entschlossen in die entgegengesetzte Richtung gezerrt.

Dr. Whitticomb hob verärgert die Brauen. »Falls es Sie beruhigt, Miss Stone, kann ich Ihnen versichern, daß ich eine Vielzahl weiblicher Patientinnen habe – darunter auch Ihre Majestät.«

»Nun, das beruhigt mich keineswegs!« zischte Whitney mit einer für eine unter großen Schmerzen leidende Patientin bemerkenswert kräftigen Stimme.

»Junge Lady«, warnte er. »Seine Gnaden hat mir den Auftrag erteilt, Ihren Knöchel zu untersuchen und die geeignete Behandlung einzuleiten. Und«, fügte er dunkel drohend hinzu, »er beauftragte mich ebenfalls, notfalls Zwang anzuwenden, um dieses Ziel zu erreichen.«

»Zwang anzuwenden!« wiederholte Whitney empört. »Was maßt sich dieser . . .« Gerade noch rechtzeitig verschluckte sie die ärgsten ihrer Schimpfworte und dachte fieberhaft über eine Möglichkeit nach, diesen Dr. Whitticomb davon abzubringen, ihren Knöchel zu untersuchen. Extreme Schamhaftigkeit war ihre einzige Hoffnung. Sie schloß die Lider, schlug sie flatternd wieder auf und lächelte den Mann schüchtern verlegen an. »Ich weiß, wie unsinnig und absurd ich Ihnen erscheinen muß, Doktor Whitticomb. Aber ich bin davon überzeugt, vor Scham zu sterben, wenn ich mich vor einem Fremden derart . . . entblöße . . . Ganz unabhängig davon, was für ein guter Arzt Sie auch sind.«

»Meine liebe junge Lady, hier geht es lediglich darum, Ihren Knöchel zu ›entblößen‹.«

»Aber ich kann nun einmal nichts für meine Empfindungen«, beschwerte sich Whitney tugendhaft. »Sie kennen mich nicht, aber Seine Gnaden kennt mich. Und ich bin ziemlich schockiert, daß er sich derart grausam und rücksichtslos über meine . . . meine . . .«

»Mädchenhaften Gefühle hinwegsetzt?« beendete der Arzt automatisch und nachdenklich.

»So ist es! Ich wußte, daß Sie mich verstehen würden.«

Nur zögernd war Dr. Whitticomb zur Kapitulation bereit. »Also gut, Miss Stone. Unter einer Bedingung sehe ich von der Untersuchung Ihres Knöchels ab: Sie müssen sich von einem örtlichen Arzt examinieren lassen.«

»Jederzeit!« strahlte ihn Whitney an.

Er beugte sich zur Seite, schloß seine Tasche und nahm sie auf. »Kennen Sie einen Mediziner Ihres Vertrauens, der über genügend Fachwissen im Hinblick auf Verstauchungen und Brüche verfügt?«

Verzweifelt zermarterte sich Whitney ihr Hirn nach einem Namen, den sie ihm nennen konnte. »Aber ja. Selbstverständlich«, verkündete sie dann triumphierend.

»Und wen?« erkundigte sich Dr. Whitticomb beharrlich und stand auf. »Wie heißt er?«

»Thomas«, sagte sie und lächelte über ihren Einfallsreichtum. »Ich habe so unbedingtes Vertrauen zu ihm wie jedermann im Umkreis von Meilen. Sobald bei jemandem der Verdacht auf Verstauchung oder Bruch besteht, wird er sofort zu Thomas gebracht.« Und mit einem anmutigen Lächeln setzte sie hinzu: »Leben Sie wohl, Doktor Whitticomb. Ich danke Ihnen für Ihr Kommen und entschuldige mich für die Umstände, die ich Ihnen bereitet habe. Clarissa wird Sie hinausbegleiten.«

»Wir brauchen uns noch nicht zu verabschieden«, entgegnete Dr. Whitticomb. »Ich werde noch einmal nach Ihnen sehen, nachdem ich mit Doktor Thomas gesprochen habe.«

»Grundgütiger!« ächzte Clarissa und griff haltsuchend nach dem Bettpfosten.

Dr. Whitticomb ignorierte ihren Ausbruch. Er langte in seine Westentasche, zog einen goldenen Chronometer heraus, sah nach der Zeit und klappte den Deckel wieder zu. »Der Kutscher Seiner Gnaden wartet. Wenn jemand so freundlich sein würde, mir zu sagen, wo ich Doktor Thomas finden kann, fahre ich zu ihm, überzeuge mich von seinen Fachkenntnissen und bringe ihn dann mit zurück.«

Whitney stützte sich auf beide Ellenbogen. »Wofür? Ich meine, ich habe Ihnen doch gerade erklärt, daß er qualifiziert ist. Sie können meinem Wort schon trauen.«

»Verzeihen Sie, aber das kann ich nicht. Selbst wenn ich geneigt sein wollte – was ich aber nicht bin –, Ihre Gesundheit einem unbekannten Kollegen anzuvertrauen, würde das Seine Gnaden niemals gestatten. Wir hatten sogar darüber diskutiert, Grundheim aus Deutschland hinzuzuziehen. Er ist eine Kapazität auf dem Gebiet der Gelenke. Und dann gibt es da Johannsen in Schweden ...«

»Das wird er doch nicht wagen . . .«, hauchte Whitney entsetzt.

»Eigentlich«, räumte Dr. Whitticomb leicht verlegen ein, »war es mein Vorschlag, einen der beiden Ihren Knöchel untersuchen zu lassen. Aber Seine Gnaden bestand darauf, daß zunächst ich Sie aufsuche. Er hatte . . . äh, gewisse Zweifel an der Schwere Ihrer Verletzung. Lady Gilbert«, sagte er und drehte sich zu Tante Anne um, »würden Sie so freundlich sein, mir die Adresse von Doktor Thomas zu nennen?«

Was er hörte, ließ ihn überrascht zusammenfahren und sich wieder seiner Patientin zuwenden. Fort war die züchtige, spröde auf Anstand und Sitte bedachte junge Lady. Schnaubend vor Zorn saß Whitney hochaufgerichtet im Bett und gab eine Tirade von sich, in der er ganz deutlich die Worte »Schuft, Unhold, Erpresser« und »Heuchler« hörte. Dann wandte sie sich direkt an ihn: »Um alles in der Welt, sehen Sie sich meinen Knöchel an, Doktor Whitticomb, bevor dieser Mann alle Blutegel aus ganz Europa an mein Bett schickt!«

»Ich persönlich lasse nicht zur Ader«, bemerkte Dr. Whitticomb, als er wieder an ihr Bett trat und seine Instrumententasche abstellte. Diesmal traf er auf keinen Widerstand, als er die Bettdecke hob und sich ihre wohlgeformten Knöchel betrachtete, von denen einer auf zwei Kissen ruhte.

»Das ist aber eigenartig«, meinte er. »Schon vorhin wunderte ich mich über diese durch die Kissen verursachte Erhebung.«

Whitney musterte ihn stirnrunzelnd. »Ich kann nichts ›Eigenartiges‹ darin finde, wenn ich meinen verletzten Knöchel mit zwei Kissen unterstütze.«

»Darin stimme ich völlig mit Ihnen überein«, meinte der Arzt schmunzelnd. »Aber wenn ich Seine Gnaden nicht falsch verstanden habe, schrieben Sie ihm, Ihr linker Knöchel sei verletzt. Und nun liegt Ihr rechter Knöchel auf diesen Kissen.«

»O das«, meinte Whitney hastig, »wir haben den rechten Knöchel hochgelegt, damit er nicht gegen den linken stößt.«

»Gut pariert, junge Lady.« Dr. Whitticomb lächelte.

Whitney schloß ergeben die Augen. Sie konnte ihn keine Sekunde lang hinters Licht führen.

»Aber da scheint gar nichts geschwollen zu sein.« Seine Finger betasteten sehr sanft erst ihren linken, dann den rechten Knöchel, schließlich wieder den linken. »Empfinden Sie hier irgendeinen Schmerz?«

»Doktor Whitticomb«, sagte Whitney mit einem resignierten Lächeln, »würden Sie mir auch nur eine Sekunde lang glauben, daß ich Schmerzen habe?«

»Nein, ich fürchte nicht«, entgegnete er unverblümt. »Aber ich bewundere Ihr Gespür für den richtigen Zeitpunkt, Ihr Spiel für verloren zu erklären.« Er deckte ihre Beine wieder zu, lehnte sich auf seinem Stuhl zurück und betrachtete sie nachdenklich.

Da hatte sie sich einen Plan ausgedacht und nach bestem Vermögen auch durchgeführt. Und jetzt, da sie sich geschlagen geben mußte, tat sie das ganz selbstverständlich, ohne Ausflüchte und zimperliches Schmollen. Dafür bewunderte er sie wirklich. Nach kurzem Schweigen beugte er sich wieder vor und meinte: »Ich denke, wir sollten überlegen, was wir nun tun.«

Whitney schüttelte den Kopf. »Das ist unnötig. Ich weiß, wozu Sie verpflichtet sind.«

Dr. Whitticomb betrachtete sie amüsiert. »Zunächst einmal werde ich für die nächsten vierundzwanzig Stunden absolute Bettruhe verordnen. Nicht Ihnen«, setzte er lachend hinzu, als er Whitneys hocherfreute Miene bemerkte, »sondern Ihrer armen Zofe hinter mir, die offenbar nicht weiß, ob sie mich mit dem nächstbesten Gegenstand bewußtlos schlagen oder selbst in Ohnmacht fallen soll.« Er nahm das Hirschhornsalz vom Nachttisch und reichte es Clarissa. »Sie sollten auf den Rat eines extrem teuren Arztes hören«, sagte er betont ernst zu ihr, »und sich nicht weiter in die Intrigen dieser bezaubernden jungen Lady verwickeln lassen. Sie verfügen nicht über die dafür notwendige Konstitution. Abgesehen davon hat Ihre Miene Ihre Herrin schon im ersten Moment verraten.«

Nachdem Clarissa die Tür hinter sich geschlossen hatte, wandte sich Dr. Whitticomb Lady Anne zu. »Und Sie, Lady Gilbert, sind in keiner viel besseren Kondition als diese Zofe. Setzen Sie sich bitte.«

»Mir geht es gut«, murmelte Tante Anne, sank aber gehorsam auf das Bett.

»Besser als gut«, schmunzelte der Arzt. »Ganz ausgezeichnet, würde ich sagen. Sie haben Ihre Nichte nicht einmal mit einem Wimpernzucken preisgegeben.« Als nächstes war Whitney das Opfer seines durchdringenden Blickes. »Und wie wird Ihr künftiger Ehemann Ihrer Meinung nach auf diesen Täuschungsversuch reagieren?«

Whitney schloß die Augen. »Er wird außer sich sein«, sagte sie leise. »Aber damit mußte ich rechnen.«

»Dann wäre also nichts damit gewonnen, ihm diesen Täuschungsversuch zu gestehen, oder?«

Whitney riß die Augen wieder auf. »Ich dachte, Sie würden ihm die Wahrheit sagen.«

»Die Wahrheit, die ich ihm sagen muß, junge Lady, ist folgende: Die Diagnose der Verletzung eines Gelenks, jedes Gelenks, kann sehr schwierig, mitunter sogar unmöglich sein. Obwohl keine Schwellung vorliegt, kann ich nicht mit Sicherheit ausschließen, daß Sie sich Ihren Knöchel genau auf die von Ihnen beschriebene Art und Weise verletzt haben. Alle weiteren Erklärungen müßten von Ihnen kommen. Ich bin hier als Arzt, nicht als Informant.«

Whitneys Stimmung hob sich beträchtlich. Nachdem sie Dr. Whitticomb mindestens dreimal überschwenglich gedankt hatte, fragte sie vorsichtig: »Vermutlich können Sie Seiner Gnaden nicht sagen, daß ich das Bett hüten muß?«

»Nein«, entgegnete der Arzt. »Das kann und will ich nicht.«

»Das verstehe ich völlig«, meinte Whitney großzügig. »Es war nur so ein Gedanke.«

Dr. Whitticomb ergriff Whitneys Hand und meinte lächelnd: »Seit vielen Jahren bin ich ein Freund der Familie Westmoreland. Auch Sie werden bald zu dieser Familie gehören, und ich würde mich freuen, wenn wir gleichfalls Freunde sein könnten . . .«

Whitney war zwar fest entschlossen, kein Mitglied dieser Familie zu werden, aber sein Freundschaftsangebot nahm sie mit einem Kopfnicken an.

»Gut. Dann lassen Sie mich Ihnen einen Rat unter Freunden geben. Ihrem Verlobten Ihre Gesellschaft zu verweigern, ist nicht nur töricht, sondern auch riskant. Für mich war es offensichtlich, daß Seine Gnaden eine große Zuneigung zu Ihnen empfindet. Ich bin davon überzeugt, daß er Ihnen alles geben würde, was Sie nur wollen, wenn Sie ihm einfach Ihr bezauberndes Lächeln schenken und ihn darum bitten.«

Unhörbar knirschte Whitney mit den Zähnen. Warum riet ihr nur jedermann, diesem Mann gegenüber so willfährig wie möglich zu sein? Das war beleidigend! Entwürdigend! »Ich weiß, wie gut Ihr Rat gemeint ist, Doktor Whitticomb«, erwiderte sie mit einem angestrengten Lächeln. »Ich . . . ich werde darüber nachdenken.«

Dr. Hugh Whitticomb saß bereits vor dem Kamin und sprach dem hervorragenden Brandy seines Gastgebers zu, als Clayton von einem kurzen Besuch bei Whitney zurückkehrte. »Nun, wie fanden Sie meine junge Patientin?« erkundigte er sich, als Clayton sich gleichfalls ein Glas einschenkte.

Dieser setzte sich und musterte den Arzt leidenschaftslos. »Ich traf sie ebenso an wie Sie vermutlich heute nachmittag: auf ihren zwei Beinen stehend.«

»Das scheint Sie nicht besonders zu erfreuen«, bemerkte Dr. Whitticomb leichthin.

»Ich traf sie dabei an«, wurde Clayton ein bißchen deutlicher, »wie sie gerade den Heiratsantrag eines ihrer Cousins erhielt, der gerade zu Besuch weilt.«

Dr. Whitticomb beschäftigte sich angelegentlich mit seinem Brandyglas, während er sich um eine ernste Miene bemühte. »Ich kann mir gut vorstellen, wie sehr Sie das überrascht hat.«

»Der Zeitpunkt, an dem mich noch etwas überraschen könnte, was mit Whitney zusammenhängt, gehört längst der Vergangenheit an«, erklärte Clayton, aber sein verärgerter Tonfall widersprach seinen abgeklärten Worten.

Nach kurzem Überlegen sagte Dr. Whitticomb: »Ich bin ein aufmerksamer Beobachter und nicht ganz unerfahren in weiblichen Verhaltensweisen. Vielleicht gestatten Sie mir, einem alten Freund der Familie, einen kleinen Rat?« Als der Herzog schwieg, fuhr er fort: »Ich habe den Eindruck, daß sich Miss Stone etwas wünscht, das Sie ihr nicht zu geben bereit sind. Was könnte das sein?«

»Ihr einziger Wunsch«, entgegnete Clayton gereizt, »besteht darin, daß der Verlobungsvertrag aufgelöst wird.«

Dr. Whitticomb lachte erschreckt auf. »Mein Gott! Kein Wunder, daß Sie mich fast mit den Augen vernichtet hat, als ich ihr ganz vorsichtig riet, sich Ihnen gegenüber zugänglicher zu verhalten.« Widersprüchliche Gefühle durchzuckten ihn: Erstaunen darüber, daß diese junge Lady außerordentlich starken Widerwillen gegen den Heiratsantrag des begehrtesten Junggesellen Englands empfand, Bewunderung für Claytons Toleranz ihrem Widerstand gegenüber sowie Überraschung darüber, daß diese sensationellste Verlobung des Jahrzehnts wie ein Geheimnis gehütet wurde. »Welche Einwände hat die junge Lady denn gegen Ihren Antrag?« fragte er schließlich.

Clayton lehnte den Kopf an die Sessellehne und schloß

seufzend die Augen. »Sie bemängelt, daß ich sie zuvor nicht gefragt habe.«

»Daraus kann sie Ihnen nur schwerlich einen Vorwurf machen. Allerdings kannten Sie doch sicherlich ihr Beharren auf Eigenständigkeit. Warum haben Sie sie dann nicht tatsächlich vorher gefragt?«

Clayton öffnete die Augen wieder. »Da sie seinerzeit nicht einmal meinen Namen kannte, hielt ich es für sehr heikel, mit ihr über eine Heirat zu sprechen.«

»Sie kannte Ihren ... Sie wollen mir doch nicht etwa sagen, daß Sie – ein Mann, dem sich die Hälfte aller Frauen in Europa an den Hals werfen – um eine junge Frau angehalten haben, die Sie nicht einmal kannten?«

»Sie kannte mich nicht. Ich kannte sie.«

»Und Sie haben ganz selbstverständlich angenommen, sie würde zustimmen, sobald sie nur Ihren Titel hört und von Ihrem Reichtum erfährt«, mutmaßte Dr. Whitticomb mit vor Vergnügen funkelnden Augen. Der finstere Blick des Herzogs schüchterte ihn nur vorübergehend ein. »Wer ist Paul Sevarin?« fragte er nach kurzem Schweigen.

Clayton blickte noch finsterer. »Warum fragen Sie?«

»Als ich heute von Miss Stone zurückkam, stattete ich der Apotheke des Ortes einen kurzen Besuch ab. Der Apotheker ist ein geschwätziger Bursche, der mich sofort ausfragte. Als er herausfand, wer meine Patientin ist, sagte er Dinge, die ich sofort als absolut unsinnig abtat.«

»Zum Beispiel?«

»Beispielsweise, daß Sevarin sich ernsthaft um Miss Stone bemüht, und daß der gesamte Ort nur noch auf die Bekanntgabe der Verlobung wartet.«

»Offen gestanden«, näselte Clayton, »gebe ich darauf keinen verdammten Pfifferling.«

»Auf den Klatsch?« hakte Hugh Whitticomb beharrlich nach. »Oder auf Sevarin? Oder auf das Mädchen?« Als Clayton nichts antwortete, beugte er sich vor und erkundigte sich sehr direkt: »Lieben Sie diese junge Frau oder lieben Sie sie nicht?«

»Ich werde sie heiraten«, erwiderte Clayton kühl. »Mehr ist dazu nicht zu sagen.« Damit stand er auf, wünschte seinem Gast eine gute Nacht und verließ den Raum.

Verblüfft blieb Hugh Whitticomb vor dem Kamin sitzen. Nach einigen Minuten begann der Arzt zu schmunzeln, dann lachte er laut auf. »Gott sei ihm gnädig«, gluckste er leise vor sich hin. »Er weiß nicht, daß er sie liebt. Und selbst wenn er es wüßte, würde er es nie zugeben.«

Kapitel zehn

Ein kühler Luftzug mit dem Geruch nach Kartoffelfeuern und brennendem Laub wehte in Whitneys Zimmer, und sie schnupperte begierig, als sie aus dem Bad trat. In ihren Morgenrock gehüllt, lief sie zum geöffneten Fenster, hockte sich aufs Fensterbrett und blickte in die bunte Landschaft hinaus. Der Herbst, die leuchtendste aller Jahreszeiten, begrüßte sie mit einem strahlenden Morgen, und sie verspürte wieder das Kribbeln überschäumender Lebensfreude, die sie stets zu dieser Jahreszeit empfand.

Fast unwillig wandte sie sich vom Fenster ab und der Frage ihrer Kleidung zu. Sie entschied sich für ein altrosafarbenes Wollkleid mit viereckigem Ausschnitt, langen, schmalen Ärmeln und weitfallendem Rock. Clarissa bürstete ihr das Haar aus dem Gesicht und wand ihr Samtbänder in der Farbe ihres Kleides in die Locken.

Gedanken an Paul und ihre verhaßte Verlobung mit Clayton kamen ihr in den Sinn, doch Whitney verdrängte sie entschlossen wieder. Heute abend war Zeit genug, gründlich über ihre verzweifelte Lage nachzudenken, aber jetzt war sie begierig darauf, in die Sonne hinauszukommen.

Nichts sollte die Vollkommenheit eines so herrlichen Tages beeinträchtigen.

Es war fünf Minuten nach elf auf ihrer Uhr, als ein Diener an die Tür klopfte und ihr zurief, daß Mr. Westland auf sie warte. Whitney griff schnell zu einem Schal und eilte die Treppe hinunter. »Guten Morgen«, rief sie fröhlich. »Ist es nicht ein wundervoller Tag?«

Clayton ergriff ihre Hände und sah ihr ins strahlende Gesicht. »Sie haben ein Lächeln, das jeden Raum erhellen könnte«, sagte er dann ruhig und wie selbstverständlich.

Es war das erste Mal, daß er eine Bemerkung über ihr Äußeres machte, und obwohl sein Kompliment sehr viel zurückhaltender war als jene, mit denen die Franzosen sie überhäuft hatten, reagierte Whitney mit unbehaglicher Verlegenheit. »Sie haben sich verspätet«, stellte sie fest, weil ihr nichts anderes einfiel, um das Schweigen zu brechen. »In den letzten fünf Minuten bin ich bereits ungeduldig in meinem Zimmer auf und ab gelaufen.«

Er schwieg, und einen Moment lang unterlag Whitney dem Bann seiner faszinierenden grauen Augen. Seine Hände verstärkten ihren Druck, zogen sie näher an sich heran. Sie hielt den Atem an und erkannte ebenso erregt wie beunruhigt, daß er sie küssen würde.

»Ich bin pünktlich«, widersprach er. »Aber da ich jetzt weiß, wie ungeduldig Sie mich erwarten, werde ich mich bemühen, auch künftig auf die Minute pünktlich zu sein.« Als sie das Haus verließen, schlug die Uhr in der Halle elf Uhr, und Clayton warf ihr einen bedeutungsvollen Blick zu.

Sie bestieg seine Kutsche und ließ sich aufatmend in die grünen Samtpolster fallen. »Wohin fahren wir eigentlich?« erkundigte sie sich fast verträumt, als er neben ihr Platz nahm. Seine Antwort ließ sie kerzengerade hochschießen.

»In den Ort«, sagte er, »zunächst einmal.«

»Ich . . . ich brauche aber gar nichts aus dem Ort«, haspelte Whitney hervor.

»Aber ich«, beschied er sie knapp.

Sie fiel in die Polster zurück und schloß verzweifelt die Augen. Man würde sie zusammen sehen, und die Bewohner des Ortes, in dem sich sonst absolut nichts ereignete, hätten ein aufregendes Gesprächsthema für Wochen! Whitney wußte, daß jedermann, mit Ausnahme des Mannes neben ihr, mit der Bekanntgabe ihrer Verlobung mit Paul rechnete. Wenn sie daran dachte, daß Paul bei seiner Rückkehr im Dorf anhielt und sofort eine übertriebene Version ihres heutigen Ausfluges geliefert bekam, wurde ihr schon jetzt ganz übel.

Die Kutsche ratterte über die steinere Brücke und die kopfsteingepflasterten Straßen. Als Clayton die Kutsche vor der Apotheke anhielt, hätte Whitney am liebsten laut aufgeschrien. Ausgerechnet der Apotheker! Das ärgste Klatschmaul von allen!

Clayton kam um die Kutsche herum und öffnete ihr den Schlag. »Bitte, ich würde sehr viel lieber hier warten«, sagte sie so normal wie möglich.

»Und ich hätte es lieber, daß Sie mich begleiten«, erwiderte er mit einer Stimme, die zwar höflich war, aber keinen Widerspruch duldete.

Dieser autoritäre Ton verfehlte nie seine Wirkung auf Whitney, und ihre versöhnliche Stimmung ihm gegenüber löste sich in nichts auf. »Das ist sehr bedauerlich, weil ich diese Apotheke nicht betreten werde.« Doch zu ihrem Entsetzen griff Clayton sie einfach um die Taille und hob sie aus der Kutsche. Aber wenn sie sich gewehrt hätte, wäre das Aufsehen vermutlich noch größer gewesen als ohnehin schon. »Wollen Sie uns zu einem öffentlichen Spektakel machen?« zischte sie, sobald ihre Füße das Kopfsteinpflaster berührten.

»Ja«, entgegnete er ungerührt. »Das ist meine Absicht.«

Whitney bemerkte, wie Mr. Oldenberry neugierig durch das Schaufenster blinzelte, und ließ jede Hoffnung fahren. Der Apotheker begrüßte sie überschwenglich in seiner dämmerigen Offizin, in der es nach medizinischen Tinkturen, den verschiedensten Kräutern und nach Ammoniak roch, aber Whitney sah, daß seine Augen neugierig an Claytons Hand hingen, die noch immer ihren Ellbogen umfaßte.

»Wie geht es Mister Paul?« erkundigte er sich hinterhältig.

»Ich glaube, er wird in fünf Tagen zurückerwartet«, erwiderte Whitney und fragte sich, was dieser kleine, rotgesichtige Mann wohl in sechs Tagen sagen würde, wenn sie mit Paul auf und davon war.

Clayton bat um eine Portion Hirschhornsalz, und der Apotheker reichte sie Whitney. Angewidert wehrte Whitney ab. »Es ist für Mister Westland, Mister Oldenberry«, erklärte sie ernsthaft. »Ich fürchte, er leidet schrecklich unter Schwermut und Kopfschmerzen.«

Clayton quittierte ihren Spott mit einem aufreizenden Lächeln. »So ist es«, sagte er schmunzelnd, während seine Hand Whitneys Ellbogen verließ, um sie liebevoll an sich zu drükken. »Und ich bin entschlossen, auch weiterhin zu ›leiden‹.« Er zuckte unwillkürlich zusammen, als Whitney ihren Absatz in seinen Stiefel bohrte, und zwinkerte dann dem Apotheker leutselig zu. »Es bringt mir das ganze Mitgefühl meiner bezaubernden Nachbarin ein.«

»Ach, Unsinn«, entfuhr es Whitney.

Clayton lächelte den Apotheker verschwörerisch an. »Sie hat wirklich ein bemerkenswertes Temperament, nicht wahr, Mister Oldenberry?« Beglückt über die ihm zugewandte Aufmerksamkeit stimmte Mister Oldenberry bereitwillig zu, daß Whitney schon immer ein erstaunliches Temperament besessen habe und daß er, wie Mr. Westland, Frauen bevorzuge, die Funken sprühten.

Whitney sah zu, wie Clayton für das Hirschhornsalz bezahlte und dann mit einer verstohlenen Handbewegung die Packung auf den Tresen zurücklegte.

»Das werden Sie bereuen!« fauchte sie außer sich vor Zorn, nachdem sie die Apotheke verlassen hatten.

»Das glaube ich nicht«, gab er ungerührt zurück.

In diesem Moment verließen Elizabeth Ashton und Margaret Merryton gerade eines der Geschäfte. Zum erstenmal begrüßte Margaret Whitney nicht mit einer boshaften Bemerkung. Sie begrüßte sie gar nicht, sondern himmelte Clayton an, der ihr pflichtschuldig die eingekauften Sachen abnahm, mit denen sie beladen war. Als sie die Straße überquerten, um zu Margarets Kutsche zu gelangen, sagte Margaret so laut, daß es Whitney hören mußte: »Ich wollte mich schon bei Ihnen erkundigen, ob ich meinen Sonnenschirm in Ihrer Kutsche vergessen habe.«

Der Schock über seinen Treuebruch verschlug Whitney fast den Atem. Sicher, sie fühlte sich nicht an die Einhaltung ihres Eheversprechens gebunden, aber Clayton hatte sich immerhin freiwillig durch einen Verlobungsvertrag an sie gebunden, der fast so verpflichtend und rechtlich bindend wie eine Eheschließung war. Dieser Mann war ja schlimmer als ein Lebemann! Er war . . . wahllos! Und von allen Frauen hatte er sich ausgerechnet ihre erbittertste Feindin für seine geheimen Amouren erwählt. Maßloser Zorn ließ Whitney erbeben.

»Margaret hat eine abgrundtiefe Abneigung gegen Sie«, sagte Elizabeth leise zu Whitney, während sie beide zusahen, wie Clayton erst Margarets Pakete in ihrer Kutsche ablud, um dann zu seiner eigenen zu laufen – offenbar, um nach Margarets Sonnenschirm zu suchen. »Ich glaube, Sie verabscheut Sie wegen Mister Westland noch mehr als wegen dieses Gentleman aus Paris, dieses Monsieur DuVille.«

Es war das erste Mal, daß sich Elizabeth in dieser Form an Whitney wandte, und wenn diese nicht so erbittert gewesen wäre, hätte sie sicherlich freundlicher reagiert. Aber so meinte sie lediglich: »Ich wäre Margaret zutiefst verbunden, wenn sie mir Mister Westland unter der Nase wegschnappen würde.«

»Dazu wird es wohl kommen«, meinte Elizabeth und verzog besorgt das hübsche Gesicht. »Denn sie hat ihn sich in den Kopf gesetzt.«

Nachdem er auch Elizabeth zu Margarets Kutsche geleitet hatte, plazierte er Whitneys Hand in seine Armbeuge und schlenderte mit ihr wie selbstverständlich zum einzigen Gasthaus des Ortes, um dort ein leichtes Mittagessen einzunehmen. Whitney war so erbost, daß sie kaum einen Bissen herunterbekam, und strafte ihn mit beharrlichem Schweigen.

Aber als er dann auf dem Heimweg die Kutsche vor dem von ihm gemieteten Anwesen anhielt, fand sie sehr schnell die Sprache wieder. »Falls Sie annehmen, ich würde auch nur einen Fuß in dieses Haus setzen, haben Sie sich gründlich geirrt«, beschied sie ihn hochmütig.

Ein Ausdruck unendlich strapazierter Geduld überflog sein Gesicht, und zum zweitenmal an diesem Tag griff er ohne viel Umstände zu und hob sie aus der Kutsche. »Möge Gott verhindern, daß ich mir dabei irgendwann den Rücken ernstlich verletze«, witzelte er.

»Möge Gott lieber verhindern, daß Sie ihn jemals wenden«, fauchte sie, »denn irgendwo wartet bestimmt ein verzweifelter Vater oder betrogener Ehemann mit einem Messer – falls ich Sie nicht vorher ermorde.«

»Ich habe weder die Absicht, mit Ihnen zu streiten noch Ihnen zu nahe zu treten«, erklärte Clayton pikiert. »Falls Sie sich die Mühe machen, einen Blick um sich zu werfen, werden Sie sehen, warum ich Sie hierher gebracht habe.«

Whitney tat es – gereizt zunächst, dann überrascht. Das Anwesen der Hodges', das stets ein wenig heruntergekommen gewirkt hatte, war völlig verändert. Die Hecken waren geschnitten, der Rasen gemäht. Fehlende Platten im Gehweg waren ersetzt und verrottete Holzbalken repariert. Aber die größte Veränderung fiel ihr an der Vorderfront des Hauses auf, wo neue hohe Fenster in die Fassade geschlagen worden waren. »Warum haben Sie sich in diese Unkosten gestürzt?« erkundigte sich Whitney, da er offensichtlich auf irgendeine Reaktion von ihr wartete.

»Weil ich das Haus gekauft habe«, erwiderte Clayton und

bedeutete ihr, mit ihm zu dem neuen Pavillon am Ende des Rasens zu gehen.

»Sie haben es gekauft?« Allein die Vorstellung welch ein harmonisches Trio sie bilden würden –, sie mit Paul und Clayton als nächster Nachbar –, bereitete ihr heftige Übelkeit. Nahmen die Hindernisse denn nie ein Ende, die dieser Mann ihrem Glück in den Weg legte?

»Das schien mir eine sehr vernünftige Lösung zu sein. Das Land grenzt an Ihren Besitz, und irgendwann können die beiden Anwesen vereint werden.«

»Grenzt an Ihr Land, nicht unseres!« korrigierte Whitney schneidend. »Sie haben dafür bezahlt, genauso, wie Sie für mich bezahlt haben.«

Er betrachtete sie einen Moment lang schweigend, dann sagte er ganz ruhig: »An Margaret Merrytons Kutsche war ein Rad gebrochen, daher bot ich ihr an, sie nach Hause zu fahren, damit sie nicht auf der Straße herumstehen mußte. Ihr Vater hat sich überschwenglich bei mir bedankt und mich zum Abendessen eingeladen, was ich jedoch dankend ablehnte. Das war es. Nicht mehr und nicht weniger.«

»Es interessiert mich nicht im geringsten, was Margaret Merryton und Sie getan haben!« antwortete Whitney hitzig.

»Lügen Sie doch nicht so schamlos! Sie setzen mir doch seit dem Augenblick zu, seit sie mich fragte, ob sie ihren Sonnenschirm in meiner Kutsche vergessen hat.«

Whitney wandte den Blick ab und fragte sich, ob er die Wahrheit sagte und warum ihr diese Sache so viel ausgemacht hatte.

»Wenn Sie mir schon keine Diskretion zutrauen«, setzte er gelassen hinzu, »sollten Sie mir nicht auch noch den Geschmack absprechen.« Und nach einer kleinen Pause: »Erhalte ich Absolution, Kleine?«

»Ich denke schon«, erwiderte Whitney erleichtert und kam sich reichlich töricht vor. »Aber wenn Sie Margaret das nächste Mal begegnen . . .«

»Fahre ich sie über den Haufen!«

Ein leichtes Lächeln überzog Whitneys Gesicht. »Ich wollte Sie lediglich bitten, Margaret nicht noch zu ermutigen, weil sie sich noch schrecklicher aufführt als ohnehin schon, wenn sie sich einbildet, Sie wären an ihr interessiert. Hatte sie an diesem Tag eigentlich einen Sonnenschirm bei sich?«

»Nein. Nicht, soweit ich mich erinnern kann.«

Whitney sah konzentriert auf ihre rosafarbenen Schuhspitzen und fragte sehr zögernd: »Halten Sie Margaret eigentlich für . . . nun ja, für hübsch?«

»Das gefällt mir schon sehr viel besser!« Clayton lachte auf und zog sie an sich.

»Was meinen Sie damit?«

»Damit meine ich, daß es mir sehr gefällt, wenn Sie sich wie eine Ehefrau verhalten – wenn auch wie eine eifersüchtige.«

Heftig errötend fuhr Whitney hoch: »Ich bin absolut nicht eifersüchtig. Dazu habe ich auch gar keinen Grund, weil Sie mir ebensowenig gehören wie ich Ihnen!«

»Bis auf einen unterschriebenen, rechtsgültigen Vertrag, der Sie an mich bindet.«

»Eines hinfälligen Vertrages, da ich zuvor nicht gefragt worden bin.«

»Aber eines Vertrages, an den Sie sich nichtsdestotrotz halten werden«, verkündete Clayton.

Whitney sah ihn halb verächtlich, halb flehend an. »Wie sehr ich diese ständigen Diskussionen verabscheue. Warum wollen Sie denn nicht einsehen, daß ich Paul liebe?«

»Ihnen liegt nichts an Sevarin. Das haben Sie mir selbst gesagt, und das mehr als einmal.«

»Niemals habe ich so etwas gesagt! Ich . . .«

»Sie haben mir«, beharrte er, »jedesmal, wenn Sie in meinen Armen lagen, gesagt, daß Sevarin keinen Anspruch auf Ihr Herz hat.«

Whitney suchte ihr Heil in Spott und Hohn. »Für einen

Mann Ihrer ungeheuren Erfahrung mit Frauen räumen Sie unseren wenigen Küssen entschieden zuviel Bedeutung ein. Ich hätte gedacht, ein Mann wie Sie wüßte das besser.«

»Ich bin erfahren«, räumte er ein. »Zumindest erfahren genug, um zu spüren, wie Sie auf meine Küsse reagieren und wie entsetzt Sie über diese Reaktion sind. Wäre Sevarin in der Lage, in Ihnen ähnliche Gefühle zu wecken wie ich, hätten Sie von mir nichts zu befürchten. Aber das kann er nicht, und das wissen Sie selbst gut genug.«

»Zunächst einmal«, begann Whitney und holte tief Atem, um sich zu beruhigen, »ist Paul ein Gentleman, was man von Ihnen nicht sagen kann! Und als Gentleman würde er nicht einmal im Traum daran denken, mich so zu küssen wie Sie. Er . . .«

Claytons Lippen verzogen sich sarkastisch. »Würde er nicht? Offenbar halte ich mehr von Sevarin, als er verdient.«

Es kribbelte Whitney in den Fingern, ihm mitten in sein überheblich grinsendes Gesicht zu schlagen. Warum diskutiere ich eigentlich mit ihm, fragte sie sich wütend, wenn er mir die Worte ja doch nur im Mund herumdreht, bis sie in sein Konzept passen? Natürlich hatte sie auf die verbotenen, leidenschaftlichen Gefühle reagiert, die Clayton in ihr geweckt hatte. Welche behütet erzogene, arglose Frau hätte sich von seinen geübten Zärtlichkeiten nicht übertölpeln lassen?

Behütet erzogene, arglose Frauen! Nun, offenbar war doch die Hälfte der raffiniertesten und kenntnisreichsten Frauen Europas seinen Verführungskünsten zum Opfer gefallen. Verglichen mit denen war sie ein harmloses Schäfchen.

»Nun?« fragte Clayton und schmunzelte. »Keine Einwände?«

Hätte sie in diesem Moment ein Messer gehabt, hätte sie es ihm mit Vergnügen in die Brust gebohrt. In Ermangelung dessen sah sie ihn nur spöttisch an und meinte hoheitsvoll: »Wenn ich auf Ihre Annäherungen reagiert habe, so gibt es dafür eine ganz simple Erklärung, aber die wird Ihnen nicht besonders gefallen. Die Wahrheit ist, daß ich Ihre intimen Zärtlichkeiten nicht nur anrüchig, sondern auch stupide finde! Die einzige Möglichkeit, sic zu ertragen, besteht darin, daß ich mir vorstelle, Sie wären Paul, und . . . Lassen Sie das!« schrie sie in panischer Angst auf, als sich seine Hände schmerzhaft um ihre Oberarme krallten.

Mit einer einzigen, brutalen Bewegung riß er sie an sich. Whitneys Kopf flog zurück, und sie sah, daß seine Augen wie Eis glitzerten. Ihre Kehle zog sich furchtsam zusammen. »Ich . . . ich habe es nicht so gemeint! Ich . . .«, stammelte sie.

Rücksichtslos preßte sich sein Mund auf ihre Lippen, bis sie unter dem schier unerträglichen Druck nachgaben und sich öffneten. Als sie versuchte, ihren Mund fortzuziehen, griff seine Hand um ihren Hinterkopf und hielt sie an sich gepreßt wie in einem Schraubstock. Vor Schmerz traten ihr Tränen in die Augen, doch noch immer hielt dieser qualvolle, endlose Kuß an.

»Belügen Sie, wen Sie wollen«, zischte er an ihrem Mund, »aber nie wieder mich! Haben Sie verstanden?« Sein rechter Arm zog sie so eng an sich, daß er ihr die Luft abschnitt.

Verzweifelt bemühte sich Whitney, wenigstens so viel Atem holen zu können, um ihm ein »Ja« entgegenzuschreien. Ihre Rippen fühlten sich an wie gebrochen. Er nahm ihr die Luft, wurde aber gleichzeitig immer zorniger über ihr hilfloses, unfreiwilliges Schweigen. Irgendwie gelang es ihr, ihre Hand zwischen sich und seinen Brustkorb zu drängen und aufwärts zu bewegen, bis ihre Finger endlich sein Gesicht berührten.

Sie wußte nicht, daß es die unabsichtliche Zärtlichkeit war, mit der sie ihre Hand an seine Lippen legte, die ihn dazu bewog, sie abrupt loszulassen. Sie wußte nur, daß sie endlich wieder Luft in ihre schmerzenden Lungen bekam.

»Ich schließe mich Ihrem Urteil an«, zischte er verächtlich. »Das war ›anrüchig‹ und ›stupide‹. Wahrscheinlich ist es nur schwer zu entscheiden, wer von uns beiden es abscheulicher fand.«

Unsinnigerweise fühlte sich Whitney getroffen. Sie richtete sich zu ihrer ganzen Höhe auf und musterte ihn kühl. »Aber vermutlich fanden Sie es nicht abscheulich genug, um mich meiner Wege gehen zu lassen?«

Miss Stone, beschloß Clayton gelassen, brauchte dringend eine Lektion. Da er ihre verächtliche Frage als Aufforderung verstand, unbehelligt nach Hause gehen zu können, nahm eine Idee in ihm Gestalt an. Er würde sie nach Hause gehen lassen, doch bevor er das tat, würde er ihr beweisen, daß Leidenschaft ein Geschenk war – ein Geschenk, das er nach Belieben geben oder zurückhalten konnte. Zunächst würde er sie dazu bringen, ihn zu küssen, und dann, wenn er ihr Verlangen geweckt hatte, würde er sich einfach ihren Armen entwinden und gehen.

»Da irren Sie sich«, meinte er beiläufig. »Unter einer bestimmten Bedingung würde ich Sie gehen lassen.«

Whitneys Kopf fuhr herum, ihr Herz jubelte auf, aber ihr Verstand warnte sie vor allzu großen Hoffnungen. »An welche Bedingung denken Sie?« erkundigte sie sich wachsam.

»Ich wünsche mir einen Kuß von Ihnen. Einen Abschiedskuß, der unsere Trennung versüßt. Und wenn der gut genug ausfällt, lasse ich Sie gehen. Ganz einfach.«

»Ich bin mir nicht sicher, daß ich Ihnen trauen kann. Warum sollten Sie plötzlich bereit sein, mich gehen zu lassen?«

»Sagen wir, daß mich die letzten ... unerfreulichen ... Minuten von dieser Idee überzeugt haben. Andererseits hat meine Großzügigkeit natürlich einen Preis.« Er hob gleichgültig die Schultern.

Einen Preis? dachte Whitney selig. Das ist doch kein Preis, das ist eine Lappalie. Um aus diesem Verlobungsvertrag herauszukommen, würde sie sogar sein Pferd küssen! »Ich brauche Sie lediglich zum Abschied zu küssen? Mehr nicht?« fragte sie und musterte ihn sehr genau. »Und Sie geben mir Ihr Wort, daß Sie mich danach gehen lassen?«

Er nickte. »Ja. Ich werde Sie nicht einmal nach Hause begleiten. Ich werde Sie von meinem Kutscher hinbringen lassen. Nun, sind Sie einverstanden?« setzte er ungeduldig hinzu.

»Ja!« rief Whitney hastig – für den Fall, daß er seine Meinung änderte.

Doch anstatt sie an sich zu ziehen, wie Whitney erwartet hatte, lehnte er sich mit der Schulter gegen die Wand des Pavillons, verschränkte die Arme und sagte: »Wie Sie sehen können, stehe ich Ihnen ganz zur Verfügung.«

Verdutzt sah ihn Whitney an. »Was meinen Sie damit?«

»Ich meine damit, daß Sie am Zug sind.«

»Ich?« Großer Gott! Wollte er etwa, daß sie die Initiative ergriff? Unsicher blickte sie in sein arrogantes Gesicht, seine spöttischen grauen Augen. Tatsächlich, genau das wollte er. Und wie typisch für ihn, zu einer so kleinlichen Rache Zuflucht zu nehmen! Wie er da an der Wand lehnte und mit verschränkten Armen seelenruhig zum Himmel emporblickte, wirkte er so unerträglich überheblich, daß sie ihm am liebsten einen schmerzlichen Tritt gegen das Schienbein versetzt hätte!

Ohne Vorwarnung drückte er sich von der Wand ab, als sei er des Wartens müde.

»Wa . . . warten Sie!« stammelte Whitney schnell. »Ich . . . ich . . .« Mit weitaufgerissen Augen starrte sie ihn unendlich verlegen an. »Es ist nur so, daß ich . . .«

». . . daß Sie nicht wissen, wie Sie anfangen sollen?« höhnte er. »Ich schlage vor, daß Sie einen Schritt näherkommen.«

Whitney wäre vor Peinlichkeit fast im Boden versunken, aber sie gehorchte.

»Sehr gut«, spöttelte er. »Und wenn Sie jetzt Ihre Lippen auf meinen Mund legen, können Sie es hinter sich bringen.«

Whitney atmete tief durch, griff nach den braunen Revers seines Rocks, reckte sich auf die Zehenspitzen, funkelte ihn wütend an und drückte einen scheuen Kuß auf seine Lippen. Dann trat sie schnell wieder zurück.

»Wenn Sie Sevarin so küssen, kann ich begreifen, daß Sie so lange brauchten, um ihn zu einem Heiratsantrag zu bewegen«, verkündete er zynisch. »Wenn dieser keusche Schmatz alles ist, was Sie zu bieten haben, kann aus unserem Handel bedauerlicherweise nichts werden.«

»Dann kann ich es nicht ändern!« entfuhr es Whitney empört. Sie stemmte die Hände in die Hüften und warf ihm einen vernichtenden Blick zu. »Schließlich stehen Sie ja wie angewurzelt da und rühren keinen Muskel!«

»Das ist wohl so. Aber schließlich sollen Sie mich zu Reaktionen bewegen!«

»Ach, hören Sie doch auf!« fauchte sie ihn an. »Halten Sie sich einfach an Ihren Part! Ich halte mich an meinen!«

»Ich werde ausschließlich Ihrer Führung folgen«, bedeutete er ihr kühl. »Ich habe nicht die geringste Absicht, Ihnen etwas beizubringen, was Sie längst wissen sollten. Schließlich kann ich mit meiner Zeit weit Besseres anfangen, als für eine naive Unschuld den Lehrer zu spielen.«

Whitney kam sich vor, als hätte er sie ins Gesicht geschlagen. Nur mit Mühe unterdrückte sie eine bissige Bemerkung und konzentrierte sich auf die widerwärtige Aufgabe, diesen kalten, gefühllosen Mann dazu zu bringen, sich an diesem ›Abschiedskuß‹ zu beteiligen. Die ›naive Unschuld‹ und den ›keuschen Schmatz‹ würde er noch bitter bereuen! Unter Aufbietung ihrer ganzen Phantasie stellte sie sich als *Femme fatale* vor, als kühne Verführerin, die ihm in Sachen Liebeskünsten in nichts nachstand. Sehr langsam hob sie den Kopf und sah ihn mit ihren jadegrünen Augen so zärtlich und vielversprechend an, daß sie triumphierend feststellen konnte, wie seine überlegene Haltung vorübergehend erste Sprünge zu bekommen schien.

Ermutigt von ihrem Erfolg glitt Whitneys Hand in seinen Rock und über sein Seidenhemd. Ihre Fingerspitzen spürten, daß sich seine Brustmuskeln unter ihrer Berührung verspannten. Er versuchte, ihr Widerstand zu leisten! Irgendein weiblicher Instinkt sagte ihr, daß sie einen wunden Punkt getroffen haben mußte, und dieses Wissen zauberte ein verführerisches Lächeln auf ihre Lippen, während ihre Hände über seine Schultern wanderten und seinen Nacken umschlangen. Ihn weiterhin fest ansehend, zog sie seinen Kopf fast unmerklich näher an sich heran. Zärtlich fuhr sie mit ihren Lippen ganz sanft über seinen Mund – seinen lächelnden Mund! Verdammt, er machte sich über sie lustig! Und obwohl ihre Arme seinen Nacken umschlangen, hingen seine wie leblos an seinen Seiten herab.

»Eine eindeutige Verbesserung«, gratulierte er beiläufig, »aber kaum . . .«

Zutiefst verletzter Stolz brachte Whitney dazu, diesen Einwand mit ihren Lippen zum Verstummen zu bringen. Sie fand seinen Mund fast blind, verharrte auf ihm und versuchte, ihn zu Reaktionen zu zwingen. Sein warmer Atem vermischte sich mit ihrem, sein Mund folgte ihrer Anleitung, aber in dem Moment, als sie sich zurückziehen wollte, tat er das gleiche. Sehr bald wurde ihre Furcht, sich zu schnell zurückzuziehen, von der weit größeren abgelöst, zu lange zu verweilen. Ihr Herz klopfte beunruhigend unregelmäßig, in ihr regten sich höchst befremdliche Empfindungen. Sie ließ die Arme sinken, trat einen Schritt zurück und stellte fassungslos fest, daß er kein einziges Mal die Arme gehoben hatte. Ihr Kuß hatte ihn völlig kalt gelassen! »Oh, wie ich Sie hasse!« flüsterte sie und wagte vor Demütigung nicht, in die Augen zu blicken, in denen mit Sicherheit sarkastische Belustigung funkelte.

Aber Clayton war nicht belustigt, er war außer sich. Zum erstenmal in seinem Leben war er nicht in der Lage gewesen, seine physischen Reaktionen zu beherrschen. Ihr unschuldiger Kuß und die federleichten Zärtlichkeiten hatten eine Woge des Verlangens durch seinen Körper gejagt, die um ein Haar jede Beherrschung hinweggespült hätte. Und während er noch immer um Kontrolle rang, erklärte sie ihm, wie sehr sie ihn verabscheute!

Seine Kiefermuskeln verspannten sich. »Das war schon sehr viel besser«, sagte er glatt, legte einen Finger unter ihr Kinn und zwang sie, ihn anzusehen. »Und nun den Abschiedskuß.«

Abschied? dachte Whitney und vergaß auf der Stelle, daß sie ihn haßte. Sie würden sich voneinander verabschieden, einander nie wiedersehen.

Sie sah in sein gutaussehendes Männergesicht und empfand erstaunlicherweise etwas, das fast an Bedauern grenzte. Er hatte ein ungewöhnlich gutgeschnittenes Gesicht. Ein Gesicht, das fast jungenhaft wirkte, wenn sein hinreißendes Lächeln das entschlossene Kinn und die festen Lippen veränderte. Ihr gefiel die selbstverständliche Autorität, die ihn umgab, die in seiner tiefen Stimme vibrierte und seinen langen Schritten Energie verlieh. Sie bewunderte seine Fähigkeit, ausnahmslos entspannt und gelassen zu wirken. Er besitzt, dachte sie mit einem unhörbaren Seufzer des Bedauerns, alles, was einen Mann ausmachen sollte.

Sein Mund bewegte sich langsam auf ihre Lippen zu. »Wollen wir dort weitermachen, wo Sie aufgehört haben?«

Whitney holte tief und zitternd Luft, schob ihren Mund einen Zentimeter auf seine Lippen zu. Dann zwei Zentimeter. Ihr Verstand stieß einen letzten Warnruf aus, während ihre Empfindungen längst jede Vernunft aufgegeben hatten.

Sein Mund löschte jeden etwa noch verbliebenen Widerstand aus, ließ Schockwellen der Leidenschaft durch ihren ganzen Körper rasen, bis sie sich fast verzweifelt an ihn klammerte, ihre Arme um seinen Nacken schlang.

»Finden Sie das stupide?« neckte er. Sein Mund nahm noch heftiger von ihr Besitz, seine Zunge eroberte ihre Lippen. »Würden Sie das als anrüchig beschreiben?«

Zorn schoß in Whitney hoch. Er verhöhnte sie mit ihren eigenen Worten, demütigte sie voller Absicht. Sie bohrte ihre Fingernägel in seinen Hals. Aber er küßte sie nur noch intensiver, schien sie verschlingen zu wollen und schickte ganz nebenbei Schauer des Verlangens über ihr Rückgrat.

»Stellen Sie sich vor, ich wäre Sevarin?« spottete er.

Überrascht nahm Whitney ihre Hände von seinem Nacken. Sie hatte ihn mit ihren Worten tatsächlich getroffen. Clayton war ihr stets so unangreifbar vorgekommen, so absolut unverletzlich, daß sie nicht einmal im Traum geglaubt hätte, diese Unerschütterlichkeit zum Wanken zu bringen. Doch offensichtlich war es ihr gelungen.

»Sagen Sie mir, wie widerwärtig Ihnen meine Berührungen sind«, befahl er und starrte sie mit zornigen grauen Augen an. »Sagen Sie jetzt: ›Ich verabscheue Ihre Berührungen‹ oder sagen Sie es niemals wieder!«

Whitney schluckte krampfhaft, Tränen stiegen ihr in die Augen. »Das . . . das kann ich nicht.«

»Sie können mir nicht sagen, wie unangenehm Ihnen meine Berührung ist?« höhnte er. »Warum nicht?«

»Weil«, hauchte sie und bemühte sich um ein zittriges Lächeln, »Sie mir vor noch nicht ganz fünf Minuten befohlen haben, Sie nie wieder zu belügen.«

Blaß und übernächtigt nahm Whitney am nächsten Morgen ihren Platz am Frühstückstisch ein. In der vergangenen Nacht war sie kaum in den Schlaf gekommen. Warum hatte sie so unbegreiflich auf Claytons Zärtlichkeiten reagiert? Warum – wo sie doch Paul liebte und noch immer fest entschlossen war, mit ihm auf und davon zu gehen, sobald er von seiner Reise zurückkehrte?

»Nun, junge Lady«, fragte ihr Vater kurz und bündig, »hast du mit Seiner Gnaden bereits den Termin festgelegt?«

Whitney legte ihre Gabel ab und blickte ihn unschuldig an. »Welchen Termin?«

»Halte mich nicht zum Narren! Du weißt sehr wohl, daß ich den Termin für die Hochzeit meine!«

»Hochzeit?« wiederholte Whitney. »Habe ich etwa vergessen, es dir zu sagen? Es wird keine Hochzeit geben.« Sie warf Tante Anne einen entschuldigenden Blick zu, stand auf und verließ das Zimmer.

»Halten Sie es wirklich für klug, sie derart unter Druck zu setzen, Martin? Da bleibt ihr doch gar keine andere Wahl, als sich Ihnen zu widersetzen.« Tante Anne schob ihren Teller zur Seite, stand auf und folgte Whitney.

Nach wenigen Minuten erhob sich Martin Stone gleichfalls und ließ seine Kutsche vorfahren, um seinem künftigen Schwiegersohn einen Besuch abzustatten.

Gegen elf Uhr hatten zwar Whitneys Kopfschmerzen nachgelassen, aber ihre Stimmung war nicht besser geworden. Sie saß mit Tante Anne im Nähzimmer und stichelte lustlos an ihrem Stickrahmen. »Ich hasse Handarbeiten«, erklärte sie. »Ich habe sie immer gehaßt. Selbst wenn ich geschickter wäre, würde ich sie hassen.«

»Mir geht es ähnlich«, seufzte ihre Tante, »aber sie lenken ab.« Beide blickten auf, als ein Diener mit der Post hereinkam und Whitney einen Brief überreichte. »Von Nicki«, sagte Whitney erfreut, erbrach das Siegel und begann zu lesen.

Sehr schnell schwand das Lächeln aus ihrem Gesicht. Sie ließ den Brief sinken und starrte blicklos vor sich hin. »Nicki trifft morgen in London ein.«

Lady Annes Hand mit Sticknadel und Faden erstarrte mitten in der Bewegung. »Es wird Seiner Gnaden aber gar nicht gefallen, sich neben Paul Sevarin nun auch noch mit Nicholas DuVille auseinandersetzen zu müssen.«

Whitney ging es mehr darum, sich die Demütigung zu ersparen, Nicki als Gast im Haus zu haben, wo er unvermeidlich von ihrer skandalösen Flucht mit Paul erfahren mußte. »Dazu braucht es nicht zu kommen«, verkündete sie entschlossen, verließ den Raum und kehrte wenig später mit Feder, Papier und Tinte zurück.

»Was willst du ihm schreiben?«

»Daß er in London bleiben soll. Welche ansteckende

Krankheit bevorzugst du? Malaria? Die Pest?« Als sie sah, daß ihre Tante ihren Humor offensichtlich nicht teilen konnte, fügte sie sachlicher hinzu. »Ich werde Nicki einfach schreiben, daß mich in der nächsten Zeit dringende Verpflichtungen von zu Hause fortführen. Seinem Brief entnehme ich, daß er nur kurz in England bleiben will, um an irgendeinem gesellschaftlichen Ereignis bei einem Lord Marcus Rutherford teilzunehmen . . .«

»Lord Rutherford ist mit einigen der besten Familien Europas verwandtschaftlich verbunden«, informierte Lady Anne sie. »Darunter auch mit den DuVilles. Dein Onkel hat häufig betont, er sei der fähigste Mann in der Regierung und einer der einflußreichsten.«

»Nun, jedenfalls hat er einen sehr unpassenden Zeitpunkt für seine Einladung an Nicki gewählt«, bemerkte Whitney, bestäubte ihren Brief mit Streusand und klingelte nach einem Diener, damit er ihn auf den Weg brachte.

Nachdem sie die Dinge entschlossen in die Hand genommen und alles getan hatte, um die drohende Katastrophe abzuwenden, fühlte sich Whitney schon sehr viel besser.

Mit neuem Enthusiasmus widmete sie sich ihrer Stickarbeit. Auch dann noch, als Tante Anne längst zum Mittagessen gegangen war. Dieser Stich war für Lord Rutherford, weil der Nicki nach England eingeladen hatte. Dieser war für ihren Vater, weil er sie so grausam und herzlos behandelte. Dieser Stich war für . . . In ihrer vehementen Zerstörungslust verfehlte Whitney den Stoff und schrie schmerzerfüllt auf, als sich die Nadel in ihren linken Zeigefinger bohrte.

»Sticken oder morden Sie?« erkundigte sich eine vertraute, tiefe Stimme lachend.

Whitney sprang so schnell auf, daß der Stickrahmen zu Boden polterte. Sie hatte keine Ahnung, wie lange Clayton dort schon neben der Tür stand und sie beobachtete. Sie wußte nur, daß er den Raum unvermittelt mit seiner ganzen Persönlichkeit auszufüllen schien und ihre Sinne darauf äußerst beunruhigend reagierten. In höchster Verlegenheit widmete sie ihre ganze Aufmerksamkeit ihrem Finger, an dessen Spitze ein winziger Blutstropfen erschienen war.

»Soll ich Doktor Whitticomb rufen lassen?« fragte er lächelnd und fügte hinzu: »Falls Sie etwas gegen Whitticomb haben, kann ich auch nach Doktor Thomas schicken, aber dessen Fachgebiet sind mehr Verstauchungen und Brüche, wenn ich es recht verstanden habe . . .«

Whitney biß sich schnell auf die Lippe, um nicht laut aufzulachen. »Außerdem ist Doktor Thomas gerade mit einem anderen Patienten beschäftigt – einer Fuchsstute. Und Doktor Whitticomb fand es eigentlich recht irritierend, aus nichtigem Anlaß hergebeten zu werden.«

»War es denn ein nichtiger Anlaß?« erkundigte sich Clayton ruhig.

»Sie wissen genau, daß es so war«, erwiderte Whitney leise und wagte es nicht, ihn anzublicken.

Er kam auf sie zu, und sie warf ihm durch niedergeschlagene Wimpern einen wachsamen Blick zu. »Ich möchte Sie um einen Gefallen bitten«, erklärte er mit ruhiger Festigkeit. »Ich hätte gern, daß Sie mich zu einem Ball nach London begleiten. Sie können Ihre sonderbare Zofe mitnehmen – diese rundliche, weißhaarige Frau, die mich stets so mißtrauisch anfunkelt, als hätte sie mich im Verdacht, das Familiensilber stehlen zu wollen.«

»Clarissa«, erwiderte Whitney automatisch und durchforschte ihr Hirn nach einer Ausrede, ihn nicht begleiten zu müssen.

Clayton nickte. »Sie kann Anstandsdame spielen, da es Ihnen ja stets so um Anstand und Sitte geht.« Eigentlich wäre Lady Gilbert die passendere Begleitung, aber es ging ihm darum, Whitney eine Zeitlang ganz für sich zu haben. »Wenn wir übermorgen früh aufbrechen, können wir am späten Nachmittag in London sein. Das gibt Ihnen vor dem Ball ausreichend Zeit für einen Besuch bei Ihrer Freundin Emily. Ich bin sicher, daß die Archibalds entzückt sein werden, Sie über Nacht zu beherbergen. Am nächsten Tag kehren wir dann wieder zurück.« Bevor sie Einwände erheben konnte, wovon Clayton felsenfest überzeugt war, setzte er hinzu: »Ihre Tante schreibt gerade einen Brief an Emily Archibald, um sie auf Ihre Ankunft vorzubereiten.«

Gereizt fragte sich Whitney, was ihre Tante dazu bewogen haben könnte, erkannte dann aber, daß diese in keiner besseren Position war als sie selbst. »Sie brauchen mich nicht um einen Gefallen zu bitten«, beschied sie ihn. »Sie brauchen nur anzuordnen.«

»Und ich hatte gehofft, der Ball würde Ihnen vielleicht Spaß machen«, entgegnete er ruhig auf ihre nicht vorhandene Begeisterung.

Seine sanfte Reaktion verursachte ihr sofort leichte Gewissensbisse. Aufseufzend fügte sie sich in das offenbar Unvermeidliche. »Wessen Ball werden wir denn besuchen?«

»Lord Rutherfords.«

Whitney sah ihn an, öffnete den Mund, und ihre Augen wurden groß wie Untertassen. »Wessen Ball?« fragte sie halberstickt, und bevor er noch ein Wort über die Lippen bringen konnte, fiel sie ihm hysterisch lachend in die Arme.

Mit Lachtränen in den Augen lehnte sie sich schließlich nach Luft japsend in seinen Armen zurück und sagte: »Sie sehen eine geistesverwirrte Frau vor sich, die die Tragödien des Lebens nur noch als großen Witz betrachten kann.« Mit einem erneuten Lachanfall kämpfend, erkundigte sie sich neugierig: »Weiß es meine Tante schon? Welchen Ball wir besuchen werden?«

»Nein. Warum fragen Sie?«

Whitney griff nach Nickis Brief und reichte ihn ihm. »Vor wenigen Stunden habe ich Nicki geschrieben und gebeten, nicht zu kommen, weil ich durch andere Verpflichtungen verhindert bin.«

Clayton überflog das Schreiben und gab es ihr zurück.

»Gut«, meinte er knapp und verärgert darüber, daß sie DuVille »Nicki« nannte, während sie ihn, mit dem sie immerhin verlobt war, unverändert sehr formell anredete. Mit grimmiger Befriedigung machte er sich klar, daß sie in seiner Begleitung wäre, wenn DuVille sie auf dem Ball der Rutherfords entdeckte, und seine Verärgerung schwand. Er küßte sie leicht auf die Stirn und sagte: »Ich hole Sie übermorgen um neun Uhr früh ab.«

Kapitel elf

Das prachtvolle Haus der Rutherfords war in blendendes Licht getaucht, und in der Auffahrt drängten sich die Kutschen. Diener mit Fackeln traten auf die einzelnen Gefährte zu, öffneten den Schlag und geleiteten die Insassen ins Innere des Hauses.

Mein erster Ball in London, dachte Whitney, als sie von einer Balustrade neben der Garderobe aus den Ballsaal überblickte, und mein letzter. Die Schar der Gäste schien zu wogen und zu schwanken, als sie sich lachend und plaudernd über das Parkett bewegten. Riesige Kristallüster reflektierten das verwirrende Kaleidoskop der farbenprächtigen Roben, die in den verspiegelten Wänden vervielfacht wurden.

»Fertig?« erkundigte sich Clayton, nahm ihren Arm und wollte sie auf die Treppe zu geleiten, die von der Galerie aus in den Ballsaal führte.

Whitney, die nach Nicki Ausschau gehalten hatte, machte sich plötzlich bewußt, daß jedermann da unten im Saal zu ihnen heraufblickte. Erschreckt zog sie sich zurück. Selbst die Gespräche schienen an Lautstärke zu verlieren, bis es da unten nur noch tuschelte und wisperte. Whitney hatte das beklemmende Gefühl, daß jedermann sie ansah oder über sie sprach. »Alle Welt starrt uns an«, beklagte sie sich bei Clayton.

Absolut unbeeindruckt von dem Aufsehen, das er erregte, warf Clayton einen Blick auf die Menge. »So ist es«, meinte er trocken und wandte sich dem eleganten Mann zu, der gerade die letzte Stufe der Treppe heraufgeeilt kam.

»Clayton!« lachte Marcus Rutherford. »Wo zum Teufel haben Sie gesteckt? Langsam war ich geneigt, den Gerüchten zu glauben, nach denen Sie vom Erdboden verschwunden sein müßten.«

Whitney hörte zu, wie die beiden Männer, die offenbar gute Freunde waren, einander begrüßten. Lord Rutherford war ein gutaussehender Mann Ende Dreißig, mit durchdringenden blauen Augen, die von einem wachen Geist sprachen. Unvermittelt richteten sich die blauen Augen voller Bewunderung auf sie. »Und wer, wenn ich fragen darf, ist dieses faszinierende Geschöpf an Ihrer Seite?«

Unsicher sah Whitney auf Clayton und bemerkte voller Erstaunen, daß er sie unverhüllt stolz betrachtete. »Whitney«, sagte er, »darf ich Ihnen meinen Freund Lord Marcus Rutherford vorstellen . . .«, und mit einem vielsagenden Blick auf Whitneys Hand, die von Lord Rutherford fest umklammert wurde, setzte Clayton hinzu: »Marcus, nehmen Sie freundlicherweise Ihre Hände von meiner künftigen Frau, Miss Whitney Stone.«

»Whitney?« wiederholte Lord Rutherford. »Was für ein ungewöhnlicher . . .« Er brach ab und ein ungläubiges Lächeln überzog sein Gesicht. »Habe ich richtig gehört?«

Clayton neigte leicht den Kopf, und Lord Rutherfords entzückter Blick kehrte zu Whitney zurück. »Kommen Sie mit mir, junge Lady«, sagte er und bot ihr galant den Arm. »Wie Sie vielleicht schon festgestellt haben, warten da unten sechshundert Gäste ganz begierig darauf, Sie kennenzulernen.«

Da Clayton damit einverstanden schien, sie mit Lord Rutherford davonziehen zu lassen, nahm Whitney die Angelegenheit schnell in die eigene Hand. »Lord Rutherford . . .«, begann sie und richtete einen flehenden Blick auf Clayton,

»wir . . . wir würden unsere bevorstehende Heirat gern noch ein wenig für uns behalten.«

Sie wirkte so verzweifelt, daß sich Clayton erweichen ließ. »Es soll noch ein Geheimnis bleiben, Marcus«, stimmte er zu.

»Sie müssen von Sinnen sein«, entgegnete Lord Rutherford, gab aber Whitneys Arm frei. »Nie im Leben können Sie Ihr süßes Geheimnis auch nur einen Tag für sich behalten. Wenn Sie mich fragen«, fuhr er fort und deutete mit dem Kopf auf die Menge hinunter, »nicht einmal für eine einzige Stunde.« Er schwieg einen Moment – offenbar in der Hoffnung, daß sich Clayton anders besann. Als das nicht geschah, wandte er sich zum Gehen, fragte aber noch über die Schulter zurück: »Darf ich es wenigstens Lady Rutherford anvertrauen? Sie hat mir ernste Strafen für den Fall angedroht, daß ich nicht herausbringe, wer die bezaubernde junge Lady an Ihrer Seite ist.«

Bevor Whitney Einwände erheben konnte, hatte Clayton bereits genickt. »Nun sehen Sie zu, was geschieht«, forderte sie ihn fast verzweifelt auf. Lord Rutherford ging direkt auf eine attraktive rothaarige Lady zu, zog sie beiseite und flüsterte ihr etwas ins Ohr. Die Lady sah überrascht zu ihnen empor und schenkte ihnen ein geradezu verschwörerisches Lächeln. Und kaum hatte Lord Rutherford seine Frau verlassen, eilte diese auf eine andere Lady zu und wisperte aufgeregt mit ihr . . .

»Soviel zum Thema Geheimnis«, flüsterte Whitney erstickt, drehte auf dem Absatz um, fragte einen vorbeikommenden Diener, wo sie sich erfrischen könne, und verschwand hinter der bezeichneten Tür.

Ihr Blick fiel auf die verspiegelten Wände, und fast entsetzt starrte sie auf das panische Gesicht, das ihr da entgegensah. Es war eine Katastrophe! Jeder auf dem Ball kannte Clayton. Die Gäste waren seine Bekannten und Freunde. In einer Viertelstunde würde jedermann wissen, daß er mit ihr verlobt war. Und morgen, spätestens in einer Woche würde es ganz London wissen. Und wenn sie mit Paul auf und davon ging, würde jedermann wissen, daß sie vor Clayton und der Ehe mit ihm geflohen war. Großer Gott! Dann wäre Clayton in aller Öffentlichkeit tief gedemütigt. Das konnte sie ihm nicht antun. Und selbst wenn sie sich dazu durchrang, könnte sie es aus Angst vor seiner Vergeltung nicht tun. Schon bei der Vorstellung, was er in seinem Zorn ihr, ihrer Familie, selbst Tante Anne und Onkel Edward antun könnte, erschauerte sie.

Hilflos suchte sie nach einer Lösung ihres Dilemmas. Hatte Clayton mit seiner Forderung an Lord Rutherford, noch nichts über ihre Verlobung zu sagen, diese nicht auf die Ebene eines reinen Gerüchts herabgestuft? Und war es in London nicht genauso wie in Paris, wo derartige Gerüchte so schnell wieder vergessen wurden wie sie aufkamen? Emily hatte bestätigt, daß es so war. Je länger Whitney darüber nachdachte, desto besser fühlte sie sich.

Nach einer Weile wagte sie es, wieder in den Spiegel zu schauen. Eine perfekt gefaßte junge Frau sah ihr entgegen.

Befriedigt griff sie in dem Moment nach dem Türknauf, als sie im angrenzenden Raum Frauenstimmen hörte. »Ihre Robe ist aus Paris«, sagte die eine.

»Aber mit dem Namen Whitney Stone muß sie ebenso Engländerin sein wie wir auch«, wandte eine andere ein. »Glauben Sie den Gerüchten, daß sie miteinander verlobt sind?«

»Auf keinen Fall. Wenn dieses Mädchen schlau genug war, ihm einen Antrag abzuluchsen, wäre sie sicher auch klug genug, damit sofort zur Redaktion der Times zu laufen. Ich kann mir nicht vorstellen, wie Claymore eine Verlobung lösen könnte, die bereits in der Zeitung bekanntgemacht wurde.«

Beschämt über ihr Lauschen drehte Whitney am Türknauf, hielt aber erneut inne, als eine dritte Stimme ertönte. »Sie sind miteinander verlobt«, verkündete sie triumphierend. »Lawrence und ich haben gerade kurz mit Seiner Gnaden gesprochen, und ich bin absolut davon überzeugt, daß es stimmt.«

»Wollen Sie damit sagen«, ächzte die erste Stimme, »er hätte die Verlobung bestätigt?«

»Selbstverständlich nicht. Sie wissen doch, wie aufreizend verschlossen Claymore reagiert, wenn man etwas über seine persönlichen Angelegenheiten erfahren möchte.«

»Aber was macht Sie dann so sicher, daß er mit ihr verlobt ist?«

»Zwei Dinge. Zunächst einmal lächelte Claymore auf Lawrences Frage, wo sie einander denn kennengelernt hätten, auf eine Weise, die Vanessa Standfield fuchsteufelswild machte. Sie erinnern sich doch noch, daß Vanessa aller Welt erzählte, sie rechne jeden Tag mit seinem Antrag, bevor er unerwartet nach Frankreich fuhr? Nun, jetzt sieht die arme Vanessa recht dumm aus, denn inzwischen ist offensichtlich, daß er nach Frankreich reiste, um sich mit Miss Stone zu treffen. Er gab zu, sie dort vor etlichen Jahren kennengelernt zu haben. Und jedesmal, wenn Claymore über Miss Stone spricht, strahlt er buchstäblich vor Stolz.«

»Ich kann mir nur schwer vorstellen, daß Claymore überhaupt strahlen kann«, bemerkte die zweite Stimme skeptisch.

»Stellen Sie es sich vor wie einen ganz bestimmten Glanz in den Augen.«

»Das kann ich mir vorstellen«, meinte die zweite Frau und lachte. »Und was ist der zweite Grund?«

»Das war der Blick, mit dem er Esterbrook bedachte, als der ihn darum ersuchte, Miss Stone vorgestellt zu werden. Vernichtend, versichere ich Ihnen. Absolut vernichtend!«

Da sich kein Ende der angeregten Unterhaltung andeutete, sie aber auch nicht den ganzen Abend hier verweilen konnte, öffnete Whitney die Tür. Mit leisem, kaum erkennbaren Lächeln rauschte sie an den drei Frauen vorbei, die ihr nachblickten wie vom Donner gerührt.

Drei Stunden später hatte Whitney mit so vielen Männern getanzt, daß sie gar nicht mehr wußte, mit wem alles, und mehr Champagner getrunken als je zuvor in ihrem Leben. Sie fühlte sich ausgesprochen hochgestimmt und unbeschwert – so unbeschwert, daß nicht einmal Claytons mißbilligender Blick ihr die Laune verderben konnte, mit dem er zur Kenntnis nahm, daß sie nun schon zum zweiten Mal mit Lord Esterbrook tanzte. Sie war sogar fest davon überzeugt, daß nichts ihre Laune verderben konnte – bis sie über Lord Esterbrooks Schulter blickte und feststellte, daß Clayton zum ersten Mal an diesem Abend mit einer anderen Frau tanzte. Die junge Frau in seinen Armen, die lachend zu ihm aufblickte, war eine wunderschöne Blondine, deren schlanke und doch sinnliche Figur eine saphirblaue Robe umspannte. Blinde Eifersucht durchzuckte Whitney.

»Sie heißt Vanessa Standfield«, informierte sie Lord Esterbrook mit einem maliziösen Unterton in der Stimme.

»Sie geben ein hinreißendes Paar ab«, brachte Whitney mit Mühe über die Lippen.

»Vanessa ist davon fest überzeugt«, erwiderte Esterbrook.

Whitney dachte an die Bemerkungen der drei Frauen über Vanessa Standfield, und als sie nun auch noch mitansehen mußte, daß Clayton diese Frau anlächelte, durchfuhr sie erneut nackte Eifersucht. Doch dann erinnerte sie sich daran, daß Clayton um sie und nicht um Vanessa Standfield angehalten hatte. Prompt fühlte sie sich wieder ganz wundervoll. »Miss Standfield ist sehr schön«, stellte sie überaus großmütig fest.

Esterbrooks Brauen stiegen belustigt in die Höhe. »Vanessa war nicht annähernd so höflich wie Sie, als sie vor wenigen Minuten ein paar Bemerkungen über Sie fallen ließ, Miss Stone. Sie scheint recht überzeugt davon zu sein, daß Sie Claymore einen Antrag abgerungen haben. Haben Sie?« setzte er hinzu.

Whitney war über seine Unverfrorenheit so verblüfft, daß

sie gar nicht daran dachte, verärgert zu reagieren. »Irgendwie kann ich mir nicht recht vorstellen, daß er sich überhaupt etwas ›abringen‹ läßt«, meinte sie vergnügt. »Können Sie es?«

»Ich bitte Sie«, meinte Esterbrook gereizt. »Ich bin nicht naiv genug zu glauben, daß Sie darauf eine Antwort erwarten.«

»Und ich«, erklärte Whitney nicht mehr ganz so vergnügt, »bin nicht naiv genug zu glauben, Ihre Frage beantworten zu müssen.«

»Was ist denn mit Esterbrook passiert?« erkundigte sich Clayton einige Zeit später bei Whitney. »Ich habe fest damit gerechnet, daß er Sie auch noch um einen dritten Tanz bittet.«

»Hat er auch«, antwortete Whitney lachend. »Aber ich habe abgelehnt.«

»Um Klatsch zu vermeiden?«

Ein unbewußt provokantes Lächeln lag auf ihren Lippen, als sie den Kopf schüttelte. »Ich habe abgelehnt, weil ich wußte, daß es Ihnen nicht recht ist, daß ich noch einmal mit ihm tanze. Ich befürchtete, wenn ich es doch tue, könnten Sie sich damit rächen, daß Sie erneut Miss Standfield auf das Tanzparkett führen.«

»Sehr weise von Ihnen«, bemerkte er leise.

»Und sehr unfreundlich von Ihnen«, tadelte Whitney lachend. Und dann wurde ihr bewußt, daß sie gerade zugegeben hatte, eifersüchtig zu sein.

»Chérie . . .« Nickis tiefe, warme Stimme in freudiger Überraschung ließ sie herumfahren. »Haben Sie jetzt beschlossen, London ebenso zu erobern wie Paris?«

»Nicki!« rief sie glücklich. »Wie wunderschön, Sie wiederzusehen. Ich habe Lord Rutherford gefragt, ob Sie hier sind, aber er meinte, Sie würden in Paris aufgehalten und wohl kaum vor morgen eintreffen.«

»Vor einer Stunde bin ich angekommen«, sagte er und umspannte ihre Hände mit festem Griff.

Whitney wandte sich Clayton zu, um ihm Nicki vorzustellen, doch offensichtlich kannten sie einander bereits. »Claymore, nicht wahr?« kam Nicki ihrer Vorstellung zuvor und beäugte Clayton ausgesprochen kritisch.

Claytons Reaktion bestand in einem kühlen Kopfnicken, gefolgt von einem spöttischen Lächeln, das eindeutig darauf abzielte, Nicki entweder wütend zu machen oder einzuschüchtern.

»Tanzen Sie mit mir«, sagte Nicki und setzte sich kurzerhand über die Etikette hinweg, die es erfordert hätte, Clayton um seine Erlaubnis zu fragen.

Da Nicki sie bereits Richtung Parkett zog, blieb Whitney nichts anderes übrig, als ein hilfloser Blick über die Schulter hinweg auf Clayton. »Würden Sie uns bitte entschuldigen?«

»Selbstverständlich«, erwiderte er knapp.

Sobald er sie in die Arme nahm, verzog sich Nickis Gesicht mißbilligend. »Was haben Sie mit Claymore zu schaffen?« fragte er, und bevor sie antworten konnte, setzte er hinzu. »Chérie, dieser Mann ist ein . . . ein . . .«

»Wollen Sie mir sagen, er sei ein unverbesserlicher Verführer?« erkundigte sich Whitney und mußte mit einer unerklärlichen Heiterkeit kämpfen.

Nicki nickte kurz, und Whitney fuhr neckend fort: »Und er ist auch wirklich reichlich arrogant, nicht wahr? Aber auch sehr gutaussehend und charmant?«

Nickis Augen wurden ganz schmal, und Whitneys Schultern zuckten vor unterdrücktem Lachen. »O Nicki, er ist Ihnen so ungeheuer ähnlich!«

»Mit einem entscheidenden Unterschied«, konterte Nicki. »Ich werde Sie heiraten!«

Whitney hätte ihm am liebsten die Hand auf den Mund gelegt. »Sagen Sie so etwas nicht zu mir, Nicki. Nicht hier und nicht jetzt. Sie würden das Durcheinander nicht glauben, in dem ich mich bereits befinde.«

»Das ist nicht zum Lachen!« wies Nicki sie scharf zurecht.

Whitney unterdrückte ein Kichern. »Niemand weiß das besser als ich.«

Nicki betrachtete sie mit gerunzelter Stirn. »Ich werde in London bleiben«, kündigte er an. »Einige meiner Geschäfte kann ich auch von hier aus erledigen, und ich habe Freunde, die ich besuchen kann. In Ihrem Brief sprachen Sie von dringenden gesellschaftlichen Verpflichtungen, die Sie zwei Wochen lang in Anspruch nehmen. Danach werden wir über das Thema Heirat sprechen – wenn Sie aufnahmefähiger sind.«

Zwischen Entsetzen und Erheiterung hin und her gerissen, erhob Whitney keine Einwände und gestattete ihm, sie zu Clayton zurückzubegleiten, wo sie ein weiteres Glas Champagner trank und höchst ausgelassen über ihre Situation nachdachte, die von Sekunde zu Sekunde komplizierter und gefährlicher wurde.

Clayton bat darum, seine Kutsche vorfahren zu lassen, dann nahm er sie für einen letzten Tanz in die Arme. »Was erheitert Sie denn so, Kleine?« erkundigte er sich und zog sie eine Spur enger an sich, als es schicklich war,

»Oh, einfach alles!« Whitney lachte. »So war ich als Kind felsenfest davon überzeugt, daß niemand mich heiraten würde. Und nun will mich Paul heiraten, aber Nicki gleichfalls – und dann natürlich auch Sie.« Nach kurzem Überlegen fügte sie fröhlich hinzu: »Ich wünschte, ich könnte Sie alle drei heiraten, denn Sie sind alle sehr nett.« Sie blinzelte ihn unter ihren langen Wimpern hervor an und erkundigte sich hoffnungsvoll: »Sie sind nicht zufällig ein klein bißchen eifersüchtig?«

Clayton sah sie intensiv an. »Sollte ich das denn?«

»Eigentlich schon«, meinte Whitney übermütig, »allein schon um meiner Eitelkeit zu schmeicheln, denn ich war sehr eifersüchtig, als Sie mit Miss Standfield tanzten.« Sie senkte ihre Stimme zu einem vertraulichen Flüstern. »Als Mädchen hatte ich Sommersprossen . . .«

»Das will ich doch nicht hoffen!« entfuhr es Clayton gespielt schockiert.

»O doch. Tausende. Genau hier . . .« Sie fuhr mit einem sehr unsicheren Finger in die ungefähre Richtung ihrer Nase und hätte sich fast ein Auge ausgestochen.

Leise auflachend griff Clayton schnell nach ihrer Hand, um sie davor zu bewahren, auch noch das andere Auge zu gefährden.

Eine halbe Stunde später schmiegte sich Whitney zufrieden aufseufzend noch tiefer in die weinroten Polster von Claytons Kutsche und lauschte dem beständigen Klappern der Pferdehufe. Sie schloß versuchsweise die Augen, riß sie aber blitzschnell wieder auf, als sich urplötzlich die ganze Welt um sie zu drehen begann. »Champagner schmeckt sehr gut«, murmelte sie versonnen.

»Morgen werden Sie anders darüber denken.« Clayton lachte und legte einen Arm um ihre Schulter.

Als sich die Kutsche am nächsten Vormittag von Emilys Haus entfernte, sah sie Clayton an wie ein waidwundes Reh. »Wissen Sie eigentlich«, vertraute sie ihm mit nahezu gebrochener Stimme an, »daß ich Champagner noch nie leiden konnte?«

»Das erstaunt mich zutiefst«, neckte er sie und zog sie an sich, damit sie ihren fast zerspringenden Kopf an seine Schulter betten konnte.

Seufzend schloß Whitney die Augen und schlief ein. Sie wachte erst wieder auf, als sie fast zu Hause waren. »Ich war keine sehr gute Reisegesellschaft«, räumte sie bekümmert ein. »Wenn Sie zum Abendessen kommen möchten, würde ich . . .«

»Ich muß noch heute abend nach London zurück«, unterbrach er sie.

»Heute abend?« Whitney fuhr kerzengerade in die Höhe. »Wie lange werden Sie fortbleiben?«

»Eine Woche.«

Ein kaum glaubhaftes Glücksgefühl begann Whitney zu durchpulsen, und sie wandte schnell das Gesicht ab. Wenn

Clayton in London war, könnten Paul und sie nach Schottland entkommen, ohne daß er schnell genug von ihrer Flucht erfuhr, um sie verfolgen zu können. Die Tatsache, daß er nach London fuhr, war ein Glücksfall, von dem sie nicht einmal zu träumen gewagt hätte. Es war ein Segen!

Es war eine Katastrophe!

Ihr Glücksgefühl schwand so schnell wie es gekommen war. Großer Gott, Clayton fuhr nach London zurück. Selbstverständlich würde er dort seine Abende in den Clubs verbringen und dabei auf Gentlemen treffen, die gleichfalls auf dem Ball der Rutherfords waren und die Gerüchte über seine Verlobung gehört hatten. In der kameradschaftlichen Atmosphäre dieser Clubs würden ihn seine Freunde natürlich bedrängen, dieses Gerücht zu bestätigen oder zu dementieren. Und Whitney konnte sich schon jetzt ausmalen, wie er ihnen schmunzelnd versicherte, es sei kein Gerücht sondern die Wahrheit. Aber wenn er das tat, würde er wie ein hoffnungsloser Tor dastehen, wenn sie mit Paul auf und davon ging.

Claytons Hand umfaßte ihr Kinn, und Whitney zuckte nervös zusammen. »Wenn Sevarin zurückkehrt«, begann er in einem Ton, der keinen Widerspruch duldete, »möchte ich, daß Sie ihn unverzüglich davon unterrichten, daß Sie ihn nicht heiraten werden. Ich werde nicht zulassen, daß die Leute glauben, meine künftige Frau sei mit einem anderen Mann verlobt. Erfinden Sie irgendeinen Grund, aus dem Sie Sevarins Antrag ablehnen, aber sprechen Sie sofort mit ihm. Habe ich mich unmißverständlich ausgedrückt?«

»Ja«, hauchte Whitney.

Clayton sah sie lange und durchdringend an. »Ich möchte, daß Sie mir Ihr Wort darauf geben.«

»Ich . . .« Daß er ihr zugestand, ein ebenso ausgeprägtes Ehrgefühl wie er zu besitzen, rührte sie so, daß es ihr die Sprache verschlug. »Ich gebe Ihnen mein Wort«, brachte sie endlich mühsam über die Lippen und kam sich mehr als schäbig vor, daß sie sein Vertrauen schon bald mißbrauchen würde.

Er sah sie nahezu unerträglich zärtlich an. »Ich weiß, wie schwer es Ihnen fällt, ihm das sagen zu müssen, Kleine. Aber ich verspreche, es irgendwann gutzumachen.« Tränen brannten hinter ihren Lidern, und ihre Kehle zog sich schmerzhaft zusammen, als er liebevoll mit der Fingerspitze die Kurve ihrer Wange nachzeichnete. »Vergeben Sie mir?«

Ihm vergeben? Ihre widerstrebende Empfindungen setzten Whitney so heftig zu, daß sie sich einen Moment lang ernsthaft versucht fühlte, sich in seine Arme zu werfen und ihr ganzes Elend herauszuschluchzen. Doch statt dessen nickte sie und versuchte, sich jede Einzelheit seines Gesichtes so einzuprägen, wie es jetzt aussah – wenn sie ihn jemals wiedersah, würde seine Miene eiskalte Verachtung zeigen.

Sie befanden sich bereits auf der Zufahrt zu ihrem Haus, und Whitney streifte sich benommen die Handschuhe über die Finger.

Sobald sie in ihrem Zimmer war, schrieb Whitney einen Brief an Paul mit dem Auftrag, ihm das Schreiben sofort nach seiner Rückkehr zu übergeben. Darin bat sie ihn, sie kurz von seiner Heimkehr in Kenntnis zu setzen und sich dann sofort zum alten Wildhüter-Cottage zu begeben, wo sie sich mit ihm treffen würde. Dort wären sie zumindest so ungestört, daß sie ihm ihre Zwangslage erklären konnte. Ihre Zwangslage erklären! Wie um alles in der Welt soll ich dafür nur jemals die richtigen Worte finden? fragte sie sich mutlos.

Pauls Nachricht traf am nächsten Vormittag gegen elf Uhr ein. Bald darauf sprengte Whitney auf Khan dem verlassenen Cottage zu, saß ab und schob die Tür auf. Im Kamin hatte Paul ein kleines Feuer entzündet, doch das konnte die fröstelige Kühle des Raumes nicht vertreiben. Eine Bewegung hinter ihr ließ sie herumfahren. »Paul!«

»Ich glaube, du erwartest mich«, scherzte er. Er drückte

sich von der Wand ab, an der er gelehnt hatte, und breitete die Arme aus. »Komm her«, sagte er.

Whitney trat auf ihn zu und hob ihr Gesicht ganz automatisch seinem Kuß entgegen, während sie angestrengt überlegte, wie sie beginnen sollte.

»Ich habe dich vermißt, mein Mädchen«, flüsterte er in ihr Haar. »Habe auch ich dir gefehlt?«

»Ja«, erwiderte sie abwesend und entzog sich seiner Umarmung. Sie mußte ganz behutsam beginnen, durfte ihm nicht den ganzen Wirrwarr ihrer Probleme auf einmal aufdrängen. Sie trat in die Mitte des Raumes und drehte sich zu ihm um. »Paul, ich habe dir einige Dinge zu erzählen, die du vielleicht . . . überraschend finden wirst.«

»Nur zu«, lächelte Paul. »Ich liebe Überraschungen.«

»Nun, diese werden dir nicht gefallen«, sprudelte sie hilflos heraus. »Kennst du Mister Westland?«

Paul nickte.

»Und du erinnerst dich auch an die Geburtstagsfeier meines Vaters, auf der jedermann Vermutungen über den Herzog von Claymore anstellte? Über Clayton Westmoreland?«

Wieder nickte Paul.

»Nun, Mister Westland ist in Wirklichkeit Clayton Westmoreland.«

»Der verschwundene Herzog?« Pauls Gesicht zeigte eine Mischung aus Erheiterung, Neugier und Ungläubigkeit. »Der Herzog, der fünfzig Güter besitzt, vierhundert der besten Pferde in Europa und – wenn mich meine Erinnerung an den Klatsch auf eurer Gesellschaft nicht täuscht – kurz davor steht, nicht weniger als fünfzig hinreißend schönen Frauen einen Antrag zu machen? Dieser Herzog?«

Vorübergehend auf Abwege gelockt, sagte Whitney: »In Wahrheit besitzt er nur sieben Güter. Ob er vierhundert Pferde sein eigen nennt, weiß ich nicht. Aber ich weiß, daß er lediglich davor steht, eine einzige Frau heiraten zu wollen. Und, Paul«, fuhr sie so ruhig wie möglich fort, während ihr Herz sich förmlich überschlug, »ich weiß, daß du es ebenso unerfreulich finden wirst wie ich zunächst – aber ich bin die Frau, die er heiraten will.«

Pauls Lippen zuckten vor Lachen, als er auf sie zukam, um sie in die Arme zu ziehen. »Wenn er weiterhin darauf beharrt«, scherzte er und fuhr ihr mit dem Daumen zärtlich über das Kinn, »dann erzähle ich ihm, was ich gerade entdeckt habe – daß du dich heimlich am Kochwein vergreifst.«

»Willst du damit andeuten, daß du mich für berauscht hältst?« Whitney funkelte ihn fassungslos an.

»Betrunken wie eine Radehake«, witzelte er, wurde dann aber unversehens ernst. »Hör auf, mich eifersüchtig machen zu wollen. Falls du zornig bist, daß ich nicht früher zurückgekommen bin, dann solltest du das auch sagen.«

In grenzenloser Empörung stampfte Whitney mit dem Fuß auf. »Ich will dich durchaus nicht eifersüchtig machen! Ich versuche dir lediglich klarzumachen, daß ich seit Juni mit Clayton Westmoreland verlobt bin!« Jetzt war es heraus.

»Wie bitte?« Paul starrte sie an.

»Nein, ich glaube seit Juli«, fuhr Whitney nicht sehr verständlich fort. »Hältst du es für wichtig?«

Erstmals nahm Paul sie ernst. »Hast du Westlands Antrag angenommen?«

»Nicht Westland – Westmoreland«, korrigierte Whitney. »Und ich habe ihn nicht angenommen, aber mein Vater.«

»Dann soll dein Vater ihn heiraten«, erklärte Paul spitz. »Du liebst mich, so einfach ist das.« Seine blauen Augen wurden ganz schmal vor Verärgerung. »Du spielst Spielchen mit mir, und das gefällt mir nicht. Nichts von dem, was du sagst, ergibt einen Sinn.«

»Das kann ich nicht ändern«, wehrte sich Whitney verletzt. »Es ist die Wahrheit.«

»Würdest du mir dann bitte erklären, wie du seit Juli mit einem Mann verlobt bist, den du erst im September kennengelernt hast?«

Er war jetzt todernst, und Whitney wünschte sich fast, er wäre es nicht. Sie holte tief Luft und sagte: »Er wurde mir in Frankreich vorgestellt, aber ich achtete weder auf seinen Namen noch erinnerte ich mich an sein Gesicht. Das nächste Mal traf ich ihn ebenso flüchtig auf einem Maskenball im Mai. Irgendwann beschloß er, mich heiraten zu wollen. Aber da er wußte, daß mein Onkel alle Verehrer abwies – weil ich nach Hause kommen und dich heiraten wollte –, ging er zu meinem Vater und zahlte ihm einhunderttausend Pfund für mich. Dann zog er auf das Anwesen der Hodges' und forderte meinen Vater auf, mich nach Hause zu holen.«

»Erwartest du tatsächlich, daß ich dir das glaube?«

»Ich weiß, wie unglaubwürdig es klingt«, erwiderte Whitney kläglich, »aber es ist die Wahrheit. Ich hatte absolut keine Ahnung von den Ereignissen bis zu dem Abend, an dem du abgereist bist. Ich ging hinunter, um meinem Vater und meiner Tante zu erzählen, daß wir heiraten werden, aber bei ihnen im Salon saß Clayton. Und dann hat mich mein Vater angeschrien, ich wäre mit dem Herzog von Claymore verlobt, der sich dann als Clayton herausstellte, und dann wurde alles noch schlimmer.«

»Ich kann mir nicht vorstellen, wie das alles noch schlimmer werden konnte«, bemerkte Paul ironisch.

»Nun, das ist es aber. Vor zwei Tagen nahm mich Clayton mit nach London und erzählte einem seiner Freunde, daß wir heiraten würden . . .«

»Du hast also zugestimmt, ihn zu heiraten?« warf Paul kalt ein.

»Nein, selbstverständlich nicht.«

Paul machte auf dem Absatz kehrt, ging zum Kamin und drehte ihr den Rücken zu. Als er sich wieder umwandte, war sein Gesicht aschfahl. »Was meinst du damit, er hätte deinem Vater für dich Geld gegeben?« fragte er. »Es ist üblich, daß ein Vater seiner Tochter eine Mitgift gibt, nicht umgekehrt.«

Whitney wußte sofort, wohin seine Überlegungen zielten,

und wurde von tiefem Mitgefühl für Paul und sich selbst erfaßt. »Ich habe keine Mitgift mehr, Paul. Die hat mein Vater ebenso verspekuliert wie mein Erbe meiner Großmutter.«

Paul lehnte den Kopf gegen den Kamin, schloß die Augen und ließ die breiten Schultern hoffnungslos sinken.

Jetzt war die Zeit gekommen, ihm zu sagen, für welchen Weg sie sich entschlossen hatte. Als sie langsam auf ihn zuging, hatte sie das Gefühl, ihre Füße wären aus Blei. »Paul, mein Vater hat mir gesagt, in welch schwieriger Lage du dich befindest, aber das macht mir nichts aus. Bitte, glaube es mir. Ich möchte dich dennoch heiraten. Aber wir müssen schnell handeln. Clayton wird eine Woche lange in London sein, und in dieser Zeit können wir nach Schottland fliehen. Zu dem Zeitpunkt, an dem Clayton herausfindet . . .«

»Fliehen!« rief er schneidend, und seine Finger bohrten sich schmerzhaft in ihre Arme. »Hast du den Verstand verloren? Meine Mutter und meine Schwester könnten doch niemandem mehr in die Augen sehen!«

»Nein«, wehrte Whitney heiser ab. »Die Schande wird ausschließlich mich treffen.«

»Deine Schande!« höhnte er und schüttelte sie. »Siehst du denn nicht, was du getan hast? Ich habe gerade ein kleines Vermögen für fünf Pferde und einen Zweispänner ausgegeben.«

Was habe ich damit zu tun? fragte sich Whitney, und dann wußte sie es. Sie lachte bitter auf. »Du hast also ein ›Vermögen‹ ausgegeben, weil du mit meiner Mitgift gerechnet hast?«

Paul schwieg, aber sie las die Antwort in seinen Augen. Zornig schüttelte sie seine Hände ab und trat einen Schritt zurück. »Fünf Minuten nachdem ich deinen Antrag angenommen hatte, hast du schon in Gedanken mein Geld ausgegeben. Du konntest nicht einmal warten, bis du mit meinem Vater gesprochen hast! Du hast mich so ›geliebt‹, daß du nicht einmal hier bei mir bleiben konntest, um seine Zustimmung zu erbitten. Dir ging es nur um das Geld, und das hast du nicht einmal für wirklich wichtige Dinge ausgegeben. Auf deinem Land liegen Hypotheken, dein Haus muß dringend renoviert werden . . . Paul«, flüsterte sie, und in ihren grünen Augen schimmerten Tränen, »was für ein Mann bist du eigentlich? Hast du so wenig Rückgrat und Pflichtgefühl, daß du mich geheiratet hättest, nur damit du dir Pferde kaufen kannst, die du nicht einmal brauchst?«

»Mach dich doch nicht lächerlich!« schrie Paul, aber sein Gesicht wurde hochrot. »Ich habe dich geliebt. Sonst hätte ich dich nie gebeten, mich zu heiraten.«

»Liebe!« spottete Whitney bitter. »Von euch weiß doch keiner, was das bedeutet! Mein Vater sagt auch, daß er mich ›liebt‹, und doch hat er mich verkauft, um sich zu retten. Und dir ging es nur um das Geld, das ich dir einbringen würde. Wenigstens macht Clayton mir nicht vor, mich zu lieben. Er hat mich gekauft wie eine Leibeigene und erwartet, daß ich den Vertrag erfülle, aber er gibt nicht vor, mich zu ›lieben‹.«

Paul holte tief und stoßweise Luft. »Ich werde mir etwas einfallen lassen, aber an eine Flucht ist nicht zu denken. Würde Westland – Westmoreland dich aufgeben?«

Whitney sah ihn an und reckte das Kinn. »Nein«, entgegnete sie stolz. Selbst wenn sie anderer Meinung gewesen wäre, hätte sie ihm diese Antwort gegeben. Sie drehte sich um, ging zur Tür, blieb dort noch einmal stehen und sah ihn über die Schulter hinweg an. »Elizabeth Ashton ist noch nicht vergeben«, sagte sie bitter. »Ich bin davon überzeugt, daß ihre Aussteuer die kleinen Extravaganzen deiner Reise begleichen könnte. Du solltest dir lieber Mittel und Wege ausdenken, ihre Zuneigung wiederzugewinnen, damit du ihr Geld in deine Hände bekommst.«

»Halt den Mund!« zischte Paul. »Sonst werde ich genau das tun!«

Er hatte das letzte Wort noch nicht ausgesprochen, da schlug Whitney bereits die Tür des Cottages hinter sich zu. Aber erst, als sie ihr Zimmer erreicht hatte, überließ sie sich ihren Tränen. Sie sank auf ihr Bett und weinte über ihre zerbrochenen Träume, über ihre innige Zuneigung, die sie in all den Jahren an Paul verschwendet hatte. Sie weinte, weil sie bereit gewesen war, ihren guten Ruf für Paul aufs Spiel zu setzen, während er ausschließlich an seine Mutter und seine Schwestern dachte. Aber am heftigsten schluchzte sie über ihre eigene Dummheit.

Als Clarissa ihr das Abendessen auf einem Tablett brachte, waren Whitneys Augen zwar rot und geschwollen, aber der erste Ansturm ihrer Verzweiflung war vorüber. Sie aß allein, und ihre Gedanken bewegten sich in einem unaufhörlichen Kreis, der nirgendwo begann und nirgendwo endete.

Am Mittag des nächsten Tages war Whitney nicht mehr wütend auf Paul. Sie fühlte sich sogar merkwürdig schuldig. Sie hatte ihn sich stets als romantischen, tapferen, galanten Ritter in schimmernder Rüstung vorgestellt, und es war wirklich nicht seine Schuld, wenn er dieser Illusion nicht entsprach. Zunehmend empfand sie Scham und Gewissensbisse über die unrühmliche Rolle, die sie bei der Verschlechterung seiner finanziellen Umstände gespielt hatte. Sie hatte ihn mit allen ihr zur Verfügung stehenden Mitteln dazu gebracht, um ihre Hand anzuhalten. Und indem sie seinen Antrag annahm, hatte sie ihn unabsichtlich dazu gebracht, Geld auszugeben, das sie nicht besaß.

Sie dachte an Elizabeth Ashton. Sie liebte Paul, davon war Whitney überzeugt. Zögernd machte sie sich klar, daß angesichts des chaotischen Zustands, in dem sich ihr eigenes Gefühlsleben befand, sie die letzte Person sein sollte, die sich in die Romanzen anderer einmischte. Dennoch – sie war an der Entwicklung der Ereignisse nicht unschuldig, und darüber hinaus hatte sie noch nie die Hände in den Schoß legen und darauf hoffen können, daß das Schicksal schon alles richten würde . . .

Energisch griff Whitney zu Papier und Feder. Nachdem sie einen Brief an Elizabeth verfaßt hatte, lief sie unruhig in ihrem Zimmer auf und ab und fragte sich, ob diese ihrer Einladung auch folgen würde. In den vergangenen Jahren hatte sie ihr so viel Feindseligkeit und Eifersucht entgegengebracht, daß die arme Elizabeth auf ihr spätes Freundschaftsangebot verständlicherweise mißtrauisch reagieren würde.

Whitney war so überzeugt, daß Elizabeth nicht kommen würde, daß sie erschreckt zusammenzuckte, als deren leise Stimme an der Tür erklang. »Sie . . . Sie wollten mit mir sprechen?« Der Blick ihrer blauen Augen zuckte nervös durch den Raum.

»Ja«, erwiderte Whitney lächelnd, »und ich bin sehr froh, daß Sie gekommen sind. Darf ich Ihnen die Handschuhe und den Hut abnehmen?« Als sie die Hand ausstreckte, griff Elizabeth hastig nach ihrem Hut und drückte ihn sich fest auf die Locken. Whitney erinnerte sich an einen Hut – aus Stroh und mit rosafarbenen Bändern, den Paul vor vielen Jahren bewundert hatte. Dieser Hut fand sich dann unter den Kufen des Stuhls wieder, in dem Whitney genüßlich hin und her schaukelte. Auch Elizabeth erinnert sich an ihn, dachte Whitney errötend.

»Ich . . . ich würde ihn lieber aufbehalten«, sagte Elizabeth.

»Das kann ich Ihnen nicht verdenken«, entgegnete Whitney und seufzte. In der nächsten halben Stunde ließ Whitney Tee servieren und bemühte sich um eine Unterhaltung, an der Elizabeth nur einsilbig teilnahm und so ängstlich auf der Kante ihres Sessels hockte, als wolle sie beim ersten lauten Geräusch flüchten.

Schließlich entschloß sich Whitney, den Stier bei den Hörnern zu packen. »Elizabeth«, begann sie, und es fiel ihr nicht leicht, der jungen Frau, die sie stets als ihre Erzrivalin betrachtet hatte, ihre Untugenden zu gestehen. »Ich muß mich bei Ihnen für ein kürzliches Vergehen Ihnen gegenüber ebenso entschuldigen wie für einige schreckliche Dinge, die ich Ihnen früher angetan habe. Es geht um Paul . . .«, sprudelte sie hervor. »Ich weiß, wie sehr Sie mich hassen müssen, und das kann ich Ihnen nicht verübeln, aber ich würde Ihnen gern helfen.«

»Mir helfen?« echote Elizabeth verständnislos.

»Ich möchte Ihnen dabei helfen, Paul zu heiraten«, wurde Whitney deutlicher.

Elizabeths blaue Augen wurden ganz groß. »Nein! Nein, das kann ich wirklich nicht . . .«, stammelte sie und wurde über und über rot.

»Aber natürlich können Sie«, erklärte Whitney und reichte ihr das Tablett mit dem Teegebäck. »Sie sind ein wunderschönes Mädchen, und Paul hat Sie immer . . .«

»Nein«, widersprach Elizabeth leise und schüttelte den blonden Kopf. »Sie sind wunderschön. Ich bin im besten Fall, nun ja, hübsch.«

Whitney war wild entschlossen, sich von Elizabeths Großzügigkeit nicht übertreffen zu lassen. »Sie haben eine tadellose Haltung, Elizabeth. Sie sagen und tun jederzeit die richtigen Dinge.«

»Aber nur Langweiliges«, wandte Elizabeth ein, »nicht so Interessantes und Unerwartetes wie Sie.«

»Elizabeth«, rief Whitney und konnte ihre Erheiterung nicht mehr verbergen, »ich war immer ziemlich empörend, während Sie stets vollkommen vollkommen waren.«

Elizabeth lehnte sich lachend in ihrem Sessel zurück. »Da sehen Sie es. Ich hätte mich artig für das Kompliment bedankt, aber Sie reagieren immer ganz unerwartet.«

»Machen Sie mir bloß nicht noch ein Kompliment«, warnte Whitney. »Ich werde es Ihnen zurückgeben, und dann sitzen wir noch um Mitternacht hier und sagen uns Artigkeiten.«

»Ich freue mich sehr für Sie und Paul«, sagte Elizabeth plötzlich wieder ernst. Und auf Whitneys überraschten Blick fügte sie hinzu: »Jedermann weiß, daß Ihre Verlobung noch ein Geheimnis bleiben soll, aber da alle Welt darüber spricht, dachte ich, es würde Ihnen nichts ausmachen, wenn auch ich es erwähne.«

»Wer spricht denn alles darüber?« erkundigte sich Whitney mit rauher Kehle. »Wer weiß noch davon?«

»Lassen Sie mich überlegen. Mister Oldenberry, der Apotheker, hat es Margaret und mir erzählt. Er meinte er hätte es von Lady Eubanks Zofe, die es wiederum von Lady Eubank erfuhr, der es Pauls Mutter erzählt hat. Ich nehme an, daß jedermann im Ort Bescheid weiß.«

»Aber es stimmt nicht!« rief Whitney verzweifelt.

Elizabeths hübsches Gesicht wurde blaß. »Bitte sagen Sie nicht, es stimme nicht!« erregte sie sich. »Nicht jetzt, da Peter kurz davor steht, seinen Antrag zu machen.«

»Wem will Peter einen Antrag machen?« erkundigte sich Whitney verdutzt.

»Mir. Aber er wird es nicht tun, wenn sich Paul nicht bindet. Peter ist sehr schüchtern, müssen Sie wissen, und er ist stets davon ausgegangen, daß ich eine geheime Schwäche für Paul habe, was jedoch nicht im mindesten zutrifft. Aber selbst wenn es so wäre, würde mir mein Vater eine Heirat mit Paul nie gestatten, weil er schreckliche Schulden hat und sein Land verpfändet ist.«

»Peter soll schüchtern sein?« fragte Whitney entgeistert. »Elizabeth, reden wir von demselben Mann? Von Peter Redfern? Von dem Peter, der mir eine Ohrfeige verpassen wollte, als Sie vom Baum gefallen sind?«

»Nun, in meiner Gesellschaft ist er schüchtern«, beharrte Elizabeth.

Verblüfft stellte sich Whitney Peters sommersprossiges Gesicht und die gelichteten roten Haare vor und fragte sich, wie es ihm gelungen war, das Herz einer zarten, ätherischen Schönheit wie Elizabeth zu gewinnen, der Paul stets zu Füßen gelegen hatte. »Wollen Sie mir etwa sagen«, fragte sie, »daß Sie in all den Jahren nur Peter geliebt haben?«

»Ja«, erwiderte Elizabeth kaum hörbar. »Aber wenn Sie nun allen sagen, daß Paul und Sie gar nicht heiraten werden, wird sich Peter zurückziehen und Paul den Vortritt lassen, wie er es immer getan hat. Und ich . . . ich . . .« Elizabeth griff nach ihrem Spitzentaschentuch und brach prompt in sehr anmutige Tränen aus.

Whitney legte den Kopf schief. »Wie schaffen Sie es eigentlich, so überaus ansehnlich zu weinen?« erkundigte sie sich bewundernd. »Ich schluchze, pruste, schnaube und vergieße wahre Ströme von Tränen.«

Elizabeth betupfte sich die Augen, bevor sie Whitney flehend ansah. »Vorhin sagten Sie, Sie wären mir gegenüber unfair gewesen und das täte Ihnen leid. Wenn es Ihnen wirklich ernst damit ist, könnten Sie dann nicht noch ein paar Tage warten, bis Sie sich von Paul trennen? Peter wird mir jeden Augenblick einen Heiratsantrag machen, das spüre ich.«

»Sie wissen nicht, was Sie da von mir verlangen«, meinte Whitney zögernd. »Wenn eine bestimmte Person glaubt, ich hätte mich tatsächlich mit Paul verlobt, wäre mein Leben keinen Pfifferling mehr wert.« Elizabeth sah aus, als würde sie sofort wieder in Tränen ausbrechen, und Whitney fühlte sich zwischen der Überzeugung, ein paar Tage könnten wirklich nicht viel ausmachen, und der Angst hin und her gerissen, gerade sie könnten eine Katastrophe heraufbeschwören. »Ich gebe Ihnen drei Tage«, sagte sie. »Aber dann werde ich den Gerüchten ein Ende bereiten.«

Nachdem Elizabeth gegangen war, saß Whitney noch lange in ihrem Zimmer und grübelte über ihre mißliche Lage nach. Dann stand sie entschlossen auf, ging zu Tante Anne hinunter in den Salon und erzählte ihr die ganze Geschichte – auch von ihrer geplanten Flucht mit Paul. Lady Gilbert erbleichte, schwieg aber, bis sie ausgeredet hatte. »Und was wirst du nun tun?« wollte sie dann wissen.

»Ich halte es für das beste, wenn ich nach London zu Emily fahre. Ich werde Seine Gnaden sofort von meiner Ankunft informieren, und er wird mich natürlich besuchen. Dann passe ich einen günstigen Augenblick ab, um ihm von den Gerüchten hier zu erzählen. Ich glaube kaum, daß er viel auf das Geschwätz gibt, solange er davon überzeugt ist, daß ich dafür nicht verantwortlich bin.«

»Ich werde dich begleiten«, bot Tante Anne sofort an.

Whitney schüttelte den Kopf. »Das wäre mir sehr lieb, aber immerhin dürfen wir die Möglichkeit nicht außer acht lassen, daß er zurückkehrt, ohne sich mit mir in London getroffen zu haben. Wenn er dann den Klatsch hört, wird er unverzüglich hier erscheinen, und ich möchte, daß du ihm alles erklärst und ihn beruhigst.«

»Eine verlockende Aussicht«, bemerkte Tante Anne trokken, lächelte Whitney aber sofort liebevoll an. »Also gut, dann bleibe ich hier. Ich kann nur hoffen, daß alles so verläuft, wie du es dir vorstellst«, setzte sie aufseufzend hinzu.

Drei Tage später packten Clarissa und Whitney die Truhe für die Reise nach London, als sich Elizabeth Ashton bedrückt ins Zimmer schob. »Peter ist einem Heiratsantrag nicht näher als vor zehn Jahren«, verkündete sie düster und ließ sich hoffnungslos in den nächstbesten Sessel fallen.

Whitney warf ein Bündel Unterwäsche in die Truhe und starrte Elizabeth mißmutig an. »Sind Sie sicher?«

»Absolut«, erwiderte Elizabeth niedergeschlagen. »Ich schlug ihm vor, heute abend ohne meine Eltern bei mir zu Abend zu essen. Und wissen Sie, was er geantwortet hat? Daß er nichts dagegen hat, mit meinen Eltern zu essen . . .«

»Dieser Dummkopf!« entfuhr es Whitney gereizt. Sie drehte sich um und lief nachdenklich im Raum auf und ab. »Sie mögen ja bereit sein, sich mit einer Niederlage abzufinden – aber ich bin es nicht! Jedenfalls nicht, wenn es um Peter Redfern geht. Dieser Narr verehrt Sie doch, seit wir Kinder waren. Er braucht nur irgend etwas, was ihn dazu zwingt, sich Ihnen unverzüglich zu erklären. Ich hab's!« rief sie plötzlich und schoß mit so verdächtig funkelnden Augen zu Elizabeth herum, daß diese sich an frühere Zeiten erinnert fühlte. »Whitney, was Sie auch vorhaben mögen – wir werden es auf keinen Fall tun!«

»O doch, das werden wir!« jubelte Whitney triumphierend. »Miss Ashton, ich lade Sie hiermit ein, mich nach London zu begleiten!«

»Aber ich will nicht nach London«, sprudelte Elizabeth erregt hervor. »Ich will Peter.«

»Gut, gut. Heute abend werden Sie ihn bekommen. Und nun sprechen Sie mir nach: ›Ja, ich werde mit Ihnen nach London fahren.‹«

»Ja, ich werde mit Ihnen nach London fahren«, plapperte Elizabeth. »Aber ich will das nicht.«

»Hervorragend, denn Sie werden nicht mitkommen. Aber ich habe Sie eingeladen, und Sie haben akzeptiert. Also werden Sie Peter nicht belügen, wenn Sie ihm erklären, daß Sie mit mir nach London fahren.« Sie griff schnell nach der Hand einer sehr verwirrten Elizabeth und zog sie an den Schreibtisch. »Und jetzt schreiben Sie Peter. Laden Sie ihn ein, hier mit Ihnen und mir zu Abend zu essen. Schreiben Sie ihm, daß wir beide etwas wirklich Außergewöhnliches vorhaben. Das muß ihn einfach in einen Schockzustand versetzen.«

»Peter wird unser Ausflug nach London nicht gefallen«, merkte Elizabeth an.

»Er wird außer sich sein«, stimmte Whitney sich selbst begeistert zu. »Obwohl ich inzwischen erwachsen bin, mustert er mich noch immer so, als würde er im nächsten Moment die ungeheuerlichsten Dinge von mir erwarten.«

Zum ersten Mal in ihrem braven, behüteten Leben zeigte Elizabeth einen ausgesprochen störrischen Zug. »Wenn Peter nicht zustimmt, werde ich auf keinen Fall mitkommen.«

Whitney verdrehte ungeduldig die Augen. »Aber Sie kommen doch auch gar nicht mit. Begreifen Sie denn nicht? Die Vorstellung – die Vorstellung, Elizabeth! –, Sie könnten gemeinsam mit mir etwas unternehmen, wird für ihn genug Anstoß sein, sich Ihnen endlich zu erklären, um das

Schlimmste zu verhindern.« Erwartungsvoll sah Whitney Elizabeth an. Jetzt mußte der Groschen doch endlich gefallen sein!

Sehr zögernd griff Elizabeth nach der Feder und schrieb die Einladung, die Whitney von einem Diener Peter Redfern überbringen ließ.

Drei Stunden später wurde Elizabeth trotz ihrer vehementen Proteste in Whitneys gewagteste Robe gesteckt, und Clarissa bürstete ihre blonden Locken zu einem Chignon zusammen. Immer noch widerstrebend wurde sie vor den Spiegel geführt.

»Nun machen Sie schon«, drängte Whitney. »Sehen Sie sich an, wie wunderschön Sie aussehen . . .«

Fast schüchtern wanderten Elizabeths Hände über die Falten des eleganten Seidenkleides, über ihre schmalen Hüften, die schlanke Taille und blieben entsetzt an ihrem Dekolleté hängen. Sofort flogen ihre Hände hoch und versuchten, ihre sanft schwellenden Brüste zu bedecken. »Großer Gott«, ächzte sie entsetzt und wurde blutrot. »So kann ich unmöglich . . .«

Whitney verdrehte die Augen. »O doch, so können Sie, Elizabeth. In Frankreich würde man diese Robe als höchstens eine Spur gewagt bezeichnen.«

Ein nervöses Kichern entrang sich Elizabeths Lippen, als sie langsam die Hände wieder sinken ließ. »Glauben Sie, daß es Peter gefällt?«

»Nicht«, prophezeite Whitney munter, »wenn ich ihm erkläre, ich hielte Ihre Roben für entschieden zu züchtig, und daß ich dafür sorgen würde, daß Sie sich neue für die Gesellschaften kaufen, die wir in London besuchen werden.«

Um acht Uhr betrat Peter den kerzenbeleuchteten Speiseraum. Nach einem knappen Kopfnicken in Richtung Whitney sah er sich nach Elizabeth um, die mit dem Rücken zu ihm am Fenster stand.

»Welche ungewöhnlichen Dinge werden hier eigentlich geplant?« wollte er wissen.

Ganz langsam drehte sich Elizabeth um, und Peters Gesicht erstarrte zu einer Maske fast komischer Ungläubigkeit.

Elizabeth, die offensichtlich erwartet hatte, daß er nach dem ersten Blick auf sie auf die Knie sinken und seinen Antrag hervorstammeln würde, verharrte in erwartungsvollem Schweigen. Als er sich noch immer nicht rührte, reckte sie ihr anmutiges Kinn und setzte zum erstenmal in ihren einundzwanzig Jahren die weiblichen Listen ein, die ihr angeboren waren. »Whitney und ich fahren morgen für einige Tage nach London«, verkündete sie und paradierte in ihrem ganzen blonden Liebreiz vor dem entgeisterten Peter auf und ab. »Whitney meint, ich müßte die Sensation von London werden, wenn ich erst einmal neue Roben und eine neue Frisur habe. Sie will mir auch beibringen, wie man mit den Gentlemen flirtet«, setzte sie mit unschuldigem Augenaufschlag hinzu. »Natürlich«, fügte sie aufgrund eines Geistesblitzes hinzu, »hoffe ich, mich nicht so zu verändern, daß du mich nicht mehr wiedererkennst, wenn ich zurückkomme . . .«

Irgendwie gelang es Whitney, fast ebenso unschuldig auszusehen wie Elizabeth. »Ich bemühe mich nur, Elizabeth ein wenig unter meine Fittiche zu nehmen.«

»Da wäre Elizabeth ja unter dem Fallbeil sicherer!« explodierte er. »Ich werde nicht zulassen . . .«

»Ich muß doch sehr bitten, Peter!« rief Whitney und hatte große Mühe, eine ernste Miene zu wahren. »Es geht mir lediglich darum, Elizabeth mit ein paar Gentlemen bekanntzumachen, die ich vor wenigen Tagen auf einem Ball in London kennengelernt habe. Sie alle sind sehr charmant und haben einen tadellosen Ruf. Unter Umständen gehen sie vielleicht ein wenig schnell vor, aber ich bin ganz sicher, daß sich Elizabeth in nicht mehr als einen oder zwei von ihnen heftig verliebt. Es ist an der Zeit für sie, an Heirat zu denken, müssen Sie wissen. Sie ist ein Jahr älter als ich.«

»Ich weiß, wie alt Elizabeth ist!« Frustriert fuhr sich Peter mit der Hand durch die Haare.

»Dann sollten Sie aber auch wissen, daß es Sie nichts angeht, was Elizabeth tut. Sie sind weder ihr Vater noch ihr Ehemann – noch nicht einmal ihr Verlobter... Aber jetzt sollte ich wirklich nach dem Abendessen sehen.« Damit drehte sie sich rasch um und ließ die beiden allein.

Whitney war sich ganz sicher, daß Peter Elizabeth seinen Antrag auf dem Heimweg machen würde. Sie irrte sich. Als sie zehn Minuten später zurückkehrte, standen die beiden Hand in Hand vor ihr.

»Ich bedauere zutiefst, Ihre Pläne über den Haufen werfen zu müssen«, spottete Peter. »Aber Elizabeth wird Sie nicht nach London begleiten. Sie hat zugestimmt, meine Frau zu werden. Nun«, setzte er gereizt hinzu, »was haben Sie dazu zu sagen?«

»Was ich dazu sage?« wiederholte Whitney und senkte schnell die Wimpern, um das Funkeln in ihren Augen zu verbergen. »Nun, ich finde es nicht sehr freundlich von Ihnen, Peter. Schließlich habe ich mich schon sehr gefreut, Elizabeth London zeigen zu können.«

Peter warf seiner künftigen Frau einen zärtlichen Blick zu und meinte sehr viel zugänglicher: »Da Sie so entschlossen zu sein scheinen, mit Elizabeth ein paar Tage in London zu verbringen, können Sie ja gemeinsam für ihre Aussteuer einkaufen. Wenn ihr Vater heute abend seine Zustimmung gibt, wird sie mit Sicherheit schon morgen aufbrechen wollen. Und sie hat mir bereits gesagt, daß sie Sie gern als Brautjungfer hätte.«

Kapitel zwölf

Clayton sah auf seine Taschenuhr und verzog ironisch den Mund. Er benahm sich wie ein verliebter Narr, daß er einen Tag früher als geplant zurückkehrte. Sieben Stunden war er nun schon unterwegs, als hinge sein Leben davon ab, so schnell wie möglich zu ihr zu kommen, und hatte nur angehalten, um die Pferde zu wechseln.

Kurz vor Mr. Oldenberrys Apotheke hielt McRea die Kutsche an. Auf der Straße vor ihnen wurden gerade Schafe verladen, und es war kein Durchkommen. Gereizt über den unwillkommenen Aufenthalt verließ Clayton die Kutsche und gesellte sich zu den Schaulustigen, die begeistert zusahen, wie sich zwei Treiber bemühten, einige entflohene Tiere wieder einzufangen.

»Ein amüsantes Spektakel, nicht wahr?« bemerkte Mr. Oldenberry neben Clayton. »Aber die eigentlichen Sensationen haben Sie verpaßt«, fügte er schlau hinzu und versetzte Clayton einen vertraulichen Rippenstoß. »Der ganze Ort kennt kein anderes Gesprächsthema mehr. Man redet nur noch von Verlobungen.«

»Tatsächlich?« meinte Clayton desinteressiert und sah zu, wie die Männer das letzte blökende Tier auf ihrem Wagen verfrachteten.

»Ja, in der Tat«, fuhr Mr. Oldenberry fort. »Aber Sie werden den beiden Bräuten kaum gratulieren können, denn beide halten sich in London auf.« Er senkte seine Stimme zu einem vertraulichen Flüstern: »Ich persönlich war allerdings sicher, daß Miss Stone sich für Sie entscheiden würde, aber sie hat Mister Sevarin schon immer gewollt, und nun wird sie ihn auch bekommen. Sie sind verlobt. Und gleich darauf erfuhr ich, daß Miss Ashton ihre Verlobung mit Mister Redfern bekanntgegeben hat. Eigentlich erstaunlich, daß sich lange Zeit gar nichts zu ereignen scheint, und dann . . .«

Claytons Kopf fuhr herum, und angesichts des mörderischen Blicks in den grauen Augen versagte Mr. Oldenberry die Stimme. »Was haben Sie da gerade gesagt?« erkundigte sich Clayton eiskalt.

»Ich . . . ich sagte, daß sich Miss Stone und Miss Ashton während Ihrer Abwesenheit verlobt haben.«

»Sie lügen, oder Sie haben sich verhört.«

Mr. Oldenberry trat hastig einen Schritt zurück und schüttelte vehement den Kopf. »Nein, es ist die Wahrheit. Da können Sie jeden im Ort fragen. Gestern sind Miss Ashton und Miss Stone im Abstand von einer Stunde nach London gefahren. Sie wollen Einkäufe für die Hochzeit machen, das hat mir Mistress Ashton selbst erzählt«, fügte Mr. Oldenberry fast verzweifelt hinzu. »Miss Stone wohnt bei Lady Archibald und Miss Ashton bei ihren Großeltern . . .«

Ohne ein Wort machte Clayton auf dem Absatz kehrt und lief auf seine Kutsche zu.

»Zum Anwesen der Stones«, zischte Clayton McRea zu und sprang in die Kutsche.

Als sie vor der Freitreppe hielten, kam ihnen ein Diener entgegengeeilt. »Wo ist Miss Stone?« herrschte ihn Clayton an.

»In London, Sir«, erwiderte der und trat sicherheitshalber einen Schritt zurück.

Noch bevor die Pferde vor seinem Haus ganz standen, stieß Clayton den Schlag auf und sprang hinaus. »Lassen Sie frische Pferde einspannen«, zischte er dem überraschten Reitburschen zu. »In zehn Minuten fahre ich nach London zurück.« Er hastete die Treppe hinauf und hatte das Gefühl, vor ohnmächtiger Wut zu explodieren. Dieses verschlagene, hinterlistige Geschöpf! Da raste er den ganzen Tag über staubige englische Landstraßen, um endlich bei ihr zu sein, aber sie fuhr seelenruhig nach London, um dort ihre Aussteuer zu kaufen – eine Aussteuer, für die er bezahlte . . .

»Gott sei ihrer schwarzen Seele gnädig«, knurrte er vor sich hin, während er schnell die Kleidung wechselte. Sobald er im Besitz einer Heiratserlaubnis war, würde er sie vor den Traualtar schleppen – notfalls bei den Haaren!

Doch nein! Warum sollte er auf die Erlaubnis warten? Er würde sie noch heute nacht nach Schottland entführen und dort heiraten. Die Schande, der sie sich nach ihrer Rückkehr ausgesetzt sähe, war eine gerechte Strafe dafür, daß sie ihn so hintergangen hatte!

Es war bereits nach Mitternacht, als die Kutsche vor dem hellerleuchteten Haus der Archibalds hielt, wo eine Gesellschaft in vollem Gange zu sein schien.

»Warten Sie, ich bin gleich wieder da«, rief er dem Kutscher zu und eilte die Treppe hinauf.

Die Nachtluft kühlte Whitneys erhitzte Wangen, als sie sich mit erzwungenem Lächeln den Gentlemen zuwandte, die ihr auf Emilys Terrasse hinaus gefolgt waren. Immer wieder fiel ihr beunruhigter Blick ins Innere des Hauses und suchte nach Clayton, obwohl sie wußte, daß er so spät kaum noch kommen würde. Vielleicht hatte er ihre Einladung doch nicht erhalten?

Nein, sagte sie sich. Claytons Sekretär hatte sich über die Reisepläne seines Herren sehr entschieden geäußert. Es hatte keinen Sinn, sich etwas vorzumachen. Clayton hatte ihre Einladung einfach ignoriert. Ihre Befremdung machte einem Gefühl tiefer Verletzung Platz.

Sie hatte sich dazu entschossen, die Haare locker auf die Schultern fallen zu lassen, weil er gesagt hatte, so gefielen sie ihm am besten. Sie hatte sich für eine besonders verführerische Robe aus cremefarbenem Satin mit Perlenstickerei entschieden. Sie hatte alles getan, um ihm zu gefallen, aber er hatte sich nicht die Mühe gemacht zu kommen oder sein Fernbleiben zumindest zu entschuldigen.

Clayton nickte den wenigen Gästen, die er kannte, kurz zu, aber sein Blick schweifte wie der eines Panthers auf der Suche nach seiner Beute durch den Raum. Er sah, daß DuVille mit zwei Gläsern Champagner auf die Terrassentür zuging. Er folgte ihm mit den Blicken – und da draußen, auf der Terrasse, stand Whitney, umringt von mindestens einem halben Dutzend Männer.

Mit trügerischer Gelassenheit schlenderte Clayton auf die

Gruppe zu. Gerade wollte er die Tür durchqueren, die DuVille eben durchschritten hatte, als sich eine Hand auf seinen Arm legte.

»Welch angenehme Überraschung, Sie hier zu treffen«, sagte Margaret Merryton.

Claytons ganze Aufmerksamkeit war auf Whitney gerichtet. Er wollte seinen Arm fortziehen, aber Margarets Finger packten fester zu. »Entwürdigend, finden Sie nicht auch?« bemerkte sie, als sie sah, wohin er blickte.

Vierunddreißig Jahre strikter Einhaltung gewisser Anstandsregeln ließen sich nicht von einem Moment auf den anderen ablegen, und so wandte sich Clayton der Frau zu, die mit ihm sprach – allerdings brauchte er in seiner Wut etliche Sekunden, um sie zu erkennen. Fast verständnislos blickte Clayton in die braunen Augen, deren Ausdruck sehr schnell von bewundernder Zuneigung zur Verachtung einer beleidigten Frau wechselte. Auf der Terrasse klang Gelächter auf, und Claytons Kopf zuckte in die entsprechende Richtung.

Margarets Hand krampfte sich konvulsivisch um seinen Arm, ihr verletzter Stolz machte ihre Stimme ganz heiser. »Wenn Sie so wild auf sie sind, dann holen Sie sie sich doch. Um DuVille oder Paul Sevarin brauchen Sie sich keine Sorgen mehr zu machen. Keiner von beiden wird sie heiraten.«

»Warum das?« fragte Clayton und entzog ihr seinen Arm.

»Weil Paul gerade festgestellt hat, was Monsieur DuVille seit Jahren wußte: daß keiner von beiden ihr erster war!« Sie sah, wie Clayton erbleichte und an seinem Kinn ein Muskel zu zucken begann. Sie drehte sich um und zischte über die Schulter hinweg: »Falls es Sie interessiert: Ein Stalljunge war ihr erster. Deswegen wurde sie nach Frankreich geschickt!«

Irgend etwas in Clayton zerbrach und ließ ihn jede Kontrolle über seine Empfindungen verlieren. Zu einem anderen Zeitpunkt hätte er Margarets Worte als weibliche Eifersucht abgetan. Aber es war kein anderer Zeitpunkt. Es war der Tag, an dem ihn Whitney zum Narren gehalten und bewiesen hatte, was für eine erbärmliche Lügnerin sie doch war.

Er stürmte auf die Tür zu, riß sie auf und trat genau in dem Moment hinter Whitney auf die Terrasse, als einer ihrer leicht berauschten Bewunderer vor ihr auf die Knie sank.

»Miss Stone«, scherzte er mit leicht verwaschener Stimme, »Ihr Anblick raubt mir die Sinne. Darf ich Sie um die Ehre bitten, mir Ihren Arm . . . nein, Ihre Hand . . .« Unvermittelt hielt er inne, schluckte hart und starrte wie gebannt über Whitneys Schulter.

Lachend drehte sich Whitney halb um . . . Ein wildes Glücksgefühl durchströmte sie, und sie lächelte Clayton strahlend an, doch dessen Aufmerksamkeit richtete sich auf den armen Carlisle.

»Stehen Sie auf!« schnarrte Clayton und fügte mit ächzendem Sarkasmus hinzu: »Falls Sie die Absicht haben, Miss Stone um ihre Hand zu bitten, müssen Sie unglückseligerweise warten, bis ihr eine nachgewachsen ist. Im Augenblick besitzt sie nur zwei, und die hat sie bereits vergeben.« Damit umklammerte er Whitneys Handgelenk mit eisernem Griff und zog sie mit sich fort – über die Terrasse, über den Rasen, um das Haus herum und auf seine Kutsche zu.

»Lassen Sie mich los! Sie tun mir weh!« keuchte sie, stolperte über den Saum ihrer Robe und fiel fast auf die Knie. Aber Clayton riß sie so brutal wieder hoch, daß ihr ein scharfer Schmerz vom Handgelenk bis in die Schulter fuhr. Dann rief er dem Kutscher einen Befehl zu, riß den Schlag auf und schleuderte sie ins Kutscheninnere.

»Wie können Sie es wagen!« fauchte Whitney, tief empört über die Peinlichkeit, vor Emilys Haus wie ein Gepäckstück in eine Kutsche geworfen zu werden. »Was glauben Sie denn, wer Sie sind?« Die Pferde galoppierten los, und Whitney wurde heftig gegen die Rückenpolster geschleudert.

»Für wen ich mich halte?« höhnte Clayton. »Nun, ich bin

Ihr Besitzer. Ich wiederhole nur Ihre Worte. Ihr Vater hat sie verkauft, und ich habe Sie erworben.«

Verwirrt starrte ihn Whitney an. Sie vermochte nicht zu glauben, daß Clayton über Carlisles harmlosen Scherz derart in Wut geraten war. Sie hatte geglaubt, heute abend könnte es zu einer Versöhnung zwischen ihnen kommen, doch nun sah sie sich verblüffenderweise seinem eiskalten Zorn gegenüber.

Dennoch war sie fast unsinnig glücklich darüber, daß er ihre Einladung nicht ignoriert hatte, und sie konnte ihm wirklich keine Vorwürfe machen, daß er seine Beherrschung verlor, wenn er dazu kam, wie ein anderer ihr einen Heiratsantrag machte – wie scherzhaft auch immer. »Mister Carlisle war ziemlich betrunken, müssen Sie wissen«, begann sie sanft, »und sein Antrag war lediglich ein Scherz. Er . . .«

»Halten Sie den Mund!« fuhr er sie an. Er drehte sich zu ihr um, und zum erstenmal sah Whitney im flackernden Schein der Kutschenlampe den wilden, erbarmungslosen Zorn, der von dem Mann neben ihr ausging. Sein gutgeschnittenes Kinn war wutverzerrt, sein Mund nur noch ein schmaler Strich und der Blick voller kalter Verachtung. Sofort wandte er sich wieder ab, als könne er ihren Anblick nicht ertragen.

Nie zuvor in ihrem Leben war Whitney von jemandem so angesehen worden – nicht einmal von ihrem Vater. Aus ihrem Schock wurde zunächst Verletztheit, dann bohrende Angst. Schweigend sah sie aus dem Fenster, bis die Lichter der Stadt seltener wurden und schließlich ganz verschwanden. »Wohin bringen Sie mich?« fragte sie unsicher. Er antwortete nicht. »Clayton?« wiederholte sie flehend. »Wohin fahren wir?«

Clayton sah ihr in das schöne, furchtsame Gesicht. Am liebsten hätte er ihr die Hände um den schlanken weißen Hals gelegt und zugedrückt – weil sie ihren Körper von anderen Männern hatte besudeln lassen, weil sie seine Liebe und sein Vertrauen verraten hatte und weil sie ihn endlich Clayton nannte – jetzt, wo er wußte, daß sie nichts anderes war als eine verlogene kleine Hure, die ihren üppigen, reizvollen Körper jedem zur Verfügung stellte, den es nach ihm verlangte. Er verdrängte seine Vision, wie sie mit anderen Männern schlief, und blickte, ohne sie einer Antwort zu würdigen, zum anderen Fenster hinaus.

Whitney versuchte, ihre Angst damit zu verdrängen, daß sie zu erkunden bemüht war, in welche Richtung sie fuhren. Nach Norden, erkannte sie. Jetzt geriet sie in Panik. Sie holte tief Luft, schluckte auch den letzten Rest ihres Stolzes hinunter und sagte: »Ich wollte Ihnen heute eigentlich sagen, daß ich bereit bin, Sie zu heiraten. Es ist nicht nötig, mich nach Schottland zu bringen, um mich dort zu heiraten. Ich werde . . .«

»Nicht nötig, Sie zu heiraten?« unterbrach Clayton und lachte bitter auf. »Das habe ich inzwischen erfahren. Ich habe jedoch weder die Absicht, nach Schottland durchzubrennen, noch habe ich vor, meine Pferde weiterzuhetzen. Auf der Jagd nach Ihnen haben sie mich heute schon durch halb England getragen.«

Die Kutsche machte eine scharfe Biegung nach links, und im selben Moment ging Whitney die Bedeutung seiner Worte auf. Wenn er den ganzen Tag »auf der Jagd nach ihr« unterwegs war, mußte er zu Hause gewesen sein und die Gerüchte über ihre Verlobung mit Paul gehört haben. Bittend legte ihm Whitney die Hand auf den Arm. »Das mit Paul kann ich erklären . . .«

Seine Finger legten sich so fest auf ihre schmale Hand, daß sie vor Schmerz unwillkürlich leise aufschrie. »Es freut mich, daß Sie so begierig sind, mich zu berühren«, näselte er ironisch, »weil Sie bald genug Gelegenheit erhalten, genau das zu tun.« Er hob ihre Hand von seinem Arm und ließ sie verächtlich auf ihren Schoß fallen. »Da die Kutsche jedoch nicht der geeignete Ort für die Demonstration Ihrer Zuneigung ist, werden Sie Ihre Leidenschaft noch einige Zeit zügeln müssen.«

»Meine Leidenschaft . . .«, entfuhr es Whitney, dann sprudelte sie hervor: »Haben Sie ein Glas zuviel getrunken?«

Seine Lippen verzogen sich zu einem zynischen Lächeln. »Ich bin nicht betrunken. Also brauchen Sie keine Angst zu haben, ich wäre nicht in der Lage . . .« Und dann fügte er fast freundlich hinzu: »Sie sollten jetzt schlafen. Vor Ihnen liegt eine lange und anstrengende Nacht.«

Whitney hatte keine Ahnung, wovon er eigentlich sprach. Sie befand sich in einem Zustand fast hysterischer Angst, aber er saß seelenruhig neben ihr, riet ihr, ihre Leidenschaft zu zügeln, und versicherte, er sei durchaus in der Lage . . . In welcher Lage? Wozu in der Lage? Als sie die vulgäre Grobheit seiner Bemerkungen endlich verstand, erfaßte sie namenlose Angst. Jetzt begriff sie, was er vorhatte!

Whitney suchte die sternenklare Nacht vor den Fenstern nach Anzeichen für ein Dorf, ein Gehöft ab – nach irgend etwas, wo sie Zuflucht suchen könnte. Vor ihr schimmerten ein paar Lichter auf – eine Poststation oder ein Gasthaus, vermutete sie. Sie wußte zwar nicht, welche Verletzungen sie sich zuziehen konnte, wenn sie aus der Kutsche sprang, aber darum scherte sie sich nicht, solange sie nur wieder aufstehen und davonlaufen konnte – auf diese Lichter da vor ihr zu.

Ganz behutsam schob Whitney ihre Hand auf den Türgriff zu. Sie warf einen letzten, verstohlenen Blick auf das steinerne Profil des Mannes neben ihr und hatte das Gefühl, daß irgend etwas in ihr erstarb.

Sie kniff die Augen zu, um die brennenden Tränen zu verdrängen. Mit den Fingerspitzen fuhr sie an der Polsterung der Tür entlang, bis sie das kühle Metall des Griffes berührten. Nur noch ein paar Sekunden, bis sie auf einer Höhe mit dem Gasthaus waren und die Pferde in der Kurve langsamer wurden. Whitneys Finger klammerten sich um den Griff . . ., und sie schrie laut auf, als Claytons Hand ihren Arm umfaßte und ihn brutal von der Tür zurückriß.

»Nicht so ungeduldig, mein Schätzchen. Ein gewöhnliches

Landgasthaus ist kaum die angemessene Umgebung für unser erstes Zusammensein als Mann und Frau. Oder bevorzugen Sie Gasthäuser für Ihre kleinen Stelldichein?« Mit einer scharfen Drehung seines Armes schleuderte er sie auf den Sitz ihm gegenüber.

Mit klopfendem Herzen beobachtete Whitney, wie die Entfernung zwischen der Kutsche und dem Gasthof immer größer wurde.

»Ich persönlich«, fuhr Clayton in lockerem Konversationston fort, »habe die Bequemlichkeiten meines Heimes stets der fragwürdigen Sauberkeit und den durchgelegenen Betten vorgezogen, die man üblicherweise in derartigen Örtlichkeiten antrifft.«

Sein kühler Spott ließ sie endgültig die Beherrschung verlieren. »Sie . . . Sie sind ein Bastard!« brach es aus ihr heraus.

»Wenn Sie meinen«, erklärte er ungerührt. »Dann bin ich ja hervorragend dazu geeignet, die Nacht im Bett mit einer Schlampe zu verbringen!«

Whitney schloß die Augen, lehnte den Kopf gegen die Polster und bemühte sich verzweifelt, ihre Gefühle unter Kontrolle zu bekommen. Clayton war über Paul erzürnt, und irgendwie mußte sie das aufklären. Sie schluckte krampfhaft und flüsterte in die Dunkelheit: »Für den Klatsch, den Sie gehört haben, ist Mistress Sevarin schuld. Im Gegensatz zu dem, was Sie offenbar annehmen, habe ich Paul sofort nach seiner Rückkehr erklärt, daß ich ihn nicht heiraten kann. Aber die Gerüchte konnte ich nicht verhindern, daher bin ich nach London gefahren, um . . .«

»Die Gerüchte sind Ihnen dorthin gefolgt, mein Schätzchen«, informierte er sie mit seidenweicher Stimme. »Und nun hören Sie auf, mich mit Ihren Rechtfertigungsversuchen zu langweilen.«

»Aber . . .«

»Halten Sie den Mund«, warnte Clayton tödlich ruhig, »sonst ändere ich meine Meinung und warte nicht, bis wir ein bequemes Bett gefunden haben, sondern nehme Sie gleich hier!«

Nach fast zwei Stunden Fahrt wurde die Kutsche langsamer und schien ein Tor zu passieren. Die Benommenheit der Erschöpfung schwand, und Whitney erblickte durch das Fenster in der Ferne die Lichter eines großen Hauses.

Als sie vor dem Portal hielten, hämmerte ihr Herz so heftig, daß sie kaum atmen konnte. Clayton sprang hinaus, drehte sich um und zog sie aus der Kutsche.

»Dieses Haus werde ich nicht betreten«, rief sie und wehrte sich heftig gegen seinen Griff.

»Jetzt ist es ein wenig spät, Versuche zum Schutz Ihrer Tugend unternehmen zu wollen«, spottete er, hob sie auf die Arme und trug sie die Freitreppe hinauf.

Eine rothaarige Hausangestellte erschien, Whitney öffnete den Mund, um zu schreien, aber sofort erstickte Claytons Hand jeden Protest.

»Gehen Sie zu Bett!« herrschte er die Frau an, die sie mit großen, ungläubigen Augen anstarrte.

»Bitte, bitte, lassen Sie mich los!« flehte Whitney hilflos, als er mit dem Fuß eine Tür zu einem Zimmer aufstieß und eintrat. Im Schein eines Kaminfeuers nahm Whitney vage kostbare Möbelstücke wahr, dann sah sie das große Himmelbett, das auf einem Podest stand.

Er warf sie mitten auf das Bett, machte auf dem Absatz kehrt und lief wieder zur Tür. Einen kurzen Moment lang hoffte Whitney, er würde den Raum verlassen, doch statt dessen streckte er die Hand aus und schob heftig den Riegel vor.

Fast starr vor Angst sah sie zu, wie er am Bett vorbei auf den Kamin zuschritt und sich dort auf eines der Sofas warf. Minutenlang saß er schweigend da und musterte sie so abfällig, als wäre sie ein seltsames, gefangenes Tier, eine abscheuliche Kuriosität.

»Kommen Sie her, Whitney!« brach er schließlich kalt die lastende Stille.

Wild schüttelte Whitney den Kopf und wich bis an den äußersten Rand des Bettes zurück. Ihr Blick flog zu den Fenstern, zur Tür.

»Sie können es versuchen«, kommentierte Clayton. »Aber ich sage Ihnen, daß es Ihnen nie gelingen wird.«

Ihr panisches Aufschluchzen unterdrückend, setzte sich Whitney halb auf und kämpfte gegen die Hysterie an, die in ihr aufstieg. »Ich habe Paul . . .«

»Wenn Sie seinen Namen noch ein einziges Mal erwähnen«, zischte er schneidend, »bringe ich Sie um, so wahr mir Gott helfe!« Und dann wurde er beängstigend höflich. »Sie können Sevarin haben, wenn er Sie immer noch will. Aber darüber sprechen wir später. Doch jetzt, mein Liebchen, kommen Sie erst einmal her, oder muß ich Ihnen helfen?«

Er hob eine Braue und ließ ihr einen Moment Zeit, es sich zu überlegen. »Nun?« fragte er drohend und erhob sich halb vom Sofa.

Ganz langsam verließ Whitney das Bett. Sie bemühte sich, den Kopf gerade zu halten, verächtlich und stolz auszusehen, aber ihre Knie waren weich wie Wachs. Zwei Schritte vor ihm versagten ihr ihre Beine den Dienst. Sie blieb stehen und sah ihn mit Tränen in den Augen an.

Er sprang auf die Füße. »Drehen Sie sich um!« Bevor Whitney irgendeinen Protest äußern konnte, packte er sie bei den Schultern und wirbelte sie herum. Mit einem einzigen, heftigen Ruck riß er ihr das Kleid herunter, so daß der Stoff kreischend in Fetzen ging. Er drehte sie wieder zu sich um und lächelte sie zynisch an. »Diese Robe habe ich auch bezahlt«, erinnerte er sie. Er warf sich wieder aufs Sofa, streckte die langen Beine von sich und beobachtete eine Zeitlang Whitneys hilflose Versuche, das glatte Satinoberteil über den Brüsten festzuhalten. »Lassen Sie es fallen«, befahl er.

Der Satin entglitt ihren Fingern, und er sah gleichgültig zu, wie die Stoffbahnen rauschend zu Boden fielen.

»Und der Rest?« erkundigte er sich.

An ihrer Scham fast erstickend, zog Whitney ihre Unterröcke aus und stand nur mit ihrem dünnen Chemise bekleidet vor ihm. Er wartete darauf, daß sie auch das ablegte. Er wollte sie nackt sehen – als letzte, endgültige Demütigung. Er wollte sie für die Gerüchte bestrafen, indem er sie derart entwürdigte. Nun, sie war bereits mehr als genug gedemütigt und entwürdigt, um alles zu sühnen, was sie jemals getan hatte oder tun wollte. In wortloser Rebellion wich sie zurück.

Aber Clayton war auf den Beinen, bevor sie den zweiten Schritt tun konnte. Seine Hand schoß vor und krallte sich in den dünnen Stoff. Ihre Brüste hoben und senkten sich unter ihren krampfhaften Atemstößen, und sie starrte auf die kräftige Hand, die ihre Brust einst so zärtlich liebkost hatte. Abrupt verspannte sich die Hand und riß ihr das Hemd vom Körper. »Gehen Sie ins Bett!« ordnete er kalt an.

Mit einem Satz sprang Whitney in das Bett und zog sich hastig die Decke bis unter das Kinn, als könnte die sie vor ihm schützen. Wie durch einen Nebel der Unwirklichkeit sah sie, daß sich Clayton den Rock auszog und sein Hemd aufknöpfte. Als seine Hände zu seinem Hosenbund glitten, wandte Whitney den Kopf ab und schloß die Augen. Als sie sie wieder öffnete, beugte er sich drohend über sie.

»Verstecken Sie sich nicht vor mir!« Er griff zu der Decke und entriß sie ihren geballten Fäusten. »Ich möchte sehen, wofür ich so teuer bezahlt habe.« So etwas wie Schmerz überflog sein Gesicht, als sein Blick über ihren nackten Körper glitt, dann verspannten sich seine Züge.

Wie in Trance starrte Whitney zitternd vor Furcht in sein hartes, rücksichtloses Gesicht, während in ihrem Gedächtnis andere, liebevollere Erinnerungen an ihn auftauchten. Sie sah ihn, wie er sich an dem Tag besorgt über sie beugte, als sie vom Pferd gefallen war. Sie sah ihn, wie er ihr zärtlich in die Augen blickte, nachdem sie ihn geküßt hatte. Sie dachte daran, wie er auf dem Ball der Rutherfords neben ihr gestanden und sie stolz als seine Verlobte vorgestellt hatte.

Tante Anne hatte recht gehabt: Clayton liebte sie. Seine Liebe zu ihr trieb ihn dazu, ihr das anzutun – nein, sie hatte ihn dazu getrieben, weil sie in ihrer blinden Verbohrtheit, unbedingt Paul heiraten zu wollen, ihre Gefühle für ihn so lange verdrängt hatte. Er kompromittierte sie absichtlich, damit ihr keine andere Wahl blieb, als ihn zu heiraten und nicht Paul. Er liebte sie, aber sie hatte diesen stolzen Mann dem öffentlichen Gespött preisgegeben.

Das Bett gab unter seinem Gewicht nach, als er sich neben sie legte, und Whitneys Angst wich einem tiefen Bedauern. Zögernd drehte sie sich zu ihm um und legte eine zitternde Hand an seine Wange. »Es tut mir leid«, stammelte sie leise. »Es tut mir so leid.«

Seine Augen zogen sich zusammen, dann beugte er sich zu ihr, stützte sein Gewicht auf einen Ellbogen und umfaßte mit der anderen Hand ihre Brust. »Zeigen Sie es mir«, forderte er sie auf und strich mit dem Daumen spielerisch über ihre Brustwarze. »Zeigen Sie mir, wie leid es Ihnen tut.«

Whitney überhörte die lauten Einwände ihrer Vernunft und ließ es zu, daß seine Finger winzige Lustwogen durch ihren ganzen Körper schickten. Sie wehrte sich nicht. Sie war bereit, ihm zu zeigen, wie leid es ihr tat.

Sein Mund senkte sich auf ihre Lippen, teilte sie, und Whitney bemühte sich, ihre ganze Liebe und tiefe Reue in ihre Küsse zu legen. »Sie sind sehr schön, mein Schätzchen«, murmelte er, während seine Hände begannen, ihren Körper zu erforschen. »Aber vermutlich haben Sie das schon öfter gehört.« Seine Lippen zeichneten eine brennende Spur von ihrer Kehle zu den rosigen Spitzen ihrer Brüste, seine Zunge zog kleine, neckende Kreise. Unvermittelt schlossen sich seine Lippen um ihre Brustwarze, und Whitney stöhnte vor Lust auf. Seine Hand glitt über ihre Hüfte, ihre Schenkel und dann wieder hinauf, um den Hügel zwischen ihren Beinen zu bedecken, und sie verspannte sich instinktiv. Er achtete gar nicht auf sie. Seine Finger wagten sich weiter vor, ertasteten sie, erkundeten sie – und ließen ihren ganzen Körper erschauern.

Whitney gab sich willenlos dem leidenschaftlichen Verlangen hin, das er so erfahren in ihr wachrief, doch dann ergriff sie namenlose Panik. Irgend etwas stimmte nicht. Irgend etwas war falsch an der Art, wie er sie küßte, sie berührte! Für einen Mann, der von unerwiderter Liebe getrieben wurde, fehlte seinen Küssen die glühende Leidenschaft, seinen Liebkosungen das zärtliche Überreden, Drängen ...

Seine Finger bewegten sich in ihr, und sie stöhnte klagend auf.

»Das gefällt Ihnen, nicht wahr?« spottete er leise, dann hielt er inne. »Ich möchte aber nicht, daß es Ihnen zu sehr gefällt, mein Schatz«, erklärte er abrupt, schob sich auf sie und drängte sein Knie zwischen ihre Beine. Er packte ihre Hüften, hob sie an, und in diesem Moment durchdrang der zynische Ton seiner Stimme den dichten Nebel der Sinnlichkeit, in dem sie sich befand. Sie schlug die Augen auf. Sie sah den harten, bitteren Ausdruck in Claytons Gesicht, mit dem er sich kurz zurückzog, um dann mit aller Macht in sie einzudringen. Ein sengender Schmerz durchfuhr Whitney. Sie schrie auf und schlug die Hände vor das Gesicht. Ein wilder Fluch entfuhr Claytons Brust. Er zog sich zurück, und sie verspannte sich hilflos in der Erwartung der nächsten Schmerzwelle, die mit Sicherheit kommen würde, wenn er erneut in sie eindrang.

Doch dieser Schmerz kam nie.

Whitney ließ die Hände sinken. Durch ihren Tränennebel sah sie, daß Clayton den Kopf zurückgeworfen und die Augen geschlossen hatte. Seine Züge waren eine Maske unsäglicher Qual. Während sie in dieses leidverzerrte Gesicht starrte, erbebte ihr ganzer Körper unter verdrängtem Schluchzen, bis sie es kaum noch ertragen konnte. Sie wollte in die Arme genommen und getröstet werden, und unsinnigerweise suchte sie diesen Trost bei ihrem Peiniger. Mit einem leisen Aufschrei schlang Whitney ihre Arme um Claytons Schultern und zog ihn an sich.

Mit unendlicher Zärtlichkeit nahm Clayton sie in die Arme. Wortlos barg sie ihr Gesicht an seiner Brust und begann zu schluchzen. Sie weinte und schluchzte, bis es sie schüttelte, und Clayton glaubte, sie könnte nie wieder aufhören. Und ihr Weinen, ihr Schluchzen, ihre Verzweiflung war die ärgste Bestrafung, die er sich vorstellen konnte.

»Ich . . . ich habe Paul gesagt, daß . . . daß ich ihn nicht heiraten werde«, schluchzte Whitney. »Die Gerüchte sind nicht meine Schuld.«

»Das war es nicht, Kleine«, flüsterte Clayton rauh. »Dafür hätte ich dir das nie angetan.«

»Weshalb denn dann?«

Clayton holte rasselnd Luft. »Ich dachte, du hättest mit ihm geschlafen. Und mit anderen auch.«

Sofort versiegte Whitneys Schluchzen. Sie zog die Decke über ihre nackten Brüste, richtete sich halb auf und funkelte ihn verächtlich an. »Das haben Sie also geglaubt!« zischte sie, entzog sich seiner Umarmung und rollte ans andere Ende des Bettes. Ihre Überzeugung, daß er sie liebte, schwand so schnell wie vorhin die dunkle Angst in der Kutsche. Tief gedemütigt begriff sie, daß er es getan hatte, um sie zu erniedrigen. Sein unbändiger Stolz hatte diese unsägliche Rache für irgendein eingebildetes Vergehen verlangt. Bitter erkannte sie, daß sie sich ihm ohne Gegenwehr hingegeben hatte. Er hatte sie nicht getäuscht, sie hatte sich selbst getäuscht. Er hatte ihr nicht die Tugend gestohlen, sie hatte sie ihm geschenkt! An Scham und Abscheu vor sich selbst fast erstikkend, griff sie hastig nach der Decke, um ihre Nacktheit seinen Blicken zu entziehen.

Clayton bemerkte ihr Bemühen und kam ihr zuvor, indem er sie liebevoll zudeckte. In der verspäteten Erkenntnis, daß er sie nun auch noch zutiefst beleidigt hatte, legte er ihr eine Hand auf die Schulter und wollte sie zu sich herumdrehen.

»Wenn du mir zuhören würdest«, begann er, »würde ich dir gern erklären . . .«

Zornig schüttelte sie seine Hand ab. »Ich wüßte nicht, wie Ihnen das gelingen sollte! Aber Sie sollten es besser brieflich versuchen, denn wenn Sie jemals wieder in meine Nähe oder die meiner Familie kommen, werde ich Sie töten. Das schwöre ich Ihnen!« Diese tapfere Drohung verlor durch die abgehackten Schluchzer irgendwie an Wirkung. Sie schienen endlos anzuhalten, bis sie schließlich in einen erschöpften Schlaf sank.

Und Seine Gnaden, Clayton Robert Westmoreland, Duke of Claymore und Nachkomme eines jahrhundertealten Adelsgeschlechtes, lag neben der einzigen Frau, die er jemals geliebt hatte und wußte nicht, wie er sie trösten oder zurückgewinnen sollte.

Zwei elegante Reise-Chaisen warteten vor Claymore, dem Hauptsitz der Familie Westmoreland. Die überwältigende Pracht des Besitzes war das Ergebnis sorgsamer Instandhaltungsbemühungen von Clayton, seinem Vater, seinem Großvater sowie allen vorangegangenen Herzögen von Claymore.

Für Besucher und Gäste war Claymore ein Haus, in dem sie bewundernd von einem der zahllosen Räume in den nächsten schritten, um die glanzvolle Einrichtung zu bestaunen. Und wenn sie zu den von hohen Säulen getragenen Decken aufblickten, stellten sie ehrfurchtsvoll fest, daß diese von Rubens ausgemalt worden waren.

Für Clayton war das Haus jedoch ein Ort qualvoller Erinnerungen, die ihn nicht in den Schlaf kommen ließen. Und wenn er doch einmal die Augen schloß, suchten ihn die Alpträume von dem heim, was sich hier vor sieben Nächten ereignete hatte. Es war ein Ort, dem er unbedingt entkommen mußte.

Jetzt saß er in der eichengetäfelten Bibliothek hinter dem Schreibtisch und hörte unbeduldig zu, wie der vor ihm sitzende Anwalt die ihm erteilten Aufträge wiederholte.

»Habe ich Sie richtig verstanden, Euer Gnaden? Sie wollen Ihren Heiratsantrag gegenüber Miss Stone also zurückziehen? Aber keinen Versuch unternehmen, die mit diesem Antrag verbundene, bereits gezahlte Geldsumme zurückzuverlangen?«

»So ist es«, erwiderte Clayton knapp. »Ich breche noch heute nach Grand Oak auf und komme in zwei Wochen zurück. Bereiten Sie die Dokumente vor, damit ich sie am Tag nach meiner Rückkehr unterzeichnen kann.« Damit erhob er sich abrupt und beendete das unerfreuliche Gespräch.

Die Dowager Duchess of Claymore sah auf, als der Butler in der Tür erschien. »Die Kutsche Seiner Gnaden fährt gerade vor«, verkündete er, und unverhüllte Freude überzog sein würdiges Gesicht.

Lächelnd trat die Herzoginwitwe an das Fenster des behaglichen Hauses, das ihr Ehemann vor Jahren zu ihrem Alterssitz bestimmt hatte. Im Vergleich zu Claymore war Grand Oak klein, aber sie fühlte sich in seinen heiteren Räumen wohl, die von herrlichen Gärten umgeben waren. Darüber hinaus standen hinter dem Haus einige Gästepavillons, so daß sie auf Besuch und Gesellschaft nicht zu verzichten brauchte.

Sie sah, wie die beiden Kutschen hielten, und lief zum Spiegel, um ihr Aussehen zu überprüfen. Mit ihren fünfundfünfzig Jahren war Alicia Westmoreland noch immer eine sehr schöne, schlanke Frau. Ihre dunklen Haare waren zwar von ersten grauen Strähnen durchzogen, doch das verlieh ihrem faszinierenden Aussehen nur zusätzliche Würde.

Gleich darauf kam Clayton auf sie zu, übersah ihre ausgestreckten Hände, umarmte sie und drückte ihr einen liebevollen Kuß auf die Stirn. »Du bist schöner denn je«, stellte er fest.

Seine Mutter betrachtete besorgt die Falten um Augen und Mund ihres ältesten Sohnes. »Warst du krank, Clayton? Du siehst ja furchtbar aus.«

»Vielen Dank, Mutter«, entgegnete er trocken. »Ich freue mich auch, dich wiederzusehen.«

»Oh, natürlich freue ich mich auch, dich zu sehen«, sagte seine Mutter lachend. »Aber noch mehr würde ich mich freuen, wenn du nicht so erschöpft aussehen würdest.« Sie tat das Thema mit einer leichten Handbewegung ab und zog ihn neben sich auf ein Sofa. »Stephen ist außer sich vor Freude, zwei Wochen lang mit dir verbringen zu können«, sagte sie. »Er hat bereits diverse Gesellschaften geplant und ist sogar jetzt unterwegs, um ein paar Leute zu deiner Begrüßung heranzuschaffen. Ich fürchte, du wirst hier keinen Moment lang zur Ruhe kommen. Wenn du also gekommen bist, um dich ein wenig zu erholen, solltest du dich auf eine böse Überraschung gefaßt machen.«

»Das macht nichts«, entgegnete Clayton grimmig. Er stand auf, trat an einen Tisch und goß sich eine großzügige Portion Whisky in ein Glas.

»Wo ist der Schuft, der mich zur Existenz eines mittellosen jüngeren Sohnes verurteilt?« rief Stephen Westmoreland aus der Halle. Er kam in den Salon, zwinkerte seiner Mutter zu und drückte Claytons Hand. »Ich war es leid, lieber Bruder, mich bei den Londoner Schönheiten dauernd wegen deiner Abwesenheit entschuldigen zu müssen, daher habe ich einige von ihnen mitgebracht, wie du gleich sehen wirst«, sagte er mit einer Kopfbewegung auf das Stimmengewirr in der Halle.

»Wie schön.« Clayton hob gleichgültig die Schultern.

Ein leichtes Stirnrunzeln verengte Stephens blaue Augen, und der nachdenkliche Gesichtsausdruck erhöhte die Ähnlichkeit zwischen den beiden Brüdern. Wie Clayton war Stephen groß und dunkelhaarig. Ihm fehlte zwar die Aura von Autorität und Macht, die von seinem Bruder auszugehen schien, dafür war er umgänglicher, unbeschwerter und verfügte – wie in den einschlägigen Kreisen immer wieder betont wurde – in reichlichem Maß über den nahezu legendären Westmoreland-Charme. Im Gegensatz zu seiner scherzhaften

Bemerkung nagte auch er nicht gerade am Hungertuch und war mehr als zufrieden darüber, daß der Herzogtitel – und die zahllosen damit zusammenhängenden Verpflichtungen – auf den fähigen Schultern seines Bruders ruhte.

»Du siehst ja zum Erbarmen aus«, sagte er, nachdem er seinen Bruder kurz gemustert hatte. »Entschuldige, Mutter«, setzte er jungenhaft lächelnd hinzu.

»Nun, es stimmt ja auch«, erwiderte die Herzogin. »Ich habe ihm das gleiche gesagt.«

»Du hast ihm gesagt, er sähe zum Erbarmen aus?« erkundigte sich Stephen neckend und drückte einen verspäteten Kuß auf die Hand seiner Mutter.

»Es muß eine Familienunsitte sein«, merkte Clayton ironisch an, »die simpelsten Begrüßungsregeln zu mißachten und statt dessen umziemliche Feststellungen zu treffen. Guten Tag, Stephen.«

Kurz darauf schützte Clayton Erschöpfung nach einer vierstündigen Fahrt vor und entschuldigte sich. Sobald er den Salon verlassen hatte, wandte sich Alicia Westmoreland entschlossen an ihren jüngeren Sohn. »Versuche herauszufinden, was ihn bedrückt, Stephen!«

Energisch schüttelte Stephen den Kopf. »Clay würde Eingriffe in sein Privatleben nie dulden, das weißt du ebensogut wie ich. Abgesehen davon ist er vermutlich wirklich nur erschöpft.«

Dennoch ließ Stephen in den folgenden Tagen Clayton kaum aus den Augen. Tagsüber gingen die Gäste des Hauses auf die Jagd, ritten aus oder unternahmen Ausflüge in nahegelegene Ortschaften. Doch nur am Reiten schien Clayton Spaß zu haben. Allerdings zwang er sein Pferd dabei dazu, über die riskantesten Hindernisse hinwegzusetzen, und er ritt mit einer so verwegenen Rücksichtslosigkeit, daß Stephen aufrichtig beunruhigt war.

Am letzten Abend von Claytons Aufenthalt in Grand Oak blieben die Brüder auch dann noch zusammen, als die anderen

Gäste längst ihre Räume aufgesucht hatten. Sie setzten sich mit einer Karaffe Brandy in den Salon, erinnerten sich an die Streiche ihrer Kindheit und gingen, als sie alle erzählt waren, zu leicht anrüchigen Schenkenwitzen über, lachten schallend und leerten ein Glas nach dem anderen.

Clayton griff nach der Karaffe und ließ den letzten Tropfen in sein leeres Glas rinnen. »Alle Achtung«, röhrte Stephen bewundernd. »Du h . . . hast die ganze verdammte Karaffe g . . . geschluckt.« Er griff nach einer anderen Karaffe und schob sie Clayton zu. »Hier, p . . . probier mal, ob du auch den Whisky k . . . kleinkriegst.«

Clayton zuckte gleichgültig mit den Schultern und zog den Verschluß aus der Karaffe.

Mit leicht trüben Augen sah Stephen zu, wie er sein Glas bis zum Rand füllte. »W . . . was zum Teufel h . . . hast du vor? W . . . willst du dich ertränken?«

»Ich versuche«, verkündete Clayton schleppend, »dich unter den Tisch zu trinken.«

»V . . . versuchen kannst du es. Aber ich war immer der bessere von uns. Es w . . . war ungerecht von d . . . dir, geboren zu werden, großer Bruder.«

»Stimmt. Hätte nicht passieren dürfen. Aber sie . . . sie hat es mir zehnfach heimgezahlt.«

Bei aller Trunkenheit lag so viel nackte Verzweiflung in Claytons Stimme, daß Stephens Kopf hochzuckte, so schnell es sein benebelter Verstand erlaubte. »Wer hat es dir heimgezahlt, geboren worden zu sein?«

»Sie.«

Stephen schüttelte heftig den Kopf, um seine Gedanken zu sortieren. »W . . . wer ist sie?«

»Sie mit den grünen Augen«, flüsterte Clayton kaum hörbar. »Sie hat mich bezahlen lassen.«

»Was hast du ihr angetan, daß sie sich rächen wollte?«

»Um ihre Hand angehalten«, erwiderte Clayton mit verwaschener Stimme. »Gab ihrem Vater hunderttausend Pfund.

Aber Whitney wollte mich dennoch nicht.« Er zog eine Grimasse und trank einen großen Schluck Whisky. »Hat sich mit einem anderen verlobt. Alle reden darüber. Nein«, korrigierte er sich. »Sie hat sich nicht verlobt. Aber ich dächte, sie hätte es getan. Und ich . . . ich . . .«

»Und du . . .?« drängte Stephen.

Claytons Gesicht verzog sich zu einer Maske der Qual. Er hob die Hand, als wollte er Stephen um Verständnis bitten, ließ sie dann aber auf den Tisch sinken. »Ich glaubte nicht, daß sie noch unberührt ist«, knirschte er zwischen zusammengebissenen Zähnen hervor. »Wußte es nicht, bis ich sie genommen hatte . . .«

Er verschränkte die Arme auf dem Tisch, legte seinen Kopf darauf und sank endlich in die Bewußtlosigkeit, die er den ganzen Abend lang gesucht hatte. Seine Stimme war so leise, daß Stephen sie kaum verstehen konnte. »Ich höre sie noch immer schluchzen«.

Benommen starrte Stephen auf Claytons gesenkten Kopf und versuchte, sich zusammenzureimen, was er da gerade gehört hatte. Vor kurzem waren ihm in London zwar wilde Gerüchte zu Ohren gekommen, daß sich Clayton verlobt hätte oder zumindest kurz davor stünde, doch er hatte sie als das übliche Geschwätz abgetan. Aber es mußte wahr sein, und das Mädchen war diese Whitney.

Als sich die Brüder am nächsten Morgen auf der Freitreppe voneinander verabschiedeten, konnte keiner von ihnen ins helle Sonnenlicht blicken, ohne zusammenzuzucken. Die Herzogin winkte Clayton liebevoll nach und drehte sich dann zu Stephen um. »Er sieht ja fürchterlich aus.«

»Er fühlt sich auch fürchterlich.«

»Stephen«, begann sie entschlossen, »es gibt da etwas, worüber ich mit dir sprechen möchte.« Sie rauschte in den Salon, schloß fest die Tür und ließ sich auf den nächstbesten Sessel fallen. Dann nahm sie sich ungewöhnlich lange Zeit, die Falten ihrer Robe zu glätten. »In der vergangenen Nacht konnte ich nicht schlafen«, begann sie zögernd, wurde aber immer schneller. »Also ging ich in der Absicht hinunter, euch ein wenig Gesellschaft zu leisten. Aber als ich die Tür zum Salon erreicht hatte, kam ich nicht umhin festzustellen, wie betrunken ihr wart und wollte euch auf der Stelle sagen, wie sehr ich mich schäme, zwei Trunkenbolde zu Söhnen zu haben, als ich . . . als . . .«

Bei der Erwähnung der »Trunkenbolde« zuckten Stephens Lippen vor Lachen, dann wurde er jedoch wieder ernst. »Als du gehört hast, was Clayton mir erzählte?« kam er ihr zur Hilfe.

Sie nickte kläglich. »Wie konnte er so etwas nur tun?«

»Ich bin nicht sicher, warum er es getan hat«, äußerte Stephen vorsichtig, »aber offenbar empfand er etwas für das Mädchen, und er ist ein Mann . . .«

»Behandele mich nicht wie eine Schwachsinnige«, unterbrach ihn seine Mutter erregt. »Ich bin eine erwachsene Frau. Ich war verheiratet und habe zwei Söhne geboren. Ich bin mir sehr wohl bewußt, daß Clayton ein Mann ist und als solcher gewisse . . . äh . . .«

»Gewisse Bedürfnisse hat?« half Stephen wieder aus, während seine Mutter schnell ihren Fächer vor ihr hochrotes Gesicht hob. »Aber darauf wollte ich gar nicht hinaus«, fuhr er fort. »Ich meinte vielmehr, daß er ein Mann ist, der schon immer von Frauen umschwärmt wurde, aber für keine von ihnen genug empfand, um ihr einen Antrag zu machen. Offensichtlich hat er jetzt die Frau gefunden, die er heiraten möchte. Wenn er ihrem Vater hunderttausend Pfund gab, gehe ich davon aus, daß dieses Mädchen arm ist und über keine Mitgift verfügt. Aber dennoch hat es ihn abgewiesen.«

»Dieses Mädchen muß mit Dummheit geschlagen sein, um deinen Bruder abzuweisen«, erklärte die Herzogin hitzig.

Stephen lächelte über ihre mütterliche Loyalität, schüttelte dann aber den Kopf. »Das halte ich für unwahrscheinlich. Für dumme, einfältige Geschöpfe hat sich Clayton noch nie interessiert.«

»Wahrscheinlich hast du recht«, seufzte die Herzogin und stand auf. An der Tür blieb sie noch einmal stehen und warf Stephen einen traurigen Blick über die Schulter hinweg zu. »Ich glaube«, stellte sie ruhig fest, »ich glaube, er muß sie angebetet haben.«

»Das hat er getan.«

Clayton überflog das Dokument, mit dem der Verlobungsvertrag aufgehoben wurde, unterzeichnete es und schob es dem Anwalt wieder zu. »Da wäre noch etwas«, sagte er, als sich der Anwalt erhob. »Sorgen Sie dafür, daß dieser Brief und ein Scheck über zehntausend Pfund zusammen mit diesem Dokument Miss Stone überreicht werden.«

Er zog die Schublade seines Schreibtisches auf, entnahm ihr einen Briefbogen mit dem herzoglichen Siegel und starrte ihn sekundenlang schweigend an.

Er konnte nicht glauben, daß es tatsächlich dazu gekommen war. Warum mußte es nur so enden? Mit diesem schmerzlichen Gefühl eines unsagbaren Verlustes, wo er doch noch vor wenigen Wochen so zuversichtlich gewesen war, daß Whitney bald als Braut neben ihm stehen würde?

Er zwang sich dazu, zur Feder zu greifen und schrieb die Worte: »Nehmen Sie bitte meine aufrichtigen Wünsche für Ihr Glück entgegen und übermitteln Sie sie auch Paul. Der beiliegende Scheck ist als Hochzeitsgeschenk gedacht.« Clayton wußte, daß Whitney wegen des Geldes einen Tobsuchtsfall bekommen würde, aber er konnte den Gedanken nicht ertragen, daß sie das Geld für ein neues Kleid zusammenkratzte, wie sie es als Sevarins Frau mit Sicherheit tun müßte. Und wenn sie ihn aufgrund irgendeines Wunders nicht heiratete, würde das Geld allein ihr gehören. Zumindest könnte ihr verantwortungsloser Vater nicht erneut alles ausgeben, was sie besaß.

»Verwenden Sie einen Umschlag für das Dokument, den Brief und den Scheck«, sagte er und stand auf.

Nachdem der Anwalt gegangen war, sank Clayton in seinem Sessel zurück und schloß die Augen. »O Kleine«, stöhnte er laut auf, »warum muß ich dir nur diesen verdammten Brief schicken?«

Dann fluchte er laut auf und griff nach der Korrespondenz, die unbearbeitet auf seinem Schreibtisch lag.

Mit wilder Entschlossenheit stürzte sich Clayton in die Aufgabe, sie zu vergessen. Allabendlich ging er bewußt mit einer anderen Frau aus und hoffte jedesmal erneut, daß gerade diese Frau irgend etwas in ihm zum Klingen brachte – etwas, das vor wenigen Wochen gestorben war. Aber wenn sie blond war, stellte Clayton fest, daß er helle Haare nicht ausstehen konnte. War sie brünett, fehlte ihren Haaren der Glanz von Whitneys Locken. War sie lebhaft, ging sie ihm auf die Nerven. War sie zurückhaltend und still, hätte er sie am liebsten geschüttelt und gerufen: »Nun sagen Sie doch endlich etwas!«

Aber langsam, ganz langsam, fand er sein Gleichgewicht wieder. Er gewann die Zuversicht, wenn er zwei lachende grüne Augen nur entschieden genug aus seinem Gedächtnis verdrängte, könnte er sie auch vergessen.

Und während die Wochen verstrichen, konnte er auch wieder lächeln – gelegentlich sogar lachen.

Kapitel dreizehn

Elizabeth Ashton stand neben ihrem Vater in der überfüllten Kirche und sah ihrer dritten Brautjungfer nach, wie sie langsam über den Mittelgang dem Altar entgegenschritt, dann wandte sie sich Whitney zu, die als nächste an der Reihe war. »Du wirst mich mit Sicherheit ausstechen«, meinte sie lächelnd und blickte bewundernd auf die gelben und weißen

Rosen in Whitneys Haaren und ihre gelbe Samtrobe. »Du siehst aus wie eine Frühlingsblume.«

Whitney lachte. »Du siehst aus wie ein Engel, und wage es ja nicht, einen neuen Schmeichelwettbewerb anzufangen. Sieht sie nicht hinreißend aus, Emily?« fragte Whitney über die Schulter hinweg leise ihre Freundin, die ihr als nächste folgen würde.

»Aber sicher«, erwiderte Emily fast unhöflich beiläufig. Sie war mit den Gedanken ganz woanders. Heute früh hatte sie Michael berichtet, daß es zwischen Whitney und dem Herzog zu einem ernsthaften Zerwürfnis gekommen sei und daß sie den Herzog in der Hoffnung zur Hochzeit eingeladen hatte, sie einander wieder näherzubringen. Aber Michael hatte erschreckend gefühllos reagiert und erklärt, sie hätte sich nicht ungebeten einmischen dürfen, und vermutlich würde alles damit enden, daß ihr beide Seiten bittere Vorwürfe machten.

Selbstverständlich war auch Elizabeth eingeweiht. Ihr hatte sie anvertraut, zwischen Whitney und Mr. Westland hätte sich eine geheime Romanze angebahnt, die bedauerlicherweise vorübergehend durch einen Streit des Paares getrübt sei. Ob sie – Elizabeth – nicht auch der Meinung sei, ihre Hochzeit wäre eine hervorragende Gelegenheit, die beiden wieder zu versöhnen? Geradezu begeistert hatte sich Elizabeth bereit erklärt, ihm heimlich eine Einladung zu schicken.

Jetzt verfluchte Emily ihren glänzenden Plan als schlimmste Idee, die ihr jemals gekommen war.

»Sie sind an der Reihe, Miss Stone«, flüsterte Emilys Zofe und bückte sich, um Whitneys Schleppe zu ordnen.

Claytons Blick richtete sich in dem Moment auf sie, als sie den Mittelgang betrat, und ihr Anblick verschlug ihm den Atem. Nie zuvor hatte sie so wunderschön ausgesehen, so klar und gelassen. Sie wirkte wie ein Mondstrahl, wie sie da über den kerzenbeleuchteten Gang schritt.

Whitney nahm ihren vorgesehen Platz vor dem Altar ein

und verharrte dort nahezu reglos. Aber als Elizabeth leise das Treuegelöbnis wiederholte, bekamen ihre Worte eine Bedeutung für Whitney, die sie nie zuvor empfunden hatte, und unwillkürlich wollten ihr Tränen in die Augen treten. Ohne den Kopf zu wenden, konnte sie fast die halbe Kirche überblicken, und so suchte sie unmerklich nach Tante Annes tröstlichem Gesicht.

Als sie sich dort Zuspruch geholt hatte, ließ sie den Blick weiter über die Reihen schweifen – vorbei an Lady Eubank, vorbei an Margaret Merrytons Eltern, vorbei an einem sehr hochgewachsenen, dunkelhaarigen Mann, der . . .

Er ist hier! Endlich ist er gekommen, um mit mir zu sprechen, zuckte es ihr wild durch den Kopf. Er kann nicht hier sein, um an der Hochzeit teilzunehmen, weil er nicht eingeladen ist. Er war hier! Und sah sie an, wie er sie noch nie – niemals! – angesehen hatte. Ganz so, als wollte er sie um Verzeihung bitten, sich ihr darbieten . . . Da stand er, sehr aufrecht und sehr gerade und bot sich ihr ganz bescheiden dar. Sie wußte es, sie konnte es spüren.

Jetzt ist die Gelegenheit da, es ihm heimzuzahlen, dachte sie fast hysterisch. Mit einem einzigen Blick kann ich ihm zeigen, wie sehr ich ihn verachte. Eine weitere Chance würde sie vermutlich nicht mehr bekommen. Gleich nach der Trauung würde er die Hochzeit verlassen, da er zu dem Bankett nicht eingeladen war.

O Gott! Da stand er und bat sie stumm um Vergebung. Wenn sie sie ihm verweigerte, würde er gleich die Kirche verlassen. Sie verlassen . . .

Whitney konnte sich nicht rühren, kaum atmen. »Hilf mir!« flehte sie. »Bitte, bitte, hilf mir!« Und dann erkannte sie, daß sie Clayton anflehte. Und daß sie ihn liebte.

In dem Moment, in dem sich Whitney bewegte, wußte Clayton, daß er seine Antwort erhalten würde. Er umklammerte die Kirchenbank vor ihm, bis seine Knöchel schneeweiß waren. Als sie ihn endlich anblickte, ließ ihn die innige

Tiefe in ihren grünen Augen fast auf die Knie sinken. Er wollte in diesen Augen ertrinken, sie in die Arme ziehen, aus der Kirche tragen und anflehen, die drei Worte laut zu wiederholen, die sie ihm gerade stumm gesagt hatte.

Die Trauung war beendet. Jedermann drängte unter fröhlichen Gratulationen auf den Mittelgang, um sich dem Brautzug anzuschließen. Clayton verließ als einer der letzten das Gotteshaus, aber als sie draußen auf der breiten Treppe stand, spürte Whitney seine Anwesenheit hinter sich wie eine magnetische Kraft. Sie erkannte den Duft seines Rasierwassers, aber seine Stimme war ihr ganz fremd, als er rauh flüsterte: »Miss Stone, ich bete Sie an.«

In diesem Augenblick rief ihr Emily zu, sich zu beeilen, die Kutschen warteten bereits.

Der Augenblick ihrer Nähe, ihrer möglichen Versöhnung war vorüber.

Whitney hatte ihre Tante gebeten, sich zwischen der Trauung und dem Bankett am Abend im Haus der Archibalds zu treffen, weil sie ihr von ihrem Zerwürfnis mit Clayton erzählen wollte. Sie hatte sich tagelang vor diesem Moment gefürchtet, doch nun konnte sie es kaum erwarten, mit ihrer Tante zu sprechen.

»Du strahlst ja wie der Sonnenschein«, lächelte Lady Anne, als sie den Salon betrat und Whitney umarmte. »Also wirklich, Liebling.« Sie lachte auf und zog Whitney neben sich auf ein Sofa. »Ich begann mich in der Kirche schon zu fragen, ob ihr eure Augen gar nicht mehr voneinander losreißen könnt!«

»Vor dir konnte ich noch nie etwas verbergen, Tante Anne, oder?«

»Du konntest es vor niemandem verbergen, mein Liebling. Die Hälfte der Gäste verrenkte sich die Hälse, um euch zu beobachten . . .«

So plauderten sie eine ganze Weile, bis es Whitney endlich einfiel, sich nach Onkel Edward zu erkundigen.

»Er ist in Spanien«, erwiderte ihre Tante lächelnd. »Offenbar wird er dort noch aufgehalten, hat mir jedoch fest versprochen, in spätestens sechs Wochen nach England zu kommen. Seinem Brief entnahm ich aber, daß er meine Schreiben offenbar nie erhalten hat.«

Die Stunden verflogen so schnell, daß Whitney kaum glauben konnte, daß es bereits Zeit war, sich von ihrer Tante zu verabschieden. »Übrigens«, meinte Tante Anne an der Tür. »Dein Vater hat dir eine Truhe mit Kleidern geschickt. Ich habe sie herbringen lassen, und Clarissa packt sie gerade aus. O ja, und dein Vater ließ ausrichten, daß auch ein Brief für dich dabei ist.«

Whitney flog die Treppe hinauf und setzte sich an ihren Ankleidetisch. Während ihr Clarissa die Rosenblüten aus den Haaren nahm, fiel ihr Blick auf einen an sie adressierten Umschlag, der am Spiegel lehnte. Sie erbrach das Siegel. Ein amtlich wirkendes Dokument fiel ihr entgegen, und sie begann zu lesen. Sie warf einen Blick auf die letzte Seite und sah die Unterschrift: Clayton Robert Westmoreland, Neunter Herzog von Claymore. Dann bat sie Clarissa, sie alleinzulassen und begann das Dokument noch einmal von vorn zu lesen.

Mit spröden juristischen Formulierungen wurde ihr darin mitgeteilt, daß sie nicht länger mit dem Duke of Claymore verlobt war, daß sein Heiratsantrag widerrufen wäre und daß alle Geldbeträge, Schmuckstücke und ähnliches, die die Familie Stone vom dem Herzog erhalten hätte, als Geschenke zu betrachten wären.

Mit bebenden Fingern entfaltete Whitney einen Brief mit Claytons Handschrift, der dem Dokument beigefügt war. »Bitte nehmen Sie meine aufrichtigen Wünsche für Ihr Glück entgegen und übermitteln Sie sie auch Paul . . .«, las sie. Ein Scheck über zehntausend Pfund entglitt ihren Fingern und flatterte zu Boden. Clayton hatte sie benutzt, um seine Lust und sein Rachebedürfnis zu befriedigen. Und jetzt fand er sie mit einem großzügigen Scheck ab, als wäre sie eine gemeine

Dirne oder eine seiner Geliebten, und hatte auch noch die Stirn, ihren von ihm mißbrauchten Körper Paul ins Ehebett zu legen. »O Gott«, flüsterte Whitney. »Oh, mein Gott!«

Es klopfte an die Tür. »Bist du fertig?« fragte Emily.

»Ich komme in wenigen Minuten hinunter«, rief Whitney heiser. »Emily«, fügte sie dann hinzu, »weißt du, weshalb der Herzog in der Kirche war? Ich meine, hat ihn Elizabeth vielleicht ganz unvorgesehen eingeladen?«

»Ja. Und bist du jetzt nicht froh, daß sie es getan hat?« Emily hörte sich sowohl schuldbewußt als auch befriedigt an.

Der Raum begann zu schwanken. Clayton war nicht zur Trauung gekommen, um sie zu sehen, mit ihr zu sprechen. Er war eingeladen worden! Da sein Brief und die Dokumente bereits vor Wochen verfaßt worden waren, mußte er natürlich davon ausgehen, daß sie diese kannte. Ein bitteres Lachen stieg in ihr auf. Er hatte ganz einfach an einer Trauung teilgenommen, zu der man ihn eingeladen hatte . . . Wie sehr mußte es ihn befriedigt haben, daß sie ihn fast anbetend angelächelt hatte!

Das Bankett! Aufstöhnend verbarg Whitney ihr Gesicht in den Händen. Clayton würde auch an dem Bankett teilnehmen, und sie müßte ihm gegenübertreten!

Als sie kurze Zeit später zu Emily und ihrem Mann in die Halle trat, sah Whitney ein wenig blaß aus, und in ihren Augen schimmerte es verdächtig, aber sie hielt ihren Kopf hoch und reckte entschlossen das Kinn. Äußerlich war sie die Ruhe selbst, aber es war die Ruhe, die einem Sturm vorausgeht.

Wie eine echte Kupplerin hatte Elizabeth dafür gesorgt, daß Clayton an der Tafel seinen Platz Whitney genau gegenüber fand. Clayton nahm kaum etwas zu sich, und was er aß, schmeckte ihm nicht. Dafür war er viel zu beschäftigt mit einer schönen Frau, die sein Herz erobert hatte, aber zu ängstlich oder unwillig schien, seinem Blick zu begegnen. Er sah zu, wie sie angeregt mit den Gentlemen an ihrer Seite plauderte und sie buchstäblich um ihre schlanken Finger wickelte. Eifersucht kochte in ihm hoch.

Zu seinem Unglück saß er auch noch zwischen zwei älteren Ladies, die herausgefunden hatten, daß er ein Herzog war, und ihn sofort als möglichen Ehemann für ihre unverheirateten Töchter in Betracht zogen. »Meine Marie spielt Pianoforte wie ein Engel«, zirpte die eine Mutter. »Sie müssen unbedingt an einem unserer Musikabende teilnehmen, Euer Gnaden.«

»Meine Charlotte singt wie eine Lerche!« machte sich die andere Mutter sofort bemerkbar.

»Ich bin stocktaub«, knurrte Clayton und ließ kein Auge von Whitney.

Später, als Whitney bereits den vierten Tanz mit Paul Sevarin tanzte, dämmerte es Clayton, daß Whitney darauf wartete, daß er auf sie zukam. Er hätte sich für seine Dummheit fast ohrfeigen können. In der Kirche hatte sie den ersten Schritt auf eine Versöhnung hin unternommen, da rechnete sie jetzt natürlich damit, daß er den nächsten tat.

Sobald der Tanz endete, ging Clayton direkt auf sie zu. »Wie schön, Sie wiederzusehen, Sevarin«, log er höflich und plazierte Whitneys Hand energisch auf seinem Arm. »Ich glaube, der nächste Tanz gehört mir.«

Sie erhob zwar keinerlei Einwände, aber ihr höfliches, unpersönliches Lächeln irritierte ihn doch ein bißchen, als sie sich in seinen Armen zu den Walzerklängen drehte.

Sie war noch schlanker als zuvor, und Clayton zog sie schützend an sich. Es war seine Schuld, daß sie abgenommen hatte. »Macht dir der Ball Freude?« fragte er mit einer ihr ganz fremden, sehr zärtlichen, schuldbewußten Stimme.

Whitney nickte strahlend. Sie nickte, weil sie ihrer Stimme nicht traute. Von dem Augenblick an, an dem er dieses Haus betreten hatte, machten ihr alle ihre Sinne seine Anwesenheit schmerzhaft bewußt. Sie kam sich vor, als würde sie innerlich sterben, ganz langsam und qualvoll ersticken. Er hatte ihr die Jungfräulichkeit genommen, dann seinen Heiratsantrag zurückgezogen und ihr vorgeschlagen, statt dessen Paul zu heiraten, und er hatte ihr sein Geld hingeschleudert, um sie zu besänftigen. Und doch mußte sie mit sich kämpfen, ihm nicht zu Füßen zu fallen und ihn zu fragen: Warum? Und ihn anzuflehen, sie wieder in die Arme zu nehmen. Nur eines hielt sie aufrecht: ihr Stolz, ihr verletzter, starrsinniger, mutiger Stolz. Ihr Gesicht schmerzte zwar von dem ständigen Lächeln, dennoch sie würde weiterlächeln, bis Clayton diesen Raum verließ. Und dann – dann würde sie sterben.

Zum erstenmal seit er sie kannte, wußte Clayton nicht, was er zu ihr sagen sollte. Er kam sich vor wie in einem Traum und befürchtete, den Bann zu brechen, sobald er auch nur ein falsches Wort äußerte. Er dachte daran, sich für seinen Überfall zu entschuldigen, aber angesichts des Verbrechens, dessen er sich schuldig gemacht hatte, kam ihm eine Entschuldigung mehr als unpassend vor. Am liebsten hätte er sie gebeten, ihn schon morgen zu heiraten, aber da er sie bereits um ihre Hochzeitsnacht gebracht hatte, war er fest entschlossen, ihr eine Hochzeit zu bieten, mit all dem Glanz und Pomp, zu der sie als Braut eines Herzogs berechtigt war.

Da er sie weder um Verzeihung noch darum bitten konnte, ihn auf der Stelle zu heiraten, sprach er von der anderen Sache, die ihm wichtig war. Er blickte auf ihren gesenkten Kopf hinunter und sagte leise die Worte, die er noch nie einer Frau gesagt hatte. »Ich liebe dich.«

Er spürte den emotionalen Nachhall seiner Worte, denn sie wurde ganz steif in seinen Armen, aber als sie ihren Kopf hob, ließ ihn das übermütige Lachen auf ihrem schönen Gesicht fast stolpern.

»Das überrascht mich nicht im geringsten«, verkündete sie munter. »Ich scheine der Erfolg dieser Saison zu sein, besonders bei hochgewachsenen Männern.« Sie neigte den Kopf, als würde sie über den Grund dafür nachdenken. »Ich glaube, das liegt daran, daß ich für eine Frau recht groß bin. Es muß für große Männer auf die Dauer doch sehr anstrengend sein, sich zu zierlichen Frauen hinunterbeugen zu müssen. Oder«, fügte sie neckend hinzu, »es liegt an meinen Zähnen. Ich habe sehr gute Zähne. Aber ich pflege sie auch sehr sorgfältig und . . .«

»Laß das«, unterbrach Clayton.

»Gut«, versprach sie gespielt ernsthaft. »Ich werde sie nie wieder putzen.«

Clayton sah sie an und fragte sich verblüfft, wie man ein Gespräch mit einer Liebeserklärung beginnen konnte, um bei der Erörterung sehr privater Hygieneprobleme zu enden. »Elizabeth ist eine sehr schöne Braut«, sagte er in dem Bemühen, die Unterhaltung wieder auf das Thema Heirat zu lenken.

Whitney lachte. »Alle Bräute sind schön. Vor Jahrhunderten wurde verfügt – zweifellos von einem Herzog –, daß alle Bräute schön zu sein haben. Und daß sie erröten.«

»Wirst du erröten?« fragte er zärtlich.

»Mit Sicherheit nicht«, entgegnete sie lächelnd, obwohl ihr zum Weinen zumute war. »Ich habe nichts mehr, worüber ich erröten könnte. Aber denken Sie nur nicht, ich hätte etwas dagegen. Frauen, die aus dem geringsten Anlaß erröten oder in Ohnmacht fallen, habe ich schon immer eine gewisse Verachtung entgegengebracht.«

»Was ist denn nur geschehen?« flüsterte Clayton verwirrt. »Vor der Kirche hast du dich ganz anders verhalten . . .«

Whitneys grüne Augen wurden ganz groß. »Ach – das waren Sie?«

Ungeacht des Aufsehens, das sie bei den Hochzeitsgästen erregten, drückte Clayton ihren Kopf an seine Brust. »Was meinst du denn, wer das gewesen ist?«

»Da bin ich mir nicht absolut sicher. Es hätte John Clifford oder Lord Gilmore gewesen sein können«, erklärte sie mit einer flüchtigen Kopfbewegung zu den beiden Freunden des Bräutigams, die während des Banketts neben ihr gesessen hatten. »Beide beteuerten, sie würden mich ›anbeten‹. Es hätte aber auch Paul gewesen sein können. Oder Nicki . . .«

Mit einer einzigen heftigen Armbewegung schleuderte er sie vom Tanzparkett und zischte mit kalter Wut: »Ich habe dich für eine fühlende, empfindsame Frau gehalten, aber du bist nichts weiter als eine ganz gewöhnliche Kokotte.«

Whitney schob das Kinn vor. »So ›gewöhnlich‹ kann ich nicht sein«, entgegnete sie spöttisch. »Schließlich habe ich Sie um einhundertundzehntausend Pfund erleichtert. Und obwohl mir das gelungen ist, brauche ich nur zu lächeln, und schon kommen Sie angelaufen – so wie heute. Keiner von uns beiden ist ›gewöhnlich‹, Mylord«, höhnte sie. »Ich bin eine perfekte Kokotte und Sie sind ein ausgemachter Narr.«

Einen Sekundenbruchteil dachte Whitney, er würde sie schlagen. Doch statt dessen drehte er sich um und schritt mit schnellen Schritten davon. Sie sah ihm nach, wie er an den überraschten Gästen vorbeiging, an den Dienern, und zur Tür hinaus. Sie wußte, daß er in diesem Augenblick für immer aus ihrem Leben verschwunden war. Mit den verdammten Tränen kämpfend suchte sie in der Menge nach Emily. »Emily«, flüsterte sie mit kaum hörbarer Stimme, »bitte sag Elizabeth, daß ich mich sehr schlecht fühle. Ich schicke deine Kutsche zurück, sobald sie mich bei dir zu Hause abgesetzt hat.«

»Ich komme mit«, bot Emily sofort an.

»Nein, ich möchte lieber allein sein. Ich muß allein sein.«

Als Emily und Michael ein paar Stunden später an Whitneys Zimmer vorbeikamen, hörten sie drinnen verzweifeltes Schluchzen. »Laß sie weinen«, riet Michael leise. »Es wird ihr gut tun.«

Kapitel vierzehn

Wenige Wochen später durchquerten vier elegante Kutschen die Parktore von Claymore. In der ersten saßen die Dowager Duchess of Claymore und ihr Sohn Stephen, in der zweiten

Stephens Kammerdiener und die Zofen der Herzogin, die letzten beiden enthielten Truhen mit Kleidung und anderen Gegenständen, die Alicia Westmoreland als unabdingbar für einen längeren Aufenthalt betrachtete – besonders, da sie dabei ihre Schwiegertochter kennenlernen sollte.

»Wie wunderschön es hier ist«, seufzte Ihre Gnaden verträumt und ließ den Blick über die gepflegten Rasenflächen und Parkanlagen schweifen. Unvermittelt wandte sie sich an ihren Sohn und sah ihn durchdringend an. »Bist du auch ganz sicher, daß mir dein Bruder heute eine Schwiegertochter vorstellen wird?«

Stephen lächelte. »Ich kann dir nur das sagen, was ich weiß, Mutter. In seinem Brief schrieb Clay, daß er mit Vanessa noch eine weitere Nacht bei ihren Eltern verbringen wollte, um dann heute nachmittag gegen halb fünf hier zu sein.«

»Er hat nur von ›Vanessa‹ geschrieben?« fragte die Herzogin nach. »Glaubst du wirklich, daß es sich um Vanessa Standfield handelt?«

»Wenn man den Gerüchten glauben darf, heißt sie jetzt Westmoreland.«

»Ich habe sie vor Jahren kennengelernt. Sie war ein bezauberndes Kind.«

»Jetzt ist sie eine bezaubernde Frau«, entgegnete Stephen mit einem jungenhaften Grinsen. »Sehr schön, sehr blond, sehr blauäugig.«

»Gut. Dann werde ich bestimmt wunderschöne Enkelkinder gekommen«, verkündete die Herzogin zufrieden. Plötzlich schien ihr der nachdenkliche Blick ihres Sohnes aufzufallen. »Stephen, hast du etwa irgend etwas gegen sie einzuwenden?«

Stephen zuckte mit den Schultern. »Nur, daß sie keine grünen Augen hat und nicht Whitney heißt . . .«

»Wie? Oh, Stephen, das ist doch lächerlich. Wie kommst du nur auf so etwas? Dieses Mädchen hat ihm nur Unglück gebracht. Aber inzwischen hat er sie offensichtlich vergessen, und das ist gut so.«

»Sie ist nicht so leicht zu vergessen«, wandte Stephen ein.

»Was meinst du damit?« erkundigte sich die Herzogin scharf. »Hast du dieses Mädchen kennengelernt, Stephen?«

»Nein, aber ich habe sie vor kurzem auf einem Ball bei den Kingsleys gesehen. Sie war von den umschwärmtesten Junggesellen Londons umgeben – außer Clay natürlich. Als ich ihren Namen hörte und ihre Augen sah, wußte ich, daß sie es war.«

Die Herzogin dachte daran, eine genauere Beschreibung der jungen Lady zu fordern, die soviel Verzweiflung über ihren ältesten Sohn gebracht hatte, tat diesen Einfall dann aber mit einem Schulterzucken ab. »Das ist alles längst vorüber. Heute bringt Clayton seine Frau nach Hause.«

»Ich kann mir nicht vorstellen, daß er jemanden so schnell vergißt, der ihm soviel bedeutet hat. Und ich kann nicht glauben, daß Clay eine Ehefrau heimbringt. Sehr wahrscheinlich nur eine Verlobte.«

»Fast möchte ich hoffen, daß du recht hast. Es wäre höchst unangenehm, wenn Clayton Miss Standfield so überstürzt geheiratet hätte. Stell dir doch nur den wilden Klatsch und die bösartigen Gerüchte vor.«

Stephen warf ihr einen amüsierten Blick zu. »Clay schert sich keinen roten Heller um das Geschwätz, das weißt du ebensogut wie ich.«

»Zeit zum Aufstehen«, erklärte Emily munter und zog die Vorhänge auf. »Es ist bereits nach zwölf Uhr, und noch immer ist keine Nachricht von Seiner Gnaden gekommen, daß du auf deinen Besuch bei ihm verzichten sollst.«

»Ich bin erst im Morgengrauen ins Bett gekommen«, murrte Whitney, setzte sich dann aber kerzengerade auf. »Ich kann es nicht tun!« rief sie. »Ich kann nicht zu ihm gehen!«

»Selbstverständlich kannst du. Du brauchst nur deine Füße aus dem Bett zu heben. Das klappt immer«, neckte Emily.

Whitney schob die Bettdecke zur Seite und überlegte sich krampfhaft Ausreden, die Begegnung mit Clayton zu vermeiden oder zumindest zu verschieben. Doch dann würde er tatsächlich Vanessa Standfield heiraten, und jede Chance einer möglichen Versöhnung wäre vertan. »Wollen wir heute nicht lieber eine Fahrt durch den Hyde Park unternehmen, ein wenig einkaufen gehen und uns dann das neue Theaterstück im *Royal* ansehen?« schlug sie verzweifelt vor.

»Warum warten wir damit nicht bis morgen, damit wir gleich für deine Aussteuer einkaufen können?«

»Wir haben doch beide den Verstand verloren«, jammerte Whitney. »Er wird mir nicht zuhören. Und selbst wenn, würde es absolut nichts ändern. Er verachtet mich . . .«

Emily hielt ihr auffordernd den Morgenrock hin. »Das ist doch ermutigend. Dann empfindet er zumindest etwas für dich«, erklärte sie resolut, verließ den Raum und kehrte erst zurück, als Whitney angezogen war.

»Wie sehe ich aus?« erkundigte sich Whitney unsicher und drehte sich einmal um sich selbst. Ihre Robe aus hellblauem Samt hatte lange Ärmel und ein tief ausgeschnittenes Mieder. Ihre schweren, mahagonifarbenen Locken waren mit einer Spange aus Aquamarinen und Diamanten auf dem Kopf zusammengefaßt, um dann in reichen Wellen über den Rücken zu fallen. Der Schnitt des Kleides war von raffinierter Schlichtheit, die Frisur betonte ihre faszinierenden grünen Augen und die feingeschnittenen Züge verliehen ihr ein sanftes, sehr verletzliches Aussehen.

»Du siehst aus wie eine wunderschöne Vestalin, die den blutdürstigen Göttern geopfert werden soll«, erwiderte Emily ernst.

»Du meinst, ich sehe ängstlich aus?«

»Absolut verschreckt.« Emily ergriff Whitneys kalte Finger. »Du hast nie besser ausgesehen. Aber das wird nicht reichen. Ich habe den Mann kennengelernt, den du aufsuchen willst, und er wird sich von einer schüchternen, furchtsamen

Frau kaum beeindrucken lassen, auf die er noch immer zornig ist. Wenn du ihm scheu und unterwürfig entgegentrittst, unterscheidest du dich so sehr von dem Mädchen, das er geliebt hat, daß du scheitern mußt. Er wird dich anhören, deine Erklärung zur Kenntnis nehmen, dir danken und dich verabschieden. Mach alles, was dir in den Sinn kommt: streite mit ihm, mach ihn noch wütender, als er ohnehin schon ist, aber zeige bloß keine Angst. Sei das Mädchen, das er geliebt hat. Lächle ihn an, flirte mit ihm, streite mit ihm, widersetze dich – aber sei bitte nicht schwach und unterwürfig.«

»Jetzt weiß ich, wie sich die arme Elizabeth gefühlt haben muß, als ich sie dazu brachte, Peter die Stirn zu bieten«, erklärte Whitney, halb lachend, halb bekümmert.

Emily brachte sie an Michaels Kutsche und umarmte sie stürmisch. »Was auch geschehen mag – alles ist besser als der gegenwärtige Zustand.«

Die Kutsche fuhr mit einer schon sehr viel ruhigeren Whitney los und ließ eine überaus nervöse Emily zurück.

Nach einer Stunde Fahrt geriet Whitneys Gelassenheit wieder ins Wanken, und sie versuchte sich damit zu beruhigen, daß sie sich ihre Begegnung ausmalte. Würde Clayton selbst an die Tür kommen oder würde er sie vom Butler in einen der Salons führen lassen? Würde er sie warten lassen? Und wenn er dann endlich kam – würde er sich mit kaltem, unnahbaren Gesicht anhören, was sie zu sagen hatte, um sie dann vor die Tür zu setzen? Was würde er tragen? Etwas Unauffälliges, Schlichtes, dachte Whitney mutlos und sah an ihrer eleganten Robe hinunter – für die er bezahlt hatte.

Entschlossen riß sie ihre Gedanken von diesen Belanglosigkeiten los und konzentrierte sich wieder auf ihre Begegnung. Lieber Gott, dachte sie verzweifelt, laß ihn ärgerlich oder auch zornig sein, laß ihn die schlimmsten Dinge zu mir sagen, aber bitte, laß ihn auf keinen Fall kalt und höflich sein, denn das würde bedeuten, daß er nichts, absolut nichts mehr für mich empfindet.

Die Kutsche überquerte eine breite Brücke, und endlich kam ein Haus in Sicht: hochherrschaftlich und so groß, daß ihr und selbst Emilys Londoner Stadthaus darin Platz gefunden hätten. Mit zwei Stockwerken und riesigen Fenstern erhob es sich inmitten sorgsam geschnittener Rasenflächen, und die Gebäudeflügel zu beiden Seiten bildeten einen Innenhof von der Größe eines Londoner Parks.

Die Novemberdämmerung sank bereits herab, als die Chaise vor den hellerleuchteten Fenstern hielt und der Kutscher vom Bock sprang, um für Whitney den Schlag zu öffnen.

Der Butler öffnete gerade die Tür, als Stephen mit einem Willkommenslächeln auf den Lippen in der Halle erschien. Er rechnete damit, seinen Bruder und Vanessa Standfield zu sehen, und starrte nun verblüfft in ein vage bekanntes Gesicht.

»Ich bin Whitney Stone«, sagte sie zum Butler mit sanfter, melodischer Stimme. »Ich glaube, Seine Gnaden erwartet mich.«

Innerhalb weniger Sekunden erinnerte sich Stephen an das Geständnis seines Bruders, fragte sich, ob Clay eine Ehefrau oder eine Verlobte nach Claymore bringen würde, und überlegte, ob es weise war, sich in die Belange seines Bruders einzumischen. Dann faßte er einen spontanen Entschluß.

Bevor der Butler sagen konnte, daß Clayton nicht anwesend war, trat er schnell vor und streckte Whitney lächelnd beide Hände entgegen. »Mein Bruder wird in jedem Augenblick zurückerwartet, Miss Stone. Möchten Sie nicht hereinkommen und auf ihn warten?«

Zwei sehr gegensätzliche Empfindungen zeigten sich auf dem schönen Gesicht der jungen Frau: Enttäuschung und Erleichterung. Sie schüttelte den Kopf. »Vielen Dank, lieber nicht. Ich kündigte ihm gestern brieflich meinen Besuch an und bat darum, mir mitzuteilen, ob es ihm genehm ist. Vielleicht sollte ich ein anderes Mal wiederkommen«, sagte sie leise und wandte sich zum Gehen.

Stephen griff schnell nach ihrem Ellbogen und zog sie sanft aber unerbittlich in die Halle zurück. »Clay war auch gestern nicht hier«, erläuterte er mit einem entwaffnenden Lächeln. »Daher weiß er vermutlich gar nichts von Ihrem geplanten Besuch.« Und bevor sie sich wehren konnte, streifte er ihr das blaue Samtcape von den Schultern und reichte es dem Butler.

Whitneys Blick fiel auf die breite Marmortreppe, die sich zum ersten Stockwerk hinaufschwang, und sie erinnerte sich, wie Clayton sie dort hinaufgetragen hatte – und daran, wie grausam brutal er sein konnte, wenn er wütend war. Abrupt wandte sie sich wieder der Tür zu. »Vielen Dank für Ihre Gastfreundschaft, Lord Westmoreland . . .«

»Stephen«, korrigierte er.

»Vielen Dank, Stephen, aber ich habe mich entschieden, doch nicht zu warten. Dürfte ich bitte mein Cape haben?« Sie blickte den Butler an. Er sah Stephen an, aber der schüttelte energisch den Kopf, woraufhin der Butler so tat, als hätte er nicht gehört.

»Es wäre mir eine große Freude, wenn Sie bleiben würden«, meinte Stephen.

Verunsichert lachte Whitney auf und legte die Hand auf Stephens angewinkelten Arm. »Ich kann mich nicht erinnern, jemals so liebenswürdig nachdrücklich zum Bleiben aufgefordert worden zu sein.«

»Die Westmorelands sind berühmt für ihre Gastfreundschaft«, behauptete er lächelnd und führte sie zu dem Salon, in dem seine Mutter wartete.

Beim Anblick der Herzogin wollte sich Whitney sofort verlegen zurückziehen.

»Auch meine Mutter würde sich freuen, wenn Sie mit uns gemeinsam auf Clay warten«, erklärte Stephen. »Ich weiß, wie entzückt er sein wird, Sie zu sehen. Er würde mir nie verzeihen, wenn ich Sie vor seiner Rückkehr wieder gehen ließe.«

Whitney blieb stehen und sah ihn an. »Lord Westmoreland«, begann sie, und der Anflug eines Lächelns überflog ihre Züge.

»Stephen«, berichtigte er.

»Also gut, Stephen ... Ich glaube, Sie sollten wissen, daß Ihr Bruder kaum ›entzückt‹ sein dürfte, mich zu sehen.«

»Dieses Risiko gehe ich ein«, antwortete Stephen und lächelte.

Tief beeindruckt betrat Whitney den ganz in Weiß und Gold gehaltenen Raum, vermied es aber geflissentlich, die prachtvollen Gemälde an den Wänden und die kostbaren Möbel allzu offensichtlich zu bewundern.

»Mutter, ich möchte dir Miss Whitney Stone vorstellen«, sagte Stephen. »Da Clay nicht wie geplant schon gestern zurückgekehrt ist, weiß er nichts von ihrem beabsichtigten Besuch. Aber ich konnte sie dazu überreden, hier mit uns auf ihn zu warten.«

Die Betonung, die Stephen auf ihren Vornamen legte, entging Whitney nicht.

»Sind Sie mit meinem Sohn befreundet, Miss Stone?« erkundigte sich die Herzogin höflich und bedeutete Whitney, ihr gegenüber Platz zu nehmen.

»Wir waren gelegentlich miteinander befreundet, Euer Gnaden«, erwiderte Whitney offen.

Die Herzogin stutzte über die merkwürdige Antwort, blickte in die jadegrünen Augen, die sie ernst ansahen, erhob sich plötzlich halb aus ihrem Sessel, riß sich zusammen und sank wieder zurück. Ihr fragender Blick flog zu Stephen, der unmerklich nickte.

Die kritischen Blicke seiner Mutter bewußt übersehend, lehnte er sich auf seinem Sitz zurück und hörte zu, wie sie und Whitney von der Pariser Mode bis zum Londoner Wetter die verschiedensten Themen erörterten.

Nach etwa einer Stunde waren aus der Halle Stimmen zu vernehmen – eine männliche und eine weibliche. Stephen stand schnell auf und postierte sich so, daß Whitney Claytons Blick verborgen sein würde, wenn er eintrat.

»Entschuldige, daß wir so spät kommen. Wir wurden aufgehalten«, sagte Clayton zu seiner Mutter, beugte sich zu ihr und küßte sie leicht auf die Stirn. »Aber ich bin sicher, daß ihr eure Räume auch ohne mich gefunden habt«, fügte er scherzend hinzu, drehte sich um und zog Vanessa zu sich heran. »Mutter, ich möchte dir Vanessa vorstellen, Vanessa . . .«

Stephen hielt die Luft an. »Standfield«, vervollständigte Clayton, und Stephen atmete erleichtert wieder aus.

Vanessa versank in einem tiefen Knicks vor der Herzogin, und nachdem die beiden Damen die üblichen Artigkeiten ausgetauscht hatten, hob Clayton lachend eine Hand in Stephens Richtung und fügte hinzu: »Stephen kennst du ja bereits, Vanessa.« Dann beugte er sich wieder zu seiner Mutter hinunter und sprach leise auf sie ein.

»Es ist mir eine große Freude, Sie wiederzusehen, Miss Standfield«, erklärte Stephen gespielt formell.

»Ich bitte Sie, Stephen«, lachte Vanessa, »wir nennen uns doch seit undenklichen Zeiten beim Vornamen . . .«

Als hätte er das nicht gehört, griff Stephen hinter sich und berührte Whitneys Arm. Sehr zögernd stand sie auf. »Miss Standfield«, sagte Stephen mit leicht erhobener Stimme, »darf ich Ihnen Miss Whitney Stone vorstellen . . .?«

Clayton schoß herum.

»Und dieser versteinerte Gentleman«, fuhr Stephen an Whitney gewandt fort, »ist mein Bruder. Wie Sie sehr wohl wissen.«

Unter der kalten Wut seines Blicks zuckte Whitney buchstäblich zusammen. »Wie geht es deiner Tante?« erkundigte er sich kühl.

Whitney schluckte trocken. »Meiner Tante geht es sehr gut, vielen Dank«, flüsterte sie kaum hörbar. »Und wie geht es Ihnen?«

»Wie du siehst, habe ich unsere letzte Begegnung ohne dauernde Schäden überstanden.«

Vanessa, die in Whitney offenbar ihre Rivalin auf dem Ball der Rutherfords wiedererkannte, neigte knapp den Kopf und meinte mit kühlem Lächeln: »Bei Lord und Lady Rutherfords Gesellschaft hatte Esterbrook das Vergnügen, Ihnen vorgestellt zu werden, Miss Stone.« Sie brach kurz ab, als wolle sie ihrem Gedächtnis nachhelfen. »Ja, ich erinnere mich, daß er sich anschließend uns gegenüber über Sie geäußert hat.«

»Wie freundlich von ihm«, erwiderte Whitney, da Vanessa auf eine Antwort zu warten schien.

»Wenn ich mich recht erinnere, waren seine Äußerungen alles andere als freundlich, Miss Stone.«

Vanessas unerwarteter Angriff ließ Whitney erstarren, und Stephen unterbrach schnell die entstehende Stille. »Wir können über unsere gemeinsamen Bekannten ausführlich während des Dinners sprechen«, schlug er munter vor. »Vorausgesetzt, ich kann meinen schönen Gast dazu überreden, mit uns zu Abend zu speisen.«

Whitney schüttelte den Kopf. »Vielen Dank, aber ich kann wirklich nicht bleiben . . . Es tut mir leid.«

»Aber ich bestehe darauf.« Er lächelte, musterte seinen zornesblassen Bruder mit hochgezogenen Brauen und fügte hinzu: »Wir bestehen beide darauf, nicht wahr?«

Zu Stephens unendlichem Mißfallen dachte Clayton gar nicht daran, ihm zuzustimmen. Statt dessen blickte er nur über die Schulter und bedeutete dem Diener mit einem Kopfnikken, ein weiteres Gedeck aufzulegen. Dann trat er an das Buffet, um sich ein Glas Whisky einzugießen.

Stephen setzte sich neben Whitney und sah dann zu Claytons breitem Rücken hinüber. »Mir auch einen, Bruder«, rief er gutmütig.

Clayton drehte sich um und warf Stephen einen unverhüllt angewiderten Blick zu. »Ich bin sicher, daß zu all deinen anderen brillanten Tugenden auch die Fähigkeit gehört, dir selbst ein Glas einschenken zu können.«

»Stimmt«, meinte Stephen unbeeindruckt. »Meine Ladies?« fragte er und stand wieder auf. »Wie wäre es mit einem Glas Wein?«

Vanessa und Whitney stimmten dankend zu, und die Herzogin unterdrückte den dringenden Wunsch, nach einer ganzen Flasche zu verlangen.

Stephen schlenderte zu seinem Bruder hinüber, goß sich einen Whisky ein und füllte dann drei Kristallkelche mit Wein. »Könnte es sein, daß du nicht weißt, wer sie ist?« zischte ihm Clayton leise zu.

»Natürlich weiß ich es.« Stephen grinste unverhohlen und griff nach drei Gläsern. »Würdest du bitte Miss Stones Glas mitnehmen, Clay? Alle vier auf einmal bewältige ich nicht.«

Als er sich ihr mit dem Glas näherte, drückte sich Whitney unwillkürlich tiefer in die Polster und suchte in seinem Gesicht nach einem Anzeichen dafür, daß er noch immer irgend etwas für sie empfand. Sie konnte keines entdecken.

In akuter Verzweiflung nippte sie abwesend an ihrem Wein und beobachtete verstohlen Clayton, der ihr gegenüber neben Vanessa saß und einen glänzenden Stiefel lässig auf das andere Knie gelegt hatte. Wie er da saß, ganz entspannt und wie selbstverständlich in der Pracht dieses weißgoldenen Salons, war er jeder Zoll der hoheitsvolle, elegante Adlige, der Träger eines uralten Namens. Nie hatte er besser ausgesehen und nie unerreichbarer gewirkt. Und um alles noch schlimmer zu machen, war Vanessa Standfield in ihrer fließenden blauen Seidenrobe noch erhabener und sehr viel schöner, als Whitney sie von dem Ball bei den Rutherfords in der Erinnerung hatte.

Verspannt und gequält zählte Whitney die Minuten, bis dieser Alptraum endlich vorüber war und sie sich verabschieden konnte. Jetzt wußte sie, daß sie nie hätte hierher kommen dürfen. Doch nun war es zu spät.

Glücklicherweise wurde wenig später angekündigt, das Essen stünde bereit. Ohne einen Blick in ihre Richtung zu werfen, erhob sich Clayton und geleitete seine Mutter und Vanessa aus dem Salon.

Auch Whitney stand auf, nahm Stephens Arm und wollte ihnen folgen. Aber Stephen hielt sie zurück. »Diese verflixte Vanessa«, sagte er leise auflachend. »Ich könnte sie erwürgen. Es scheint an der Zeit, unsere Strategie zu ändern, obwohl bisher alles recht zufriedenstellend verlaufen ist.«

»Strategie?« echote Whitney verständnislos. »Zufriedenstellend?«

»Sogar ganz ausgezeichnet, wenn ich es mir recht überlege. Sie saßen da und sahen so wunderschön und verletzlich aus, daß Clayton kein Auge von Ihnen wenden konnte, wenn er glaubte, Sie würden es nicht bemerken. Aber es ist Zeit, daß Sie sich etwas einfallen lassen, um mit ihm unter vier Augen zu sprechen.«

Whitneys Herz schwang sich in ungeahnte Höhen. »Er konnte die Augen nicht von mir wenden? O Stephen, sind Sie sich auch ganz sicher? Und ich dachte, er würde nicht einmal bemerken, daß ich da bin.«

»Er hat sehr wohl bemerkt, daß Sie da sind.« Stephen lachte. »Allerdings wünscht er bei Gott, Sie wären es nicht. Aber ich kann mich nicht erinnern, ihn jemals so wütend erlebt zu haben. Nun liegt es bei Ihnen, ihn so zu reizen, daß er völlig die Beherrschung verliert.«

»Was?« flüsterte Whitney entsetzt. »Großer Gott, warum?«

Sie waren an der Tür zum Speisezimmer angekommen, aber Stephen blieb bewußt vor einem Portrait in der Halle stehen, als wolle er es Whitney erklären. »Sie müssen ihn so erregen, daß er den Tisch verläßt und Sie auffordert, mit ihm zu kommen. Wenn Sie das nicht tun, wird er gleich nach dem Dinner einen Grund finden, sich mit Vanessa und meiner Mutter zurückzuziehen, um Sie meiner Gesellschaft zu überlassen.«

Die Aussicht, Clayton in einen verbalen Schlagabtausch zu

verwickeln, erfüllte Whitney mit einer eigentümlichen Mischung aus Furcht und Hoffnung. Sie erinnerte sich an Emilys Rat, auf keinen Fall schwach und unterwürfig zu wirken, und sagte sich, was der zurückhaltenden Elizabeth Ashton gelungen war, würde auch ihr gelingen. »Stephen«, meinte sie plötzlich, »warum tun Sie das eigentlich?«

»Jetzt ist keine Zeit, das ausführlich zu erörtern«, entgegnete Stephen und geleitete sie in das Speisezimmer. »Vergessen Sie nicht: Ganz gleich, wie zornig mein Bruder auch wird – er liebt Sie. Und wenn es Ihnen gelingt, mit ihm allein zu sprechen, bin ich sicher, daß Sie ihm das auch bewußtmachen können.«

»Aber Ihre Mutter wird doch annehmen, ich sei das taktloseste Wesen auf Erden, wenn ich ihn bewußt herausfordere.«

»Meine Mutter wird Sie für beherzt und bewundernswert halten. Genau wie ich.« Er lächelte sie jungenhaft an. »Und nun Mut, junge Lady. Ich möchte mehr von der bezaubernd unbekümmerten jungen Frau sehen, die ich neulich auf dem Ball der Kingsleys beobachtet habe.«

Es war gerade noch Zeit, ihm einen erstaunten, dankbaren Blick zuzuwerfen, dann führte er sie zu ihrem Platz an der Tafel.

»Wie freundlich von dir, uns endlich die Ehre zu geben«, bemerkte Clayton ironisch.

»Es war sehr freundlich von Ihnen, mich einzuladen, Euer Gnaden«, gab Whitney betont höflich zurück.

Clayton ignorierte sie und bedeutete den Dienern, mit dem Servieren zu beginnen. Sein Platz war an der Stirnseite der Tafel, seine Mutter saß rechts, Vanessa links von ihm. Whitney hatte ihren Platz neben der Herzogin, Stephen saß neben Vanessa.

Als der Diener Whitneys Glas mit Champagner füllte, sagte Clayton spitz: »Stellen Sie die Flasche in Miss Stones Nähe. Sie hat eine außerordentliche Vorliebe für Champagner, wenn ich mich recht erinnere.«

Whitney jubelte innerlich auf. Clayton konnte sie nicht mehr ignorieren! Er mußte noch etwas für sie empfinden, wenn seine Verärgerung ihn zu einer solchen Bemerkung hinriß. Sie lächelte ihn über den Rand ihres Glases hinweg an und trank einen Schluck. »Eine außerordentliche Vorliebe eigentlich nicht. Allerdings muß ich gestehen, daß er einem von Zeit zu Zeit Mut macht.«

»Tatsächlich? Darüber weiß ich nichts.«

»Weil Sie Whisky zur Überwindung Ihrer Hemmungen vorziehen«, erklärte sie, als er sein Glas an die Lippen hob. Seine Augen verengten sich drohend, und Whitney wandte schnell den Blick ab. Bitte liebe mich, flehte sie insgeheim. Laß mich das alles nicht ganz umsonst aufführen.

»Spielen Sie das Pianoforte, Miss Stone?« brach die Herzogin nervös das aufgeladene Schweigen.

»Nur, wenn ich peinliches Aufsehen erregen möchte«, entgegnete Whitney mit einem schüchternen Lächeln.

»Also singen Sie?« fuhr die Herzogin fast verzweifelt fort.

»Ja.« Whitney lachte. »Allerdings völlig unmelodisch, fürchte ich.«

»Es ist wirklich ganz bemerkenswert, Miss Stone«, mischte sich Vanessa ein, »eine guterzogene Engländerin kennenzulernen, die weder singen noch Piano spielen kann. Auf welchen Gebieten liegen denn Ihre Talente . . .?«

»Whitney kann hervorragend flirten«, beantwortete Clayton Vanessas Frage mit ätzender Ironie. »Sie beherrscht mehrere Sprachen und kann zweifellos in allen überzeugend fluchen. Sie spielt ganz anständig Schach, weniger gut Solitaire und ist eine fähige Reiterin, wenn man ihr rechtzeitig die Peitsche abnimmt. Sie behauptet, hervorragend mit der Steinschleuder umgehen zu können, wovon ich mich noch nicht überzeugen konnte, und ist eine bemerkenswerte Schauspielerin, was ich bezeugen kann. Habe ich deine Talente gerecht bewertet, Whitney?«

»Nicht ganz, Euer Gnaden«, entgegnete sie lächelnd, obwohl seine Worte sie getroffen hatten wie spitze Pfeile. »Zunächst einmal spiele ich Schach besser als ›ganz anständig‹. Und da Sie meine Fähigkeiten mit der Schleuder zu bezweifeln scheinen, würde ich sie Ihnen gern demonstrieren – vorausgesetzt, Sie sind bereit, sich mir ebenso als Ziel zur Verfügung zu stellen, wie ich gerade das Ihre war.«

Stephen lachte schallend auf, und die Herzogin hüstelte in ihre Serviette. »Haben Sie seit Ihrer Rückkehr aus Frankreich an vielen gesellschaftlichen Ereignissen teilgenommen?«

Whitney spürte Claytons flammenden Blick auf sich und wagte es nicht, ihn anzusehen. »An einer ganzen Reihe von Bällen, allerdings noch an keinem Maskenball, obwohl ich daran besonders viel Freude habe. Ich glaube, Seiner Gnaden machen sie ebensoviel Spaß . . .«

»Nehmen Sie auch gern an Hochzeiten teil?« fragte Vanessa honigsüß. »Wenn das so ist, werden wir Sie ganz bestimmt zu unserer einladen.«

Grabesstille senkte sich auf die Tafel. Tapfer versuchte Whitney weiterzuessen, brachte aber keinen Bissen hinunter. Sie warf einen kläglichen Blick auf Stephen, doch der hob nur unmerklich die Schultern und sah stirnrunzelnd in Claytons Richtung. Sie wußte, daß Stephen sie zum Weitermachen ermuntern wollte, aber das konnte sie nicht. Es war vorbei. Sie fühlte sich zu verletzt und verzweifelt, um auch nur noch eine Sekunde länger sitzen bleiben zu können.

Sie griff nach ihrer Serviette und legte sie neben ihrem Teller auf den Tisch. Als sie erneut hinunter griff, um ihren Stuhl zurückzuschieben, spürte sie plötzlich den ermutigenden Druck einer Hand auf ihren Fingern. Die Geste der Herzogin bedeutete unmißverständlich: Bringen Sie zu Ende, was Sie sich vorgenommen haben!

Whitney lächelte unsicher, zögerte und legte sich die Serviette wieder auf den Schoß. Sie sah auf Clayton, der düster den Wein in seinem Glas musterte, dann auf Vanessa. Sie konnte den Gedanken nicht ertragen, daß er eine so hochmütige

Schönheit heiratete – nicht, wo sie ihn so unendlich liebte und sich dazu durchgerungen hatte, es ihm auf diese peinliche Art und Weise auch begreiflich zu machen.

Vanessa legte ihre Hand auf Claytons Arm. »Ich hoffe, du nimmst es mir nicht übel, daß ich unser Geheimnis vor einer Fremden ausgeplaudert habe.«

»Ich bin fest davon überzeugt, daß er es Ihnen nicht im geringsten übelnimmt, Miss Standfield«, mischte sich Whitney leise ein, aber ihre Augen hingen an Clayton. »Wir alle tun mitunter törichte Dinge, wenn wir lieben. Nicht wahr, Euer Gnaden?«

»Ist das so?« gab Clayton ausweichend zurück. »Das ist mir noch gar nicht aufgefallen.«

»Dann haben Sie entweder ein sehr kurzes Gedächtnis«, forderte ihn Whitney heraus, »oder eines, das schnell verdrängen kann. Aber vielleicht haben Sie auch noch nie geliebt.«

Vehement setzte Clayton sein Weinglas ab. »Was willst du damit eigentlich sagen?«

Das Funkeln in den grauen Augen ließ Whitney fast vergehen. »Gar nichts«, meinte sie leise.

Die Silberbestecke wurden wieder aufgenommen. Whitney sah, wie sich Claytons Hand um seinen Weinkelch schloß, öffnete, wieder schloß, und wußte, daß er sich wünschte, ihren Hals zwischen seinen Fingern zu haben. Nach einigen Minuten räusperte sich die Herzogin und wandte sich an Whitney: »Sagen Sie, Miss Stone, haben Sie nach Ihrer Rückkehr nach England die Dinge hier eigentlich sehr verändert vorgefunden?«

Whitney wollte schon eine unpersönliche Antwort geben, als sie erkannte, daß ihr die Herzogin gerade unwissentlich den Vorwand geliefert hatte, den sie brauchte. Da Clayton offenbar nicht gewillt war, ihr die Möglichkeit zu geben, sich ihm unter vier Augen zu erklären, könnte sie immerhin versuchen, sich hier, am Tisch, zumindest teilweise verständlich zu machen. »Völlig verändert!« betonte sie. »Kurz nach meiner Heimkehr mußte ich feststellen, daß mein Vater meine Eheschließung mit einem Mann arrangiert hatte, den ich gar nicht kannte.«

»Wie beunruhigend«, bemerkte die Herzogin und begann zu begreifen.

»Das war es in der Tat – besonders, da sich in mir alles sträubt, wenn mir kurzerhand Befehle erteilt werden. Und der Mann, den ich heiraten sollte, war zwar in vielerlei Hinsicht sehr freundlich und verständnisvoll, beharrte aber eisern auf der Verlobung. Er tat so, als bliebe mir gar keine andere Wahl.«

»Diese arrangierten Ehen können recht heikel sein. Man muß sich erst an sie gewöhnen«, stimmte die Herzogin zu. »Und was haben Sie getan?«

»Sie hat sich mit einem anderen Mann verlobt, einem hirnlosen Trottel«, mischte sich Clayton verächtlich ein.

»Immerhin nicht diktatorisch und tyrannisch«, gab Whitney zurück. »Außerdem habe ich mich gar nicht mit Paul verlobt!«

Eine unbehagliche Stille trat ein, bis Stephen lachend eingriff: »Nun spannen Sie uns doch nicht so auf die Folter. Was ist dann geschehen?«

Wieder antwortete Clayton für sie. »Da es noch Tausende anderer heiratsfähiger Männer in London gibt, wollte Miss Stone herausfinden, mit wie vielen von ihnen sie sich noch verloben kann.«

Whitney konnte kaum ertragen, daß er in diesem Ton über sie redete. Sie biß sich auf die Lippe und schüttelte den Kopf. »Nein, ich war ausschließlich mit einem Mann verlobt, aber er ist so zornig auf mich, daß er mir keine Möglichkeit zu einer Erklärung einräumte. Inzwischen hat er die Verlobung gelöst.«

»So ein Schuft!« erklärte Stephen mit Emphase und nahm sich eine weitere Portion Yorkshire Pudding. »Er scheint ein sehr launischer Geselle zu sein. Vermutlich können Sie sich glücklich schätzen, ihn los zu sein.«

»Ich bin auch nicht gerade ein sanftes Lamm«, räumte Whitney ein.

»In diesem Fall kann er sich glücklich schätzen, dich los zu sein«, fauchte Clayton und funkelte seinen Bruder drohend an. »Stephen, ich finde dieses Gespräch nicht nur außerordentlich langweilig, sondern auch ungewöhnlich geschmacklos. Habe ich mich deutlich genug ausgedrückt?«

Stephen sah seinen Bruder gespielt erstaunt an, wagte es aber nicht, auf das Thema zurückzukommen.

Geräuschlos bewegten sich Diener durch den Raum, und die fünf Menschen am Tisch konzentrierten sich auf die Speisen auf ihren Tellern, doch nur Stephen aß mit sichtbarem Appetit. Whitney entschloß sich, noch einen, einen einzigen Versuch zu unternehmen, Clayton dazu zu bringen, mit ihr den Raum zu verlassen. Doch was sie tun würde, wenn es ihr gelang, das wußte sie nicht.

»Stephen hat dir eine Frage gestellt, Clayton«, hauchte Vanessa.

»Welche?« fragte Clayton und starrte Stephen feindselig an.

»Ich fragte, wie deine Pferde beim letzten Rennen abgeschnitten haben.«

»Gut.«

»Wie gut?« hakte Stephen beharrlich nach. Dann wandte er sich an die gesamte Tischrunde, aber das Lächeln in seinen Mundwinkeln war ausschließlich für Whitney bestimmt. »Wir haben darum gewettet, daß drei von seinen und zwei von meinen Pferden vorn landen. Meine beiden Pferde konnten sich plazieren, aber nur zwei von seinen, und das heißt, daß er mir dreihundert Pfund schuldig ist.« Jetzt wurde sein Lächeln geradezu verschwörerisch. »Es geht ihm nicht um das Geld, aber er haßt es, zu verlieren. Er hat nie gelernt, sich mit einer Niederlage abzufinden.«

Clayton legte Messer und Gabel nieder, um seinem Bruder die energische Zurechtweisung zu erteilen, die er seiner Meinung nach schon vor Stunden verdient hatte, aber Whitney nahm Stephens Stichwort sofort auf. »Wie eigenartig, daß Sie das sagen«, meinte sie unschuldig überrascht. »Ich habe festgestellt, daß sich Ihr Bruder ohne die geringste Gegenwehr mit Niederlagen abfindet. Schon aus dem geringsten Anlaß gibt er auf und . . .«

Claytons Hand knallte auf den Tisch und ließ die Gläser erklirren. Er sprang auf und warf seine Serviette auf den Tisch. An seinem Kiefer zuckte ein Muskel. »Miss Stone und ich haben etwas zu besprechen, was besser unter vier Augen gesagt wird.« Mit schnellen Schritten kam er um den Tisch herum und riß Whitneys Stuhl zurück. »Steh auf!« zischte er drohend, als sie wie erstarrt sitzen blieb. Seine Hand umkrallte ihr Handgelenk, und sie erhob sich widerwillig.

Die Herzogin sah sie fast mitleidig an, aber Stephen hob sein Glas und prostete ihr übermütig zu.

Er zerrte sie aus dem Zimmer und durch die Halle. »Sorgen Sie dafür, daß Miss Stones Kutsche in drei Minuten vor dem Portal steht!« herrschte er den Butler an. Dann zog er sie weiter und bedeutete einem bereitstehenden Diener, die Tür zu einem luxuriösen Arbeitszimmer zu öffnen.

Er schleuderte sie förmlich in den Raum, lief zum Kamin, drehte sich um und starrte sie mit verschränkten Armen finster an. »Ich gebe dir genau zwei Minuten, mir den Grund deines unerwarteten und unwillkommenen Besuchs zu erklären. Danach werde ich dich zu deiner Kutsche bringen und dich bei meiner Mutter und meinem Bruder entschuldigen.«

Whitney holte tief Luft. Wenn er ihre Angst bemerkte, würde er das sofort gegen sie benutzen. »Der Grund meines Besuches?« wiederholte sie so ruhig wie möglich und zählte innerlich die verfliegenden Sekunden. »Ich . . . ich dachte, der wäre offensichtlich.«

»Er ist nicht offensichtlich!«

»Ich bin gekommen, um Ihnen zu erklären, warum ich nach dem Bankett so mit Ihnen gesprochen habe. Früher, in der

Kirche«, fuhr sie hastig fort, »hatte ich den Eindruck, daß zwischen uns, zwischen Ihnen und mir noch immer ein Einverständnis besteht, und . . .«

Clayton musterte sie verächtlich von Kopf bis Fuß. »Zwischen uns besteht kein Einverständnis«, fauchte er. »Das ist erledigt. Vorbei. Es hätte nie beginnen dürfen. Diese Verlobung war ein unsinniger Einfall, und ich verfluche den Tag, an dem er mir gekommen ist.«

Fast schwindlig vor Enttäuschung drückte Whitney ihre Fingernägel in die Handflächen. »Wir hatten nie eine Chance, weil ich das nicht zulassen wollte.«

»Deine zwei Minuten sind fast vorüber!«

»Clayton, bitte hör mir doch zu!« schrie sie verzweifelt auf. »Vor langer Zeit hast du mir gesagt, daß du keine widerstrebende, unwillige Frau haben willst, daß du erreichen möchtest, daß ich freiwillig zu dir komme.«

»Und?«

»Hier bin ich. Freiwillig«, flüsterte Whitney.

Clayton erstarrte. Einen Moment lang sah er sie ausdruckslos an, dann lehnte er sich gegen dem Kamin und schloß die Augen.

Er wehrte sich gegen sie, wollte sie nicht an sich heranlassen. Fast paralysiert vor Furcht blickte ihn Whitney an. Eine Ewigkeit schien zu vergehen, bevor er sich zögernd wieder streckte. Seine Augen öffneten sich, sahen sie an, und Whitneys Herz begann zu hämmern. Sie hatte gewonnen! Das sah sie an seinem Gesicht, seinen langsam sanfter werdenden Zügen. O Gott, sie hatte gewonnen!

Er blickte auf den Teppich zwischen ihnen, dann sie an. »Ich werde es dir nicht leichter machen«, sagte er ruhig.

Die Entfernung zwischen ihnen kam Whitney vor wie eine Meile, und sie wußte, daß sie sie überwinden mußte, wenn sie ihn haben wollte, daß er ihr auch nicht einen Schritt entgegenkommen würde – weil er ihr noch immer nicht ganz vertraute.

Er ließ sie keine Sekunde lang aus den Augen, als sie sich

mit zittrigen Knien auf ihn zu bewegte. Einen Schritt von ihm entfernt mußte sie innehalten, weil sie glaubte, nicht weiterzukönnen. Doch dann bewältigte sie auch diesen Schritt und blieb vor ihm stehen – ihre Brüste nur Zentimeter von seinem grauen Rock entfernt.

Mit gesenktem Kopf wartete sie, aber Clayton machte keine Anstalten, sie zu berühren. Schließlich hob sie den Blick und sah ihn mit schimmernden grünen Augen an. »Würdest du mich bitte in die Arme nehmen?«

Clayton streckte die Arme aus, zögerte . . . und riß sie an sich. Mit einem unterdrückten Freudenschrei erwiderte Whitney seinen leidenschaftlichen Kuß.

Das herrliche Gefühl, sie in den Armen halten, ihre Lippen unter seinem Mund zu spüren, die Fülle ihrer Brüste unter seinen Fingern zu fühlen, vermittelten Clayton ein unsagbares Glücksgefühl. Er wollte sie nicht loslassen, konnte sie nicht loslassen – aus Furcht, sie könnte verschwinden, wenn er den Kontakt abbrach, und er müßte wieder in den Abgrund endloser Leere zurückstürzen.

Als er schließlich seine Lippen von ihrem Mund löste, hielt er sie weiter umschlungen, legte sein Kinn sanft auf ihren Kopf und wartete darauf, wieder ruhiger atmen zu können. Und Whitney rührte sich nicht – als wären seine Arme der einzige Platz auf Erden, an dem sie zu sein wünschte.

»Willst du mich heiraten?« fragte Clayton leise.

Whitney nickte. Sie nickte, weil sie nicht sprechen konnte.

»Warum?« wollte er wissen. »Warum willst du mich heiraten?«

Von dem Moment an, seit er sie gezwungen hatte, durch den ganzen Raum auf ihn zuzukommen, wußte Whitney, daß er von ihr bedingungslose Hingabe erwartete. »Weil ich dich liebe«, sagte sie leise.

Seine Arme umschlossen sie, als wollten sie sie nie wieder loslassen. »Gott sei dir gnädig, wenn du es nicht ernst meinst«, warnte er aufseufzend, »weil ich dich nie wieder freigebe.«

Es klopfte leise an die Tür, Stephen trat ein und schloß die Tür hinter sich. Er grinste seinen Bruder an, der Whitney noch immer umfangen hielt. »Entschuldige, Clay, aber deine Abwesenheit im Speisezimmer wird zunehmend peinlicher.«

Clayton runzelte die Stirn. »Ist das Dinner schon beendet?«

»Längst. Und Vanessa bringt kaum noch Verständnis für meine Bemühungen auf, sie für die Aufzucht von Pferden zu interessieren.«

»Ihr Bruder sieht sich einem Dilemma gegenüber«, meinte Whitney lächelnd. »Lassen Sie mich überlegen, wie ich es am besten ausdrücken kann. Er hat nur zwei Hände, aber beide vergeben.«

Stephen hob nachdenklich die Brauen. »Ich habe auch zwei Hände, aber noch keine von ihnen vergeben, Miss Stone«, bot er eifrig an.

»Du solltest meine brüderliche Zuneigung nicht über das hinaus belasten, was du dir heute bereits geleistet hast, Stephen«, warnte Clayton lächelnd. »Ich habe die Absicht, eine meiner Hände zu ›befreien‹, wenn ich Vanessa heute abend nach Hause bringe.«

»Ich sollte auch aufbrechen«, sagte Whitney, entzog sich bedauernd Claytons Umarmung und strich den Rock ihrer Robe glatt. »Ich darf nicht allzu spät zu Emily zurückkehren.«

»Du wirst keinen Fuß aus diesem Haus setzen, mein Liebling. Wenn ich mit Vanessa aufbreche, schicke ich einen Diener zu den Archibalds, damit er deine Sachen holt. Er kann ihnen mitteilen, daß du in einer Woche zurückkehrst. Und keinen Tag früher.«

Whitney wußte sehr wohl, daß Claytons Anordnung ihren Grund in ihrem für ihn unerklärlich veränderten Verhalten bei dem Bankett hatte. Aber da sie sich von ganzem Herzen wünschte, in seiner Nähe zu sein, fügte sie sich mit einem leisen Lächeln.

Am nächsten Morgen wartete Clayton am Fuß der Treppe, als

Whitney zu ihm hinabschritt. Sorgsam forschte er in ihrem Gesicht nach Anzeichen dafür, daß sie ihre Kapitulation vom vergangenen Abend bereute oder ihm verargte, sie ihr so schwer gemacht zu haben.

Und dann stand sie endlich auf der letzten Stufe und lächelte ihn fast scheu an. »Es ist kein besonders angenehmes Gefühl zu wissen, daß jedermann sagen wird, daß der Bräutigam so viel besser aussieht als die Braut . . .«

Clayton nahm sie in die Arme, drückte sie an sich und verbarg das Gesicht im Duft ihrer Haare. »Mein Gott«, flüsterte er heiser, »wie soll ich nur acht Wochen warten, bis du endlich mein bist?«

Er spürte, daß sich ihr ganzer Körper verspannte. Das hatte er zwar nicht gemeint, aber er wußte, daß Whitney vor der Vorstellung körperlicher Liebe zusammengezuckt war. Er hatte noch acht Wochen Zeit, ihr Vertrauen zu gewinnen, ihr diese Angst zu nehmen und sie davon zu überzeugen, daß er ihr nicht wehtun wollte.

»Was hältst du von einem kleinen Spaziergang über den Besitz?« fragte er, als sie ihr Frühstück beendet hatten.

»Sehr viel«, erwiderte sie erfreut.

Es war einer dieser wenigen klaren Novembertage, an denen die Sonne alles erwärmte, was sie berührte. Sie schlenderten durch die Gärten, in denen die Blumen in ihren geometrisch eingefaßten Beeten bereits die Winterruhe angetreten hatten.

»Es gibt da einige Dinge zwischen uns, die noch besprochen werden müssen«, sagte er plötzlich und sah ihr tief in die Augen. »Und je eher wir das tun, desto schneller können wir die Vergangenheit vergessen.«

Whitney wandte den Blick ab, und er fügte leise hinzu: »Ich glaube, du weißt bereits, was ich wissen möchte . . .«

Whitney wußte, daß er eine Erklärung für ihr Verhalten an Elizabeths Hochzeit erwartete. Sie nickte und holte tief Atem. »Als ich dich in der Kirche sah, wußte ich nicht, daß du eingeladen warst. Ich dachte, du wärst gekommen, um dich mit mir auszusprechen . . .« Und dann erzählte sie ihm die ganze Geschichte, ohne auszulassen, wie gedemütigt sie sich gefühlt hatte.

Clayton hörte zu, ohne sie zu unterbrechen. »Und was hat dich bewogen, gestern herzukommen, nachdem du mich all diese Wochen so verabscheut hast?« fragte er dann.

»Emily machte mir bewußt, daß ich dich falsch beurteilt hatte.«

»Was«, fragte Clayton leicht beunruhigt, »weiß denn Emily Archibald von uns?«

»Alles«, gestand Whitney mit ganz kleiner Stimme. Sie sah, wie er zusammenzuckte und fügte zögernd hinzu: »Aber jetzt möchte ich dich gern etwas fragen. Darf ich?«

»Alles«, erwiderte Clayton ernst.

»Alles«, neckte Whitney, »was in deiner Macht steht und einigermaßen vernünftig ist?«

»Alles«, wiederholte Clayton, aber mit einem leichten Grinsen.

»Warum hast du eigentlich so schreckliche Dinge gesagt? Was hat dich zu der Annahme verleitet, ich . . . ich hätte mich Paul hingegeben?«

Es fiel Clayton sichtlich schwer, aber er beantwortete ihre Frage.

»Wie konntest du Margaret nur glauben? Du mußtest doch wissen, wie sehr sie mich haßt.« Whitney warf ihm einen verletzten, anklagenden Blick zu, erkannte dann aber, daß sie nur Salz in seine Wunden rieb und setzte leichthin hinzu: »Es ist nicht so wichtig.«

»Doch, es ist wichtig«, widersprach Clayton rauh. »Aber eines Tages werde ich es gutmachen.« Ein Lächeln überzog sein Gesicht. »Ich würde zu gern sehen, wie du mit meiner Lieblingsstute fertigwirst. Laß uns dort den Hügel hinaufreiten – um die Wette!«

»Das kann doch nicht dein Ernst sein«, ächzte die Herzogin, als Clayton während des Mittagessens verkündete, in acht Wochen heiraten zu wollen.

»Mein völliger Ernst.« Er stand auf und küßte Whitney leicht auf die Stirn. »Die kleinen Einzelheiten überlasse ich euch.« Er ging zur Tür, drehte sich noch einmal um, sah, wie sich Whitney und seine Mutter entgeistert anstarrten, und bekam Mitleid mit ihnen. »Stellt eine Liste der dringenden Erledigungen zusammen und gebt sie Hudgins. Er wird sich um alles rechtzeitig kümmern.«

»Wer ist eigentlich dieser Hudgins?« erkundigte sich Whitney. »Ich habe ihn noch nie zu Gesicht bekommen.«

»Claytons Sekretär und ein wahrer Zauberer«, erwiderte die Herzogin. »Sein Zauberstab ist Claytons Name. Mit ihm kann er wahre Wunder wirken, so daß in acht Wochen wirklich alles fertig sein kann. Aber ich hatte so darauf gehofft, mehr Zeit für Gesellschaften und Einladungen zu haben . . .«

Mitten im Satz wurde sie von Clayton unterbrochen. Er steckte noch einmal den Kopf durch die Tür und fragte verschmitzt: »Nun, ist die Liste schon fertig?«

Kapitel fünfzehn

Einen Tag nach Whitneys brieflicher Bitte traf Lady Anne Gilbert ein, um bei den Hochzeitsvorbereitungen zu helfen, und fast spontan entwickelte sich eine Freundschaft zwischen ihr und der Herzogin.

Die nächsten vier Tage vergingen für Whitney wie in einem nebelhaften Rausch von Nähe und Zärtlichkeit, von über dem Tisch ausgetauschten Lächeln und verstohlenen Umarmungen.

Getreu den Prophezeiungen der Herzogin erklärten sich alle Schneiderinnen und Modistinnen bereit, die Acht-Wochen-Frist einzuhalten, obwohl sie mit Aufträgen für die kommende Saison bereits überlastet waren. Offenbar betrachteten sie es als eine Ehre, für die künftige Herzogin von Claymore arbeiten zu dürfen – und für eine ausgezeichnete Werbung für ihre Salons.

Am fünften Tag erhielt Whitney jedoch den Besuch eines Dieners, der ihr knapp und bündig mitteilte: »Seine Gnaden wünscht Sie in seinem Arbeitszimmer zu sehen – unverzüglich.« Mit einer unbehaglichen Vorahnung eilte Whitney durch die Halle, nickte einem seriös wirkenden Mann zu, der ihr mit einem flachen, rechteckigen Kasten unter dem Arm begegnete, und betrat Claytons Arbeitszimmer. Sie schloß die Tür, versank in einem scherzhaften Knicks und meinte: »Sie haben mich rufen lassen, Euer Gnaden?«

Clayton stand vor seinem Schreibtisch und blickte ihr stumm entgegen.

»Ist . . . ist irgend etwas geschehen?« erkundigte sich Whitney nach kurzem Schweigen.

»Nein. Komm bitte her.« Obwohl sein Ton freundlich klang, lag ein merkwürdiger Ernst in seiner Stimme.

»Clayton, was ist?« fragte Whitney und eilte auf ihn zu. »Was . . .«

Er umfing sie in einer leidenschaftlichen Umarmung. »Nichts ist geschehen«, sagte er mit seltsam rauher Stimme. »Ich habe dich vermißt, das ist alles.« Er löste einen Arm von ihrer Taille, griff hinter sich und nahm eine schmale Samtschatulle vom Schreibtisch. »Zuerst dachte ich an einen Smaragd«, sagte er mit der gleichen, freundlich-ernsten Stimme. »Doch den hätte der Glanz deiner Augen in den Schatten gestellt.« Er öffnete den Deckel der Schatulle, und ein wundervoller Diamantring schickte sein prachtvolles Farbenprisma bis an die Stuckarbeiten der Zimmerdecke.

Mit angehaltenem Atem blickte Whitney fast ehrfurchtsvoll auf den Edelstein. »Noch nie habe ich etwas so . . .« Sie brach ab, Tränen des Glücks stiegen ihr in die Augen.

Sanft griff Clayton nach ihrer Hand und steckte ihr den Ring an den Finger. Immer noch atemlos blickte Whitney auf ihre Hand und den Beweis, daß sie tatsächlich zu Clayton gehörte. Sie gehörte ihm, und alle Welt konnte es sehen.

Sie war nicht mehr Whitney Allison Stone, die Tochter ihres Vaters sowie Lord und Lady Gilberts Nichte. Jetzt war sie die Braut des Herzogs von Claymore, seine zukünftige Frau. Von einem Augenblick zum anderen hatte sie ihre Identität verloren und eine neue erhalten. Sie wollte ihm sagen, wie wunderschön der Ring war, daß sie ihm unendlich dankbar war, doch alles, was ihr über die Lippen kam, war ein gehauchtes: »Ich liebe dich«, bevor die Tränen zu fließen begannen und sie den Kopf schnell an seiner Brust barg. »Ich bin nicht traurig«, versicherte sie ihm hastig, als er sie tröstend in die Arme nehmen wollte. »Ich bin glücklich!«

»Ich weiß, Kleine«, flüsterte er und hielt sie so lange in den Armen, bis die Emotionen, die auch ihn überwältigt hatten, als er den Ring vor wenigen Minuten ausgewählt hatte, abgeklungen waren.

Schließlich hob sie den Kopf von seiner Brust, lächelte ein wenig verlegen und streckte die Hand von sich, um das wunderbare Funkeln des Solitärs zu bewundern. »Er ist das Herrlichste, was mir je vor die Augen gekommen ist«, meinte sie versonnen, »mit Ausnahme von dir.«

Eine Woge des Verlangens überkam Clayton bei ihren Worten, und er senkte den Kopf, um ihren Mund mit seinen Lippen zu bedecken, beherrschte dann aber seine Empfindungen, denn es gab neuerdings eine gewisse Grenze für die Erregungen, die sein Körper ertragen konnte. Statt dessen meinte er neckend: »Ich hoffe, Sie machen es sich nicht zur Gewohnheit, jedesmal in Tränen auszubrechen, wenn ich Ihnen ein Schmuckstück schenke, sonst müssen wir am Ende noch Eimer kommen lassen, wenn Sie die Juwelen sehen, die meinen Großmüttern gehört haben.«

»Hat dieser Ring denn nicht einer deiner Großmütter gehört?«

»Nein. Zur Verlobung bekommen die künftigen Herzoginnen von Claymore nie Schmuck, der bereits einer anderen gehört hat. Das ist Tradition. Aber dein Hochzeitsschmuck wird ein Erbstück sein.«

»Gibt es noch weitere Traditionen in der Familie Westmoreland?« erkundigte sich Whitney mit einem Lächeln voller Liebe.

Claytons Beherrschung bekam Risse. Er zog sie in die Arme, sein Mund senkte sich hungrig auf ihre Lippen. »Wir könnten eine begründen«, flüsterte er heiser. »Sag mir, daß du mich willst . . .«

»Ich liebe dich«, sagte sie statt dessen, aber Clayton spürte, daß sich ihr Körper unbewußt näher an ihn drängte. Mit einem tiefen, kehligen Lachen hob er den Kopf. »Ich weiß, daß du mich liebst, Kleine. Aber ich weiß auch, daß du mich willst.«

Gerade noch rechtzeitig erinnerte sich Whitney daran, daß ihre Tante und die Schneiderinnen bereits auf sie warteten. Sie trat schnell einen Schritt zurück. »Wäre das alles, Euer Gnaden?« fragte sie und versank lächelnd wieder in einem höflichen Knicks.

»Für den Augenblick ja, vielen Dank«, erwiderte er unpersönlich, aber als sie sich umdrehte, gab er ihr einen kleinen Klaps auf den Allerwertesten.

Whitney blieb wie angewurzelt stehen und warf ihm über die Schulter einen warnenden Blick zu. »An deiner Stelle würde ich mich an das erinnern, was passierte, als du mich von dem Rutherford-Ball hierher gebracht hast.«

Ein Lachen zuckte um seine Mundwinkel. »Muß ich das so verstehen, daß du die Absicht hast, die Gemälde von den Wänden zu fegen?«

Verdutzt blickte Whitney auf die Portraits in den schweren Goldrahmen und dann in Claytons lachendes Gesicht. »Ich dachte, ich hätte dir eine Ohrfeige verpaßt.«

»Du wolltest, hast mich aber verfehlt.«
»Tatsächlich?«
»Ich fürchte ja«, bestätigte er ernst.
Whitney unterdrückte ein Kichern. »Wie unangenehm.«
»Nicht für mich . . .«
Nach dem Abendessen zogen sich alle in den Salon zurück. Die Herzogin und Tante Anne erzählten sich die neuesten Gerüchte, während Stephen Whitney mit Schilderungen aus Claytons Kinderzeit unterhielt, denen sein Bruder mit einer Mischung aus tiefem Mißbehagen und extremer Langweile zuhörte.
»Und dann, mit ungefähr zwölf Jahren, erschien Clay nicht zum Frühstück. Da er auch nicht in seinem Zimmer war, begannen Vater und die Diener das ganze Gelände zu durchkämmen. Am späten Nachmittag wurde Clays Hemd am Ufer des kleinen Flüßchen gefunden, das an dieser Stelle recht tief ist. Sein Boot war noch da, weil Vater ihm verboten hatte, damit hinauszufahren . . .«
»Warum durftest du denn nicht mit deinem Boot fahren?« erkundigte sich Whitney, noch atemlos vor Lachen über die letzte Geschichte.
Clayton blitzte seinen Bruder verärgert an, mußte dann aber unwillkürlich selbst lächeln. »Wenn ich mich richtig erinnere, war ich nicht anständig angezogen am Abend zuvor zum Dinner erschienen.«
»Nicht anständig angezogen?« lachte Stephen schallend. »Du bist in Reitkleidung und Stiefeln aufgetaucht, eindeutig nach Pferdeschweiß riechend und die Finger voller Schießpulver, weil du mit Vaters Duellpistolen herumhantiert hast!«
Clayton musterte seinen Bruder mit einen vernichtenden Blick, während Whitney vor Lachen fast vom Sessel fiel. »Weiter, Stephen«, bat sie übermütig. »Was geschah dann, nachdem Claytons Hemd am Ufer gefunden wurde?«
»Nun, jedermann nahm natürlich an, daß Clay ertrunken sei und eilte an den Ort des Geschehens – Mutter in Tränen aufge-

löst und Vater weiß wie die Wand. Und dann tauchte Clay mit einem unmöglich zusammengeschusterten Floß um die Flußbiegung auf. Alle hielten den Atem an und rechneten jeden Augenblick damit, daß das Floß kenterte, als er auf sie zusteuerte. Aber Clay brachte es sicher ans Ufer, sprang mit der Angel in einer und einem Riesenfisch in der anderen Hand an Land und war höchst verblüfft, daß ihn alle fassungslos anstarrten.

Mutter brach prompt erneut in Tränen aus, und Vater fand endlich seine Stimme wieder. Er setzte zu einer Gardinenpredigt über Clays unmögliches Benehmen, seine Unvernunft und das Fehlen seines Hemdes an, als ihn Ihr künftiger Ehemann sehr ruhig darauf hinwies, daß es sich für Vater nicht schickte, ihn vor den Dienern derart abzukanzeln.«

»Oh«, hauchte Whitney und drückte sich tiefer in die Polster. »Und was ist dann geschehen?«

Clayton schmunzelte. »Vater gab mir insofern recht, daß er die Diener fortschickte«, sagte er. »Dann gab er mir eins hinter die Ohren.«

»Lord Edward Gilbert ist eingetroffen«, unterbrach die verhaltene Stimme des Butlers die lockere Atmosphäre. Gleich darauf betrat Lord Gilbert den Salon und blickte lächelnd in die Runde.

»Großer Gott. Das ist ja Edward!« rief Tante Anne, sprang auf und starrte ihren geliebten Mann entsetzt an. In der Angst, ihre Briefe könnten ihn doch noch erreicht haben und er gekommen sein, um Whitney vor einer unerwünschten Eheschließung zu bewahren, suchte sie krampfhaft nach einer Möglichkeit, ihn unauffällig auf die unerwartete Wende der Dinge aufmerksam zu machen.

Auch Whitney stand auf und schien ähnliche Überlegungen zu haben. »Onkel Edward!« entfuhr es ihr.

»Wie schön, daß ich wiedererkannt werde«, bemerkte Lord Gilbert trocken und blickte zwischen Anne und Whitney hin und her – in der Hoffnung, eine etwas herzlichere Begrüßung zu erhalten, als ihm bislang zuteil geworden war.

Fast unbemerkt erhob sich Clayton, schlenderte zum Kamin hinüber, stützte lässig den Ellbogen auf das Sims und betrachtete höchst amüsiert die Szene, die sich ihm bot.

Lord Edward wartete noch immer, daß er der Herzogin und Stephen vorgestellt wurde, aber da weder seine Frau noch seine Nichte irgendwelche Anstalten dazu unternahmen, zuckte er mit den Schultern und trat direkt auf den Herzog zu. »Nun, Claymore«, meinte er und erwiderte Claytons Händedruck herzlich, »wie ich sehe, ist die Verlobung problemlos über die Bühne gegangen.«

»Problemlos?« ächzte Lady Gilbert erstickt.

»Problemlos?« echote Whitney und sank in ihren Sessel zurück.

»Fast problemlos«, korrigierte Clayton und ignorierte die erstaunten Blicke der anderen beiden Anwesenden.

»Gut, gut. Habe ich mir doch gedacht«, erwiderte Lord Gilbert. Clayton stellte ihn seiner Mutter und seinem Bruder vor, und als die Höflichkeiten ausgetauscht waren, wandte sich Lord Edward wieder an seine erstarrte Frau. »Anne?« fragte er und ging Schritt um Schritt auf sie zu, während sie Schritt um Schritt zurückwich. »Nach Monaten der Trennung fehlt mir an Ihrer Begrüßung bisher der rechte Enthusiasmus.«

»Edward«, ächzte sie, »du Schuft!«

»Ich kann nicht feststellen, daß das sehr viel besser ist als ›Großer Gott! Das ist ja Edward!‹«, erklärte er zutiefst pikiert.

»Du hast von Anfang an von dieser Verlobung gewußt«, beklagte sie sich bitter und verlagerte ihren empörten Blick von Edward auf einen grinsenden Clayton, der sein Gesicht sofort in ernste Falten legte. »Mich haben die vergangenen Wochen fast in den Wahnsinn getrieben, aber ihr beide habt die ganze Zeit unter einer Decke gesteckt, ist es nicht so? Ich weiß nicht, wen von euch beiden ich lieber ermorden würde.«

»Willst du dein Hirschhornsalz, mein Engel?«

»Ich will kein Hirschhornsalz«, zischte sein Engel. »Ich will eine Erklärung.«

»Eine Erklärung? Wofür?« fragte Edward erstaunt.

»Daß du keinen meiner Briefe beantwortet hast, daß du mir verschwiegen hast, daß du von diesem Arrangement wußtest, daß du mir nicht gesagt hast, wie ich mich verhalten soll . . .«

»Ich habe nur einen Brief von dir erhalten«, verteidigte er sich übertrieben brüsk. »Und darin stand lediglich, daß Claymore ein Haus in der Nähe deines Schwagers bezogen hat. Und ich kann mir nicht vorstellen, daß ich dir sagen muß, wie du dich zu verhalten hast, wenn du lediglich ein Auge auf zwei Menschen zu halten hattest, die geradezu ideal zueinander passen, wie jedermann sehen konnte. Und von der Verlobung habe ich nichts gewußt, bis ich vor anderthalb Monaten in Spanien einen Brief von Claymore erhalten habe.«

Aber so schnell war Lady Gilbert nicht zu besänftigen. Nach einem kurzen Blick der Entschuldigung auf Clayton sprudelte sie hervor: »Sie haben zunächst keineswegs ideal zueinander gepaßt!«

»Aber selbstverständlich!« erklärte Lord Gilbert resolut. »Welche Einwände hättest du denn gegen eine Ehe mit Claymore vorbringen können?« Plötzlich überflog erheiterte Erkenntnis sein Gesicht. »Also hast du dir Sorgen über seinen Ruf gemacht? Hast du denn nie die Redensart gehört, nach der aus bekehrten Lebemännern die besten Ehemänner werden?«

»Ich muß doch sehr bitten, Lord Gilbert«, meldete sich Clayton trocken.

Nach einem verdutzten Blick auf Stephen, der seinen Lachanfall mit einem Hüsteln zu kaschieren versuchte, wandte sich Lord Gilbert wieder an seine Frau. »Für mich waren sie bereits ein ideales Paar, als ich sie auf dem Maskenball zusammen sah. Und daß da etwas im Busch war, wußte ich, als ich erfuhr, daß Anwälte der Familie Westmoreland in Paris Erkundigungen über Whitney anstellten. Dann dachte ich, Martin Stone hätte alles verpatzt, weil er sie nach England zurückholte. Aber als mich dein Brief darüber informierte, daß

Claymore keine drei Meilen von Stones Schwelle eingezogen war, wußte ich sehr genau, was da vor sich geht.«

»O nein, das wußtest du nicht!« rief Lady Anne erregt. »Ich werde dir sagen, was vor sich ging. Von dem Augenblick an, an dem Whitney Seine Gnaden hier in England wiedersah, stand sie mit ihm auf Kriegsfuß. Und . . .«

Lord Gilbert wandte den Kopf und sah Whitney über seine Augengläser hinweg prüfend an. »Also war Whitney das Problem, oder?« Er verlagerte seinen Blick auf Clayton und fügte hinzu: »Whitney braucht einen Ehemann, der ihre Zügel fest anzieht. Deshalb war ich von Anfang an für diese Verbindung.«

»Oh, vielen Dank, Onkel Edward«, begehrte Whitney auf.

»Das ist nun einmal die Wahrheit, und du weißt es auch, liebes Kind. In dieser Hinsicht ist sie dir sehr ähnlich«, fügte er an seine Frau gewandt hinzu.

»Du überschüttest uns ja geradezu mit Komplimenten, Edward«, bemerkte Lady Anne spitz.

Edward blickte vom empörten Gesicht seiner Frau auf Whitneys rebellische Miene und dann zu Clayton, der ihn mit hochgezogenen Brauen amüsiert betrachtete. Er sah zu Stephen Westmoreland hinüber, dessen Schultern vor unterdrücktem Lachen zuckten, und dann zur Herzogin, die zu höflich war, um sich ihre Emotionen anmerken zu lassen. »Nun«, meinte er mit einem resignierten Seufzer, »offenbar ist es mir gelungen, jedermann zu beleidigen. Eigentlich erstaunlich, daß ich in dem Ruf stehe, ein fähiger Diplomat zu sein, oder?«

Die Herzogin begann zu lächeln. »Mich haben Sie nicht im geringsten gekränkt, Lord Gilbert. Ich habe eine entschiedene Vorliebe für Lebemänner. Schließlich war ich mit einem verheiratet und habe zwei aufgezogen.«

Die Bekanntgabe der Verlobung des Duke of Claymore mit Miss Whitney Allison Stone schlug in London ein wie eine Granate. Täglich trafen nun Einladungen zu allen möglichen

Geselligkeiten im Stadthaus von Emily und Michael Archibald ein, und das in ständig steigender Zahl. Neben den Veranstaltungen zu ihren Ehren, an denen Whitney und Clayton teilnehmen mußten, nahmen die umfangreichen Hochzeitsvorbereitungen jede Minute ihrer Zeit in Anspruch, und Whitney fühlte sich zunehmend erschöpft. Dazu kam eine unbewußte Furcht vor ihrem Hochzeitstag – ihrer Hochzeitsnacht.

Häufig lag sie in Emilys Gästezimmer nachts wach und sagte sich energisch, wenn das andere Frauen ertragen hatten, würde sie das auch ertragen. Außerdem, rief sie sich wiederholt in Erinnerung, hatte die Sache selbst und die sie begleitenden Schmerzen gar nicht so lange gedauert. Und schließlich liebte sie Clayton, und wenn er ihr das antun wollte, dann würde sie es eben erdulden, um ihn glücklich zu machen, und darauf hoffen, daß er es nicht allzu oft von ihr forderte. Und doch verabscheute sie es zutiefst, nicht nur den Tag, sondern sogar die Stunde zu kennen, in der er es ihr wieder antun würde.

Fünf Tage vor der Hochzeit fühlte sie sich aufgrund ihrer Ängste und ihrer allgemeinen Erschöpfung einfach nicht in der Stimmung, um an einem Ball teilnehmen zu können, der von einigen Freunden Claytons veranstaltet wurde. Und am nächsten Tag bat sie Clayton brieflich darum, ihre Abwesenheit bei einem Nachmittagstee bei den Rutherfords zu entschuldigen.

Clayton, der inzwischen in seinem Londoner Stadthaus wohnte, um vor der Hochzeit in Whitneys Nähe zu sein, las ihren Brief mit leichter Verwunderung. Nach einigem Nachdenken ließ er seine Kutsche vorfahren und fuhr zu den Archibalds, wo er darüber informiert wurde, daß sich Miss Stone im Blauen Salon aufhalte, während Lord und Lady Archibald den Tag auswärts verbrachten.

Whitney griff nach einem neuen Bogen Büttenpapier, tauchte die Feder in das Tintenfaß und verfaßte das nächste Dankschreiben für die unzähligen Hochzeitsgeschenke, die inzwischen bereits eingetroffen waren. Clayton blieb auf der Schwelle zum Salon stehen und sah sie an. Ihr Kopf mit den kastanienbraunen Locken war leicht gesenkt, ihr makelloses Profil ihm zugewandt. Im Schein der durchs Fenster fallenden Sonne sah sie so fragil und anmutig aus, daß sie fast ätherisch wirkte. »Wie geht es dir?« fragte er nach einiger Zeit und schloß die Tür hinter sich. Er ging zu ihr, zog sie sanft hoch und setzte sich mit ihr aufs Sofa. »Junge Lady, ist es deine Absicht, mich wie einen Außenstehenden zu behandeln und dich an meine Existenz erst zu erinnern, wenn du auf den Altar zuschreitest?«

»Das mit dem Tee bei den Rutherfords tut mir leid«, erwiderte sie mit einem so müden Lächeln, daß Clayton seinen leichten Tadel sofort bereute. »Es ist nur so, daß ich so viel zu tun habe, daß ich manchmal nicht weiß, ob ich die Zeit für meine eigene Hochzeit finden werde.« Sie lehnte ihren Kopf leicht gegen seine Schulter und fügte hinzu: »Ich habe dich gestern abend sehr vermißt. Hast du dich auf dem Ball gut amüsiert?«

Clayton griff ihr sanft unter das Kinn und zwang sie, ihn anzusehen. »Ohne dich nicht«, flüsterte er. »Und jetzt beweise mir, wie sehr du mich vermißt hast . . .«

Unter seinem leidenschaftlichen Kuß löste sich Whitneys Anspannung und Erschöpfung in nichts auf. In einer Art sinnlichem Nebel nahm sie zwar vage wahr, daß er mit ihr in eine halb liegende Position glitt, aber viel wichtiger als das waren seine zärtlichen Lippen, seine sinnlich drängende Zunge, seine erregenden Worte. »Ich kann nicht genug von dir bekommen«, murmelte er und beugte sich über sie. »Ich werde nie genug von dir bekommen.« Seine Hände glitten über die empfindsame Haut ihres Ausschnitts, seine Finger begannen behende zu nesteln, und bevor Whitney reagieren konnte, bewegten sich seine Lippen über ihre nackten Brüste. »Die Diener!« hauchte sie entsetzt.

»Sie haben maßlosen Respekt vor mir«, erklärte Clayton.

»Sie würden nicht einmal hier eindringen, wenn ein Feuer ausgebrochen wäre.«

Seine Lippen senkten sich wieder auf ihre Brust, umschlossen eine rosige Brustwarze. »Nicht! Bitte, nicht!« rief sie rauh, setzte sich hastig auf und raffte mit beiden Händen ihr Oberteil zusammen.

Clayton wollte sie wieder an sich ziehen, aber sie sprang vom Sofa. Überrascht setzte er sich auf und sah sie an. Sie war leicht errötet, sehr schön und – zu Tode verängstigt! »Whitney?« begann er behutsam.

Sie zuckte zusammen, machte drei Schritte rückwärts und sank in den nächststehenden Sessel. Sie öffnete den Mund, um etwas zu sagen, besann sich anders und fuhr sich mit der Hand über die Stirn. Schließlich sah sie ihn flehend an und holte zitternd Atem. »Da gibt es etwas, um das ich dich gern bitten würde. Aber es ist mir sehr peinlich. Es betrifft unsere Hochzeit. Unsere Hochzeitsnacht.«

Besorgt über die Angst, die sich in ihrem Gesicht zeigte, beugte sich Clayton vor. »Um was möchtest du mich bitten?« erkundigte er sich leise.

»Versprichst du mir, nicht zornig zu werden?«

»Du hast mein Wort«, versicherte Clayton ruhig.

»Nun, es ist so«, begann sie zögernd, »daß ich mich wirklich auf unsere Hochzeit freuen möchte. Aber das ist mir nicht möglich. Ständig muß ich daran denken, was dabei geschieht – später, in der Nacht. Andere Bräute wissen nicht Bescheid, jedenfalls nicht genau, aber ich weiß es, und . . .« Hilflos verstummte sie und wurde blutrot.

»Und um was möchtest du mich bitten?« wiederholte Clayton, obwohl er es längst wußte.

»Ich habe mich gefragt, ob du unter Umständen bereit sein könntest, damit zu warten«, antwortete sie kaum hörbar. »Ich meine, ob du vielleicht darauf verzichten könntest, es mir in unserer Hochzeitsnacht anzutun.« Unfähig, seinen Blick länger zu ertragen, senkte Whitney verlegen den Kopf. Sie wußte nicht viel, aber immerhin doch, daß Ehefrauen ihren Männern einen derartigen Handel nicht vorschlugen und daß Ehen in der Hochzeitsnacht vollzogen wurden.

»Bist du dir sicher, daß du das wirklich willst?« fragte Clayton nach längerem Schweigen.

»Ganz sicher«, flüsterte Whitney mit niedergeschlagenen Augen.

»Und wenn ich mich weigere?«

Whitney starrte auf ihre Hände und schluckte. »Dann unterwerfe ich mich dir.«

»Dann unterwirfst du dich?« wiederholte Clayton, verblüfft von ihrer Wortwahl. Er konnte kaum glauben, daß Whitney nach acht Wochen liebevollen und zärtlichen Zusammenseins die Erfüllung ihres gemeinsamen Verlangens für eine Art Bestrafung hielt, der sie sich zu »unterwerfen« hatte. Sie hatte sich stets widerspruchslos von ihm in die Arme nehmen lassen und seine Küsse mit einer Leidenschaft erwidert, die seiner kaum nachstand. Welche Vorstellungen hatte sie von ihrer Hochzeitsnacht? Bildete sie sich etwa ein, daß er sich in ein wildes Tier verwandelte und ihr erneut die Kleider vom Körper riß? »Hast du Angst vor mir, Kleine?« fragte er leise.

Sie sah ihm fast vehement in die Augen. »Nein! Ich könnte nicht ertragen, wenn du das glauben würdest. Ich weiß, daß du mich . . . mich nicht wieder so behandeln würdest. Es ist nur so, daß es mir unendlich peinlich ist, weil ich genau weiß, was du mit mir machen wirst. Und dann gibt es da noch etwas anderes . . . Etwas Schreckliches, was ich dir schon vor Wochen hätte sagen sollen. Clayton, ich glaube, ich bin auf gewisse Weise mißgestaltet. Denn das, was du mit mir gemacht hast, tat schrecklich weh. Und ich kann mir nicht vorstellen, daß andere Frauen dabei diese Schmerzen empfinden, und . . .«

»Hör auf!« unterbrach Clayton rauh. Er dachte häufig genug voller Scham an das, was er ihr in jener Nacht angetan hatte. Er brauchte nicht auch noch von ihr daran erinnert zu werden. »Unter zwei Bedingungen hast du mein Wort, daß ich warten werde«, erklärte er ruhig. »Zunächst einmal verlange ich, daß ich nach unserer Hochzeitsnacht den Zeitpunkt bestimmen darf.«

Sie nickte so eifrig und wirkte so erleichtert, daß Clayton fast lächeln mußte.

»Die zweite Bedingung ist meine Bitte, dir das, was ich gleich sagen werde, in den nächsten Tagen ernsthaft zu überlegen.«

Wieder nickte sie.

»Das, woran du dich mit Angst erinnerst, war nichts anderes als ein schändlicher Racheakt von mir. Es hatte nichts, aber auch gar nichts mit körperlicher Liebe zu tun.«

Sie hörte aufmerksam zu und schien ihn verstehen zu wollen, aber aufgrund ihrer Erfahrungen konnte sie noch keine Unterschiede erkennen, und was für sie so schmerzhaft und demütigend gewesen war, konnte es jederzeit wieder sein. »Komm her«, sagte er liebevoll. »Vielleicht kann ich es an einem kleinen Beispiel deutlicher machen.«

Unbehagen zeigte sich in ihrem Gesicht, aber sie stand auf und setzte sich neben ihn. Clayton hob ihr Kinn an und küßte sie voller zärtlicher Leidenschaft. »Erinnerst du dich daran, wie ich dich auf der Terrasse von Lady Eubank küßte?« fragte er und sah sie forschend an. »Da ging es mir darum, dich dafür zu bestrafen, weil du mich dazu benutzen wolltest, Sevarin eifersüchtig zu machen. Weißt du es noch?«

Sie nickte. »Ich habe dich ins Gesicht geschlagen«, erinnerte sie sich lächelnd.

»Und hast du jetzt das Bedürfnis mich zu schlagen? Empfindest du auch nur annähernd so, wie bei unserem ersten Kuß?«

»Nein.«

»Dann glaube mir bitte: Wenn ich das nächste Mal mit dir ins Bett gehe, wird sich das von jenem ersten Mal so sehr unterscheiden wie dieser Kuß von dem auf Lady Eubanks Terrasse.«

»Danke«, sagte sie und strahlte vor Erleichterung.

Sie glaubt mir kein einziges Wort, dachte Clayton. Sie ist nur überglücklich, in ihrer Hochzeitsnacht vor mir verschont zu bleiben.

Kapitel sechzehn

Im Morgengrauen verließ Whitney das Bett, schlüpfte in ihren Morgenrock und setzte sich dann in den Sessel am Fenster, um zuzusehen, wie an ihrem Hochzeitstag die Sonne über London aufging.

Sie hörte, wie das Haus langsam zum Leben erwachte. Diener bewegten sich durch die Halle, Schritte eilten an ihrer Tür vorbei. Die Trauung sollte erst um drei Uhr nachmittags stattfinden, und das schien noch eine Ewigkeit entfernt zu sein.

Zuerst schienen die Stunden wie Jahre dahinzuschleichen, um dann, gegen Mittag, davonzufliegen wie Minuten. Pausenlos betraten oder verließen die unterschiedlichsten Leute ihr Zimmer, während Tante Anne sich aufs Bett setzte und zusah, wie Clarissa Whitneys mahagonifarbene Locken bürstete, bis sie glänzten. Emily kam herein, noch in ihrem Dressinggown, aber bereit, diesen jederzeit mit ihrer Brautjungfernrobe zu vertauschen, und auf ihren Fersen Elizabeth, die sie fröhlich begrüßte, ohne eine Antwort zu erhalten.

»Nervös oder nur mundfaul?« erkundigte sich Emily scherzend.

»Nichts von beidem. Nur glücklich.«

»Bist du denn kein bißchen nervös?« erkundigte sich Elizabeth und warf Emily und Whitneys Tante einen verstohlenen Blick zu. »Ich hoffe, Seine Gnaden hat sich inzwischen nicht anders besonnen.«

»Das hat er nicht«, versicherte Whitney betont ernst.

»Wie sich die Bilder gleichen!« Claytons Mutter lachte, als

sie den Raum betrat. »Wie ich sehe, ist es hier auch nicht anders als ein paar Straßen weiter. Stephen bringt Clayton noch um den Verstand.«

»Ist Clayton denn nervös?« fragte Whitney ungläubig.

»Unvorstellbar nervös«, erwiderte Ihre Gnaden und setzte sich neben Anne Gilbert auf das Bett.

»Warum?« wollte Whitney beunruhigt wissen.

»Warum? Dafür gibt es mindestens ein Dutzend Gründe, und alle haben direkt oder indirekt mit Stephen zu tun. Als Stephen um zehn Uhr morgens bei ihm eintraf, erzählte er ihm, er habe unterwegs zwei Reise-Chaisen gesehen und sei sicher, dich in einer erkannt zu haben. Clayton rannte bereits die Treppe hinunter, als ihm Stephen nachrief, es sei nur ein Scherz gewesen.«

Whitney unterdrückte ein Lächeln. »Du findest das zwar amüsant, Liebes, aber Clayton keineswegs. Bald darauf verkündete Stephen, er hätte Kenntnis von einer Verschwörung unter den männlichen Trauzeugen, Clayton zu entführen und sein Eintreffen in der Kirche zu verzögern. Deshalb sitzen zwölf Trauzeugen seit Stunden in Claytons Haus und werden von ihm nicht aus den Augen gelassen.«

»Armer Clayton.«

»Armer Stephen«, korrigierte die Herzogin trocken. »Ich bin hierher geflohen, um nicht mitansehen zu müssen, wie mein älterer Sohn seinen Bruder ermordet. Denn genau das hat er allen Ernstes für den Fall angedroht, daß Stephen sich ihm auf Armeslänge nähern sollte.«

Die Zeit verging wie im Fluge, und dann trat Whitney in ihrem Hochzeitskleid aus dem Ankleidezimmer, um sich von ihrer Tante und ihrer künftigen Schwiegermutter bewundern zu lassen.

»O mein liebes, liebes Kind«, hauchte die Dowager Duchess. »Nie in meinem Leben habe ich so etwas Schönes wie dich gesehen!« Sie trat einen Schritt zurück und betrachtete Whitneys cremefarbenes, perlenbesetztes Brautkleid, das der

Robe einer mittelalterlichen Prinzessin nachempfunden war. Das tiefausgeschnittene Mieder umfing Whitneys volle Brüste und betonte ihre zierliche Taille. Um ihre schmalen Hüften lag eine schwere Kette mit Diamanten und Perlen. Die Ärmel waren unterhalb der Ellbogen sehr schmal geschnitten und liefen auf den Handrücken in langen Spitzen aus, während sie sich oberhalb der Ellbogen großzügig bauschten. Ein Satincape wehte von ihren Schultern, am Saum mit Perlen bestickt und auf den Schultern mit Juwelen und Perlen befestigt, die jenen um ihre Hüften glichen. Sie trug keinen Schleier. Statt dessen war ihr Haar aus der Stirn gebürstet und auf dem Kopf mit einer Spange aus Perlen und Diamanten befestigt. Es fiel ihr in langen Locken über den Rücken hinab. Clayton hatte einmal gesagt, daß es ihm so am besten gefiel.

»Du siehst genauso aus, wie es sich eine Prinzessin im Mittelalter erträumt hätte«, stellte Claytons Mutter bewundernd fest, während Tante Anne schweigend die schöne junge Frau betrachtete, die bald eine Herzogin werden würde. Vor ihrem inneren Auge sah die Lady das Mädchen in Reithosen, das mit nackten Füßen auf einem Pferd balancierte. Als sie endlich die Sprache wiederfand, machten Tränen der Freude und des Stolzes ihre Stimme heiser. »Wir sollten nicht zu spät zur Kirche aufbrechen. Wie dein Vater erzählte, hatten sich dort, als er vor Stunden vorbeikam, bereits viele Schaulustige eingefunden, und die Straßen waren voller Kutschen.«

Ihr Vater hatte nicht übertrieben. Schon eine halbe Meile vor der Kirche kam die Kutsche mit Whitney, ihrer Tante und ihrem Vater kaum mehr weiter. Whitney hatte das Gefühl, als wäre ganz London auf den Beinen, um an ihrer Hochzeit teilzunehmen.

In dem großen Vorraum der Kirche blickten zwölf Trauzeugen hoffnungsvoll auf, als Stephen durch eine Seitentür hereinkam. Er trat auf Clayton zu, der mit unheilverkündendem Gesicht an einem Tisch lehnte, da es von Minute zu Minute wahrscheinlicher zu werden schien, daß Whitney ihn allein zum Altar gehen lassen würde. Stephen hörte sich jedoch absolut unbeschwert an, als er verkündete: »Da draußen herrscht ein unvorstellbares Durcheinander. Die Straßen sind mit Fußgängern verstopft, und die Kutschen kommen nicht vorwärts.«

Clayton drückte sich abrupt von der Tischkante ab. »Such McRea, er muß irgendwo in der Kirche sein, und sag ihm, daß er die Kutsche vorfahren soll. Wenn sie in fünf Minuten nicht hier ist, hole ich sie.«

»Wenn deinen Pferden nicht inzwischen Flügel gewachsen sind, wird dir auch das nicht viel helfen. Vielleicht hast du die Güte, einen Blick vor die Tür zu werfen und dich selbst davon zu überzeugen, warum sich Whitney verspätet.«

Mit langen, verärgerten Schritten folgte Clayton der Aufforderung seines Bruders und blickte gleich darauf auf einen Vorplatz hinaus, auf dem es vor Menschen und Karossen nur so wimmelte. »Was zum Teufel ist nur los?« knurrte er wütend.

»Ein Herzog heiratet«, meinte Stephen grinsend. »Und zwar ein Mädchen, das weder über eine adlige Abstammung noch über besonders viel Geld verfügt. Offenbar feierst du die Märchenhochzeit des Jahrhunderts, und die will sich kein Londoner entgehen lassen.«

»Wer in Dreiteufelsnamen hat sie eigentlich eingeladen?« erkundigte sich Clayton höchst unlogisch.

»Da uns diese Kirche nicht gehört, halten sie es offenbar für ihr gutes Recht, hier zu sein. Nicht ganz unberechtigt, wenn du mich fragst«, erwiderte Stephen lachend.

»Euer Gnaden«, meldete sich eine würdige Männerstimme. Vierzehn besorgte Männergesichter drehten sich zu dem Erzbischof in seinem festlichen Ornat um. »Die Braut ist eingetroffen«, verkündete er ruhig.

Tausende Kerzen verbreiteten ihr schimmerndes Licht, die Orgel setzte ein, rauschend erfüllte die feierliche Musik das Gotteshaus vom Marmorfußboden bis unter die Deckengewölbe.

Whitney sah zu, wie ihre zwölf Brautjungern nacheinander über den Mittelgang der Apsis zustrebten. Thérèse DuVille Ronsard nahm von einer Zofe ihr Bouquet entgegen, ordnete den Fall ihrer Schleppe und sah Whitney lächelnd an. »Nicki hat mir aufgetragen, dir in diesem Moment einen Gruß von ihm zu bestellen. Ich soll dir sagen: ›Erneut *Bon voyage*‹.«

Diese bedeutungsvolle Botschaft ließ Whitney fast Tränen in die Augen treten, und bewußt sah sie zu Emily hinüber, die gerade in einer Wolke aus apfelgrüner Seide und Satin den Mittelgang hinunterschritt. Jetzt war sie mit ihrem Vater allein, mit dem sie seit seinem Eintreffen nur wenige höfliche, unpersönliche Worte gewechselt hatte. Er wirkte sehr ernst. »Bist du nervös, Papa?« fragte sie leise.

»Es gibt nichts, worüber ich nervös sein müßte«, erwiderte er mit eigentümlich rauher Stimme. »Schließlich geleite ich gleich die schönste Frau Englands zum Altar.« Er sah sie an, und Whitney bemerkte, daß seine Augen feucht waren, als er hinzufügte: »Ich denke nicht, daß du es mir glauben wirst, weil wir nie gut miteinander ausgekommen sind, aber ich hätte dich dem Herzog nie versprochen, wenn ich nicht davon überzeugt gewesen wäre, daß er dich in den Griff – daß er der richtige Mann für dich ist«, korrigierte er schnell. »Gleich am ersten Tag, als er mich aufsuchte, dachte ich mir, daß ihr aus dem gleichen Holz geschnitzt seid, und ich war mit seinem Antrag einverstanden. Über Geld haben wir erst gesprochen, nachdem ich der Verlobung zugestimmt hatte.«

Whitney reckte sich auf die Zehen und küßte ihn leicht auf die Stirn. »Vielen Dank, daß du mir das gesagt hast, Papa. Ich habe dich sehr lieb.«

Plötzlich verstummte die Orgel. Eine erwartungsvolle Stille folgte, dann setzte sie mit zwei vollen Akkorden wieder ein, und Whitney legte eine Hand auf den Arm ihres Vaters.

Clayton hatte eine Vorstellung davon, wie sie in diesem Augenblick aussehen würde: die Vision einer wunderschönen Braut in langem weißen Gewand und mit Schleier. Aber das, was nun im Glanz der Kerzen auf ihn zukam, nahm ihm den Atem. Niemals hatte eine Braut so ausgesehen wie sie. Sie kam ohne Scheu auf ihn zu, sogar ohne Schleier. Sie hob den Kopf, sah ihn unverwandt an und gab damit jedem in der Kirche zu verstehen, wie freiwillig, glücklich und stolz sie auf ihn zuging.

Ihre schimmernden Locken fielen ihr über die Schultern, die goldene Kette um ihre schlanken Hüften schwang mit jedem Schritt, und das herrliche, perlenbestickte Cape wehte hinter ihr her. Sie wirkte wie eine Königin – ohne jeden Hochmut erhaben, provozierend schön und doch seltsam unberührbar. »Großer Gott, Kleine«, flüsterte er unhörbar.

Atemlos sah die Menge der Gäste zu, wie der Herzog auf sie zutrat, ihre Hand nahm und ihr in die Augen lächelte. Er sagte auch etwas zu ihr, doch nur Whitney hörte seine leisen Worte: »Ich liebe dich.«

Und dann stand Whitney Hand in Hand mit ihm vor dem Altar. Als der Erzbischof sie aufforderte, das Treuegelöbnis nachzusprechen, wandte sie sich Clayton zu und ließ ihn nicht aus den Augen. Ihre Stimme klang fest und sicher, aber als sie ihm Gehorsam gelobte, hob Clayton so skeptisch eine Braue, daß sie fast ins Stocken geriet und schnell ein Auflachen unterdrücken mußte.

Der Erzbischof erklärte sie feierlich für Mann und Frau, »bis daß der Tod Euch scheidet«, die Orgel setzte ein, schwoll an, und Clayton beugte sich vor, um seine Braut zu küssen. Es wurde ein so scheuer, züchtiger Kuß, daß sich in Whitneys Augen Überraschung zeigte. »Ich muß noch üben«, scherzte er leise, als sie sich umwandten, »bis ich es richtig kann.«

Seine wunderschöne Braut nickte ganz ernst und hauchte sittsam: »Es wird mir eine Freude sein, Ihnen dabei zu helfen, Mylord.«

Ein scharlachroter Teppich bedeckte die breite Freitreppe von

Claymore, auf der dreißig Diener in Livree für den endlosen Strom der Gäste Spalier standen.

Im blumengeschmückten Ballsaal stand Whitney neben Clayton unter einem zwölfarmigen Kristallüster und nahm das Defilée der Gäste entgegen. Nach der Trauung waren sie zu einem kleinen Empfang in Claytons Stadthaus gefahren, um bald darauf nach Claymore aufzubrechen. Und nun stand sie hier – als seine Frau . . . »Lady Amelia Eubank«, hörte sie den Butler sagen. Unwillkürlich verspannte sie sich, als die scharfzüngige alte Dame auf sie zukam.

»Ich gehe zuversichtlich davon aus, Mylady«, neckte Clayton, »daß Sie mich als würdige ›Konkurrenz‹ für Sevarin betrachten?«

Lady Eubank lachte nahezu krächzend auf und trat einen Schritt näher an Clayton heran. »Ich wollte Sie schon immer fragen, warum Sie das Anwesen Hodges nun tatsächlich für Ihre ›Erholung‹ erwählt haben.«

»Tatsächlich«, erwiderte Clayton und sah Whitney zärtlich an, »aus dem Grund, den Sie vermuten.«

»Ich wußte es!« verkündete sie triumphierend. »Aber ich brauchte Wochen, um es herauszufinden. Sie hinterhältiger Bursche«, fügte sie fast liebevoll hinzu, wandte sich ab, hob ihr Lorgnon und suchte unter den Gästen nach einem neuen Opfer.

Vor dem Bankett war eine Reihe von Toasts angesagt, und den ersten brachte Stephen aus. »Auf die Duchess of Claymore«, sagte er.

Whitney hob ihr Glas und lächelte ihre Schwiegermutter an. »Ich glaube, Stephen meint dich«, flüsterte Clayton schmunzelnd.

»Mich? O ja, natürlich«, entgegnete Whitney und ließ die Hand wieder sinken. Aber es war zu spät. Alle Gäste brachen in schallendes Lachen aus.

Nachdem Toasts auf die Gesundheit des jungen Paares ausgebracht waren, auf ihr immerwährendes Glück und ein langes Leben, begannen die Gäste eine Ansprache von Clayton zu fordern.

Er erhob sich, und Whitney verspürte erneut die Aura von Autorität, die ihn ganz selbstverständlich zu umgeben schien. »Vor etlichen Monaten in Paris«, begann er und seine tiefe Stimme drang in die entferntesten Ecken des Saales, »hat mich eine junge Lady beschuldigt, mir den Titel eines Herzogs anzumaßen. Sie meinte, ich sei ein so jämmerlicher Hochstapler, daß ich mir einen anderen Titel aussuchen sollte – einen, der besser zu mir passe. Ich entschied, daß ich nur einen einzigen anderen Titel anstrebte: den ihres Ehemannes.« Er brach ab und schüttelte bekümmert den Kopf. »Aber dieser zweite Titel war sehr viel schwerer zu erlangen, als der erste, das können Sie mir glauben.« Als das allgemeine Gelächter verebbt war, fügte er ernst hinzu: »Und von weit höherem Wert.«

Dann spielten die Musiker zum ersten Walzer auf, und Clayton führte sie auf das Parkett. Er nahm sie in die Arme und wirbelte sie unaufhörlich herum, aber als auch die Gäste das Parkett betraten, tanzte er ruhiger mit ihr.

Alle seine Sinne konzentrierten sich auf den Duft, der von ihr ausging, auf die leichte Berührung ihrer Fingerspitzen. Er dachte an die Nacht, in der sie ihm wirklich gehören würde, und es erregte ihn so, daß er diese Vorstellung verdrängen mußte.

Ihr Vater bat sie um den nächsten Tanz, und Clayton tanzte mit seiner Mutter. Erst nach Mitternacht verließen Clayton und Whitney Arm in Arm das Parkett, um sich mit ihren Gästen zu unterhalten.

Whitney schien sich glänzend zu amüsieren, und Clayton hatte keine Lust, ihr die Freude an ihrem Fest zu verderben. Aber kurz vor ein Uhr regte sich in ihm das unbehagliche Gefühl, die Gäste würden erwarten, daß sie sich zurückzogen. Ein Verdacht, der von Lord Marcus Rutherfords Bemerkung gleich darauf bestätigt wurde. »Falls Sie sich fragen sollten, wann Sie ohne Aufsehen zu erregen, das Weite suchen können«, meinte er lachend, »so ist dieser Zeitpunkt seit zwei Stunden überschritten.«

Clayton schlenderte auf Whitney zu und nahm sie beiseite. »Es tut mir leid, Kleine, aber wenn wir nicht bald aufbrechen, beginnen die Gäste zu reden . . .«

Schweigend durchquerten sie die Halle und begannen die geschwungene Treppe zur Galerie hinaufzugehen. Mit jeder Stufe wurden Whitneys Schritte schwerer. Doch Clayton bemerkte es nicht, da er gerade mit einem anderen Problem haderte: Sollte er sie in seine Suite oder in ihre führen? Überall geisterten Diener herum, und er wollte nicht, daß ihr Verzicht auf Intimität in der Hochzeitsnacht zum Tagesgespräch wurde.

Gerade hatte er sich entschlossen, sie zu ihren Gemächern zu bringen, als zwei Diener die Treppe heraufkamen. Wie ein Dieb im eigenen Haus trat Clayton hastig einen Schritt zurück, wechselte die Richtung und öffnete die Tür zu seiner Suite.

Ein Blick in Whitneys Gesicht sagte ihm, wie sehr es ihr widerstrebte, den Raum zu betreten, in dem er ihr das Kleid heruntergerissen hatte. »Komm, Kleine«, sagte er leise, »du hast hier wirklich nichts zu befürchten.«

Sie schüttelte kurz den Kopf, als wollte sie die Erinnerungen loswerden und trat ein. Mit einem Seufzer der Erleichterung schloß Clayton die Tür und führte sie zu dem grünen Sofa vor dem Kamin. Er setzte sich neben sie, warf einen Blick auf ihr atemberaubendes Profil und entschied, daß es sehr viel klüger wäre, wenn er ihr gegenüber auf dem Sessel Platz nahm.

Er sah sie an. Ihr Kopf war dem Kaminfeuer zugewandt, als könne sie den Blick auf das breite Bett unter seinem Baldachin nicht ertragen. Vermutlich fragte sie sich, warum er sie hierhergebracht hatte, wenn er sein Versprechen wirklich halten wollte. »Du wirst hier schlafen müssen, Kleine . . . Sonst beginnen die Diener zu klatschen. Ich werde mich auf das Sofa legen.«

Sie lächelte ihn an, als wäre sie mit den Gedanken ganz woanders gewesen.

Nach einem Augenblick verlegenen Schweigens fragte er: »Möchtest du dich vielleicht ein bißchen unterhalten?«

»Ja«, stimmte sie bereitwillig zu.

»Und worüber?«

»Oh, über irgend etwas.«

Clayton zermarterte sich das Hirn nach einem interessanten Gesprächsthema, aber ihre aufreizende Anwesenheit in seinem Schlafzimmer schien seinen Verstand gelähmt zu haben. »Das Wetter war heute ausnehmend gut«, stellte er schließlich fest. Er hätte schwören können, daß ein leises Lächeln über ihr Gesicht huschte, oder war das nur der Widerschein des Kaminfeuers gewesen? »Es hat nicht geregnet«, fügte er unsinnigerweise hinzu und kam sich überaus töricht vor.

»Auch wenn es geregnet hätte, wäre es immer noch ein wundervoller Tag gewesen.«

Wenn sie ihn doch nur nicht so ansehen würde. Nicht heute nacht! Es klopfte leise. »Wer zum Teufel . . .?«

»Wahrscheinlich ist es Clarissa«, sagte Whitney, stand auf und sah sich nach einer Verbindungstür um, die zu ihrer Suite führte. Clayton öffnete die Tür zum Korridor und starrte verblüfft auf seinen Kammerdiener. »Guten Abend, Euer Gnaden«, sagte der und machte alle Anstalten, den Raum zu betreten. Verdammt! Er hatte seinen Kammerdiener ebenso vergessen wie Whitneys Zofe. Innerlich alle Diener dieser Welt verfluchend, zeigte Clayton Whitney die Verbindungstür, machte auf dem Absatz kehrt und verschwand in seinem Arbeitszimmer.

Hinter ihm betrat Armstrong geräuschlos den Raum. »Darf ich Ihnen beim Auskleiden behilflich sein, Euer Gnaden?« Claytons Kopf zuckte herum. »Wenn ich etwas brauche, werde ich läuten!« fuhr er den unglückseligen Diener an. »Das wäre alles, Armstrong. Gute Nacht«, fügte er hinzu, geleitete seinen verblüfften Kammerdiener höchstpersönlich zur Tür, schob ihn auf den Korridor hinaus und verriegelte die Tür hinter ihm.

Clayton schlenderte in sein Arbeitszimmer zurück, streifte seinen Rock ab, lockerte das Halstuch, goß sich ein großzügiges Glas Brandy ein, nahm ein Buch aus dem Schrank, setzte sich und streckte die langen Beine aus. Er nippte an seinem Glas und las denselben Absatz mindestens sechsmal, bis er endlich aufgab und das Buch zuschlug.

Er ärgerte sich aufrichtig über sich selbst und machte sich ein wenig überrascht bewußt, wie zermürbt er nach acht kurzen Wochen der Enthaltsamkeit doch war. Konnte eine einzige weitere Nacht da so viel ausmachen? Sie machte, erkannte er resigniert, weil eine Hochzeitsnacht traditionsgemäß und unwiderruflich mit körperlicher Liebe verbunden war.

Er ließ Whitney sehr lange Zeit, bis er sich endlich erhob und wieder sein Schlafzimmer betrat. Sie war nicht da. Die Verbindungstür stand offen, und er lief durch ihr Ankleidezimmer in ihren Schlafraum. Auch dort war sie nicht. Sein Herz begann zu hämmern, obwohl er sich immer wieder sagte, daß sie unmöglich vor ihm geflohen sein konnte . . .

Mit schnelleren Schritten eilte er zurück und blieb erleichtert stehen, als er sie neben seinem Bett stehen sah. Im Kerzenlicht sah er deutlich die Furcht auf ihren Zügen und lief auf sie zu.

Whitney blickte zu ihm auf, und Clayton bemerkte, daß sie ihre Angst hastig hinter einem Lächeln verbarg. »Wer sind Sie nun wirklich?« wiederholte sie die Frage, die sie vor so langer Zeit auf dem Maskenball der Armands an ihn gestellt hatte.

»Ein Herzog«, erwiderte er und erinnerte sich lächelnd an ihr scherzhaftes Geplänkel. »Und Ihr Mann. Und wer sind Sie?«

»Eine Herzogin!« rief sie mit einer Mischung aus Freude und Ungläubigkeit.

»Und auch meine Frau?«

Sie nickte, und langsam wurde ihr Lächeln strahlender. Clayton sah wieder die aufreizend schöne Frühlingsgöttin mit den gelben Blüten im Haar vor sich, gleichzeitig aber auch, wie sie da neben seinem Bett stand. Und plötzlich war es ihm nicht mehr wichtig, ob er sie heute nacht lieben konnte oder nicht. Wichtig war nur noch, daß es ihm gelungen war, sie zu seiner Frau zu machen. Sie gehörte ihm! Er fühlte sich unendlich stolz und glücklich. »Meine gehorsame Frau?« neckte er sie.

Wieder nickte Whitney, und fast war es ihm, als könnte er in ihren Augen ein Lachen entdecken.

»Dann komm her, meine gehorsame Frau«, befahl er rauh.

Ein Schatten flog über ihr Gesicht, aber sie kam langsam auf ihn zu. Und erst in diesem Augenblick sah Clayton, was sie trug, und er hätte fast laut aufgestöhnt. Ihr Dressinggown war aus durchsichtiger weißer Spitze und enthüllte genügend von ihren Armen, Brüsten und langen Beinen, um ihm neue Schauer der Erregung und des Bedauerns durch die Adern pulsen zu lassen.

Ein paar Schritte vor ihm blieb sie stehen und blickte ihn verwirrt und ängstlich an. »Erinnerst du dich noch«, begann sie mit zögernder, ganz kleiner Stimme. »Erinnerst du dich noch an dein Versprechen?«

Als ob er das vergessen könnte! »Ich erinnere mich, Kleine«, sagte Clayton leise. Er trat auf sie zu, nahm sie in die Arme und versuchte das Gefühl zu ignorieren, das ihre fast nackten Brüste in ihm erregten, als sie sich an sein Hemd drückten. Er wollte sie küssen, aber sie zitterte so heftig, daß er darauf verzichtete und ihr statt dessen beruhigend über die Haare strich.

»Wenn ich als kleines Mädchen abends wach im Bett lag«, wisperte sie unsicher an seiner Brust, »habe ich mir immer vorgestellt, in den Schränken wären – Dinge . . .«

»In meinen Schränken waren Spielzeugsoldaten«, ermunterte sie Clayton, als sie schwieg. »Und was war in deinen?«

»Ungeheuer!« hauchte sie. »Riesige, häßliche Ungeheuer mit Klauenfüßen und hervorquellenden Augen.« Sie holte abgehackt Luft und fuhr fort: »Auch in diesem Zimmer sind Ungeheuer – furchtbare Erinnerungen lauern in den dunklen Ekken.«

Clayton zuckte gepeinigt zusammen. »Ich weiß, Kleine. Aber du hast nichts zu befürchten. Heute nacht werde ich von dir nichts verlangen. Ich habe dir mein Wort gegeben.«

Sie hob den Kopf von seiner Brust und blickte ihn an. Ihr Gesicht war so wunderschön und verwundbar, daß sich Clayton zum tausendsten Mal fragte, was in jener Nacht eigentlich in ihn gefahren war. Sie schien etwas sagen zu wollen, barg dann aber statt dessen wieder den Kopf an seiner Brust.

»Ich lag nachts wach und fürchtete mich vor dem, was in den Schränken war«, begann sie nach kurzer Zeit wieder. »Und dann, wenn ich die Unsicherheit nicht länger ertragen konnte, sprang ich aus dem Bett, riß die Türen auf und sah nach.«

Clayton mußte innerlich lächeln. Es war so typisch für sie, nicht ängstlich unter der Bettdecke zu verharren, sondern etwas zu unternehmen – Ungeheuer oder nicht. Als sie weitersprach, war ihre Stimme so leise, daß er sie kaum verstehen konnte.

»Nie waren da irgendwelche Ungeheuer in den Schränken – nichts, wovor ich mich ängstigen mußte.« Sie holte zitternd Luft. »Clayton, ich möchte in unserer Hochzeitsnacht nicht allein in meinem Bett liegen – aus Furcht vor etwas, was da im Dunkel auf mich lauern könnte . . .«

Claytons Hand hielt mitten in der Bewegung inne, dann zwang er sich dazu, weiterhin beruhigend über ihre schimmernden Haare zu streichen. »Bist du dir auch ganz sicher?« fragte er leise, fast rauh.

Whitney nickte. »Ja«, flüsterte sie.

Er hob sie auf seine Arme und trug sie zu dem Bett, auf dem er ihr einst bewiesen hatte, wie entwürdigend körperliche Liebe sein konnte, und schwor sich, diesmal so behutsam und zärtlich vorzugehen, daß dieses erste Mal für immer aus ihrem Gedächtnis schwand. Er legte sie auf das Bett, und die gleitende Bewegung, mit der ihre Beine an seinen Hüften entlangstreiften, ließ seine Hände zittern, als er die Bänder über ihrem Busen löste und ihr das Dressinggown von den elfenbeinfarbenen Schultern streifte.

Der Vulkan, der in Whitney zu explodieren drohte, eruptierte mit einer Macht, die sie leise aufschreien ließ. Sofort erstickte Clayton ihren Schrei mit seinen Lippen. Als ihr Beben nachgelassen hatte, umfingen seine Lippen ihren Mund in einem leidenschaftlichen Kuß, und mit einem einzigen tiefen Stoß entlud er seine konvulsivische Wärme in ihren Schoß.

Aus Angst, sie mit seinem Gewicht zu erdrücken, rollte sich Clayton zur Seite und nahm sie mit sich. Wie er da lag, mit Whitney in den Armen, sein Körper mit ihrem noch immer intim verbunden, empfand er eine glückselige Befriedigung, eine Erfüllung wie nie zuvor.

Fast nahm Clayton schon an, daß Whitney in seinen Armen eingeschlafen war, doch nach wenigen Minuten hob sie den Kopf und sah ihn an. Clayton strich ihr zärtlich eine Locke von der Wange. »Bist du glücklich, Kleine?«

Sie lächelte ihn an. Es war das zufriedene, glückliche Lächeln einer Frau, die liebte und wußte, daß sie wiedergeliebt wurde. »Ja«, flüsterte sie.

Er küßte sie auf die Stirn, und sie schmiegte sich noch enger an ihn, während er zärtlich die Konturen ihres Rückens und ihrer Hüften nachzeichnete und darauf wartete, daß sie einschlief. Doch statt dessen zeichnete ihre Fingerspitze kleine Kreise auf seiner Brust, und sie schien ebensowenig an Schlaf zu denken wie er. »Was denkst du?« fragte er schließlich.

Sie sah ihn kurz an, dann legte sie ihren Kopf wieder an seine Brust. »Nichts«, murmelte sie wenig überzeugend.

Clayton hob ihr Kinn an und zwang sie so, ihn anzusehen. Er wußte zwar nicht, was sie dachte, aber nachdem er gerade die letzte Barriere zwischen ihnen beseitigt hatte, wollte er keine neue errichten. »Was?« beharrte er leise.

In einer Mischung aus Schüchternheit und Auflachen biß sie sich auf die Lippe. »Ich mußte gerade daran denken, wenn es beim ersten Mal auch so gewesen wäre, hätte ich von dir verlangt, daß du mich auf der Stelle heiratest . . .«

Sie sah so schön aus, daß Clayton nicht wußte, ob er laut auflachen oder sie küssen sollte. Und so tat er beides. Es war der Himmel, sie so in den Armen zu halten, sich in der Dunkelheit mit ihr zu unterhalten, ihre nackten Arme um sich zu spüren. Clayton war mehr nach Feiern denn nach Schlafen zumute. Als er sie wenig später anschaute und bemerkte, wie sie ins Kaminfeuer blickte, fragte er: »Möchtest du nicht schlafen?«

»Ich glaube nicht, daß ich das könnte. Ich bin hellwach.«

»Ich auch.« Er lächelte und erinnerte sich dann an die Samtschatulle in der Schreibtischschublade seines Arbeitszimmers. Sehr zögernd löste er sich von ihr und erklärte: »Ich bin gleich wieder da, aber ich habe ein Geschenk für dich, das möchte ich dir holen.«

Da fiel Whitney ein, daß auch sie eins für ihn hatte und sprang noch schneller aus dem Bett als er. »Ich habe Clarissa gebeten, es in mein Zimmer zu legen«, erklärte sie. Clayton verschlang ihre Nacktheit mit den Augen, als sie seinen Blick bemerkte und sich schnell in ihr Dressinggown hüllte.

Fast gleichzeitig kehrten sie wieder ins Bett zurück. Er schenkte ihr ein Collier aus quadratisch geschliffenen, diamantenbesetzten Smaragden, ein passendes Armband und Ohrringe. »Für eine Herzogin«, flüsterte er und küßte sie.

Lachend überreichte ihm Whitney ihr Geschenk. »Wie es sich für einen Herzog geziemt«, sagte sie, hockte sich mit verschränkten Beinen neben ihn und sah zu, wie er das längliche Etui öffnete. Clayton ließ den Deckel aufschnappen, warf den Kopf zurück und lachte beim Anblick des massiv goldenen Lorgnons schallend auf. »Ein Lorgnon ist ein unabdingbares Attribut für einen Herzog«, sagte sie im gleichen Tonfall wie auf dem Maskenball. Dann griff sie hinter sich und holte ein weiteres Geschenk in einer kleinen Samtschachtel. Als sie sie ihm überreichte, verschwand das Lächeln, und ihr gesamter Gesichtsausdruck veränderte sich.

Clayton sah sie lange Zeit an, bevor er die Schachtel öffnete, und fragte sich, warum sie plötzlich fast verlegen wirkte. Er klappte den Deckel auf und erblickte einen wundervollen Rubinring. Er hob den Ring heraus, hielt ihn ins Kerzenlicht, um ihn zu bewundern, und wollte sie schon bitten, ihn ihm an den Finger zu stecken, wie er es mit ihrem Ehering bei der Trauung getan hatte. Doch da fiel sein Blick auf eine Gravur im Inneren des Ringes. In zierlicher Schrift standen dort zwei Worte, von denen das erste unterstrichen war: »My Lord.«

Aufstöhnend riß er sie fast heftig in die Arme. »O Gott, wie ich dich liebe!« flüsterte er rauh, bevor sich seine Lippen auf ihren Mund senkten.

Kapitel siebzehn

Eine Woche später brachen sie zu ihrer Hochzeitsreise auf und blieben einen Monat in Frankreich. Nach ihrer Rückkehr bezogen sie nicht, wie jedermann annahm, das Stadthaus des Herzogs in London, sondern bevorzugten die Abgeschiedenheit von Claymore. Sie nahmen jedoch regelmäßig an gesellschaftlichen Ereignissen in der Hauptstadt teil und kehrten oft erst im Morgengrauen nach Claymore zurück.

In einer Gesellschaft, in der es als »unschicklich« erachtet wurde, daß ein Ehepaar zuviel Zeit miteinander verbrachte, kreierten der Herzog und die Herzogin von Claymore ihren eigenen Stil. Denn die beiden ließen sich kaum aus den Augen, und jedermann konnte sehen, wie begehrenswert sie einander fanden.

Ihre Nächte waren wahre Feiern ihrer Liebe. Manchmal war er so geduldig und zärtlich wie in ihrer Hochzeitsnacht, manchmal ging er fast spielerisch mit ihr um, neckte sie und hielt sich bewußt zurück, bis sie ihm sagte, wie sie es am liebsten hatte, und dann wieder gab es Zeiten, in denen er sie sehr schnell, fast rücksichtslos nahm. Und Whitney konnte nie sagen, was ihr besser gefiel.

Zunächst hatte sie die vehemente, stürmische Leidenschaft ein wenig erschreckt, die sie mit einem Kuß, einer leichten Berührung in ihm auslösen konnte, doch inzwischen genoß sie seine aktive, virile Männlichkeit mit nahezu schamloser Lust. Sie befand sich in völligem Einklang mit sich und der Welt.

Und fünf Monate später wurde sie schwanger.

Wenn Clayton jetzt in ihren Armen einschlief, lag Whitney noch lange wach und starrte besorgt in die Dunkelheit. Auf ihrer Hochzeit hatte ihr Thérèse anvertraut, daß sie sich auf die Schonfrist freute, die ihr eine *grossesse* vor den zärtlichen Annäherungen ihres Mannes gewährte. Thérèse mochte darüber froh sein, Whitney wäre es mit Sicherheit nicht. Andererseits wollte sie auch nicht riskieren, unter Umständen die Gesundheit ihres Kindes zu gefährden. Darüber hinaus hatte Clayton nie geäußert, Kinder haben zu wollen, obwohl Whitney der Meinung war, daß sich alle Männer Kinder wünschen müßten – besonders wenn sie Titel an ihre Erben weiterzugeben hatten. Und so schwieg sie erst einmal, auch dann noch, als ihre zweite Regel ausblieb und sie gelegentliche Anfälle von Übelkeit verspürte.

Eines Tages, als Whitney in ihr Zimmer hinaufgehen wollte, um sich für ihren üblichen Galopp querfeldein umzuziehen, hielt Clayton sie auf der Treppe an. »Khan scheint Schwierigkeiten mit seinem rechten Vorderlauf zu haben«, erklärte er merkwürdig ernst. »Ich glaube, wir sollten lieber einen kleinen Spaziergang machen.«

Whitney hatte nicht bemerkt, daß irgend etwas mit Khans Bein nicht stimmte, außerdem standen Dutzende anderer Reitpferde in den Ställen, aber sie fügte sich seiner Entscheidung.

In dieser Nacht änderte sich sein Liebesverhalten. Er erregte sie, bis sie fast besinnungslos vor Verlangen war, um dann fast quälend behutsam in sie einzudringen. Das zögerte den Moment der Erfüllung nahezu unerträglich lustvoll hinaus. Es brachte Whitney aber auch die Erkenntnis, daß ein derart vorsichtiges Eindringen in ihren Körper auf keinen Fall ihrem Kind schaden konnte.

In der folgenden Woche sagte sie sich ernsthaft, daß sie sich schlichtweg albern verhielt. Zunächst einmal brannte sie förmlich darauf, mit ihrer Neuigkeit herauszuplatzen. Und zweitens würde sie ihr Körper unweigerlich bald verraten, wenn sie die Ankündigung ihrer Mutterschaft noch sehr viel länger hinauszögerte. Konsequenterweise fuhr sie nach London, kaufte dort einige winzige Kindersachen ein und zog sich mit ihnen sowie mit Nadel und Faden gleich nach ihrer Rückkehr in ihre Räume zurück.

Eine Stunde später rief sie Mary und Clarissa zu sich, damit sie das Ergebnis ihrer Bemühungen begutachteten. »Es ist doch erstaunlich«, meinte sie versonnen, »daß ich zwar Griechisch lernen konnte, aber so etwas nie!« Mary und Clarissa warfen einen Blick auf ihre Stickkünste, sahen einander an und brachen lachend auf dem Bett zusammen.

Kurz vor dem Dinner am nächsten Abend war Whitney endlich mit dem »W« zufrieden, das sie auf den Kragen eines unglaublich winzigen Hemdchens gestickt hatte. »Das wird reichen müssen«, sagte sie seufzend zu Clarissa.

»Und wann werden Sie Seiner Gnaden sagen, daß mein Baby ein Baby bekommt?« erkundigte sich Clarissa mit Tränen in den Augen.

»Das werde ich ihm mit Sicherheit nicht sagen«, entgegnete Whitney lachend. »Eigentlich möchte ich ihm gar nichts sagen. Ich möchte vielmehr, daß er es hieran selbst merkt«, verkündete sie und hielt das Hemdchen in die Höhe. »Und ich denke, daß heute nach dem Dinner ein hervorragender Zeitpunkt dafür ist.« Mit einem verschwörerischen Lächeln legte Whitney das Hemdchen in ihre Schreibtischschublade und ging zum Essen hinunter.

Sie wartete, bis sie nach dem Dinner im Weißgoldenen Salon beisammen saßen. »Ich kann mir nicht erklären, warum ich in letzter Zeit so schnell müde werde«, meinte sie und hielt den Blick weiter auf ihr Buch gesenkt. Und so entging ihr der stolze Blick, den ihr Clayton zuwarf.

»Kannst du nicht?« erkundigte er sich vorsichtig. Er war sich nicht ganz sicher, ob Whitney wußte, daß sie schwanger war. Und falls sie sich vor der Geburt fürchtete, wollte er ihr die Beunruhigung so lange wie möglich ersparen.

»Nein«, meinte Whitney grüblerisch. »Aber ich würde heute gern noch auf Tante Annes Brief antworten, und eben ist mir eingefallen, daß ich ihn oben in meiner Schreibtischschublade vergessen habe. Würde es dir sehr viel ausmachen, ihn mir zu holen? Diese Treppen kommen mir neuerdings vor wie die Schweizer Alpen.«

Clayton stand auf, drückte ihr einen leichten Kuß auf die Stirn und verließ schnell den Raum.

Er betrat ihr Zimmer und sah sich lächelnd um. Ein leichter Hauch von Whitneys Parfum durchzog die Luft. Auf dem Ankleidetisch lagen ihre Kämme und Bürsten. Selbst in ihrer Abwesenheit füllte ihre Persönlichkeit den ganzen Raum aus, machte ihn anmutig und vital – so, wie sie selbst war.

Er zog die Schublade ihres Rosenholzschreibtisches auf, um nach Lady Annes Brief zu suchen. Er fand ihn nicht gleich, schob ein Stück Stoff beiseite, das er für ein weißes Taschentuch hielt und suchte weiter zwischen ihrem Briefpapier nach dem Schreiben. Ganz hinten in der Mappe entdeckte er einen zusammengefalteten Brief. In seiner Unsicherheit, ob es wirklich Lady Gilberts Schreiben war, entfaltete er ihn und überflog die Worte, die Whitney vor vielen Monaten an jenem Nachmittag in Emilys Haus geschrieben – und dann verworfen – hatte, als sie beide überlegten, wie sie Clayton zurückgewinnen konnte.

»Zu meinem großen Entsetzen muß ich feststellen, daß ich ein Kind erwarte. Bitte kommen Sie sofort zu mir, damit wir alles weitere besprechen können. Whitney.«

Zu ihrem großen Entsetzen? Kommen Sie sofort zu mir? Verblüfft starrte Clayton auf die Zeilen. Dann zuckten ihm innerhalb der nächsten drei Sekunden drei Erkenntnisse durch den Kopf: Der Brief war zwei Monate vor ihrer Hochzeit geschrieben worden, einen Tag bevor er mit Vanessa hierher gekommen war und festgestellt hatte, daß Whitney auf ihn wartete ... Kein Name wies darauf hin, an wen der Brief gerichtet war ... Der Brief war in Whitneys eleganter Schrift geschrieben und von ihr unterzeichnet ... Sie hatte da an einen Mann geschrieben, von dem sie annahm, er hätte sie geschwängert.

Ungläubig starrte Clayton auf den Brief, während ganz langsam etwas in ihm zerbrach. Whitney hatte ihm etwas vorgemacht, als sie an jenem Tag zu ihm gekommen war. Die unvergeßliche Szene, als sie in seinem Arbeitszimmer ganz langsam auf ihn zugekommen war und sich ihm ergeben hatte, war eine Lüge gewesen, eine schändliche, abscheuliche Lüge! Die Zärtlichkeit, mit der sie »Ich liebe dich« geflüstert hatte, war geheuchelt gewesen. Sie hatte geheuchelt, weil sie sich für schwanger hielt und derjenige, an den dieser Brief gerichtet war, die Verantwortung entweder nicht übernehmen wollte oder konnte. Vermutlich war dieser Lump bereits verheiratet gewesen.

Sie war nach Claymore gekommen, um sich eines Vaters für das Kind eines anderen zu vergewissern – großer Gott! Ihr ganzes Leben war ein einziger Betrug. Jedes Wort, das sie sprach, jede Geste, ihr Verhalten im Bett – alles ein einziges großes Theater!

Und dann ihre schauspielerische Leistung in ihrer Hochzeitsnacht! Damals hatte sie mit Sicherheit gewußt, daß sie nicht schwanger war, mußte aber derart verschreckt über die drohende Katastrophe gewesen sein, daß sie ihre Pläne weiterverfolgt und ihn geheiratet hatte. Vermutlich war es für Whitney und ihren Liebhaber sogar bequemer, wenn sie verheiratet war. Niemand würde sich etwas dabei denken, wenn sie jetzt schwanger würde. Und dann dachte Clayton daran, wie oft sie nach London gefahren war, um »Freundinnen zu besuchen« und »einzukaufen« . . .

Seine Hand schloß sich um den blaßblauen Briefbogen und knüllte ihn zu einem festen Ball zusammen. Die nackte Verzweiflung in ihm verwandelte sich in eine kalte, nackte Wut. Er ließ den kleinen Papierball fast blindlings in die Schublade fallen und schob sie zu. Aber sie ließ sich nicht schließen. Ein Stück weißer Stoff hatte sich verklemmt –, kein Taschentuch sondern ein Kinderhemdchen mit einem gestickten »W« auf dem winzigen Kragen.

Clayton starrte es an und riß es es dann heftig heraus. Das habe ich finden sollen, erkannte er blitzartig. Wie rührend von ihr, es ihm auf diese Weise mitzuteilen! Ihr Hang zu Drama und Schauspiel war wirklich beeindruckend. Angewidert schleuderte er das Hemdchen zu Boden.

»Ich sehe, du hast es gefunden«, flüsterte Whitney von der Tür her. Aschfahl blickte sie auf den weißen Stoff neben seinen Füßen.

»Wann?« fragte er kalt.

»In . . . in etwa sieben Monaten glaube ich.«

Clayton starrte sie an. Kein Muskel regte sich in seinem Gesicht. Er wirkte eiskalt, tödlich erstarrt. »Ich will es nicht«, zischte er.

Als der nächste Tag dämmerte, drehte sich Whitney um und

sah in das graue Morgenlicht hinaus. Sie lag allein in ihrem Bett – zum ersten Mal seit ihrer Hochzeit hatte sie die Nacht allein verbracht. Clayton wollte ihr Kind nicht. Warum nicht? Was hatte das zu bedeuten? Sie schloß wieder die Augen und verbarg den Kopf in den Kissen. Er wollte, daß sie sich von dem Kind trennte, das hatte es zu bedeuten. Gleich nach der Geburt würde er eine Amme einstellen und das Kind fortschicken, damit es auf einem seiner anderen Güter aufgezogen wurde. War seine Liebe zu ihr denn so allumfassend, daß sie keinen Platz für ihr Kind ließ?

Ein paar Stunden später zwang sie sich trotz ihrer verwirrten Benommenheit und ihrem leichten Schwindelgefühl dazu, zum Frühstück hinunterzugehen. Claytons Gedeck ihr gegenüber war unberührt. »Seine Gnaden ließ sagen, daß er keinen Appetit hat«, teilte ihr der Diener mit. Whitney nahm einige wenige Bissen zu sich und machte dann einen langen Spaziergang.

Sie lief durch die blühenden Rosengärten, über die weiten Rasenflächen und zu dem weißen Pavillon am Ufer des stillen Sees hinüber. Dort setzte sie sich auf eine Bank und versuchte die Tatsache zu begreifen, daß sie auch heute noch dieselbe Frau war, die sie gestern gewesen war, daß sie sich nicht in einem furchtbaren Alptraum befand.

Als sie zwei Stunden später ins Haus zurückkehrte, traf sie Claytons Kammerdiener und drei Mädchen dabei an, seine Kleidungsstücke aus seiner Suite zu räumen. »Was geht denn hier vor?« fragte sie entsetzt. »Mary, sagen Sie mir, warum die Sachen meines Mannes entfernt werden.« Sie kam sich vor, als würde sie jeden Moment den Verstand verlieren.

»Seine Gnaden ziehen in den Ostflügel«, erklärte Mary und bemühte sich, ganz selbstverständlich zu klingen. »Danach bringen wir Ihre Kleidung in diese Suite, und Ihr Raum wird zu einem hübschen Kinderzimmer umgestaltet.«

»Oh«, machte Whitney und wußte, daß sie es nie ertragen würde, ohne Clayton in dieser Suite zu leben. »Könnten Sie mir zeigen, wo sich seine neuen Räume befinden?«

Mary führte sie zu einer eleganten Zimmerflucht am Ende des Ostflügels. Whitney konnte keine Spur von Clayton entdecken, aber er war heute bereits hier gewesen. Ein Hemd lag über einem Sessel und ein achtlos hingeworfener Handschuh auf dem Bett. Sie ging in das Ankleidezimmer, öffnete einen Schrank und berührte seine Hemden und Röcke. Welch breiter Schultern es doch bedurfte, um die Röcke auszufüllen . . . Sie hatte seine breiten Schultern stets geliebt. Und seine Augen.

Whitney ging gerade wieder zur Tür, als er hereinkam. Wortlos lief er an ihr vorbei in sein Ankleidezimmer und zog seinen Rock aus.

Sie folgte ihm. »Warum tust du das, Clayton?« fragte sie mit Tränen in der Stimme.

Er riß sich das Hemd herunter, sagte aber noch immer kein Wort.

»W . . . wegen unseres Kindes?« hauchte sie.

Er schoß ihr einen kalten Blick zu. »Wegen eines Kindes«, berichtigte er.

»Magst du denn keine Kinder?«

»Nicht die eines anderen Mannes«, entgegnete er, schleuderte sein Hemd auf einen Sessel, packte sie am Ellbogen und schob sie aus dem Raum.

»Aber du mußt dir doch eigene Kinder wünschen«, wandte Whitney verzweifelt ein, als sie sich vor den Augen eines Dieners auf den Korridor gedrängt sah.

»Eigene Kinder«, wiederholte er mit eigentümlicher Betonung und tat so, als wolle er ihr die Tür vor der Nase zuschlagen.

»Gehen wir heute abend zu der Gesellschaft bei den Cliffstons? Ich habe unseren Besuch bereits vor Wochen zugesagt.«

»Ich werde ausgehen. Du kannst tun, was dir beliebt. Und wenn ich dich noch einmal in dieser Suite antreffen sollte«, fügte er drohend hinzu, »werde ich dich persönlich entfernen. Und die Art, in der ich das tue, wird dir gar nicht gefallen,

Whitney, das verspreche ich dir!« Damit knallte die Tür ins Schloß.

Hinter ihr stand Clayton wie erstarrt und bemühte sich, seine erneut aufwallende Wut zu zügeln. Bevor er in der vergangenen Nacht in seinem Arbeitszimmer seinen hilflosen Zorn mit Whisky betäubt hatte, hatte er kalt und überlegt die Möglichkeiten erwogen, wie er den schändlichen Verrat seiner Liebe und seines Vertrauens vergelten konnte. Er würde sich eine Geliebte nehmen und dafür sorgen, daß Whitney von ihrer Existenz erfuhr. Die Gesellschaft würde darüber hinwegsehen, daß sich ein verheirateter Mann eine Geliebte hielt. So war es schon immer gewesen. Doch Whitney säße in der Falle. Sie könnte nicht allzu oft allein ausgehen, ohne Gerüchte zu provozieren. Und wenn sie offen mit einem anderen Mann ausging, würde sie sehr schnell verfemt und ausgestoßen.

Aber selbst das wäre nicht genug. Wenn sie schon ein Kind zur Welt brachte und er gezwungen war, ihm seinen Namen zu geben, wollte er dieses Balg nicht auch noch um sich haben, um sich ständig zu fragen, wer sein Vater war. Er würde dafür sorgen, daß es verschwand. Aber nicht gleich. Zunächst würde er es ihr ein oder zwei Jahre lassen, bis sie eine tiefe Zuneigung zu ihm gefaßt hatte, um es ihr dann zu entreißen. Das Kind würde zum wirksamsten Mittel seiner Rache werden.

Auf dem Korridor starrte Whitney noch immer die geschlossene Eichentür an. Ihre Kehle schmerzte, ihre Augen brannten, aber sie weinte nicht. Endlich drehte sie sich um und ging mit steifen Schritten in den anderen Flügel zurück.

Mary und Clarissa räumten gerade Whitneys Kleidungsstücke um, und alles war in Unordnung. »Wenn du nichts dagegen hast, Clarissa, würde ich jetzt gern eine Weile allein sein«, sagte Whitney kaum hörbar. Beide wirkten so mitfühlend, daß Whitney es kaum ertragen konnte.

Nachdem Clarissa und Mary gegangen waren, sah sich Whitney um und versuchte, einen Sinn in ihrer neuen Situation zu erkennen. Offensichtlich schob Clayton sie beiseite, weil ihre Nächte der Liebe zu ihrer Schwangerschaft geführt hatten.

Zum erstenmal seit dem gestrigen Abend verspürte Whitney einen Anflug aufrichtigen Zorns. Seit wann war eine Schwangerschaft ausschließlich die »Schuld« der Frau? Hatte er denn nicht gewußt, daß es irgendwann dazu kommen mußte, wenn sie sich liebten? Sie mochte vielleicht naiv sein, doch selbst sie hatte schließlich gewußt, daß auf diese Weise Kinder entstanden!

Je länger sie darüber nachdachte, desto zorniger wurde sie. Mit energischen Schritten trat sie zum Klingelzug. »Bereite bitte mein blaues Seidenkleid vor«, sagte sie, als Clarissa den Raum betrat. »Und sorge dafür, daß nach dem Dinner die Kutsche vorfährt. Ich gehe aus.«

Als sie am nächsten Morgen die Reitställe betrat, wurde ihr dort rundheraus ein Reitpferd verweigert. Sie war verwirrt, verärgert und ebenso verlegen wie die Reitburschen, die ihr sagen mußten, daß sie nur die Anordnungen Seiner Gnaden befolgten. Wortlos machte sie auf dem Absatz kehrt und marschierte zum Haus zurück, durch das Portal, quer durch die Halle und zu Claytons Arbeitszimmer, das sie betrat, ohne auch nur einmal anzuklopfen.

Er befand sich gerade in einer Besprechung mit einer Anzahl von Gentlemen, die in einem Halbkreis um seinen Schreibtisch saßen. Bei ihrem Eintritt sprangen alle auf die Füße – mit Ausnahme von Clayton, der sich mit deutlicher Verzögerung erhob.

»Ich bitte um Entschuldigung, meine Herren«, begann Whitney und lächelte die Gentlemen hinreißend an, »aber mir war nicht bewußt, daß mein Mann Besuch hat.« Dann wandte sie sich an Clayton, der stocksteif hinter seinem Schreibtisch stand. »Es scheint ein Mißverständnis in den Ställen zu gebhen. Niemand dort scheint zu wissen, daß Khan mir gehört.

Soll ich es ihnen sagen oder willst du das lieber übernehmen?«

»Du solltest nicht einmal im Traum daran denken, mit ihm auszureiten«, erwiderte er kalt.

»Es tut mir leid, deine Besprechung unterbrochen zu haben«, fauchte Whitney und stürmte aus dem Zimmer. Wie konnte er es wagen, vor Fremden in diesem Ton mit ihr zu reden? Nun wollte er ihr offenbar auch noch ihre kleinsten Freuden nehmen! Doch das würde sie nicht zulassen!

Sie eilte zu den Ställen zurück, musterte den ersten Reitknecht, der ihr entgegenkam, mit einem so hochmütigen Blick, daß er unwillkürlich zurückwich, und lief in Khans Stall. Sie legte ihm die Zügel an, lief dann zu dem Gestell, auf dem ihr Sattel aufbewahrt wurde, und zerrte ihn herunter. Mit jeder Sekunde fühlte sie sich mutiger. Keiner der Burschen würde es wagen, sie an dem zu hindern, was sie vorhatte. Sie brauchte drei Versuche, bis sie es endlich schaffte, Khan den schweren Sattel auf den Rücken zu legen. Sie befestigte den Sattelgurt so gut sie konnte und hoffte, daß er auch hielt. Dann führte sie Khan aus dem Stall.

Schon nach einer Stunde fühlte sie sich erschöpft, aber sie ritt dennoch weiter. Ihr war bewußt, daß Clayton von ihrer Eigenmächtigkeit informiert worden war, sobald sie auf Khan den Stall verlassen hatte, und sie verabscheute es, ihm unter die Augen treten zu müssen.

Als sie drei Stunden später zurückkehrte, wartete Clayton bereits bei den Ställen auf sie. Lässig lehnte er am weißgestrichenen Zaun und unterhielt sich mit dem Stallmeister. Bei seinem Anblick zog sich in Whitney alles zusammen. Sie wußte, daß seine äußerliche Gelassenheit nur Fassade war, hinter der sich eine zügellose Wut verbarg.

Sie wollte in leichtem Trott an ihm vorbeireiten, aber seine Hand schnellte vor, packte Khans Zügel und brachte das Pferd zu einem abrupten Halt. »Steig ab!«

Whitney dachte gerade flüchtig daran, Khan herumzureißen und mit ihm das Weite zu suchen, als dieselbe drohende Stimme sagte: »Versuch es gar nicht erst. Ich warne dich.«

Zu ihrer größten Wut spürte Whitney, daß ihre Wangen erröteten und ihre Hände zu zittern begannen. Sie schluckte und streckte mit einer unbewußt kindlichen Geste die Hände nach ihm aus. »Würdest du mir dann bitte herunterhelfen?«

Clayton hob sie fast grob aus dem Sattel. »Wie kannst du es wagen, dich mir zu widersetzen?« zischte er, und seine Finger schlossen sich schmerzhaft um ihren Oberarm, als er sie unter den verblüfften Blicken der Reitburschen davonzerrte.

Whitney beherrschte sich nur mit Mühe. Aber als sie außer Hörweite waren, entzog sie ihm mit einer heftigen Bewegung ihren Arm. »Wie ich es wagen konnte, mich dir zu widersetzen?« wiederholte sie und stampfte mit dem Fuß auf. »Wollen Sie mich tatsächlich an mein Ehegelöbnis erinnern? Soll ich Sie vielleicht an das Ihre erinnern Mylord?«

»Ich werde dir jetzt eine Warnung erteilen«, knurrte er gefährlich leise. »Du kannst es auch einen Rat nennen, wenn dir das lieber ist.«

»Wenn ich einen Rat brauchte«, fauchte Whitney, und ihre grünen Augen sprühten Blitze, »wärst du der letzte Mensch auf Erden, an den ich mich wenden würde!« Sie wollte noch mehr sagen, aber die unverhüllte Wut auf seinem Gesicht ließ sie verstummen.

»Wenn du dich noch einmal meinen Anordnungen widersetzt – nur ein einziges Mal! –, dann lasse ich dich in deinem Zimmer einsperren, bis dein Balg geboren ist!«

»Ich bin davon überzeugt, daß dir nichts lieber wäre!« rief Whitney, tiefempört darüber, daß er ihr Kind ein Balg genannt hatte. »Du bist der grausamste, niederträchtigste ... Du bist ein Lügner und Betrüger! Wie konntest du behaupten, mich zu lieben, um mich dann so zu behandeln? Und noch etwas, Euer Gnaden«, fügte sie ätzend hinzu, »vielleicht ist es Ihnen bisher entgangen, aber es ist nun einmal so, daß bei der Liebe Kinder entstehen!«

Clayton war so verblüfft über ihren letzten Satz, daß er den Schlag nicht kommen sah. Sie schlug ihn mit der flachen Hand gegen die Wange, fuhr zurück und funkelte ihn an wie eine tobende Rachegöttin.

»Schlag doch zurück«, höhnte sie. »Du willst mich doch verletzen. Was ist denn nur? Ist dir dein Verlangen vergangen, mich zu quälen und zu peinigen?« spottete sie weiter und übersah den zuckenden Muskel an seiner Schläfe. »Nun gut, aber ich bin wütend genug, es noch einmal zu tun!« Sie holte weit aus, schrie dann aber vor Schmerz auf, als ihr Handgelenk mit eisernem Griff umfaßt wurde.

Mit einem Ruck riß sie Clayton an seine Brust. »Du bist zwar ein verlogenes, betrügerisches, abgefeimtes Biest«, zischte er, »aber ein einziges Mal in unserer unter falschen Voraussetzungen eingegangenen Ehe solltest du die Wahrheit sagen. Ich verlange von dir nur ein einziges aufrichtiges Eingeständnis. Und ich schwöre dir, daß es mir gleichgültig ist, ob die Antwort ›ich weiß es nicht‹ oder ›ja‹ lautet.«

»Du willst mir etwas schwören?« schleuderte ihm Whitney verächtlich entgegen. »So, wie du bei unserer Trauung geschworen hast? Dein Wort ist doch . . .«

»Ist es mein Kind?« unterbrach Clayton sie brutal.

Ihre Augen wurden groß, riesengroß. Ihre Lippen öffneten sich mit einer schockierten Ungläubigkeit, die so überzeugend war, daß sich Clayton unwillkürlich fragte, ob er sich alles nicht doch irgendwie nur eingebildet hatte. Tränen der Empörung traten ihr in die Augen. »Ob es deins ist? Deins?« wisperte sie und sank dann unerwartet und mit bebenden Schultern gegen seine Brust.

Clayton lockerte seinen Griff um ihr Handgelenk. Er wollte sie von sich schleudern. Aber er wollte sie auch in die Arme nehmen und sein Gesicht in ihren Haaren verbergen. Sie krallte sich mit beiden Händen an seine Revers, barg das Gesicht an seiner Brust und wiederholte nur immer wieder: »Ob es deins ist?«

Clayton legte seine Hände auf ihre Arme und schob sie – nicht liebevoll, aber auch nicht grob – von sich. Sie schluchzt, dachte er und empfand höchst unwillkommene Gewissensbisse. Er ließ die Hände sinken, und Whitney hob langsam den Kopf. Sie weinte nicht – sie lachte! Sie lachte noch immer, als sie ihm mit einer Kraft ins Gesicht schlug, die seinen Kopf zur Seite schleuderte. Dann lief sie ins Haus.

Langsam und sehr nachdenklich folgte ihr Clayton. Er ging in sein Arbeitszimmer, schloß die Tür hinter sich und goß sich einen großzügigen Brandy ein. Zweier Dinge war er sich absolut sicher: Whitney besaß einen kräftigen rechten Arm. Und das Kind war von ihm.

Welche Lügen sie ihm auch sonst aufgetischt haben mochte – über ihren Beweggrund, ihn hier aufzusuchen, ihre Motivation, ihn zu heiraten –, ihr Blick, als er wissen wollte, ob es sein Kind war, dieser Blick war echt gewesen. Keinem Schuldigen wäre es möglich gewesen, diesen fassungslosen Gesichtsausdruck zu heucheln. Sie hatte ihn seit ihrer Hochzeit nicht betrogen. Was sie auch immer getan haben mochte, das zumindest hatte sie nicht getan. Es war sein Kind. Dessen war sich Clayton so sicher wie er wußte, daß sie vor sieben Monaten zu ihm gekommen war, weil sie einen Vater für ihr Kind gesucht hatte. Seine lodernde Wut verwandelte sich in ein leises aber beständiges Brodeln.

Unglückseligerweise war es bei Whitney genau umgekehrt. Dieser gemeine, niederträchtige ... Er war wahnsinnig! Schlicht wahnsinnig! Und wenn sie bei ihm blieb, würde auch sie den Verstand verlieren. Denn obwohl sie auf unvorstellbar grausame Weise von ihm beschimpft worden war, war ihr das widersinnige Glücksgefühl nicht entgangen, das sie durchpulste, als sie an seiner Brust lag. Wenn sie bei ihm blieb, würde sie den Verstand verlieren!

Tapfer verdrängte sie ihr schmerzliches Bedauern bei der Vorstellung, ihn zu verlassen, und überlegte sich, an wen und wohin sie sich wenden könnte. Ihr Vater war nicht willensstark genug, sie vor Clayton zu beschützen, falls der ihre Rückkehr nach Claymore verlangte. Aber Tante Anne und Onkel Edward würden ihr helfen. Sie könnte ihnen schreiben und sie fragen, ob sie nicht zu einem Besuch nach Frankreich kommen dürfe. Und wenn sie dort war, könnte sie ihnen ihre Situation erklären. Sie wußte zwar nicht, ob Claytons beträchtlicher Einfluß ausreichte, sie auch in Frankreich zu behelligen, oder ob er sich dadurch rächen würde, daß er der diplomatischen Karriere ihres Onkels Schaden zufügte. Aber sie würde mit Onkel Edward darüber sprechen und ihn entscheiden lassen.

Whitney setzte sich an ihren Schreibtisch und zog die Schublade auf. Als sie nach einem Bogen Papier greifen wollte, bemerkte sie einen zusammengeknüllten Papierball. Fast unbewußt faltete sie ihn auseinander, glättete ihn und erkannte ihre eigene Handschrift.

»Zu meinem größten Entsetzen . . .« Dunkel erinnerte sie sich daran, das nicht abgeschickte Schreiben zwischen ihrem Briefpapier versteckt zu haben, damit es niemand von Emilys Dienerschaft fand. Doch jetzt hatte es jemand gefunden und zusammengeknüllt . . . Hier auf Claymore warteten ihr lediglich Clarissa und Mary auf, und keine von ihnen würde ihren Schreibtisch durchsuchen.

Vor zwei Tagen hatte sie das Kinderhemdchen in dieser Schublade versteckt und Clayton gebeten . . . O Gott!

»Und dann hast du diesen unseligen Brief gefunden«, sagte sie halblaut, als wäre er mit ihr im Zimmer. »Großer Gott, du hast das hier gefunden!« Fieberhaft überlegte sie, was Clayton gedacht haben könnte, als er ihre Worte gelesen hatte. Das Datum! Sie waren übereingekommen, alljährlich den Tag zu feiern, an dem sie sich entschlossen hatte, ihn auf Claymore zu besuchen. Und dieser Brief war einen Tag vor diesem Datum geschrieben worden! Beim Lesen mußte sich Clayton gefragt – nein, geglaubt – haben, sie wäre nur gekommen, weil sie sich für schwanger gehalten hatte! Und diese Vorstellung mußte ihn zutiefst verletzt haben, denn er hatte ihr einmal gestanden, nichts, was sie tun könne, bedeute ihm mehr, als ihr Entschluß, an jenem Tag zu ihm zu kommen, weil sie ihn liebte und es ihm auch sagen wollte.

Und als nächstes hatte er sich bestimmt gefragt, an wen dieser Brief gerichtet war. Aufgrund seiner Reaktion konnte sie davon ausgehen, daß er angenommen hatte, er wäre für einen anderen bestimmt gewesen. Schön und gut, aber er wußte, daß er ihr in jener furchtbaren Nacht ihre Jungfräulichkeit genommen hatte und nicht ausgeschlossen werden konnte, daß sie dabei schwanger geworden war. Wie konnte er es wagen, sie derart zu behandeln – nur weil sie sich an jemanden anderen um Hilfe gewandt hatte?

Er quälte sie, weil er tief verletzt war. Und außer sich vor Zorn darüber, daß sie sich an einen anderen – einen anderen Mann – gewandt haben könnte. Er war tief verletzt. Und eifersüchtig.

»Du unvorstellbarer Tor!« fauchte Whitney laut. Sie war so erleichtert und so glücklich, daß sie am liebsten die Arme ausgebreitet hätte und durchs Zimmer gewirbelt wäre. Es ging nicht darum, daß Clayton ihr Kind nicht wollte! Doch trotz ihrer unendlichen Erleichterung hätte sie ihm liebend gern den Hals umgedreht!

Er hatte es wieder getan! Genau wie in jener schrecklichen Nacht, als er sie hierher verschleppt hatte. Er hatte sie aufgrund irgendwelcher Vorstellungen in seinem Kopf verdächtigt und verurteilt, ohne ihr zu sagen, welcher Vergehen er sie beschuldigte. Ohne ihr eine Möglichkeit zu einer Erklärung zu geben. Und jetzt bildete er sich allen Ernstes ein, er könnte sie beiseite schieben, in einen anderen Flügel des Hauses ziehen und so tun, als wäre ihre Ehe so tot, als hätte es sie gar nicht gegeben!

Aber es war das letzte Mal gewesen, daß er seinem Temperament ihr gegenüber die Zügel schießen ließ, bevor sie zunächst die Möglichkeit zu einer Erklärung erhielt!

Und falls Clayton auch nur für einen Moment glaubte, ihr kalt den Rücken zuwenden und sich davonstehlen zu können, obwohl er sie so liebte, wie Whitney das glaubte, nun, dann würde er eben vom Gegenteil überzeugt werden müssen. Wie konnte er sich nur für klug und intelligent halten, und doch glauben, er könnte sie in seinem Zorn ganz einfach beiseite schieben?

Auf irgendeine Weise würde sie ihn dazu bringen, ihr zu erklären, warum er sich so verhielt. Wie es dazu kam oder wie er es ihr erklärte, war ihr gleichgültig. Ihretwegen konnte er ihr weitere Beschuldigungen ins Gesicht schleudern. Und wahrscheinlich, dachte sie mit einem kleinen, traurigen Lächeln, würde es genau dazu kommen. Denn sie hatte nicht die Absicht, ihn um diese Erklärung zu bitten. Das hatte sie bereits versucht, aber es war sinnlos gewesen. Und somit blieb ihr keine andere Wahl, als ihn so wütend oder eifersüchtig zu machen, daß er die Beherrschung verlor und ihr endlich sagte, was er ihr eigentlich vorwarf.

Und wenn er es tat, würde sie ihn sehr kühl über den nie abgeschickten Brief aufklären. Sie würde ihn dazu bringen, ihr vor die Füße zu sinken und ihre Verzeihung zu erflehen! Ein strahlendes Lächeln überzog ihr Gesicht. Ach, Unsinn! Dazu wäre sie nie in der Lage. Sie würde ihre Erklärung so schnell wie möglich hervorhaspeln, um sich dann an seine Brust zu werfen und vor Glück fast ohnmächtig werden, wenn seine Arme sie umfingen.

Doch bis es so weit war, durfte sie auf gar keinen Fall unterwürfig oder bekümmert wirken. Sie mußte unbeschwert, bezaubernd und anmutig sein, bis Clayton ihr Zusammensein so sehr vermißte, daß er es nicht mehr ertrug. Zunächst würde sie ihn reizen und necken, und ihn nur, wenn das nichts half, wirklich zornig machen.

Heute abend gaben die Clifftons einen großen Ball. Whitney konnte nicht wissen, ob Clayton der Einladung folgen würde. Aber sie würde es tun.

Sie zog das smaragdgrüne Seidenkleid an, das sie während

ihrer Hochzeitsreise in Paris in Auftrag gegeben hatte. Es war die gewagteste Robe, die sie jemals getragen hatte, und sie lächelte sich im Spiegel zu, als sie das Smaragdcollier und das dazu passende Armband umlegte, die Ohrringe befestigte. »Wie sehe ich aus?« fragte sie und drehte sich vor Clarissa übermütig um die eigene Achse.

»Nackt wie an dem Tag, an dem Sie geboren wurden«, entschied Clarissa mit einem kritischen Blick auf ihr Dekolleté.

»Es ist ein wenig tiefer ausgeschnitten als das, was ich gemeinhin trage«, stimmte Whitney mit einem leisen Funkeln in den Augen zu, »aber ich glaube nicht, daß mein Mann mich in diesem Kleid ohne seine Begleitung irgendwohin gehen läßt.«

Umraschelt von grüner Seide schwebte Whitney wenig später in den Salon. Clayton goß sich gerade ein Glas Brandy ein. Seine breiten Schultern schienen seinen gutgeschnittenen blauen Rock über den schmalen Hosen fast zu sprengen. Er sah umwerfend gut aus. Er sah aber auch ungeheuer erzürnt aus, als sein Blick sie von Fuß bis Kopf musterte und an ihren schwellenden Brüsten hängenblieb.

»Hast du etwas Besonderes vor?« erkundigte er sich mit unheilverkündender Stimme.

»Ob ich etwas Besonderes vorhabe?« wiederholte Whitney scheinbar naiv-erstaunt. »Wir haben zugesagt, heute abend zu den Clifftons zu gehen. Ich hätte gern ein Glas Wein, wenn es dir nichts ausmacht«, fügte sie lächelnd hinzu.

»Dann hast du dir bedauerlicherweise umsonst so große Mühe mit deiner Garderobe gegeben«, knurrte er und riß die Weinkaraffe so abrupt vom Tablett, daß sie fast seiner Hand entglitten wäre, »denn wir werden nicht zu den Clifftons gehen.«

»Oh«, machte Whitney und trat auf ihn zu, um ihr Glas entgegenzunehmen. »Das ist wirklich bedauerlich, denn du läßt dir einen glanzvollen Abend entgehen. Ich finde, daß die Gesellschaften bei den Clifftons zu den amüsantesten . . .«

Betont langsam drehte sich Clayton zu ihr um. »Ich werde

nicht zu diesem Ball gehen«, beschied er sie kühl. »Und du wirst heute abend nirgendwohin gehen. Hast du das verstanden, Whitney?«

»Die Worte habe ich sehr wohl verstanden«, gab Whitney zurück, nahm ihr Glas, drehte sich um und rauschte hinüber ins Speisezimmer.

Das Essen im kerzenbeleuchteten Raum verlief in bedrükkendem Schweigen. Während des Desserts fiel Whitneys Blick auf seine Hand. Er trug den Rubinring nicht, den sie ihm zu ihrer Hochzeit geschenkt hatte. Bestürzt starrte sie auf den weißen Hautstreifen an seinem Finger. Seit ihrer Hochzeitsnacht hatte er ihn nie abgelegt.

Sie blickte auf und stellte fest, daß er sie mit fast zynischer Erheiterung beobachtete. Whitney war tief verletzt, aber dieses Gefühl war nichts gegen den Zorn, den sie empfand. Sie würde zu diesem Ball gehen, beschloß sie, und reckte energisch das Kinn.

Sie legte den Dessertlöffel beiseite und stand auf. »Ich gehe auf mein Zimmer. Gute Nacht«, sagte sie kühl. Diese Notlüge kam ihr relativ leicht über die Lippen, denn sie wollte verhindern, daß Clayton seinen Kutschern verbot, sie irgendwohin zu fahren.

Es war bereits nach ein Uhr morgens, aber in dem exklusiven Club, dem Clayton angehörte, spielte Zeit selten eine Rolle. Er hockte in seinem Sessel und brachte weder für die Unterhaltung um ihn herum noch für die Karten in seiner Hand großes Interesse auf. Er hatte eine Hexe geheiratet, die ihm unter die Haut gegangen war wie ein Stachel: Er schmerzte, solange er ihm im Fleisch saß, aber ebenso schmerzte es, ihn herauszuziehen. Immer wieder mußte er daran denken, wie verführerisch sie heute abend in dieser verdammten grünen Robe ausgesehen hatte. Er hatte tatsächlich ein Kribbeln in den Fingerspitzen verspürt, diese sanft schwellende Haut ihres Dekolletés zu berühren, und seine Lust war nahezu unerträglich gewesen. Lust – keine Liebe! Nein, was er für sie empfand, konnte er nicht mehr als Liebe bezeichnen. Alles, was er für Whitney empfand, war ein gelegentlicher Anflug von Verlangen.

»Wie schön, Sie zu sehen, Claymore«, rief William Baskerville herzlich und setzte sich Clayton gegenüber an den Tisch. »Eigentlich überrascht es mich, Sie hier zu treffen.«

»Warum denn das?« erkundigte sich Clayton desinteressiert.

»Sah gerade Ihre Frau auf dem Cliffton-Ball. Dachte, Sie würden gleichfalls dort sein«, erläuterte Baskerville. »Sie sah schlichtweg bezaubernd aus – das habe ich ihr auch gesagt.«

Diese in aller Unschuld hervorgebrachten Worte brachten Baskerville einen so schockiert-verblüfften Blick des Herzogs ein, daß er sich zu weiteren Erklärungen veranlaßt sah. »Ihre Frau sieht immer hinreißend aus. Und ich sage es ihr ständig.« Bestürzt bemerkte Baskerville, wie sich der Herzog in seinem Sessel sehr langsam sehr gerade aufrichtete. Er fragte sich, wodurch er Westmoreland beleidigt haben könnte, und kam zu dem Schluß, daß seine Komplimente in den Ohren des Herzogs, der, wie alle Welt wußte, extrem stolz auf seine junge Frau war, zu lau geklungen haben könnten. Mit einem hilflosen Blick auf die anderen Gentlemen in der Runde fügte Baskerville hinzu: »Jeder fand, daß die Herzogin hinreißend aussah. Sie trug eine grüne Robe, die hervorragend zu ihren Augen paßte. Das habe ich ihr gleichfalls gesagt. Mußte sogar eine ganze Weile warten, bis ich das tun konnte. War förmlich von Bewunderern umschwärmt.«

Clayton schob seinen Sessel zurück, stand auf, nickte den Männern rund um den Tisch zu und verließ ohne ein Wort den Club.

Die fünf Kartenspieler sahen ihm nach. Vier von ihnen waren verheiratet. Baskerville, ein eingefleischter Junggeselle von fünfundvierzig Jahren, war es nicht. Vier von den fünf

Gentlemen am Tisch schmunzelten oder bemühten sich, ein Grinsen zu verbergen. Nur Baskerville wirkte besorgt.

»Verdammt! Haben Sie seinen Blick gesehen, als ich sagte, ich hätte die Herzogin auf dem Ball gesehen?« Ihm schien ein gräßlicher Gedanke zu kommen. »Was meinen Sie – sind die Westmorelands lange genug verheiratet, um Differenzen zu haben?«

Marcus Rutherfords Lippen zuckten vor Lachen. »Ich würde sagen, daß die Westmorelands seit ungefähr drei Minuten lange genug verheiratet sind, um Differenzen zu haben, Baskerville.«

Baskervilles gutmütiges Gesicht verzog sich bekümmert. »Allmächtiger! Ich hätte doch kein Wort gesagt, wäre mir bewußt gewesen, daß ich damit einen Streit heraufbeschwöre. Sie ist ein so reizendes Wesen. Ich bin davon überzeugt, daß sie nie zu dieser verflixten Gesellschaft gegangen wäre, hätte sie geahnt, daß er etwas dagegen hat.«

»Sie glauben also nicht?« Lord Rutherford tauschte mit den anderen Gentlemen bedeutungsvolle Blicke aus.

»Nun, selbstverständlich nicht! Hätte es ihr Claymore untersagt, dann wäre sie nicht gegangen. Schließlich ist sie seine Frau! Hat vor dem Altar Gehorsam gelobt und das alles.«

Höhnisches Gelächter quittierte seine Worte. »Ich habe meine Frau einmal darauf hingewiesen, daß sie das Pelzcape gar nicht benötigt, das sie unbedingt haben wollte«, entgegnete Rutherford. »Da sie bereits sechs Pelze hatte, untersagte ich ihr, es zu kaufen.«

»Sie hat es sich doch nicht etwa gegen Ihren Willen gekauft?« erkundigte sich Baskerville erschüttert.

»Natürlich nicht«, schmunzelte Rutherford. »Sie kaufte statt dessen elf neue Roben. Sie erklärte, wenn sie schon äußerlich in Lumpen erscheinen müsse, solle niemand Anlaß haben, auch noch über ihre Kleider die Nase zu rümpfen. Sie hat die dreifache Summe dessen ausgegeben, was das Pelzcape gekostet hätte.«

»Allmächtiger! Und was haben Sie getan?«

»Was ich getan habe?« lachte Rutherford auf. »Ich habe ihr das Pelzcape gekauft.«

»A ... aber warum?« stammelte Baskerville.

»Warum, mein Freund? Das werde ich Ihnen sagen. Weil ich keine Lust verspüre, ganz Bond Street zu besitzen, bevor sie es verwunden hat, in die Schranken gewiesen worden zu sein. Schon Roben sind eine verdammt kostspielige Angelegenheit, aber Schmuck ... Und auf Schmuck war sie noch gar nicht gekommen! Ich habe mir ein Vermögen damit erspart, daß ich ihr dieses Cape kaufte.«

Der Morgen dämmerte bereits, als Whitney leise die Treppe zu ihrem Zimmer hinaufschritt. Zwar hatte sie Clayton auf dem Ball sehr vermißt – seine Hand um ihre Taille, seine Blikke und das herrliche Gefühl seiner Nähe –, aber sie bereute keine Sekunde, sich ihm widersetzt zu haben. Schließlich ging es ihr darum, auf diese Weise die Konfrontation herbeizuführen, die sie sich erhoffte.

Vielleicht ist es eine ganz ausgezeichnete Idee, morgen beim Frühstück ganz beiläufig zu erwähnen, wie ausgezeichnet ich mich auf dem Ball amüsiert habe, dachte sie, als sie die Tür der Suite öffnete. Erschreckt fiel ihr Blick auf einen glänzenden Stiefel, der lässig auf einem Knie in dunkelblauen Hosen ruhte, und ihr Einfall kam ihr gar nicht mehr so ausgezeichnet vor. Trotz ihrer Panik tat Whitney instinktiv so, als hätte sie ihn gar nicht gesehen. Sie schritt auf ihr Ankleidezimmer zu und gab vor, sich die Robe ausziehen zu wollen. Wenn es ihr gelang, in eines ihrer verführerischsten Negligés zu schlüpfen, brächte ihr das vielleicht einen kleinen Vorteil. Sein Verlangen könnte größer werden als sein Zorn, und ...

»Behalte es an!« durchschnitt seine Stimme die Stille. »Bis ich gegangen bin.«

Erschreckt fuhr Whitney herum.

Behende und geschmeidig wie ein Raubtier kam er auf sie

zu. Spontan wollte Whitney zurückweichen, riß sich dann aber zusammen und blieb stehen. »Erinnerst du dich noch daran, was ich dir für den Fall androhte, daß du dich mir noch einmal widersetzen würdest, Whitney?« fragte er gefährlich leise.

Er hatte gedroht, sie bis zur Geburt des Kindes in ihr Zimmer einzusperren. »Ja, ich erinnere mich«, flüsterte sie. »Aber ich erinnere mich auch an andere Dinge. Ich erinnere mich an die Worte, die du mir zugeflüsterst hast, als du so tief in mir warst, daß du mein Herz berührt hast. Ich erinnere mich . . .«

»Hör auf!« zischte er wütend. »Oder . . .«

»Ich erinnere mich daran, wie sich deine Hände auf meiner Haut anfühlen, wenn du mich berührst . . .«

Er packte sie bei den Schultern und schüttelte sie so heftig, daß Whitneys Kopf nach hinten flog. »Verdammt noch mal! Ich sagte, du sollst aufhören!«

»Das kann ich nicht.« Whitney erschauerte unter dem Schmerz, den seine Hände ihr zufügten. »Ich kann nicht aufhören, weil ich dich liebe. Ich liebe deine Augen und dein Lächeln, deine . . .«

Mit einem Griff riß Clayton sie in die Arme. Seine Lippen senkten sich mit einem Kuß auf ihren Mund, der sie zum Schweigen bringen sollte, sie verletzten und bestrafen sollte. Ihre Lippen schmerzten, und er drückte sie so heftig an sich, daß sie kaum atmen konnte. Doch das machte Whitney nichts aus. Sie spürte sein Verlangen, und als sich sein Kuß veränderte, leidenschaftlicher und sinnlicher wurde, schlang sie die Arme um seinen Nacken.

Doch so abrupt, wie er sie an sich gezogen hatte, schob er sie auch wieder von sich. Der Ausdruck seines Gesichtes war so gequält, so verbittert und verzweifelt, daß Whitney fast schwankend geworden wäre. Doch statt dessen sagte sie ebenso ruhig wie trotzig: »Ich bin bereit, mich hier einschließen zu lassen, so lange du willst – unter der Voraussetzung, daß du dich mit mir einschließen läßt. Andernfalls wird mich nichts –

und niemand! – hier halten können. Und wenn ich das Haus in Brand setzen müßte, um hinauszukommen, würde ich es tun.«

Clayton brauchte gewisse Zeit, um reagieren zu können. Sie sah so unsagbar schön aus, so jung und verletzlich, wie sie ihm da tapfer die Stirn bot. Wenn er sie nicht so verabscheute, hätte er lächeln müssen. Er rief sich energisch ins Gedächtnis, daß sie eine berechnende Heuchlerin war. Dennoch nahm ihr absurder Vorschlag, sich mit ihm zusammen einsperren zu lassen, seiner ursprünglichen Wut viel von ihrer Glut. Großer Gott! Er hielt es doch kaum aus, auch nur unter demselben Dach mit ihr zu sein – so, wie er sie in einer Minute abgrundtief verachtete und in der nächsten hemmungslos begehrte ...

»Falls du Claymore noch einmal ohne meine Erlaubnis verläßt«, zischte er leise, »wirst du dich nach der ›Zärtlichkeit‹ sehnen, die ich dir in jener ersten Nacht hier entgegengebracht habe.«

Clayton hatte sie gelehrt, auf die Macht stolz zu sein, die sie über seinen Körper besaß, und sein brutaler Kuß hatte ihr bewiesen, daß es ihn noch immer nach ihr verlangte. »Danach sehne ich mich jetzt schon Mylord«, sagte sie unter leichtem Erröten. Dann kehrte sie zu ihrem früheren Trotz zurück. »Ich werde mich jedoch insofern an deine Anordnungen halten, daß ich dich künftig zumindest um Erlaubnis frage, bevor ich Claymore verlasse«, sagte sie und ging in ihr Ankleidezimmer.

Als sie hörte, wie hinter ihm die Tür ins Schloß fiel, lehnte sie sich erschöpft gegen die Wand. Sie wußte, daß sie mit dem Feuer spielte. Sie durfte ihn nicht so weit treiben, daß er sie endgültig aus seiner Nähe verbannte.

Am folgenden Morgen informierte Whitney Clayton mit einem sorgsam formulierten Brief darüber, daß die Eltern von Lord Archibald ihren Hochzeitstag feierten, daß sie Emily und Michael versprochen hatte, an der aus diesem Anlaß stattfindenden Gesellschaft teilzunehmen und sich sehr freuen würde, wenn Clayton sie begleiten könnte. Sie schickte Clarissa mit dem Schreiben in den Ostflügel und wartete dann unruhig auf seine Antwort.

Mit zitternden Fingern entfaltete sie den Brief, auf den Clayton mit seiner energischen Handschrift geschrieben hatte: »Teile meinem Kammerdiener mit, welche Kleidung erwünscht ist.« Vor Freude hätte sie am liebsten laut aufgelacht.

An diesem Abend verwandte sie auf ihr Aussehen mehr Sorgfalt als je zuvor in ihrem Leben. Clarissa frisierte ihre Haare zu kunstvollen Locken, die sie mit einer feinen Goldkette durchwob, die einst Whitneys Großmutter gehört hatte. Um ihren Hals hing ein schlichter, von Diamanten umgebener Topas aus dem Besitz ihrer Urgroßmutter. Sie trug keinerlei Westmoreland-Schmuck, nicht einmal ihren herrlichen Verlobungsring. Einige Minuten lang überlegte sie sogar, ob sie ihren Trauring ablegen sollte, doch das brachte sie nicht über sich – nicht einmal, um ihren Standpunkt zu betonen.

Clayton stand mit einem Glas Whisky am Fenster des Weißgoldenen Salons und blickte düster hinaus. Mit einem übermütigen Lächeln in den Augen und in einer Wolke goldbestickten Chiffons betrat Whitney den Raum. Sie legte die goldene Stola nicht ab, die über ihren Brüsten lag, noch hatte sie die Absicht, das vor ihrer Ankunft bei Michaels Eltern zu tun. Wenn Clayton in seiner augenblicklichen Stimmung ihre smaragdgrüne Robe schon nicht gutgeheißen hatte, würde ihm diese noch sehr viel weniger gefallen.

»Wir passen nicht zusammen«, bemerkte Whitney als sie an ihrem Ziel angekommen waren und Clayton ihr aus der Kutsche half.

»Was meinst du damit?« fragte er kühl.

»Damit meine ich die Farben, die wir tragen«, erläuterte sie unschuldig. Mit einer bewußt beiläufigen Geste zog sich Whitney die Stola von Schultern und Busen und ließ sie zwischen ihren Fingern flattern, als sie neben ihm auf das Haus zuging.

»Ich kann nicht erkennen . . .«, begann Clayton, brach ab und blieb wie angewurzelt stehen. »Willst du herausfinden, wie weit ich mich provozieren lasse?« erkundigte er sich mit kaum hörbarer Stimme.

»Nein, Mylord«, erwiderte Whitney sanft. »Wie könnte ich dich noch mehr provozieren als es mir bereits mit der einfachen Tatsache gelungen ist, daß ich ein Kind bekomme?«

»Wenn ich dir einen Rat geben darf«, fauchte er, mühsam um Fassung bemüht, »solltest du deinen Zustand nicht vergessen und dich heute abend entsprechend benehmen.«

Whitney lächelte ihn strahlend an und war sich sehr wohl bewußt, wie intensiv sein Blick auf ihren Brüsten ruhte. »Genau das hatte ich vor«, erklärte sie munter. »Aber mein Stickrahmen paßte nicht in mein Ridikül . . .«

»Du solltest diesen Ball heute abend sehr ausgiebig genießen,«, zischte er unbeherrscht, »denn es ist der letzte, an dem du teilnehmen wirst. Du wirst bis zur Geburt des Kindes Claymore nicht mehr verlassen, und ich ziehe in das Londoner Stadthaus.«

In dem Moment, in dem Whitney den Festsaal betrat, hatte sie das vage Gefühl, daß irgend etwas nicht stimmte. Auf den ersten Blick wirkte alles wie gewöhnlich. Nein, zu gewöhnlich – ganz so, als würde sich jedermann die größte Mühe geben, so normal wie möglich zu erscheinen.

Aber als Emily wenig später eintraf, lieferte sie unverzüglich die Erklärung für die seltsame Atmosphäre des Abends. »O mein Gott«, flüsterte sie, zog Whitney beiseite und warf fast ängstliche Blicke um sich. »Mein Schwiegervater kommt doch mitunter auf die absurdesten Einfälle. Ich wollte meinen Ohren nicht trauen, als er mir vor fünf Minuten erzählte, welche Anstrengungen es ihn gekostet hat, sie als Überraschung für meine Schwiegermutter herzulocken.«

»Von wem redest du eigentlich?« flüsterte Whitney verständnislos zurück.

»Von Marie Saint-Allermain. Sie ist hier! Michaels Vater hat sie durch die Vermittlung des Freundes eines Freundes dazu bewegen können, heute abend hier zu singen. Morgen abend hat sie einen Auftritt im Palast und . . .«

Den Rest hörte Whitney nicht mehr. Marie Saint-Allermain war in London, unter einem Dach mit Clayton. Und vor noch nicht einer Stunde hatte ihr Clayton gesagt, daß er in das Stadthaus ziehen würde. Später wußte Whitney nicht mehr, was sie zu Emily gesagt hatte oder wie sie in den Kreis der Bekannten zurückkehrte, mit denen sie sich unterhalten hatte, bevor Emily auf sie zukam. Mit einem Gefühl akuter Übelkeit wartete sie auf den Augenblick, an dem Claytons frühere Geliebte den Raum betrat.

Der riesige Salon war zum Bersten gefüllt. Aus dem Augenwinkel sah Whitney, daß Clayton im selben Moment hereinkam, als sich der Musiker an das Tafelklavier setzte. Die knisternde Spannung war fast mit den Händen zu greifen. Ob sie durch den Auftritt einer Frau verursacht wurde, deren Stimme und Schönheit in ganz Europa legendär waren, oder durch die Neugierde der Gäste auf Claytons Reaktion bei ihrer Wiederbegegnung, konnte Whitney nicht entscheiden.

Clayton, der inzwischen mit einem Bekannten gesprochen hatte, trat an Whitneys Seite, und sie legte ihre Hand auf seinen Arm. Sie wußte, daß ihm das gar nicht gefiel, aber sie brauchte etwas, woran sie sich festhalten konnte. »Wenn Sie mich fragen, gibt es auf der ganzen Welt keine Stimme, die sich mit der Madame Saint-Allermains vergleichen ließe«, sagte ein älterer Gentleman neben Clayton. Whitney spürte, daß sich Claytons Armmuskeln verspannten. Er hat es nicht gewußt, dachte sie. O Gott, warum muß er ausgerechnet heute abend so hinreißend gut aussehen, so unendlich begehrenswert? Und warum, fragte sie sich, als sich alle Augen der blonden Sängerin zuwandten, muß Marie Saint-Allermain so anziehend sinnlich, so unbeschreiblich schön aussehen?

Whitney konnte den Blick nicht von der Französin wenden. Sie hatte den Körper einer schlanken Venus und die Anziehungskraft einer Frau, die sich ihrer ungewöhnlichen Schönheit bewußt ist, ohne von ihr besessen zu sein.

Und als sie zu singen begann, geriet um Whitney der ganze Raum ins Schwanken. Sie hatte eine geradezu perlende Stimme, die sich in die Ohren schmeichelte, aber auch Fülle und sinnliche Tiefe erreichte, wenn die Musik es verlangte. In ihren Augen saß ein winziges Lächeln, ganz so, als fände sie die stumme Bewunderung, die ihr ihre Zuhörer entgegenbrachten, insgeheim ein wenig übertrieben.

Im Vergleich mit ihr kam sich Whitney erschreckend kindlich, schlicht und einfältig vor. Und ihr war schlecht. Denn sie wußte sehr wohl, was es hieß, Claytons Geliebte zu sein. Diese Frau mit den lachenden blauen Augen kannte Claytons berauschende Küsse, hatte nackt in seinen Armen gelegen und die himmlische Ekstase erlebt, mit der sich sein Körper ganz tief in ihren senkte. Whitney war sich bewußt, daß sie totenbleich sein mußte. In ihren Ohren rauschte es, ihre Hände waren eiskalt. Wenn sie hierblieb, würde sie jeden Augenblick ohnmächtig werden. Wenn sie ging, würde sie eine Szene heraufbeschwören, über die sich die Londoner noch monatelang die Münder zerreißen würden . . .

Donnernder Beifall rauschte auf. Marie Saint-Allermain nahm ihn mit einem anmutigen Neigen des Kopfes entgegen – ihr Blick traf Clayton, und zwischen den beiden schien ein Funke überzuspringen, der Whitney schmerzhaft zusammenzucken ließ.

»Claymore!« durchschnitt wenig später Lord Esterbrooks spöttische Stimme hinter ihnen die eigentümliche Stille, die sich um Clayton und Whitney ausgebreitet zu haben schien. »Ich bin davon überzeugt, daß es überflüssig ist, Sie einander vorzustellen.«

Alle Blicke waren auf sie gerichtet, als sich Clayton fast automatisch umdrehte, um sich einem perfide grinsenden

Esterbrook und seiner ehemaligen Geliebten gegenüber zu sehen.

Mit einem leichten Lächeln hob Clayton die Hand der Sängerin an die Lippen. »Wie ich sehe, Madame, brauchen Sie noch immer einen Raum nur zu betreten, damit Ihnen die Gentlemen ausnahmslos zu Füßen fallen.«

Marie Saint-Allermain nahm das Kompliment huldvoll und mit einem leisen Funkeln in den blauen Augen entgegen. »Nicht ganz ausnahmslos«, korrigierte sie bedeutungsvoll. »Aber es würde mich auch überraschen, Sie in einer ausgesprochen bizarren Position zu sehen, Euer Gnaden.«

Whitney hörte dem höflichen Geplänkel im Zustand gereizter Qual zu und fragte sich, ob Clayton seine Frau seiner Geliebten vorstellen würde. In diesem Moment haßte Whitney Clayton. Sie verabscheute Esterbrook. Sie verfluchte jedes einzelne neugierige Augenpaar in dem riesigen Ballsaal. Sie alle waren ihre Gegner, hochnäsige, bornierte Fremde, die ihr ihr Eindringen in ihre Kreise übelnahmen. Sie wünschte sich, Paul geheiratet zu haben und mit ihm dort zu leben, wohin sie gehörte . . . Und dann stellte Esterbrook mit einem unverschämt wissenden Lächeln Claytons Geliebte ihr vor.

Beflügelt von ihrem unbändigen Zorn begegnete Whitney Marie Saint-Allermains flüchtig abschätzendem Blick mit bemerkenswerter Haltung. »Vielen Dank, daß Sie uns das Geschenk Ihrer Stimme zuteil werden ließen, Madame. Es war eine große Freude, Sie hören zu dürfen«, sagte sie in tadellosem Französisch.

»Wie ich feststellen konnte, sind die meisten Schilderungen weiblicher Schönheit stark übertrieben«, erwiderte die Sängerin ähnlich höflich. »Doch wie ich sehe, war das in Ihrem Fall eher das Gegenteil.« Ein sinnliches Lächeln überzog ihre Lippen, und mit einem provokanten Blick auf Clayton fügte sie mit entwaffnender Offenheit hinzu: »Und darüber kann ich meine tiefe Enttäuschung nicht verhehlen.« Sie nickte beiden anmutig zu, nahm Esterbrooks Arm und schwebte davon.

Eine Zeitlang sonnte sich Whitney in Claytons unausgesprochener Anerkennung. Sie wußte, daß er stolz auf die Haltung war, mit der sie die Konfrontation bestanden hatte. Sie wußte aber auch, daß Marie Saint-Allermain und Clayton demselben Ziel zustrebten, als sie eine Stunde später den Raum durch verschiedene Türen verließen. Ihr war der Blick der Sängerin ebensowenig entgangen, den sie Clayton durch den Ballsaal zuwarf, wie dessen kaum merkliches Kopfnicken.

Auf der mondbeschienenen Terrasse streckte Marie Saint-Allermain Clayton lächelnd beide Hände entgegen. »Wie wunderbar, dich wiederzusehen, Clayton. Es war äußerst boshaft von Esterbrook, unsere Begegnung im Ballsaal zu initiieren.«

»Esterbrook ist ein mieser Charakter, wie du selbst schon feststellen konntest, Marie.« Lächelnd sah er, wie der Mondschein ihre Haare wie flüssiges Silber aufschimmern ließ.

»Die Ehe bekommt Ihnen nicht, Mylord?« Sie formulierte die Worte wie eine Frage, aber es war eher eine sachliche Feststellung.

Clayton verspannte sich leicht. Er dachte darüber nach, daß nichts die Londoner Gesellschaft so erschüttern könnte, als wenn er Marie Saint-Allermain wieder zu seiner Geliebten machen würde. Der Klatsch und das Getuschel über eine erneute Liaison zwischen ihnen würden kein Ende nehmen, und die daraus resultierende Demütigung für Whitney wäre unerträglich. Und Marie in seinem Bett war eine Vorstellung, die ihm sehr behagte. Doch während ihm das alles durch den Kopf ging, glaubte er fast, wieder Whitneys kalte, zitternde Hand auf seinem Arm zu fühlen, wie er sie verspürt hatte, als Marie sang.

»Die Ehe scheint auch deiner Frau nicht zu bekommen«, fuhr Marie fort. »Sie ist sehr schön – und sehr unglücklich.«

»Die Ehe bekommt uns beiden ausgezeichnet«, erklärte Clayton.

Ein feines Lächeln spielte um ihre Lippen. »Wenn du es sagst, Clayton . . .«

»Ich sage es«, entfuhr es Clayton gereizt.

»In diesem Fall«, fuhr Marie Saint-Allermain fast übermütig fort, »solltest du vielleicht jetzt in den Ballsaal zurückgehen. Denn ich kann mich des Eindrucks nicht erwehren, daß Esterbrook uns nur deshalb vor den Augen deiner Frau zusammengebracht hat, um sich ihr später als Tröster anbieten zu können.« Sie sah das gefährliche Glitzern in seinen Augen. Seine Schultern strafften sich. »So habe ich dich noch nie gesehen«, bemerkte sie lächelnd. »Du bist beängstigend – und außerordentlich attraktiv –, wenn du zornig bist. Und eifersüchtig.«

»Belassen wir es doch bei ›zornig‹«, beschied Clayton sie mit mürrischer Stimme, die dann aber sehr viel sanfter wurde, als er sich von seiner früheren Geliebten verabschiedete.

Als er wieder den Saal betrat, hielt er zunächst nach Esterbrook Ausschau, dann nach Whitney. Esterbrook war da, Whitney nicht. Mit Erleichterung stellte Clayton fest, daß niemand seine Abwesenheit bemerkt zu haben schien. Und angesichts der angeregten Unterhaltungen um ihn herum gewann er den Eindruck, daß sich die allgemeine Aufregung über seine Begegnung mit der Sängerin längst gelegt hatte. Auch das erfüllte ihn mit Erleichterung. Die Gäste waren Whitneys Bekannte ebenso wie seine. Und er wollte nicht, daß sie sich vor einem nächsten Zusammentreffen mit ihnen fürchten mußte.

Doch davon wußte Whitney nichts. Denn die Herzogin war bereits aufgebrochen, wie ihm der Butler bedauernd mitteilte. Dieses verflixte kleine Biest! Was hatte sie sich eigentlich dabei gedacht, einfach ohne ihn den Ball zu verlassen? Aber das würde sie bitter bereuen! Er konnte ohne sie nicht in den Saal zurück, denn dann würde jedermann sofort wissen, daß sie ihn aus Verzweiflung oder Verärgerung zurückgelassen hatte – und das würde die Gerüchte ins Kraut schießen lassen! Aber gehen konnte er auch nicht, denn sie hatte die Kutsche genommen!

Emily und Michael Archibald erlösten ihn wenige Minuten später aus seiner Zwangslage, weil sie den Ball verlassen wollten und ihm ohne große Umstände anboten, ihn zu seinem Stadthaus zu fahren, in dem ein sehr erregter Clayton eine sehr unbehagliche Nacht verbrachte. Immer wieder sah er Whitney in dieser goldglitzernden Robe vor sich, die ihre Brüste so unverhüllt zur Schau stellten. Sie hatte sie absichtlich angezogen, um ihn zu provozieren. Und das war ihr, bei Gott auch gelungen.

Hätte sie nicht dieses verdammte Kleid getragen, hätten ihre Haare nicht so verlockend geschimmert, hätte sie nicht so atemberaubend schön und begehrenswert ausgesehen, hätte er Maries stumme Einladung auf die Terrasse doch nie angenommen!

Kapitel achtzehn

Clayton kehrte weder am folgenden Tag nach Claymore, zurück noch am nächsten oder übernächsten. Er verbrachte aber die drei Tage auch nicht nackt in Marie Saint-Allermains schönen Armen, wie es sich Whitney in ihren Alpträumen vorstellte. Er verbrachte die drei Tage in abwechselnden Stadien brodelnder Wut und ruhiger Nachdenklichkeit. Die drei Abende verbrachte er in seinem Club.

Mitten in der vierten Nacht, als er düster aus dem Fenster seines Schlafzimmers in das ebenso düstere London hinausblickte, reifte in ihm ein Entschluß. Er würde nach Hause fahren und aus dem Ostflügel wieder in seine eigene Suite ziehen. Er lehnte es kategorisch ab, weiterhin wie ein Mönch zu leben, während er eine Frau hatte, die zwar eine verdammte Heuchlerin war, aber einen höchst verlockenden Körper besaß. Es war sein gutes Recht, sich ihrer zu bedienen: als anmutige, charmante Gastgeberin, wenn es die Gelegenheit erforderte, und als unbezahlte Hure, wenn sein Körper das verlangte. Schließlich ist sie fast eine, dachte er mit neu auflodemdem Zorn. Allerdings war ihr Preis sehr hoch gewesen: ein erkleckliches Vermögen und dann auch noch sein Name! Aber sie gehörte ihm. Dauerhaft.

Am nächsten Vormittag rollte die Kutsche vor der Freitreppe von Claymore noch aus, als Clayton an dem verblüfften Butler vorbei bereits die Stufen emporstürmte. Er stieß die Tür zu Whitneys Räumen so heftig auf, daß sie krachend gegen die Wand flog und Mary entsetzt aufschreien ließ. Ohne ein Wort der Begrüßung für die erschreckte Zofe durcheilte er den Ankleideraum und betrat sein früheres Schlafzimmer. Aber dort war Whitney nicht. Weil die Herzogin, wie Mary den Tränen nahe erklärte, das Haus verlassen hatte. Gestern.

»Wohin?« fragte Clayton gereizt.

»D . . . das hat sie nicht gesagt, Euer Gnaden. Aber sie meinte, sie hätte für Sie eine Nachricht in ihrem Schreibtisch hinterlassen.« Mary begann zu schluchzen, aber Clayton ignorierte sie und trat mit steifen Schritten an Whitneys Schreibtisch. Er war leer – bis auf einen zusammengeknüllten blauen Papierball in der Schublade. Clayton haßte es, ihn auch nur zu berühren, aber er glättete ihn, um zu sehen, ob sie vielleicht etwas draufgeschrieben hatte. Sie hatte es nicht getan. Es war nur ihre Art, ihn darauf hinzuweisen, daß sie den Grund für seine Verärgerung entdeckt hatte. Er stopfte den unsäglichen Brief in seine Tasche und wandte sich der Tür zu.

»Ich beziehe wieder meine Räume«, fauchte er Mary an. »Bringen Sie ihre Sachen hier raus.«

»Und wo werde ich sie als nächstes hinbringen müssen?« erkundigte sich Mary ausgesprochen aufmüpfig.

»Hier herein, verdammt noch mal!« Clayton entging nicht, daß Mary seine Antwort offenbar höchst erheiternd fand, aber er war zu erbost darüber, um seine eigentliche Beute gebracht worden zu sein, als daß er sich die Mühe gemacht hätte, eine Bedienstete wegen deren Impertinenz zurechtzuweisen.

In den nächsten vier Tagen wartete Clayton nervös wie ein Tiger im Käfig darauf, daß seine auf Abwege geratene Frau zu ihm zurückkehrte. Er war sich sicher, daß sie wiederkehren würde, sobald sie erkannte, daß er sich keineswegs in kopfloser Angst um ihren Zustand an ihre Verfolgung machte. Sie mußte zurückkommen. Wo sollte sie schließlich Zuflucht vor dem eigenen Ehemann finden – in eklatanter Verletzung der englischen Gesetze? Ihr Vater war ein viel zu vernünftiger Mann, um sie nicht auf der Stelle zu ihm zurückzuschicken, befand Clayton in radikaler Abkehr von seinen bisherigen Ansichten über Martin Stone.

Als sie auch am fünften Tag noch nicht wieder da war, empfand er einen so unbändigen Zorn, wie nie zuvor in seinem Leben. So lange konnte sie nirgendwo zu Besuch weilen. Bei Gott! Sie hatte ihn tatsächlich verlassen! Zwar hatte er flüchtig darüber nachgedacht, sie seinerseits zu verlassen oder sie fortzuschicken – aber er war immerhin derjenige, dem Unrecht zugefügt worden war. Abgesehen davon, hatte er es ja gar nicht getan. Aber Whitney hatte es getan! Sie war offensichtlich zu ihrem Vater zurückgekehrt, und dieser Schwachkopf hatte sie aufgenommen.

Martin Stone erschien höchst persönlich an der Tür und lächelte Clayton erfreut an. »Willkommen, willkommen«, rief er und blickte erwartungsvoll auf die geöffnete Tür der Kutsche. »Wie geht es meiner Tochter? Wo ist sie?«

Clayton war nur drei Sekunden sprachlos. »Whitney geht es gut, Martin. Sie hat mich gebeten, Ihnen zu sagen, daß wir ein Kind erwarten«, log er schamlos. Schließlich war Stone ein anständiger Kerl, und er wollte ihn nicht durch das Bekenntnis beunruhigen, daß er seine Tochter mit seiner Launenhaftigkeit davongetrieben hatte.

»Zum Hodges-Anwesen«, zischte Clayton eine halbe Stunde später McRea zu, denn vorher hatte er Martin Stone nicht entkommen können, ohne dessen Argwohn zu erregen. Aber auch in seiner vorübergehenden Residenz hielt sich Whitney nicht auf, und McRea konnte kaum noch lächeln, als ihm Clayton schneidend befahl, nach Claymore zurückzukehren.

Aufgrund der Nachforschungen, die Clayton am folgenden Morgen anstellte, hatte sich Whitney auch nicht bei den Archibalds versteckt. Sie war wie vom Erdboden verschwunden.

Jetzt war Clayton nicht mehr erbost, er war beunruhigt. Und als er die Nachricht erhielt, daß sie auch den Kanal nicht per Schiff überquert hatte, wurde aus seiner Unruhe tiefe Besorgnis.

Zwei Stunden später erhielt Emily Archibald eine vollendet formulierte Einladung von Clayton, die sie berechtigterweise als Anordnung interpretierte, seinem- Diener in die Kutsche zu folgen, die sie zu seinem Stadthaus bringen würde.

Dort führte sie der Butler in eine geräumige, holzgetäfelte Bibliothek, in der der Herzog am Fenster stand und ihr den Rücken zuwandte. Zu Emilys Verwunderung begrüßte er sie nicht mit der für ihn typischen offenen Herzlichkeit. Er drehte sich nicht einmal um, sondern fragte nur befremdend kalt: »Sollen wir die nächsten fünf Minuten mit den üblichen Floskeln vergeuden oder soll ich direkt zur Sache kommen?«

Ein Schauer der Angst überlief sie, als er sich langsam umdrehte und sie musterte. Diesen Clayton Westmoreland hatte Emily noch nie zu Gesicht bekommen. Er war zwar gelassen wie stets, aber nun verströmte er eine rücksichtslose Entschlossenheit, die sie so erschreckte, daß sie ihn stumm anstarrte.

»Da Sie keine Einwände erheben, komme ich also direkt zur Sache. Ich nehme an, Sie wissen, weshalb ich Sie hergebeten habe?« fragte er und wies mit einer knappen Kopfbewegung auf einen Sessel.

»Whitney?« hauchte Emily furchtsam, sank auf den Sessel und räusperte sich.

»Wo ist sie?« wollte er wissen. »Ich bin nicht früher an Sie herangetreten, weil ich Sie nicht in die unangenehme Lage bringen wollte, Whitneys Vertrauen zu verraten, und weil ich fest annahm, ihren Aufenthaltsort allein herausfinden zu können«, fügte er mit einem Hauch seiner alten Zugänglichkeit hinzu. »Da das jedoch nicht der Fall ist, muß ich darauf bestehen, daß Sie mir sagen, wo sie sich aufhält.«

»Aber i . . . ich weiß nicht, wo sie ist. Ich habe sie nicht gefragt, wohin sie wollte. Nie im Traum hätte ich gedacht, daß sie so lange fortbleiben könnte.«

Graue Augen durchbohrten sie mißtrauisch, wollten herausfinden, ob sie die Wahrheit sagte.

»Glauben Sie mir bitte. Jetzt, nachdem ich Sie gesehen habe, könnte ich es gar nicht über das Herz bringen, Ihnen ihren Aufenthaltsort zu verschweigen.«

Er holte tief und zitternd Luft. »Vielen Dank«, sagte er einfach. »Ich werde meinen Kutscher bitten, Sie nach Hause zu bringen.«

Emily zögerte, noch immer ein wenig von ihm eingeschüchtert, aber auch dankbar dafür, daß er ihr glaubte. »Whitney hat mir erzählt, daß Sie diesen gräßlichen Brief gefunden haben.« Sie schüttelte leicht den Kopf. »Sie konnte sich damals partout nicht entscheiden, ob sie Sie mit ›Werter Herr‹ anreden sollte oder . . .«

Die unverhüllte Qual auf seinem Gesicht ließ Emily verstummen. »Entschuldigen Sie bitte, ich hätte es nicht erwähnen dürfen . . .«

»Da es zwischen uns offenbar keine Geheimnisse gibt«, begann er ganz ruhig, »könnten Sie mir vielleicht auch sagen, warum Whitney diesen Brief eigentlich geschrieben hat?«

»Nun, sie wollte ihren Stolz wahren. Sie hoffte darauf, daß dieser Brief Sie veranlassen könnte, zu ihr zu kommen. Wahrscheinlich war es unsinnig von ihr, ein solches Schreiben auch nur in Erwägung zu ziehen, aber . . .«

»Das einzig ›Unsinnige‹, was Whitney je in ihrem Leben getan hat, war die Heirat mit mir«, unterbrach Clayton.

Tränen stiegen in Emilys braune Augen, als sie sich erhob,

um zu gehen. »Das stimmt nicht. Whitney hat Sie ange . . ., betet Sie an, Euer Gnaden.«

»Nochmals vielen Dank«, murmelte er.

Lange nachdem Emily gegangen war, stand Clayton noch immer in seiner Bibliothek, merkte, wie die Minuten verstrichen, und spürte, daß sich mit jedem Moment Whitneys verletzte Gefühle mehr in Haß verwandeln würden – mußten.

Am selben Abend nahm Clayton mit eher lethargischem Interesse zur Kenntnis, daß sein Bruder ihm gegenüber am Kartentisch des Clubs Platz genommen hatte. Er verspürte absolut keine Lust, mit ihm über Whitney zu sprechen. Und so hörte er mit gewisser Erleichterung, daß Stephen ihre Unterhaltung mit einer unverfänglichen Frage eröffnete. »Gewinnst oder verlierst du, Bruder?«

»Er zieht uns alle aus bis aufs Hemd«, erwiderte Marcus Rutherford lachend. »Seit einer Stunde hat er kein Spiel mehr verloren.«

»Du siehst aus, als würdest du nicht mehr lange unter uns weilen«, bemerkte Stephen mit einem gewissen grinsenden Unterton.

»Vielen Dank« entgegnete Clayton trocken und teilte die Karten für das nächste Spiel aus.

»Wie schön, Sie zu sehen, Claymore«, meldete sich Baskerville hinter Claytons Rücken und spähte dem Herzog über die Schulter. Er wollte sich schon nach dem Wohlergehen der jungen Herzogin erkundigen, doch da erinnerte er sich gerade noch rechtzeitig an Claytons letzte Reaktion. »Haben Sie etwas dagegen, wenn ich einsteige?« fragte er den Herzog statt dessen.

»Er hat absolut nichts dagegen«, erwiderte Stephen, da Clayton so tat, als hätte er Baskerville nicht gehört. »Er nimmt Ihr Geld ebenso gern wie das aller anderen.«

Clayton warf seinem Bruder einen leicht gereizten Blick zu. Zu Hause hatte er es vor Sorge und Unruhe nicht ausgehalten, aber auch hier zerrte die Unterhaltung mit seinen Bekannten und Stephen unerträglich an seinen Nerven. Er wollte Stephen gerade vorschlagen, ihn nach Claymore zu begleiten, um drei, vier Glas miteinander zu trinken, als Stephen bemerkte: »Ich hätte nicht damit gerechnet, dich hier anzutreffen. Dachte, du würdest an der kleinen Gesellschaft teilnehmen, die Mutter heute abend gibt.«

Und dann in perfekter Imitation eines Mannes, der gerade etwas gesagt hatte, was er besser für sich behalten hätte, fügte Stephen hinzu: »Entschuldige, Clay. Ich vergaß, daß Whitney natürlich auch daran teilnehmen wird, da sie bei ihr wohnt, und du . . .«

Baskerville vergaß prompt seine frühere Entscheidung und sagte mit der für ihn üblichen Herzlichkeit: »Bezaubernde junge Frau, Ihre Herzogin. Übermitteln Sie ihr meine besten Empfehlungen und . . .« Baskervilles Kiefer sackte entsetzt ab, als er sah, daß Clayton Westmoreland in seinem Sessel erstarrte. »Ich habe sie nirgendwo gesehen«, versicherte er hastig.

Aber der Herzog hatte sich bereits erhoben und starrte seinen Bruder mit einer Mischung aus Ungläubigkeit, Verblüffung und etwas an, das der arme Baskerville in seiner Verwirrung nicht recht zu deuten wußte. Und dann, ohne seinen beträchtlichen Gewinn einzustreichen, nickte der Herzog allen höflich zu, drehte sich um und strebte wortlos und mit langen Schritten der Tür zu.

»O weh!« ächzte Baskerville, als er und Stephen Clayton nachblickten. »Da sind Sie aber ins Fettnäpfchen getreten! Ich hätte es Ihnen sagen können: Ihr Bruder mag es nicht, wenn seine Herzogin ohne ihn auf Gesellschaften geht.«

»Nein«, sagte Stephen und grinste. »Das mag er ganz und gar nicht.«

Clayton legte die Fahrt nach Grand Oaks, die normalerweise vier Stunden dauerte, in dreieinhalb zurück. Whitney wohnte bei seiner Mutter, großer Gott! Bei dem einzigen Menschen, der nun wirklich sensibel genug hätte sein müssen, seine Frau zu ihm zurückzuschicken. Seine eigene Mutter hatte dazu beigetragen, ihn diesen Qualen auszusetzen!

Die Kutsche hielt vor dem hellerleuchteten Haus, und Clayton dachte daran, seine Mutter ernsthaft zur Rede zu stellen. Er dachte daran, aber er tat es nicht.

»Guten Abend, Euer Gnaden«, sagte der Butler überrascht.

Clayton würdigte ihn keines Blickes. Er durchquerte die Halle zum Salon und riß die Tür auf. Keine Spur von Whitney. Seine Mutter erhob sich lächelnd inmitten ihrer Gäste, aber er warf ihr einen derart mißbilligenden Blick zu, daß sie mitten in der Bewegung verharrte. Dann drehte er sich um und lief die Treppe hinauf. »Wo ist meine Frau?« wollte er von dem ihm entgegenkommenden Zimmermädchen wissen.

Vor der angegebenen Tür blieb Clayton zögernd stehen. Er empfand eine Mischung aus Erleichterung und Furcht. Wie würde Whitney auf ihn reagieren? Was sollte er zu ihr sagen? Doch im Moment zählte nur, daß er sie endlich wiedersehen konnte.

Er öffnete die Tür und trat leise ein. Whitney saß in einer großen Zinkbadewanne und wandte ihm den Rücken zu. Ihre Zofe reichte ihr Seife und Waschlappen. Wie gebannt blieb Clayton stehen.

Er wollte auf sie zulaufen, um sie in die Arme zu nehmen, nackt und naß, wie sie war, zum Bett zu tragen und sich in ihr verlieren. Aber gleichzeitig wagte er es nicht, sie anzusprechen, geschweige denn sie zu berühren. Er war ihrer nicht wert. Zweimal hatte er sie mit einer Grausamkeit bedroht, derer er sich nie für fähig gehalten hatte. Sie trug sein Kind in sich, und er hatte sie nicht einmal gefragt, wie es ihr ging, wie sie sich fühlte! Sie mußte ihn doch hassen! Clayton holte tief und gequält Atem.

Clarissa blickte auf und sah, wie Clayton die Ärmel seines Hemdes aufrollte und auf die Wanne zukam. Sie musterte ihn finster und öffnete den Mund, aber er bedeutete ihr mit einem knappen Kopfnicken, den Raum zu verlassen. Sehr zögernd übergab sie ihm Seife und Tuch und ging.

Mit unendlicher Zärtlichkeit seifte Clayton Whitneys Rükken ein und bemühte sich dabei, sie seine Hände nicht sehen zu lassen.

»Das ist sehr angenehm, Clarissa«, murmelte Whitney und beugte sich nach vorn, um ihre Beine abzuspülen. Normalerweise ließ Clarissa sie allein, wenn sie badete, aber in letzter Zeit zeigte sie sich so fürsorglich und besorgt, daß sich Whitney keine Gedanken machte über diese zusätzliche Aufmerksamkeit.

Naß und tropfend stand Whitney auf, stieg aus der Wanne und griff hinter sich nach dem Handtuch. Doch »Clarissa« trocknete ihr bereits sanft ihren Rücken und die Schultern ab.

»Vielen Dank, Clarissa, den Rest erledige ich selbst. Ich werde hier oben ein kleines Abendessen einnehmen, mich dann anziehen und hinunter . . .« Whitney drehte sich um und wollte nach dem Handtuch greifen. Alle Farbe wich aus ihrem Gesicht, und sie begann leicht zu schwanken, als sie den gutaussehenden ernsten Mann erblickte, der kein Wort zu ihr sagte, sondern sie ruhig weiter abtrocknete. Benommen und wie gelähmt ließ sie ihn gewähren.

Mit sanfter Gewalt zwangen sie seine kräftigen Arme auf den Stuhl neben der Wanne. Ohne sie anzusehen, kniete er sich neben sie und begann langsam und bedächtig, ihre Beine abzutrocknen. »O Clayton«, flüsterte sie mit Tränen in den Augen, »laß das . . .«

Völlig unbeeindruckt von ihrer Bitte fuhr er mit seiner Tätigkeit fort. »Falls ich jemals den Eindruck gewinnen sollte, daß du auch nur erwägst, mich zu verlassen«, sagte er mit kaum verständlicher, schmerzgepeinigter Stimme, »lasse ich dich in deinem Zimmer einsperren und die Türen verbarrikadieren – so wahr mir Gott helfe!« Er hob ihren Fuß und hüllte ihn in das Handtuch.

»Wirst du dich mit mir zusammen einschließen lassen?« fragte Whitney mit bebender Stimme.

Er hob ihren Fuß an seine Wange, dann küßte er ihn. »Ja«, sagte er.

Er stand auf, holte einen Morgenrock aus blauer Seide und hielt ihn ihr hin. Willenlos wie eine Marionette ließ sie sich von ihm anziehen, dann hob er sie wortlos hoch, trug sie hinüber zum Sessel, vor dem auf einem Tisch ein leichtes Abendessen stand, setzte sich und nahm sie auf den Schoß. Als Whitney erkannte, daß er die Absicht hatte, sie auch noch zu füttern, konnte sie es nicht mehr ertragen. »Nein!« rief sie fast verzweifelt, schlang ihre Arme um ihn und verbarg ihr Gesicht an seiner Schulter. »Bitte, bitte, tu das nicht. Sprich mit mir. Sprich einfach mit mir.«

»Das kann ich nicht«, flüsterte er in ihre schimmernden Haare. »Ich finde die Worte nicht.«

Die unverhüllte Qual in seiner Stimme ließ ihr die Tränen in die Augen treten. Sie hob den Kopf und sah ihn an. »Aber ich kenne die Worte«, hauchte sie. »Du hast sie mich gelehrt: Ich liebe dich. Ich liebe dich.«

Er umfaßte ihr Gesicht mit beiden Händen. »Ich liebe dich«, flüsterte er rauh. »O Gott, wie ich dich liebe!«

Die Zeiger der vergoldeten Uhr auf dem Kaminsims zeigten auf halb zwei. Clayton blickte zärtlich auf die Schönheit, die sich im Schlaf an ihn schmiegte. Er strich ihr sanft eine Haarsträhne von der Wange und küßte sie leicht auf die Stirn. »Ich liebe dich«, sagte er leise. Er wußte, daß Whitney schlief und ihn nicht hörte, aber er mußte die drei Worte trotzdem aussprechen.

Scine Frau drängte sich unbewußt noch näher an ihn heran und murmelte verschlafen: »Ich liebe dich auch.«

»Schscht, Liebling, schlaf jetzt«, flüsterte Clayton. Es war eine lange, leidenschaftliche Liebesnacht gewesen, in der er die Erfüllung ihres Verlangens fast bis zur Erschöpfung hinausgezögert hatte. Jetzt wollte er, daß sie sich erholte.

»Warum hast du so lange gezögert?« wollte sie leise wissen.

Er beugte sich vor, um ihr Gesicht besser erkennen zu können, und lächelte. »Ich kann kaum glauben, daß du damit meinst, was ich vermute.«

Zunächst wirkte sie verdutzt, um dann errötend den Blick abzuwenden.

Überrascht und besorgt über ihre Reaktion hob Clayton ihr Kinn an. »Was hast du wirklich gemeint?«

»Es hat nichts zu bedeuten. Wirklich nicht.«

Er sah ihr in die traurigen grünen Augen und sagte ruhig: »Ich glaube aber doch, daß es dir sehr viel bedeutet.«

Whitney wünschte sich, kein Wort gesagt zu haben. Und sie hätte es auch nicht getan, wenn dieser merkwürdige Schmerz in ihr nicht so unerträglich gewesen wäre. Aber da sie wußte, daß Clayton auf eine Antwort bestehen würde, flüsterte sie kaum hörbar: »Marie.«

»Was ist mit ihr?«

»War sie der Grund, aus dem du erst so spät gekommen bist?«

Clayton nahm sie so fest in die Arme, als könnte er so etwas von dem Schmerz übernehmen, dem er sie ausgesetzt hatte. »Der Grund, weshalb ich erst so spät zu dir gekommen bin, Liebling«, begann er und lächelte kläglich, »ist der, daß vierzig Investigatoren keine Spur von dir entdecken konnten. Und ich, der es eigentlich hätte besser wissen müssen, kam gar nicht auf den Gedanken, meine Mutter als mögliche Beteiligte an einer Verschwörung in Betracht zu ziehen. An der Verschwörung, meine Frau von mir fernzuhalten.«

»Und ich dachte, Grand Oaks wäre der erste Ort, an dem du mich suchen würdest, sobald du in aller Ruhe nachgedacht hast.«

»Nun, so war es nicht«, entgegnete Clayton leise. »Aber ich war auch nicht bei Marie Saint-Allermain – denn das wolltest du doch wohl wissen, vermute ich.«

»Du warst es nicht?«

»Ich war es nicht.«

Ihre grünen Augen füllten sich mit Tränen, als sie ihn lächelnd ansah. »Danke«, hauchte sie. »Keine Ursache«, neckte er sie zärtlich. Er zeichnete mit der Fingerspitze die sanfte Kurve ihrer Wange nach. »Aber nun schlaf, Liebes. Sonst fällt mir eine Verwendungsmöglichkeit für dieses Bett ein.«

Gehorsam schloß sie die Augen und schmiegte sich in seine Arme. Ihre Fingerspitzen strichen über die Haare an seiner Schläfe, einige Sekunden später glitten sie über seine Schultern hinunter auf seine Brust. Clayton fühlte, daß sein Körper sofort reagierte und bemühte sich, das Verlangen zu beherrschen, das Whitney mit ihren schläfrigen Zärtlichkeiten unabsichtlich hervorrief. Als ihre Hand zu seiner Bauchgegend hinunterwanderte, fing er sie ein und hielt sie fest. Er glaubte, ein unterdrücktes Lachen zu hören, als sie sich umdrehte und mit den Lippen sein Ohr streifte.

Er lehnte sich zurück und sah ihr mißtrauisch ins Gesicht. Sie war hellwach und strahlte ihn an.

Mit einer schnellen Bewegung rollte er sie auf den Rücken und drückte sie in die Kissen. »Du kannst nicht behaupten, ich hätte dich nicht gewarnt«, flüsterte er heiser.

»Das würde ich nicht.«

Band 12434

Pamela Jekel

Die Plantage am Fluß

Eine fesselnde, vier Generationen umfassende Familiensaga, in der sich die Geschichte Carolinas widerspiegelt

Von der Zeit der ersten Siedler bis zum Amerikanischen Bürgerkrieg spannt sich der Bogen. Und es sind vor allem die Frauen, die mit Klugheit und weiser Voraussicht in schwierigen Situationen für den Zusammenhalt der Familie sorgen. Da ist Tess, eine jener Kolonialfrauen, die die Entstehung des modernen Amerika entscheidend mitgeprägt haben. Da ist Della, die aus einer kleinen Tabakplantage die ertragreichste von ganz Carolina macht. Und da ist schließlich Laurel, die Quäkerin, die sich für die Abschaffung der Sklaverei auf den Farmen einsetzt und mit ansehen muß, wie ihr geliebtes Carolina in die Hände der Yankies fällt. Aber mehr als die Schrecken des Krieges oder die Mühen des Wiederaufbaus belastet sie der verzweifelte Kampf um das Leben ihres Sohnes...

BASTEI LÜBBE

Band 12449

Barbara Cartland

Die Todesarznei

Weil Lady Alice, sein Mündel, unter einer mysteriösen Krankheit dahinsiecht, gibt ihr der Earl von Ingleton, um sie ihrer tödlichen Lethargie zu entreißen, mit Gina eine etwa gleichaltrige Gesellschafterin an die Seite. Und schon bald schöpft diese einen schrecklichen Verdacht: Immer, wenn Mrs. Denver, die Haushältern, der Kranken ihre Arznei verabreicht, verschlechtert sich deren Zustand offensichtlich. Kurzentschlossen läßt Gina die Medizin heimlich verschwinden, und Alice geht es von Tag zu Tag besser. Doch als Mrs. Denver dahinterkommt, richtet sich ihre Rache gegen den unerbetenen Eindringling – und sie verfügt auch über ein todsicheres Gewahrsam…

Band 12462

Judith McNaught

Laß mich deine Liebe spüren

Eine junge Frau kämpft um ihr Glück

Alexandra Lawrence, ein Mädchen vom Lande, wird mit Jordan Townsend, dem reichen und mächtigen Duke of Hawthorne, vermählt. In der ersten Zeit ist sie todunglücklich, denn der Duke ist alles andere als ein liebevoller Ehemann. Dennoch fühlt sie sich auf seltsame Weise zu ihm hingezogen, und als er eines Nachts die ganze Leidenschaft in ihr weckt, beginnt sie, in der intriganten Londoner Gesellschaft um seine Liebe und eines Tages sogar um sein Leben zu kämpfen...